tudo
que é
sólido
desmancha
no ar

tudo que é sólido desmancha no ar

Darragh McKeon

Tradução
Renato Marques

1ª edição

Rio de Janeiro | 2023

CIP-BRASIL. CATALOGAÇÃO NA PUBLICAÇÃO
SINDICATO NACIONAL DOS EDITORES DE LIVROS, RJ

M429t   McKeon, Darragh, 1979-
         Tudo que é sólido desmancha no ar / Darragh McKeon ; tradução Renato Marques. – 1. ed. – Rio de Janeiro : Bertrand Brasil, 2023.

         Tradução de: All that is solid melts into air
         ISBN 9786558381143

         1. Ficção irlandesa. I. Marques, Renato. II. Título.

22-78565   CDD: 828.99153
                        CDU: 82-3(417)

Meri Gleice Rodrigues de Souza – Bibliotecária – CRB-7/6439

Copyright © Darragh McKeon, 2014

Título original: All That Is Solid Melts Into Air

Texto revisado segundo o Acordo Ortográfico da Língua Portuguesa de 1990.

Todos os direitos reservados.
Não é permitida a reprodução total ou parcial desta obra, por quaisquer meios, sem a prévia autorização por escrito da Editora.

Direitos exclusivos de publicação em língua portuguesa somente para o Brasil adquiridos pela:
EDITORA BERTRAND BRASIL LTDA.
Rua Argentina, 171 — 3º andar — São Cristóvão
20921-380 — Rio de Janeiro — RJ
Tel.: (21) 2585-2000,
que se reserva a propriedade literária desta tradução.

Seja um leitor preferencial. Cadastre-se no site www.record.com.br
e receba informações sobre nossos lançamentos e nossas promoções.

Atendimento e venda direta ao leitor:
sac@record.com.br

Para Flora

Em memória da minha mãe

"Tudo o que é sólido desmancha-se no ar, tudo o que é sagrado é profanado, e os homens são, por fim, compelidos a enfrentar de modo sensato suas condições reais de vida e suas relações com seus semelhantes."

Karl Marx, *O Manifesto Comunista*

"A meu ver a radioatividade é uma verdadeira doença da matéria. Além do mais é uma doença contagiosa. Ela se espalha. Você coloca os átomos corrompidos e deteriorados perto de outros e em pouco tempo estes também aprendem o truque de se desvencilhar de uma existência coerente. É exatamente na matéria que está o que é a decadência da nossa cultura na sociedade, uma perda de tradições e distinções e reações constantes e infalíveis."

H. G. Wells, *Tono-Bungay*

✎ PRÓLOGO

ELE LHE VEM À MENTE todos os dias, entre uma respiração e outra. Ela o inala como inala o ar, pedalando no Quai de Valmy, enquanto inala seus novos arredores; o calor de um verão parisiense, o quebra-cabeça de sombras em seus braços ao passar por baixo de um dossel de choupos.

Ela nunca sabe dizer o que desencadeia uma lembrança, elas chegam tão discretamente. Talvez houvesse algo de Grígori no homem com um cigarro que acabou de passar, uma familiaridade no modo como ele levava à boca o fósforo aceso. Mas seu casamento com ele tem tanta relevância em sua vida que ela poderia achar alguma semelhança nas infinitas pequenas ações em volta dela.

A imagem dele não é mais tão clara para ela, pertencendo apenas às fotos que ele estampa. Ela não conseguia ver seu rosto em outras pessoas, só seus gestos, de modo que, quando passa o cadeado na bicicleta, perto do canal, e caminha em direção ao terraço do café, o homem que olha para ela faz com que ela se lembre dele: não por causa de suas feições sombrias e gaulesas, mas do assentir, do abrir dos dedos compridos e hábeis, do abaixar de olhos.

Essas são as pequenas consolações que a morte oferece. O marido dela ainda mexendo com partes de seu coração que ela desconhecia.

ABRIL DE 1986

1

Quando Ievguiéni fecha os olhos, o mundo entra em cena.

O mundo retinindo e estrondeando, murmúrios e passos, o silvo de trens, o bipe e o deslizar de portas, os pronunciamentos falhados, baixos e distantes nos alto-falantes, pessoas dizendo "com licença" ou, com menos educação, "sai da frente", "anda logo". Som em marés. O trem chega, a multidão embarca, o trem parte, silêncio quase absoluto agora, novas pessoas descendo até a estação a passos largos, o trem chegando de novo. Escadas rolantes rangendo sem parar, fazendo um som súbito e agudo, e em um ritmo constante.

O fecho de uma bolsa desengancha, ressoando timidamente.

Ele consegue distinguir todos os sons individualmente, essa é a parte fácil, um jogo de percepção. Mas Ievguiéni também consegue bloquear todas as misturas sonoras e imergir somente em puro som, nos padrões que o som produz ali embaixo. Esse é o dom do menino, embora ele ainda não saiba — e como poderia saber, aos nove anos?

A cabeça de Ievguiéni está inclinada para trás, ele está de pé, com a postura impecável, os braços rentes ao corpo, como uma estátua improvável no meio do saguão da estação de metrô.

Ele abre os olhos e é como se visse um paraquedista saltando em sua direção, o paraquedas ondulando atrás do homem, preso até o último segundo antes de o tecido desdobrar-se em um movimento rápido e organizado, e o homem ser puxado para cima pelos ombros e pairar em silêncio nas nuvens, abandonado aos caprichos do vento.

Ievguiéni consegue ouvir isso também, consegue bloquear todo o ruído ao seu redor e escutar o motor barulhento do avião que passa por ali, as correntes de ar em disparada, o som do homem caindo, som propagado em tempo, ar e velocidade.

Ele está na estação de metrô Maiakovskáia, fitando os mosaicos ovais no teto do saguão, todos compondo uma parte do abrangente tema "Um dia do céu soviético". Ievguiéni não sabe que as cenas têm um título, mas não importa. Ele pode só ficar ali e observar e deixar a imaginação cuidar do resto. Aqui embaixo não há música, só barulho, som, o avião não tem nenhuma extensão orquestral, nenhuma sonata acompanha o homem até seu destino. Aqui embaixo Ievguiéni pode compor melodias a partir de tudo que o cerca; os eflúvios acrobáticos do dia a dia. Aqui não há semínimas e colcheias. Não há pentagramas nem indicadores de tom: forte, pianíssimo. Há apenas som, na plenitude de sua expressão natural.

Paft!

Uma dor aguda em sua orelha. Uma nota industrial estridente, a mesma da TV ao fim da programação noturna.

Ievguiéni sabe o que vai ver antes de olhar.

Dois garotos da escola, poucos anos mais velhos que ele. Ivan Egórov e seu amigo Aleksandr. Todo mundo o chama de Alek Preguiçoso, porque ele tem ambliopia, o popular "olho preguiçoso". Fazem milhares de piadas com Alek. *Por que Alek chegou atrasado na escola? Porque o olho dele não quis levantar da cama.* Alek ouve essas coisas o tempo todo, menos quando Ivan está por perto. Ninguém mexe com Ivan.

Alek diz a Ivan:

— Minha mãe vive me perguntando: "Por que você não pode ser igual àquele outro menino, tocar um instrumento, ser como aquele menino Tchaikóvski?". É assim que ela te chama, "menino Tchaikóvski".

— Tchaikóvski. Conheço esse nome. Por que é que eu conheço esse nome mesmo?

— O balé. *O lago dos cisnes.*

— Isso mesmo. *O lago dos cisnes.* Mas tem outra coisa, qual é a outra coisa?

Eles estão conversando *para* ele, mas não *com* ele, como se Ievguiéni tivesse chegado de fininho enquanto eles conversavam. Ievguiéni pensa em sair correndo, talvez seja a melhor saída. Mas ele não tem medo de brigar. Esses garotos poderiam dar uma bela surra nele, sem dúvida, mas ele vai ficar e lutar. Seu único desejo é que eles sejam rápidos. As pessoas passam, sem ter noção da situação de Ievguiéni. Ele não pode pedir ajuda de jeito nenhum, isso significaria uma sova mais prolongada; outros garotos ficariam sabendo e se juntariam à brincadeira. Não aqui, mas depois. Com certeza.

— Que outra coisa?

— A outra.

— Não lembro.

— Ei, Tchaikóvski, qual é a outra coisa que te deixou famoso?

Um suspiro. Lá vamos nós.

— *O Quebra-Nozes.*

Ivan finge que vai dar um soco em sua virilha, e Ievguiéni se retrai. Erro básico.

— Ouvi dizer que você tem duas mães. Você precisa de um cuidado especial, ou o quê? Quando você se machuca, uma beija e a outra assopra. Foi o que eu ouvi dizer.

— Uma beija? Ouvi dizer que as duas se beijam.

A cabeça de Alek está sempre inclinada para o lado, compensando o olho. Isso faz com que ele pareça uma galinha. Virando a cabeça toda hora. Ievguiéni tem vontade de endireitá-la com um tapa.

— Mostre suas mãos para a gente, maestro — diz Ivan.

Certa vez, Ivan bateu em um menino quatro anos mais velho que ele, e foi uma briga de cachorro grande. Ele acertou uma porrada forte na traqueia do menino. Até os professores pararam para ver.

Ievguiéni entrelaça os dedos atrás do corpo, mas Alek se esgueira e puxa o pulso de Ievguiéni para separar suas mãos, exibindo uma delas para Ivan. Eles precisam ser cautelosos com a situação: o máximo de dor, o mínimo de atenção.

Ivan pega o dedo anelar da mão direita dele, empurrando-o lentamente para trás, na direção do cotovelo.

— Ouvi falar que ele usa gravata-borboleta. Você ouviu falar também?

— Ouvi, sim.

Ele se move para a esquerda e pisa com força no pé dele, usando o corpo de Ievguiéni como escudo. Ievguiéni é obrigado a se virar aos poucos, cotovelo seguindo o movimento do ombro — uma versão mais agonizante do giro que ele vê sua mãe fazer quando ela dança, nas poucas vezes em que a viu dançar —, até ficar de cara com Ivan.

O menino mais velho o segura de outro jeito, reflete sobre a punição. Quebrar o dedo não está fora de cogitação. Ievguiéni sabe disso, Ivan sabe isso. Testar a flexibilidade da articulação. Testar a determinação de Ievguiéni.

— Então, se você tem duas mamães em casa, onde está seu papai?

— Ele morreu no Afeganistão.

Uma pausa. Ivan olha para ele e, pela primeira vez, o enxerga.

— Meu pai foi para o Afeganistão.

Ivan solta uma nota aguda de pesar. Olha de relance para um ponto distante.

Talvez fique tudo bem com Ievguiéni.

Eles estão a sós agora. A vivência em comum dos dois, o pai em uma zona de guerra, distinguindo-os de todo o restante. Ivan segura o anelar do menino mais novo. Segurando-o com sua mão. Um ponto de contato estranho, ele se dá conta, olhando para o gesto, como um bebê segurando o dedão de um adulto.

O menino Tchaikóvski está encarando Ivan, olhando no fundo de seus olhos agora, como se estivesse tentando descobrir alguma coisa. Como se quisesse que Ivan repetisse o que disse. Ivan consegue sentir a tensão na mão do garoto se esvaindo. A possibilidade de soltá-lo existe. Definitivamente existe essa possibilidade. Mas Alek está aqui. E a história se espalharia.

Ele olha para o menino, assimilando tudo. É patético para cacete: braços e pernas desengonçados; um corpo que parece ter sido feito de membros reserva; juntas angulosas; tudo assimétrico. O pai de Ivan o ensinou a parar com as pernas abertas, a ser realista. Outra lição pela qual ser grato. Quando seu pai fala, Ivan ouve. Um homem que foi para a guerra.

— Mas tem uma diferença entre o meu pai e o seu. Sabe qual é?

A calma pincela os olhos de Ivan. Ievguiéni pode ver seu reflexo neles, o contorno impreciso de seu cabelo. O clima muda. Ele respira fundo, uma imagem efêmera de suas lágrimas armazenadas em um pequeno e escuro reservatório perto de seu cérebro. Suas palavras agitam o ar quando ele fala:

— Não. Qual é?

Ivan agarra o pulso de Ievguiéni com a outra mão. Um punho em volta do dedo, outro em volta do pulso.

— O meu voltou.

Silêncio. Quietude. Um golpe de Ivan, seu lábio inferior preso entre os dentes.

O som de um galho quebrando.

Ievguiéni não grita e fica orgulhoso de si mesmo — no meio da dor —, pois emitir um som significa que eles o verão de novo, talvez na semana que vem. Essas são as regras.

Um guarda da estação de metrô se aproxima e pergunta o nome dos meninos. Ievguiéni está com o corpo curvado para a frente, a mão aninhada na barriga, meio ofegante. O guarda repete a pergunta, e eles respondem:

— Pável.

— Yuri.

Eles não são burros a ponto de dar seus nomes verdadeiros. Olham para o guarda com uma expressão impassível.

— O que foi? Não tem problema nenhum aqui.

Alek arrasta um sapato no chão, por dentro do bolso coça a virilha. Ievguiéni ergue o braço bom para o homem, fazendo um gesto como quem diz: "Estou bem."

— Ele está com câimbra. A gente está só esperando ele — diz Ivan. Nessas situações, Alek fica na dele. Por isso que Ivan é Ivan e Alek é Alek.

O homem vai embora. Alek acerta um último peteleco na orelha de Ievguiéni, uma dorzinha extra, e eles vão até a plataforma enquanto o trem para na estação.

Olho preguiçoso filho da puta.

Enquanto eles se afastam, as lágrimas de Ievguiéni chegam, transbordando do reservatório.

Ele anda cambaleando, para longe da abóbada do saguão, ofegante, saliva escorrendo pelo seu queixo. Ele quer ir a um lugar escuro se esconder, quem sabe dormir, mas não há onde ficar sozinho nesta cidade. Mesmo que fosse para casa e se trancasse no banheiro, haveria um punho esmurrando a porta. Talvez conseguisse cinco minutos de paz. Com certeza não mais que dez. Pessoas vivendo a vida das outras. A vida dele. Compartilhando sua banheira, sua privada. Sua mãe diz que ele tem sorte de ter a própria cama. Ela diz isso a ele, e ele não sabe o que responder. Talvez sua cama seja a próxima coisa. Talvez um dia, muito em breve, ele tenha de se aconchegar a um estranho. Ele nunca sabe quando as regras vão mudar de novo.

Ievguiéni enfia a mão machucada por baixo do casaco. A dor tem o próprio batimento. Ele aninha a mão dentro do casaco como se ela não fosse uma parte dele, como se fosse outra coisa, um pássaro ferido, um gatinho abandonado. Ele sente vontade de chorar alto, de dar voz à mão machucada, mas e se o teste ainda não acabou? Sempre tem alguém que pode ouvir.

O Sr. Leibniz, seu professor, vai ficar esperando. Ievguiéni consegue visualizar o velho sentado no banco do piano, olhando para o pátio, consultando o relógio.

Talvez ele devesse ir até lá mesmo assim. O Sr. Leibniz, com certeza, ficaria aborrecido, mas não há dúvida de que, quando visse o dedo, ele entenderia a dor envolvida, faria alguma coisa a respeito.

Ele precisa ir a algum lugar. Ele sabe disso. Se ficar muito tempo por aqui, o guarda da estação vai voltar. Nunca atraia atenção. A regra de ouro desta cidade. Enturme-se. Ande em grupo. Fale baixo. Não se gabe quando algo der certo. Aguarde pacientemente nas filas. Essas são coisas que ninguém nunca lhe disse. Pelo menos não diretamente. Ievguiéni as aprendeu simplesmente por estar aqui, por estar vivo.

A cidade se revela para ele o tempo todo, projetando seus hábitos nas coisas mais inócuas. Nos dias ensolarados, quando as sombras se assentam, nítidas e definidas, pelo chão, ele vê pessoas seguindo linhas sombreadas, andando rápido rente aos muros, fugindo do sol. Ou esperando no semáforo, todo mundo encurvado e enfileirado em um pequeno retângulo de concreto faminto de sol. As coisas que ele sabe, ele as sabe por estar sozinho entre outras pessoas. Andando, ouvindo, observando. No verão do ano passado, ele se sentou em um degrau e fitou uma fila que se estendia na frente de uma peixaria; todo mundo suando em bicas e fofocando. Quando ficou quente demais para conversar, eles ficaram em silêncio, respirando. Inspirando e expirando juntos, como se fizessem parte de uma só coisa, alguma criatura comprida e desconjuntada. Às vezes, ele acha que as pessoas ficam em filas só para fazer parte de uma fila. Para fazer parte de formas que são criadas para que alguém as preencha.

A mãe dele trabalha em uma lavanderia e, quando chega em casa, lava e passa as roupas dos vizinhos. As pessoas batem à porta deles o tempo todo com cestos de roupa suja. Sua mãe não escolheu isso. Ele sabe que ela odeia. Mas alguém tem de lavar as roupas sujas, deixá-las limpas, deixá-las sem vincos. Por que não sua mãe? Todo mundo se adapta à necessidade.

Além disso, todo mundo quer que ele toque Mozart e Schubert, e ele não consegue deixar de se perguntar: *qual é a necessidade disso?* Mas ele é muito novo para fazer perguntas. É isso que sempre lhe dizem. Por isso ele as faz para si mesmo e não procura respostas. Há perguntas que descem aos poucos, pairando no ar, dos mosaicos até ele. Ele tem tantas perguntas. Ele costumava anotá-las, mas sua mãe encontrou as folhas em seu caderno e as queimou. Ela disse que ele tinha outras coisas nas quais pensar. Teria sido melhor se ela tivesse dado um chute na boca do estômago dele. Ainda assim, as perguntas continuam fervilhando em sua cabeça. Ele ajeita a postura e se pergunta: *por que alguém sentiu a necessidade de colocar o mosaico de um paraquedista no teto de uma estação de metrô?* Mas, de alguma forma, era mais fascinante daqui debaixo. Há certa intensidade na torrente de nuvens e no céu, no meio de um lugar sem ar puro, em um túnel iluminado por candelabros.

O Sr. Leibniz teria uma porção de perguntas. Ele trataria Ievguiéni como um artefato quebrado, uma antiguidade preciosa de família que havia caído da cornija da lareira. Ele não se preocuparia com a dor, pelo menos não a princípio. Ele pensaria nas semanas de aulas que seriam perdidas, o cronograma de competições que teria de ser rearranjado. Ele levaria uma mão à testa, e seus dedos se aproximariam ao deslizá-los pelas espessas sobrancelhas. Depois, olharia para Ievguiéni com ar de decepção. Ievguiéni odeia aquele olhar.

As pessoas descem de novo pelas escadas rolantes como cascatas, despejando nas plataformas. Alguém dá um esbarrão na mão de Ievguiéni, ele solta um gemido baixo e, então, deixa que aquele mar de gente o arraste até a beira da plataforma. Lá ele para e inclina suavemente o corpo na direção dos trilhos para olhar de relance o trem fazendo a curva e se aproximando, seus faróis intimidando e escavando a escuridão.

Ele vai encontrar sua tia Mária. Não sabe ao certo em que instante tomou essa decisão, mas está aqui agora e é isso que ele vai fazer.

Ao seu redor, as pessoas estão coçando o nariz, roendo as unhas, puxando o lóbulo das orelhas. Todas olhando para o nada.

O trem do metrô vai freando, e, quando finalmente para, uma mulher ao seu lado sorri para os painéis de aço da porta. Ela está vendo se tem batom no dente. Ievguiéni sabe que é isso porque sua mãe faz a mesma coisa quinze vezes por dia, até quando passa a noite em casa, até quando não está de batom. Ela olha e pede a ele que veja se está sujo e depois, inconscientemente, passa a língua nos dentes da frente, porque nunca se sabe. As portas se abrem, e a multidão aflui e se espreme. Ievguiéni arqueia o corpo para proteger o dedo com os cotovelos e ombros. Fica parado, esperando o metrô acelerar e tirá-lo da inércia. Não pode usar a mão livre para se segurar em uma das alças, pois o deixaria muito exposto. Por isso, ele abre bem as pernas para que elas absorvam os impactos dentro do vagão.

Ele pode ter apenas nove anos, mas já andou sozinho de metrô incontáveis vezes. Faz, no mínimo, um ano que convenceu sua mãe a deixá-lo andar sozinho. Ele vai até a casa do Sr. Leibniz quatro vezes por semana, e ficar esperando que sua mãe ou sua tia o buscasse e o levasse estava comprometendo seu tempo de aula. Ievguiéni sabia que, se conseguisse fazer um link entre seu argumento e a música, teria o motivo perfeito. Ele conseguiu fazer com que o Sr. Leibniz concordasse com isso na frente de sua mãe, o que deu certo trabalho, porque o Sr. Leibniz não gostava de concordar com ele no que quer que fosse. Ele não queria que Ievguiéni colocasse o carro na frente dos bois.

Assim, a mãe de Ievguiéni comprou um mapa para o menino e lhe deu um frasco de perfume para que ele borrifasse nos olhos de qualquer um que chegasse perto demais. É óbvio que ele o jogou fora assim que pôde. Levar um frasco de perfume para a escola era simplesmente um convite para a dor.

Quantas coisas ele viu desde então, especialmente às terças e sextas, quando volta tarde para casa. Viu homens com o cabelo emaranhado deitados em uma fileira de assentos. Viu casais embrulhados em cobertores que refletem a luz com seu brilho sujo. Há pessoas que conversam com Deus em voz alta e pessoas sem dente, os lábios chupados para dentro da cavidade da boca.

Certa vez, um homem colocou o pênis para fora da calça. Isso foi dentro do último vagão. Sacou o pênis da calça e urinou na porta interna do condutor. Um naco pesado de carne. Ievguiéni ficou olhando para aquilo, depois desviou o olhar, depois encarou de novo. Não conseguia não olhar, uma coisa tão sigilosa, ali, viva, em plena luz do dia. Vapor exalando do jorro de sua urina. O líquido escorrendo vagão afora, espalhando-se por afluentes estreitos. Ievguiéni não quis levantar as pernas, não quis atrair a atenção do homem, por isso deixou a urina encostar em seus sapatos, passar pelos seus dedos. Ninguém esboçou objeção alguma no vagão, todos os demais passageiros estavam enrolados em cobertores, isolados da comoção.

Ele troca de metrô na Okhotni Riad, seus passos reverberando no osso quebrado. Quando chega à linha vermelha, a dor já avançou para outros lugares do corpo. Seus ombros e suas costelas estão dormentes, como se ele os tivesse desencaixado das articulações e os deixado no gelo por algumas horas. Eles também estão se contraindo, impedindo que as vibrações vindas dos trilhos cheguem ao interior esponjoso do osso. O chiado estridente do metal arranha os ouvidos de Ievguiéni, afiado, na mesma intensidade de sua dor. Tudo isso está acontecendo dentro dele, dentro desse trem que avança feito um projétil nas profundezas das ruas de Moscou.

Chegam à estação Universitet, e Ievguiéni sai do vagão com os ombros curvados, abrindo caminho até a escada rolante. Ele para diante dela. No fundo, tem medo de escadas rolantes, um medo de que talvez acabe caindo de costas se não firmar os pés direito no degrau. Assim que passa pelas catracas, sobe um lance de degraus molhados e sai ao ar livre. A chuva cai em rajadas violentas, batendo com força no asfalto do distrito Prospekt Vernadskogo. A água varre o teto dos bondes que passam. Já está escuro, o que Ievguiéni não esperava. O tempo escoou furtivamente, e agora ele começa a se preocupar com o fato de que talvez esteja muito atrasado, talvez a tia já tenha terminado sua aula, talvez ele tenha que voltar para casa e encarar todo o vigor do interrogatório da mãe.

Por entre as árvores do campus, ele avista a torre central da Universidade Lomonosov, mas ela fica mais longe do que ele imaginava, uma caminhada de dez minutos. A chuva aumenta, e, quando ele chega em frente ao portão do campus, decide correr em busca de abrigo do outro lado da rua, sob a marquise de concreto do Circo de Moscou.

Correntes grossas de água jorram das dobras arredondadas do teto, ancorando a estrutura do circo. Encharcados, funcionários da bilheteria entram alvoroçados no auditório com paredes de vidro e, uma vez lá dentro, tiram os casacos. Em frente aos degraus abaixo de Ievguiéni, um homem passa empurrando uma bicicleta de uma roda só, meio que carregando-a, meio que guiando-a, gotas presas nos fios de sua barba cheia. A princípio, Ievguiéni pensa que o homem talvez seja um dos artistas do circo, mas depois observa seu aspecto desgrenhado e conclui que não deve ser. Além disso, que tipo de truque alguém pode fazer com uma bicicleta velha e quebrada?

Ievguiéni aninha sua mão machucada debaixo da axila. Ele queria estar em casa, sentado ao lado do aquecedor, esquentando as mãos com um chá. Uma onda de náusea percorre Ievguiéni de repente, e ele se dá conta de que não come nada desde o café da manhã. Sua mão está consumindo toda a sua concentração e força. É a única coisa que importa neste exato momento. Ao seu redor, todas as mesas e cadeiras do café sob a marquise de concreto do circo estão desocupadas. Com a manga de seu braço bom, Ievguiéni enxuga a água da chuva de uma cadeira próxima e senta-se no assento de metal. Embora saiba sua localização, ele se sente perdido, não está onde precisa estar e não faz ideia de como vai conseguir chegar até a sala de aula de sua tia Mária, ou de como vai voltar para casa. E não pode ir sozinho ao hospital; haveria trezentas perguntas. Podem até desconfiar de sua mãe, e ela pode muito bem ficar sem passar por isso.

Ele não sabe em que sala sua tia dá aula, que dirá o prédio. Com o que ele estava na cabeça quando decidiu vir até aqui? Ele não deveria nem ter ficado parado no meio do saguão da estação de metrô, à deriva, não deveria ter se colocado numa situação em que alguém pode quebrar seu dedo. Seu cronograma de ensaio será jogado no lixo, e depois o que será deles? Sua mãe terá de lavar roupa para sempre? Ela trabalha tanto. Ele é o homem da casa. Que tipo de homem ele é, que chega a um lugar à procura da tia e não sabe nem por onde começar e acaba sentado em uma cadeira molhada olhando a chuva?

Nos prédios residenciais do outro lado da rua, as mulheres estão arrancando as roupas dos varais abertos na varanda. Elas puxam os pregadores, seguram-nos com os dentes, depois se viram para pedir ajuda a quem está dentro de casa, surtos de movimento afoito idênticos que acontecem em diversos andares do prédio, independentes uns dos outros. Longe dali, sua mãe provavelmente está fazendo a mesma coisa.

Abaixo delas, no nível da rua, uma mulher passa, protegida por um guarda-chuva azul-marinho. Atraídos para baixo, os olhos de Ievguiéni desviam do caos intermitente que se desenrola lá em cima. Ela está com um casaco cinza e sapatos pretos. Ievguiéni reconhece seu jeito de andar, o ritmo das passadas largas. Só pode ser ela. Finalmente um pouco de sorte. Ele se levanta e grita em sua direção:

— Tia!

Ela não ouve e continua andando.

Ele berra de novo:

— Tia Mária!

Nada ainda. Ievguiéni acha que não tem forças para correr atrás dela. Ele precisa ser resgatado de sua ilhota de tristeza. Sacode sua mão boa no ar, fazendo amplos acenos. Nada ainda. Ela está passando bem à sua frente agora, o momento rapidamente se esvai.

A calçada molhada fica com um reflexo amarelado. Dos alto-falantes acima soa uma música estridente de parque de diversões.

Momentaneamente desorientado, Ievguiéni ergue o olhar para ver a extensão da marquise de concreto do circo iluminada com centenas de lâmpadas isoladas. As que estão perto dele reluzem nas poças estagnadas, que se convertem em bolhas de ouro derretido. Do outro lado da rua, sua tia Mária para, olha para a estrutura do circo, encantada com a onda de eletricidade que irradia o ar úmido da noite, e observa um menino encharcado sacudindo um braço acima da cabeça, como se estivesse ilhado no meio do oceano.

🎕 2

GRÍGORI IVÁNOVITCH BROVKIN ESTÁ DE pé na borda da piscina gelada da casa de banho de Tulskáia, fitando o brilho plano da água calma. O som de partes do corpo em contato com diversas superfícies o cerca: pés aderindo ao piso de mármore molhado, as mãos grandes dos massagistas velhos dando batidas e apertando com força um monte de pele grossa nas salas de tratamento ao lado. Todos os homens, a maioria mais velha que ele, caminhando de um jeito peculiar, panças balançando, ombros para trás, peitos estufados, corpos libertos de restrições, toalhas brancas e idênticas afagando suas cinturas, as pontas oscilando perto dos joelhos por causa da caminhada letárgica. À sua esquerda, dois homens jogam xadrez, parcialmente escondidos pelo vapor, metade das peças é branco marfim, a mesma cor que a pele deles. As peças acumulam condensação, como se também estivessem eliminando suas impurezas pelo suor.

A água da piscina inerte e translúcida, tão límpida que ele consegue ver os azulejos do fundo, um metro e oitenta abaixo, com um aspecto tão sólido que a ideia da água abrindo-se para ele, partindo-se sob seu peso, parece absurda.

Tem sido um dia longo, e ainda não terminou. Ele levantou às 5h25. Foi até a janela, a luminosidade azul-cobalto, e ficou observando o passar do dia, a manhã ficando mais clara, atividades rotineiras desenrolando-se: padeiros conferindo o pão crescer, obediente, nos fornos; zeladores vestindo seus macacões; mecânicos em garagens tentando consertar caminhões de entrega, testando os motores com toda a paciência do mundo até eles acordarem balbuciando reclamações.

Ele recostou os antebraços no vidro e viu um pombo alçar voo por cima de algumas faias, suas asas esticadas apanhando porções invisíveis de ar, carregando um coração desproporcional ao tamanho de seu corpo. O tipo de contradição que a ordem descomplicada da natureza consegue ter.

Ele sempre gostou de ordem. Foi provavelmente esse traço em sua personalidade que, pensando melhor agora, o levou a ser cirurgião. Na sala de cirurgia, ele se consola com os procedimentos físicos. Os instrumentos sendo passados para ele de um jeito específico, segurados em certa altura. Colocados em sua mão com a mesmíssima força. Tudo limpo e higienizado. Tudo um brinco. Uma sala que está longe, se não do erro, da negligência; tudo nela é o resultado de um cuidado minucioso.

Ele tomou um banho e seu café da manhã, que foi um pão de centeio, dois ovos cozidos e chá. Colocou o terno e deu um nó na gravata, passou um pente pelo cabelo cujas entradas não param de aumentar; os anos passando de forma infeliz.

Seus pensamentos tinham um quê de amargura nesta manhã, porque hoje é seu aniversário, trinta e seis anos. Talentoso. Respeitado. Sozinho. Um cirurgião-chefe com um casamento fracassado nas costas.

Ele escolheu um par de abotoaduras na gaveta da mesinha de cabeceira e olhou para a cama vazia, os lençóis bagunçados e afunilados em um lado, como se houvesse alguém debaixo deles, como se ela ainda estivesse lá, como se tivessem superado as brigas furiosas, o amor deles fortalecido pelo fogo do casamento, refinado em algo mais sincero, mais duradouro. Mas o formato na cama era uma mera lembrança da ausência dela, um sentimento que era mais intenso durante as manhãs, do momento que acorda na mesma posição que costumava acordar nos anos em que ela estava lá — agora, abraçando nada — ao instante que gira a chave na porta para encarar o dia sem as ternas palavras de encorajamento de Mária.

Ele vai andando até o hospital. Quarenta minutos do seu apartamento. Gosta de tomar um ar, embora a maior parte do trajeto seja no anel viário, com o tráfego cuspindo fumaça. Rosnando. Mesmo de manhã cedo. Ele parou no meio de uma passarela e olhou para a estrada lá embaixo, segurando o corrimão de metal. Um caminhão passou berrando debaixo dele, e Grígori sentiu uma vontade incontrolável de cuspir nele, um hábito de infância que ele julgava extinto, mas descobriu que estava adormecido todo esse tempo, vindo à tona agora, no primeiro dia de seu trigésimo sétimo ano de vida.

Um homem no fim da passarela tirava fotos de um trecho de cascalho que dava para um matagal atrás do muro limítrofe. Ele nunca vira alguém ali, já que aquele lugar não tinha utilidade prática, era uma extensão desnecessária paralela à escadaria que leva até a calçada. Grígori foi até ele. Ficou curioso para saber o que o homem estava fotografando, mas também havia o fato de que ir até lá proporcionava uma ligeira mudança em sua rotina e um reconhecimento de que esse era um dia especial.

Antes de Grígori chegar lá, o homem com a câmera virou-se, cumprimentou-o com um aceno de cabeça e desceu a escada. Grígori continuou andando até o muro e inclinou-se por cima dele. O céu já estava quase todo claro, o sol ao cume do horizonte. Grígori sabia que estava mais atrasado que o normal. Ele gostava de passar umas duas horas fazendo trabalho burocrático antes das reuniões do conselho, das rondas médicas, da papelada que exigia sua assinatura, das solicitações de verba, das consultas e das salas de cirurgia. Uma coisa atrás da outra. Os dias voando. Ele esticou os indicadores e os polegares em um formato retangular, um visor, algo que não fazia havia anos, mas o ato de alguém levar uma câmera a um lugar tão comum o intrigou.

Um nada de lugar com grama chamuscada. Uma torre de alta tensão plantada no meio. Um muro caindo aos pedaços.

Então, Grígori olhou um pouco para baixo e afastou as mãos do rosto, abaixando-as para enquadrar a cena inteira, tentando vê-la em sua totalidade, emoldurada pelo campo, os muros do perímetro além dos quais o tráfego fluía, indiferente à imagem.

Fileiras de sapatos, como uma paisagem repleta de calçados, adornaram a vista, evocando uma sensação que ele não conseguia explicar. Quantos sapatos havia aqui? Mil, talvez? Todos os pares meticulosamente alinhados e com a mesma distância um do outro.

Ele não estava mais com pressa. Esses sapatos tinham sido colocados lá, com todo o cuidado, para serem observados. E por isso ele os observou. A costura no couro ou os solados de plástico, os cadarços e as linguetas e os contornos das aberturas, as linhas elegantemente curvas. Havia chinelos e sapatilhas de balé, botinas de trabalho com biqueiras de aço, sandálias infantis. Os sapatos não preenchiam a paisagem, e sim enfatizavam a ausência, itens tão pessoais, como se um batalhão de pessoas tivesse desaparecido. Havia, disso ele tinha certeza, uma explicação racional para aquela cena. Talvez fosse uma espécie de memorial, ou talvez o trabalho de algum artista radical. Sem dúvida, uma hora ou outra, ele acabaria ouvindo falar disso. Mas, por ora, ele podia ficar ali e maravilhar-se com a imagem com que deparou-se por acaso, perto de uma estrada qualquer, numa manhã comum. Consciente o tempo todo de que ele também fazia parte da cena, uma silhueta solitária com um terno bastante usado, encarando aquele absurdo incrível.

Ele raramente pensava no que os outros achavam dele. Era um efeito colateral de ter a responsabilidade de dar notícias sérias. Entrar em uma sala e encontrar pais tensos, ou uma esposa que não dormia havia uma semana, exigia somente um olhar de fora. Você perde toda a autoridade, toda a confiança, se for se preocupar com o que vão achar de você. Ele pensou em como a vida que silenciosamente se formara a sua volta parecia tão sólida agora, e em como, hoje em dia, era raríssimo ele esbarrar em um elemento surpresa.

Lá embaixo, à direita, quase fora de seu campo de visão, sua atenção foi atraída pelo brilho de um reluzente par de saltos agulha preto. Um item básico do guarda-roupa dela. A imagem dos sapatos transportou-o àquela noite no rio. A noite do primeiro encontro de verdade dos dois. Um Grígori mais jovem, sozinho e curvado acima da superfície congelada, só com um lampião de querosene para guiá-lo. Um banquinho de vime, o mesmo no qual ele se sentou muitos anos depois no auge da infelicidade do casal. Uma vara de pescar. Um buraco no gelo.

O LUGAR É KURSK. O rio leva o nome da cidade. Ele é residente no hospital e tinha acabado de começar a trabalhar lá. Ele vai até o rio desanuviar a mente dos termos em latim, do cheiro de hospital; o antisséptico ainda impregnado na pele. Nada em que se concentrar a não ser o círculo escuro diante dele, com meio metro de diâmetro, e sua linha de pesca imersa nas profundezas desconhecidas. Ele segura a vara de forma folgada, absorto na espera. Uma garrafa de vidro está escorada entre suas pernas, e ele a leva à boca, mas nada bebe; o líquido acabou. Ele balança a cabeça, contrariado, e coloca a garrafa debaixo do banco, retomando sua posição.

Um grito vem da margem:

— Oi!

Ele vira-se e vê edifícios em primeiro plano em contraste com o céu índigo e raiado, e carros que passam lançando sua luz halógena nas ruas. Novamente o grito, vindo de um caminho ao longo da margem. Uma silhueta surge das sombras, meio escondida pelas árvores, uma mulher com cabelos longos e pretos, o luar refletindo neles, misturando-se com a noite.

Ele recolhe a linha, equilibra a vara no banco e vai até ela. Quando está se aproximando, ouve risadinhas enquanto ela manipula um pequeno objeto retangular. Mais perto agora, ele vê que é um cantil prateado. A lua ilumina algumas partes do rosto dela, e há beleza em todos os ângulos.

— Dr. Brovkin, o senhor parecia tão sozinho e com sede — diz ela. — Pensei que eu poderia ajudar.

Ela diz isso com uma entonação ligeiramente animada na voz, uma provocação sutil. Ela está se perguntando se ele irá reconhecê-la, e ele a reconhece. Ela é faxineira no hospital; eles já se viram na recepção, pediram licença no refeitório, manobrando para saírem do caminho um do outro, ambos segurando bandejas cheias. É claro que ele sabe quem ela é. Ele transmite uma familiaridade calorosa com os olhos, ao olhar no fundo dos dela.

— Com qual parte? — pergunta ele, e ela hesita, não entendendo. — Você está oferecendo ajuda para a solidão ou para a sede?

— Ah. — Ela ri, as bochechas enrubescem, uma meiguice surge no olhar. — Quem sabe para as duas?

Ela está com um xale grosso por cima de um vestido longo cinza, que parece ter sido feito sob medida para ela. Está voltando de uma festa, que não a deixou nem exausta nem bêbada, mas elétrica, irradiando vida e curiosidade.

Ele dá um gole no cantil e sente um calor se espalhar por seu peito. Ele balança a cabeça, surpreso.

— Uísque? Eu estava esperando vodca.

— Bem, é bom se surpreender. A bebida te aqueceu?

— Aqueceu, sim.

— Então fez o trabalho dela.

Ele assente, olha para ela de novo.

— Eu nunca pesquei — diz ela. — Parece relaxante.

Ele ergue o braço, com delicadeza, até a altura da própria cintura, com a mão em formato de concha, como se estivesse oferecendo alguma coisa.

— Me mostre seus sapatos.

Ela pousa o pé na mão dele com cuidado, e ele o acaricia por um instante, passando os dedos longos pela curva do dorso do pé dela, depois de cabo a rabo pelo comprido salto agulha, detendo-se no tornozelo e agarrando-o como se o estivesse cumprimentando antes de devolvê-lo com delicadeza ao chão; um movimento de ferreiro. Ele olha para o rosto magro dela, tão irrequietamente cheio de vida, de boa cepa, e balança a cabeça, decepcionado.

— Seus saltos são muito altos e finos. Como você consegue usar isso num tempo desse? — pergunta ele.

— As mulheres são criaturas bem equilibradas. Não sabia?

Ela se equilibra em uma perna, depois na outra, e tira os sapatos, deixando-os pender de seus dedos. Ele ri. Uma risadinha discreta, pueril, que surpreende a ambos.

— Você não pode fazer isso. Vai morrer de frio sem sapato.

— Eu vou ficar bem. Tem um médico aqui.

Ela fica parada, esperando algo acontecer. E, então, ele passa um dos braços por trás das pernas dela, levanta a mulher e a carrega até o gelo. Dá passos largos, dobrando os joelhos, criando uma base estável para os dois. Caso caiam na água, não há ninguém por perto para ajudar.

Quando chegam ao banco, a princípio, ela se ajoelha em uma perna só, depois se ajeita e se senta em ambas as pernas. Deposita os sapatos no gelo e desdobra o xale. Por um instante, o tecido paira horizontalmente no ar, inflando no meio, do mesmo jeito que acontece quando as enfermeiras trocam as roupas de cama no hospital, um lençol suspenso abrigando o que está por perto.

Ela se enrola no xale enquanto ele vai caindo, e o tecido grosso assenta por todo o seu corpo; não há nada à mostra abaixo de seu ombro. Com ela devidamente coberta e à vontade, ele chega por trás, põe a vara de pesca em suas mãos e solta o spinner. Então, eles ouvem o mecanismo girar até ele achar que a profundidade está adequada, depois trava a linha e a encoraja a segurar a vara com menos força, dando uma beliscadinha em seus dedos.

— E agora, o que a gente faz? — pergunta ela.

— Agora a gente espera — responde ele, e ela sente o calor do hálito dele em seu pescoço, e ele observa os saltos pretos meio tombados no gelo branco, dando um ar bagunçado à cena.

A LEMBRANÇA ACOMPANHOU GRÍGORI ATÉ o hospital. Ele olhou de relance para o relógio acima da mesa da recepção. Tinha muito trabalho para fazer e estava atrasado. Eram quase nove da manhã, uma hora e meia depois do horário que costumava chegar. O lugar já estava no ritmo de sempre. Havia pessoas sentadas, com suas senhas numeradas em mãos, esperando serem chamadas. Os funcionários administrativos andavam para lá e para cá atrás do balcão, segurando resmas de papel na altura do peito. Em algum lugar do recinto, um rádio transmitia um misto de estática e conversa abafada. Ele entrou às pressas pelas portas vaivém que davam acesso aos corredores, passou por quartos onde enfermeiras distribuíam medicação, e viu pacientes sentados, à espera de uma novidade, com braços ligados a medicamentos intravenosos ao lado da cama. Geralmente, ele ia à enfermaria e trocava uma ou duas palavras com alguns pacientes, um lembrete de que a equipe de cirurgiões não os via apenas como pele e osso. Ele perguntava de onde eles eram, lia seus prontuários, tranquilizava-os, dizia que iriam embora dali antes que o tempo mudasse ou que enjoassem da comida do hospital.

As pessoas levantavam o olhar quando Grígori passava, mas ele evitava qualquer tipo de contato visual. De repente, se deu conta de que estava encarando fixamente uma cadeira de rodas desocupada, ainda pensando na lembrança que lhe veio de manhã, e a improbabilidade do ocorrido revirando dentro dele. Ele teria de se obrigar a parar de pensar nisso.

Um paramédico passou por ele empurrando uma maca vazia, que sacudia sem fazer nenhum barulho pelo linóleo verde-limão, como um graveto boiando num rio.

O cheiro. O lugar tinha sempre o mesmo cheiro. Geralmente, o odor o atingia assim que ele entrava. Desinfetante e legumes cozidos. Uma limpeza simples e nauseante. Ele não conseguia sentir o cheiro sem se lembrar de sua tia, a irmã mais velha de seu pai. De entrar na casa dela quando era criança. O fedor do corpo dela, velho e sem banho, coberto pelo talco perfumado que ela passava no rosto.

Família em tudo. A história intrincada à matéria da qual somos feitos. Em seu trabalho, ele podia descobrir a origem das coisas. Com muita frequência, ele examinava radiografias e identificava lesões nos pulmões de um paciente, o peito pontilhado de manchas opacas, como se alguém tivesse derramado água no filme. Ou artérias coronárias que ficaram esbranquiçadas, com a coagulação parecendo um espaço vazio e inofensivo. Ele via as origens da doença. E, em muitos casos, também enxergava a família nesses processos, a natureza hereditária dessas enfermidades levando consigo um suspiro dos que já partiram. História e família juntas no presente, no futuro, e ele sempre ficava fascinado, e refletia como nossa criação está evidente não só em nossas atitudes ou em nossas manias ou em nosso jeito de falar, mas também em nossas células, provando sua presença em uma folha de acetato, posicionada na frente de uma caixa de luz, cinquenta anos depois do dia que nascemos.

Raíssa, a secretária de Grígori, ouviu o barulho dos sapatos dele, que lembrava um rangido de desenho animado, anunciando sua chegada, e logo se pôs de pé ao lado de sua mesa, segurando um bolinho de fichas pautadas antes de ele aparecer virando o corredor. Grígori a cumprimentou com um aceno de cabeça e entrou em sua sala, deixando a porta aberta para que ela pudesse segui-lo. Raíssa começou a recitar as mensagens enquanto ele tirava o paletó e se acomodava na cadeira.

Algumas indicações. Respostas de indicações. Uma mensagem do editor da revista de medicina estatal. Cobranças de respostas sobre as novas sugestões do conselho de administração do hospital. Convites para palestras.

Ele parou de ouvir depois dos primeiros recados.

Fez algumas ligações, ditou duas ou três das cartas mais urgentes e, então, seguiu para o centro cirúrgico.

A primeira tarefa que tinha para fazer era uma endoscopia em uma moça. Ela tinha aparecido na tarde do dia anterior, convicta de que havia um osso de frango preso na garganta. O exame de raio X não acusou nada, mas era possível que um fragmento de osso tivesse se alojado na traqueia dela, de um jeito que não dava para ver. Ele tinha falado com ela na noite anterior. Uma jovem toda confiante. Estudante de odontologia. A estrutura óssea do rosto bem definida. Magra. Seus ossos discerníveis sob a pele, as clavículas traçando uma linha reta na altura dos ombros, tão marcadas que, quando conversou com ela, Grígori ficou imaginando um esboço de um desenho do corpo da mulher, as linhas tão proeminentes quanto às de seu rosto.

Ela não demonstrava estar sentindo dor e, de vez em quando, se engasgava, às vezes no meio de uma frase. Quando isso acontecia, porém, não atrapalhava muito sua fala. Ficava impassível diante das reações de seu corpo, adaptando-se a elas.

Era sua primeira internação em um hospital, mas não havia sinais de nervosismo. Ela confiava muito no procedimento profissional, na perícia do corpo clínico, e entendia perfeitamente as providências que os médicos tomariam. Em geral, Grígori deixava esse tipo de trabalho para os residentes, mas, neste caso, ele mesmo se ofereceu para fazer. Depois de falar com a moça, uma parte dele queria retribuir a confiança que ela tinha nos médicos. Ela achava que eles eram competentes, então ele atenderia a essa expectativa fazendo bom uso de seu talento e de sua experiência. Além disso, ele via com bons olhos uma tarefa mais fácil. Realizar um procedimento de rotina seria como um aquecimento para as tarefas mais complexas do dia.

Na mesa de operações, Máia Pétrovna Maxímova estava deitada de lado, anestesiada, os lábios encaixados em volta de uma cânula orofaríngea com um buraco no meio, pronta para receber o tubo endoscópico. Os pacientes sempre ficavam tão diferentes naquele estado vulnerável; a personalidade que ela havia demonstrado na noite anterior tinha desaparecido totalmente.

O monitor estava logo acima da cabeça da paciente, à direita. Stanislav Nicoláevitch, o cirurgião que Grígori estava treinando, estava ao lado dele. Não que houvesse necessidade, ele também conseguiria realizar o procedimento de olhos fechados, mas era seu jeito de marcar território, lembrando Grígori de que ele era mais que capaz.

Grígori recebeu o tubo flexível e começou a enfiá-lo no buraco da cânula plástica até chegar à boca da paciente. Ele continuou empurrando o tubo, devagar e com firmeza, tomando o maior cuidado para manter um ritmo ligeiramente constante, mas sem perfurar nenhum tecido. O interior da boca da jovem preencheu a tela, e a curta jornada do tubo começou, passando com delicadeza pela aba da epiglote no fundo da boca. Embora ela estivesse inconsciente, os músculos fizeram seu trabalho involuntário e Máia engasgou. O tubo passou pela laringe e pelas duas protrusões das cordas vocais, uma pequena fenda, entrando no esôfago. Uma vez lá, ele diminuiu o ritmo, à procura de um corpo estranho. Por fim, conseguiu avistá-lo, um minúsculo pedaço de cartilagem cinza que tinha se incrustado na parede. Usando a pinça retrátil que fica perto da microcâmera, ele extraiu o fragmento, deixando um pontinho de sangue no local. Recolheu o tubo, despejou o fragmento em um pratinho de aço e introduziu-o de novo, a fim de conferir se havia deixado passar alguma coisa, mas não encontrou nada.

Pronto. Ele entregou o tubo à enfermeira presente e saiu, indo cuidar de outro paciente na sala ao lado.

Ele gostava da satisfação rápida que os procedimentos de rotina proporcionavam. Não precisava pensar muito, e as chances de dar algo errado eram muito baixas. A paciente se livrará desse desconforto. Em uns dois dias, esquecerá completamente que aquela parte de sua garganta existe, se esquecerá dele, estará livre para seguir sua vida normalmente. Nada nesse trabalho era chato. E ele nunca ficava entediado. Todos os elementos, por mais ínfimos que fossem, tinham uma razão de ser.

Na hora seguinte, ele colocou um cateter em um homem de quarenta e poucos anos com trombose na veia subclávia. Deixou Stanislav terminar o procedimento para mostrar que assumir as rédeas da endoscopia não foi uma crítica à competência dele.

Por fim, antes do almoço, ele realizou uma colocação de stent. Normalmente, ele colocava uma música nessas ocasiões, mas hoje não estava no clima. Entretanto, a mudança na rotina não passou despercebida por seus cirurgiões em treinamento e pelos enfermeiros. Eles ficaram especulando sobre os motivos do silêncio.

Em seguida, ele degustou um farto almoço no refeitório com seu velho amigo Vassíli Simenóv, um endocrinologista. Grígori raramente comia em excesso, mas, por ser um dia especial, permitiu-se exagerar. Ele e Vassíli serviram juntos no exército. Corriam e limpavam suas armas e corriam e desmontavam as armas e as montavam de novo e corriam mais um pouco. Forjaram sua amizade ajudando um ao outro enquanto escalavam as encostas nevadas dos Urais, metade do seu peso corporal afivelado às costas.

Quando surgiu uma vaga em sua unidade, Grígori mexeu os pauzinhos para que Vassíli fosse transferido para lá. Foi uma das poucas ocasiões em que ele usou sua influência para mudar o rumo das coisas. Precisava de alguém no hospital com quem pudesse ser ele mesmo, que o conhecesse antes de ter se tornado quem era. É lógico que houve comentários entre o restante da equipe, mas, com o tempo, os resmungos foram diminuindo, à medida que Vassíli provou seus méritos.

Depois do almoço, houve uma cirurgia de ponte de safena tripla que demorou quase quatro horas; sentindo-se empanzinado após a refeição, Grígori fez um esforço para dar conta da cirurgia, suando em bicas nas últimas etapas, a enfermeira constantemente enxugando sua testa e oferecendo-lhe o canudo introduzido na garrafa de água em temperatura ambiente.

Até que, enfim, ele saiu do hospital e rumou para a casa de banho.

Grígori precisa de seu mergulho mais do que nunca. Ele estava ansioso por imergir na água fria desde hoje à tarde. E agora que está de pé à beira da piscina, ele curte o momento, sem pressa.

Depois de nadar, ele voltará para casa, para ler um pouco durante a noite. É a sua parte favorita do dia, a mente alheia a obrigações, o corpo relaxado pelo exercício.

A curva de sua coluna vertebral é acentuadamente inclinada para o lado por causa da escoliose idiopática, deformidade que ele tem desde a infância. Funciona como um sistema de previsão de tempo pessoal, que, com suas atividades flutuantes, dita o estado de espírito e o temperamento de Grígori, e essa é outra razão para a rotina. Ele pensa nela como uma oferta de paz, um pedido de trégua, um pacto secreto com suas vértebras problemáticas. Erguendo os braços acima da cabeça, ele traça no ar uma ampla circunferência. Grígori extrai prazer desse momento, o momento antes de entrar em um novo estado, do ar para a água. Pelos finos e loiros ondulam ao longo de seus braços e pernas. Ele se inclina para a frente, suas costas formando uma curva côncava, toca o queixo no pescoço e dobra as pernas grossas. Grígori atravessa o ar até sentir a inteireza da água fluindo ao seu redor. Um corpo de água. Ele sempre gostou dessas palavras. No noticiário, quando a neve derretida inunda regiões, ou nas provas de geografia, quando as questões pediam que ele comparasse o tamanho de lagos e mares e canais. Habitamos corpos de água, pensa ele quando ouve o termo, com nossos fluidos e sucos. Temos nossa própria massa aquática: marés, turbilhões, subcorrentes.

Uma vez submerso, ele dá braçadas agressivas, esticando os braços até seu limite, esticando os dedos, cortando a superfície ondulante, querendo abrandar a água ou que a água o abrande.

Ele chega à parede do outro lado e gira o corpo num movimento experiente, jogando os calcanhares por cima da cabeça, as pernas impelindo-o piscina afora, o torso ondulando para se endireitar, deslocando-se como uma bala sob a superfície da água.

Nos primeiros anos de sua carreira, enquanto Grígori ganhava experiência como médico, a piscina era uma grande fonte de inspiração para ele. Muitas vezes, quando um paciente ficava sem diagnóstico por mais de três dias, ele mergulhava e esperava que a água e o movimento fornecessem uma resposta, o que, invariavelmente, acontecia.

E ele é um nadador excepcional, fato que se espalhou entre seus conhecidos. Recentemente, veio à tona no hospital uma história de seus tempos de exército, quando ele e seus camaradas foram a uma festa de arromba numa *datcha* em algum lugar perto de Zavídovo. Grígori ficou tão bêbado que não conseguia parar em pé, então, por razões de segurança, seus camaradas o jogaram na piscina, e lá Grígori boiou pelo resto da noite, sem nenhuma ajuda. Ele não se lembrava da tal festa, fato que, considerando as circunstâncias, não tornava a história nem um pouco menos verdadeira.

É claro que isso rendeu boas fofocas no hospital. Grígori sabe que a história não saiu da boca de Vassíli. Eles jamais falam com quem quer que seja sobre sua vida militar — é uma questão de honra entre os dois —, por isso Grígori não faz ideia de como a história vazou. Mas ele não dá a mínima. Talvez seja bom que as outras pessoas o vejam com outros olhos, que o vejam como algo além de seu superior responsável. Serviria para lembrá-las de que ele é um homem cumprindo suas obrigações, assim como elas.

Ele nunca ouviu ninguém mencionar a história dentro do hospital. Nunca flagrou fragmentos de conversa na enfermagem, tampouco entreouviu dois auxiliares cochichando ao lado da máquina de café. Mas sabe que ela está lá, no éter, assim como sabe quando um dos residentes entra sorrateiramente, atrasado para o plantão, ou quando um cirurgião novato não tem certeza da localização exata dos nódulos intercostais.

As golfadas de silêncio quando ele, de olhos fechados, escuta as torrentes de água passando por seus ouvidos.

Grígori compreende o poder do não dito. Progredir é tornar-se fluente na língua. A ascensão de seu status ganhou um ritmo mais acelerado quando Grígori percebeu que pessoas em posições de poder conseguiam travar uma conversa inteira com algumas palavras simples. Ele conquistou influência ao entender o que seus colegas, mais jovens e mais velhos, não entendiam: que o poder espreita nos silêncios, nas conversas sussurradas nos cantos da sala, nos gestos contidos; um inclinar de cabeça, um tapinha no antebraço. Ele sempre se surpreendeu com o fato de que os homens mais poderosos que conheceu na vida também eram articulados fisicamente, uma habilidade vital numa esfera em que um comentário mal interpretado pode dar fim até mesmo à carreira mais celebrada.

Ele estica os braços por cima da cabeça e os mergulha por baixo da superfície, braços e pernas viajando da água para o ar para a água, bolhas sendo expelidas de seu nariz. Depois de algumas voltas, as ações se tornam automáticas e a lembrança que ele teve de manhã retorna. Ele vê de novo os sapatos, fantasmas dispostos no chão.

Ele não teria a menor condição de calcular — nem tinha vontade — quantos de seus pacientes tiveram a vida encurtada. E, embora nunca tenha falado isso em voz alta, nem sozinho, não era coincidência ter escolhido uma profissão que valorizava a vida humana em um Estado que sempre a desprezara com a maior facilidade.

Simples ações físicas. Braços e pernas. Cabeça e torso. Nenhum pensamento é necessário, apenas movimentos na água. Ele cola os braços no corpo, bate suavemente os pés e abre os olhos para ver o espaço que o envolve, alinhado à cerâmica branca.

Os antigos silêncios estão ecoando. No ano passado, houve uma enxurrada contínua de rapazes entrando pelas portas do hospital com ferimentos à faca. Agora as salas da emergência têm de lidar com overdoses. Às vezes, nos fins de semana, há brigas e trocas de socos na recepção. Bares secretos estão pipocando em fábricas abandonadas e barracões ferroviários sem uso. A raiva está começando a sair pelo ladrão. As pessoas já não tomam tanto cuidado com o que dizem. Grígori vê semáforos destruídos por pedradas, placas de trânsito pichadas. A propriedade pública costumava ser algo praticamente sagrado, uma propriedade coletiva. Antes ninguém ousava tocá-la. Isso também mudou.

Ele não sente nenhuma aversão ao presente nem nostalgia pela tradição; a raiva é uma presença a ser recebida de braços abertos. Todo mundo, incluindo ele, perdeu tempo demais negando a acumulação de evidências óbvias. As injustiças se amontoaram na porta da casa de todo mundo.

Ele sai da piscina, água afunilando.

Na sauna, Zhíkhov, chefe da administração do hospital, está sentado conversando com um conhecido. Grígori sabe que não se trata de um amigo porque Zhíkhov está gargalhando, soltando aquela risada espalhafatosa dele, obviamente tentando cair nas graças do interlocutor.

O conhecido fuma um charuto murcho. A fumaça sobe e se mistura ao vapor, as duas substâncias rodeando uma à outra como uma dança formal. O cabelo escorrido do homem cai em sua testa. Grígori repara em alguma coisa muito familiar no homem, algo que o cativa, a forma como ele olha para o teto quando fala, o ritmo com que fuma. Alguma coisa.

Zhíkhov ergue a mão e acena para Grígori, que é uns vinte anos mais novo que ele, e Zhíkhov quer ser visto com bons olhos, iluminado pelo vigor juvenil.

— Nosso cirurgião-chefe, Dr. Grígori Ivánovitch Brovkin. Olhe só para ele. Uma carreira brilhante pela frente. Tem tudo que poderia desejar bem na palma da mão.

Grígori ri, discreto.

— Talvez o brilhantismo tenha ficado para trás.

Zhíkhov ergue um dos polegares na direção de seu interlocutor e balança a mão.

— Não se preocupe, Vladímir, ele raramente é tão modesto assim. Esse homem, uma ambição que nunca vi. Uma víbora, esse homem. Ele suga da gente até a nossa última gota de razão. Debater com ele é tipo lutar sem luvas. Esse homem é um mago das palavras.

O conhecido parece perplexo.

— Eu gosto que os meus cirurgiões sejam bons com as mãos, não estou procurando alguém que consiga dominar um auditório de debates.

Grígori se lembra dele.

— O senhor gosta de cirurgiões que conseguem remover um apêndice inflamado.

O homem abaixa o charuto e encara Grígori. Inconscientemente, passa a ponta dos dedos ao longo da nítida cicatriz do lado direito de sua barriga. Está se perguntando se Grígori mencionou isso por ter notado a marca. Mas a maneira como ele falou sugere uma familiaridade.

— Você já foi a Kursk? — pergunta Vladímir, hesitante, sondando o terreno. Grígori percebe que o homem raramente fica no escuro assim. Ele é um sujeito que sabe coisas sobre as outras pessoas. Não está acostumado a ouvir revelações sobre a própria vida.

— Sim. Operei o senhor.

— Eu não me lembro de você. Se bem que naquela época eu mal sabia onde estava.

Ele estende o braço, e Grígori o cumprimenta com um aperto de mão.

— Te devo um muito obrigado, Dr. Brovkin.

Zhíkhov entra na conversa.

— Vladímir Andrêievitch Vigóvskii foi recentemente nomeado conselheiro-chefe do Ministério de Minas e Energia.

— Então nós dois conquistamos muita coisa desde a época de Kursk.

Vigóvskii dá uma longa tragada no charuto, segurando a fumaça, o que lhe dá um momento para ponderar sua resposta.

— Sim e não, camarada. Lá eu era encarregado de uma usina nuclear. Tomava conta de coisas reais: equipamentos, procedimentos operacionais. Eu tinha um prédio para tocar. Naquela época, quando eu ficava doente, minha mulher recebia telefonemas de hora em hora, de gente pedindo dicas, perguntando quando eu voltaria. Agora, acho que eu poderia ficar desaparecido por meses sem que ninguém percebesse. O departamento simplesmente continuaria funcionando sem mim. Outra pessoa ficaria feliz de oferecer as mesmas dicas que eu ofereço. Tenho certeza, camarada Brovkin, de que você nunca sentiu na pele esse tipo de coisa. Todo dia você tem nas mãos a vida de uma pessoa. Você nunca volta para casa no fim do expediente e se pergunta: *qual é o sentido de tudo isso?*

— Todos nós fazemos o que podemos, camarada. Foi bom te ver cheio de saúde. Eu não me lembro das circunstâncias do seu caso, mas pode ser um procedimento desagradável. Fico feliz que esteja bem.

Grígori quer ir sozinho para algum canto, fechar os olhos, deixar o vapor se infiltrar em sua pele, mas ele pode ver que Vigóvskii está interessado, prestes a emendar outra pergunta. Seria desvantajoso provocar o desagrado de Zhíkhov, por isso ele continua ali.

— Você se sente dono dos seus casos?

— Eu me sinto responsável. Se uma operação dá errado, quem mais é o culpado?

— Quase todo mundo atribui a culpa ao destino.

— Atribui, sim, é verdade.

Uma pausa. Vigóvskii é um homem que sabe ler uma pausa.

— Mas você não é todo mundo.

Vigóvskii vira-se para seu colega.

— Você tem um excelente cirurgião aqui. Minha esposa rasgou elogios sobre ele, embora ele não devesse ter mais que uns doze anos na época. E minha mulher não é uma pessoa fácil de agradar. Aparentemente, ele explicou tudo tim-tim por tim-tim para ela, com a maior calma do mundo. Eu lembro que, quando voltei para casa, estava lá deitado na cama, e ela disse que um furacão poderia ter passado acabando com a cidade e o jovem cirurgião não teria nem piscado, ele continuaria lá sentado, respondendo às perguntas dela.

Zhíkhov ri, dando um tapinha nos ombros de Grígori, seu porquinho premiado.

— Sei escolher, Vladímir. Vivo dizendo a você que temos a melhor equipe médica da cidade. Imagine os resultados que poderíamos obter com um financiamento adequado.

Grígori se lembra da esposa do homem. Havia uma coisa que ela fazia com a boca, um desdém que transparecia em seus lábios franzidos, e, mesmo que não fosse o caso, a qualidade das roupas que ela usava davam a entender que era casada com um homem importante.

Ele mentiu quando disse que não se lembrava das circunstâncias. Foi um momento crucial de sua carreira. Ele se lembrava nos mínimos detalhes.

QUANDO VIGÓVSKII DEU ENTRADA NO hospital, seu apêndice estava inchado como um balão. Ninguém quis assumir o procedimento. O homem era um membro do alto escalão da seção regional do Partido. Todo mundo sabia que ele era muito bem relacionado com a nata de Moscou. Qualquer erro traria graves consequências ao cirurgião e à sua família. Até a equipe administrativa estava relutante em lidar com os registros dele. Todos sabiam que era grande a possibilidade de uma perfuração do órgão e que o quadro poderia evoluir para peritonite, invariavelmente fatal. Por isso, a responsabilidade foi sendo passada adiante, de cirurgião em cirurgião, até que o prontuário caiu nas mãos de Grígori.

Algumas horas depois, Mária apareceu em frente à sala de descanso dos médicos, encostou seu esfregão na parede e saiu pela porta de serviço. A essa altura, Grígori já conhecia muito bem os sinais dela para entender que deveria segui-la, embora tivesse um paciente lhe esperando, mesmo sabendo que ouviria um sermão de seu superior por se atrasar. Eles sentaram-se no estacionamento, atrás de um Moskvich bege com um farol quebrado e a lanterna pendurada. Ela estava com um sobretudo acolchoado, o grosso avental de plástico aparecendo por baixo, o cabelo estava enfiado numa rede e alguns fios soltos estavam grudados em seu rosto. Ela exalava um cheiro forte de água sanitária.

— Estou ouvindo umas coisas por aí... — disse ela.

— Sobre mim?

— Claro.

— Que coisas?

— Não me pergunte "que coisas?". Você sabe que coisas.

— Então você quer falar sobre elas.

— Sim. Eu quero falar sobre elas.

— Não posso conversar sobre isso. Preciso respeitar a privacidade do paciente.

— Não faça isso. Eu não sou uma desconhecida. Estou pensando na sua segurança. Não faça a operação. Dizem que ele é poderoso. Dizem que a esposa dele está se sentindo culpada por terem demorado para pedir socorro e está querendo jogar essa culpa em alguém.

— As pessoas falam muito.

— Sim, falam. Ouço coisas por aí e já estou aqui há tempo suficiente para saber a diferença entre fofoca e coisa séria. Quando as pessoas falam sobre você agora, elas balançam a cabeça. Estão com pena de você. Acham que estão te sacrificando.

Grígori não respondeu. Eles ficaram ali em silêncio por alguns minutos.

— Estão mesmo?

— Sim. Provavelmente. Pelo menos, na opinião deles.

E ficaram em silêncio de novo.

Quando eles brigavam, ela curvava-se para a frente, demorava para escolher as palavras, acalmar os nervos. Era algo que, no início, ele admirava, essa habilidade de ser articulada e furiosa ao mesmo tempo. Depois, ele passou a odiar. Ela sempre tinha uma resposta, até quando estava errada; mesmo no fim, quando teve uma atitude imperdoável.

— Por que você? Por que você tem que fazer isso, e não outra pessoa?

— Por que não eu? Se demorarmos muito, o homem pode acabar morrendo. Alguém precisa tomar uma atitude.

— Tem gente mais qualificada.

— Não acredito nisso.

Ela olhou para ele, riu de sua arrogância.

— Tem gente mais experiente que eu, sim, mas não mais qualificada.

— Você ainda nem terminou sua especialização — disse ela, exasperada, a voz entrecortada.

— É uma operação de rotina, que eu já vi dezenas de vezes.

— Ah. Se você já *viu*, então está tudo bem. Nesse caso, você é o melhor cirurgião para fazer o trabalho. "Eu já *vi*", ele diz.

Ele pousou a mão no braço dela.

— Você confia em mim?

— Sim, mas não quero que você assuma esse risco. Não quero nem imaginar o que pode acontecer.

— Eu sou médico. Não posso desistir só porque estou com medo. Sou cirurgião, e ele precisa de cirurgia, e ninguém mais vai fazer.

— Não precisa ser você.

— Não precisa ser, mas vai ser. Você confia em mim?

— Confio.

— Então...

Ele bateu a palma das mãos nas coxas. Não havia mais nada a dizer. Ele não queria racionalizar, transformar uma decisão médica em algo que deveria levar em conta riscos políticos.

— Quando vai ser?

— De manhã.

— Depois você vai me encontrar.

— Vou. Claro.

— Se cuida.

— Pode deixar.

Ele a beijou, um beijo de consolação, um gostinho de produtos de limpeza nos lábios dela, e voltou sozinho para o prédio. Nunca havia sentido tanto medo na vida.

Grígori enxuga o suor que escorre por seus olhos e percebe que a sauna está cheia. Há dois homens sentados de frente para ele compartilhando histórias. Um deles mapeia o terreno da conversa traçando riscos no ar com o dedo.

Ele ouve a risada exagerada de Zhíkhov e se vira para observar Vigóvskii mais uma vez. Depois da operação, a responsabilidade cruzou o caminho dele. Ele recebeu autorização para tomar parte de um dos casos mais difíceis. Ele aprendia cada vez mais rápido, e a promoção logo veio. Como eventos isolados influenciam nossa vida mais do que a gente imagina, pensa ele. Grígori se levanta e lhe oferece a mão.

— Que bom te ver de novo. Dessa vez em melhores circunstâncias.

Vigóvskii se levanta para apertá-la.

— Estava achando que você ia ficar mais. Estou interessado em ouvir sobre você.

— Infelizmente, camarada, hoje não posso. Realmente preciso voltar para o hospital.

Grígori se despede com um aceno de cabeça e sai.

Em sua sala, Grígori não consegue se concentrar. Ele se dá conta de que ficou uma hora olhando para a mesma página, as palavras lhe soando estranhas, pareciam pairar acima de sua consciência. Estudar faz parte de sua rotina há tanto tempo que ele consegue ler textos densos por horas a fio sem se distrair. Geralmente, abre o livro, escaneia a página com os olhos em busca de informações relevantes, uma frase enterrada num parágrafo denso, faz breves anotações e segue adiante.

Mas não hoje.

Ele levanta a cabeça e contempla a sala.

Grígori sente prazer em seu ambiente de trabalho, especialmente nesta hora do dia, quando a sala está envolta pela suave luz âmbar de sua luminária de leitura, livros e revistas dispostos em ordem cronológica nas prateleiras de madeira escura que ocupam uma parede inteira, as publicações mais recentes mais perto de sua cadeira, de modo que ele possa consultar um estudo de caso sem ter de se levantar. Há um sofá e uma mesinha de centro, que ele nunca usa, no outro canto. Seus diplomas e certificados emoldurados e pendurados na parede à sua frente com a mesma distância entre os quadros, exibidos com orgulho acima de três armários de escritório muito organizados. Ao lado da porta, os únicos itens pessoais da sala: três fotos de faias, a mesma paisagem captada em diferentes momentos do ano, as cores gerando um contraste gritante. Fotos que ele tirou quando era adolescente, quando era obcecado por fotografia. Uma paixão que ele vive prometendo a si mesmo que retomará um dia, se tiver tempo.

Grígori gira em sua cadeira e olha pela janela. Ainda não escureceu totalmente, e ele anda pela sala para contemplar a paisagem, levando a mão às grossas cortinas azuis. A vista da janela é um parque. Um casal rola um por cima do outro na grama lá embaixo. Não é um encontro sexual, está mais para uma cambalhota inocente; suas risadas ecoam céu acima.

Na noite após a operação, ele e Mária sentiram na pele uma alegria como essa, um alívio se materializando por meio do toque um do outro. Naquela manhã, ele fora atrás dela para dar a boa notícia, contar que a cirurgia tinha sido um sucesso, que o homem se recuperaria, mas eles estavam em público, a conversa ocorria perto da enfermagem, nas alas da ortopedia. Ele pôde apenas transmitir uma mensagem curta, os olhos de ambos falando por eles, o alívio dilatando suas pupilas. Quando seu longo turno chegou ao fim, ele a encontrou numa praça muito arborizada perto do apartamento dela. Ela o esperava sentada no banco. Não havia vivalma por ali. Ele parou e olhou, um estranho na cena, um espectador, assimilando a imagem dela, enquanto ela balançava a perna, de frio e ansiedade. Quando chegou perto dela, segurou suas mãos e jogou o corpo para trás, pisando na neve. O impulso a levantou do banco, puxando-a para cima dele. As mãos dele escoraram os ombros de Mária, o peito, sentindo o volume, a densidade dela. O calor de sua respiração no colarinho de Grígori, espalhando-se pelo peito dele, partes de suas roupas sendo arrancadas. Tudo muito lento e deliberado. A pele deles fundindo-se. Ambos à procura do lugar de maior calor, o fluido dela escorrendo como óleo quente, acumulando na palma da mão dele. Até que, enfim, ela o envolveu, a condensação pairando acima deles. E colapsaram um no outro, uma forma escura numa tela imaculada, pulsando juntos, sua individualidade sendo apagada.

Então, ele percorreu os dedos por partes do corpo dela que estavam ao seu alcance e nomeou os ossos que a formavam. Manúbrio. Ulna. Rádio. Escápula. E ela ouviu as entonações da voz dele, sentiu as vibrações de suas palavras no ouvido. A respiração de ambos desacelerando, acalmando-se.

UMA SIRENE GRITA LONGE DALI. Grígori observa o casal se levantar e ir embora, um limpando a grama das costas do outro, sem parar de rir. Ele abre a janela e põe a cabeça para fora, a brisa noturna refrescando--o. Ele não deveria estar ali até essa hora. Sabe que não conseguirá mais trabalhar hoje. Sente uma vontade repentina de ir assistir a uma peça no Kírov, mas agora já está muito tarde. Ele quer companhia. Poderia visitar Vassíli, beber alguma coisa à mesa da cozinha dele, mas o homem tem família, filhos para dar banho. Além disso, a esposa de Vassíli provavelmente se lembraria de que é aniversário de Grígori. Seria patético, para ele, aparecer lá por não ter nenhum outro lugar onde passar a noite.

Não. Ele irá para casa, dormirá cedo, algo que não faz há séculos.

Nos corredores, as visitas estão saindo dos quartos coletivos, com casacos pendurados nos braços. As pessoas — casais, irmãos, irmãs, pais, mães — conversam sobre o que as preocupa. Relatando umas às outras as impressões de como o quadro de seus entes queridos está evoluindo, dizendo todas as coisas que não podem dizer na frente dos doentes. Diante da fraqueza, assumimos nossa versão mais positiva. Ele vê isso o tempo todo. Em todos os cantos do hospital, há uma pessoa encostada na parede, chorando e tentando não fazer barulho, as mãos no rosto, um acompanhante ao lado, oferecendo um toque de consolo no ombro ou no braço. Nos quartos, os pacientes estão em silêncio. Com o tempo, vão voltar a interagir, apresentar suas visitas aos médicos com certo atraso, resumindo-as em breves biografias: a carreira do filho, os homens intolerantes que suas filhas teimam em escolher, o irmão mais velho que ainda os trata como se fossem adolescentes, os netos que eles ainda estão esperando. Grígori passa pela UTI, parando na enfermagem a fim de se informar do progresso dos pacientes do dia, algo que ele faz toda noite. Até então, todos estão estáveis e reagindo bem à cirurgia. Ele decide encerrar o dia dando uma conferida na endoscopia que realizou de manhã, e ruma para a ala de otorrinolaringologia. A enfermeira o lembra do nome da paciente, Máia Pétrovna.

Ela está sentada na cama, tricotando, as agulhas fazendo o tempo passar.

— Um cachecol? — pergunta ele.

— Era para ser um suéter. Mas, no fim, tudo vira um cachecol.

— Você não está seguindo um molde?

— Estou seguindo as agulhas.

— Como está se sentindo?

— Aliviada.

Ela interrompe o trabalho e relaxa o corpo, demonstrando seu alívio.

— Pensei em uma coisa antes da anestesia. Eu sabia que era um procedimento de rotina, mas comecei a achar que fosse dar errado.

— Relaxa, você não é a primeira a achar isso.

— Não, não é isso. Eu não estava preocupada com a minha morte. Estava preocupada com o funeral. Eu odiaria as conversas. "Morte causada por um osso de frango." Que destino... Todo mundo se segurando para não começar a rir. Pensei o seguinte: se for para morrer jovem, quero que seja de uma doença de nome complicado.

Grígori sorri.

— Acho que a gente não escolhe essas coisas.

Ele pousa a mão no ombro dela.

— Boa noite. Fico feliz de ver que está tudo bem.

— Obrigada, doutor. É bom estar de volta ao normal.

— Boa sorte com o cachecol.

— Você deveria desejar boa sorte para o cachecol, isso, sim. Ele não faz ideia do que o aguarda.

Grígori passa pela recepção, lotada de gente esperando ser atendida. Quem não acha uma cadeira se senta no chão e encosta na parede, fazendo uma moldura no perímetro do lugar. Ouve-se um coro de tosse. No meio de uma fila de assentos, há uma poça de chá. Grígori passa por ela, não é sua responsabilidade; além disso, seu expediente já acabou. Mais três passos, e ele para. Não consegue ignorar a poça e volta até o balcão da recepção, pede à recepcionista que chame uma faxineira para limpar a sujeira. Assim que vê a moça pegando o interfone, ele se vira para ir embora.

E ela está sentada lá, na primeira fila.

Conversando com um menino de cabelo loiro bagunçado.

Tirando a franja da testa dele.

O cabelo dela está curto, com um corte reto; ainda tem um brilho escuro, com uma peculiar mecha de fios grisalhos. O rosto está ligeiramente mais definido, os tendões no pescoço mais marcados. Ela está conversando com o menino, e ele se dá conta de que é Zhênia, o sobrinho dela — tecnicamente, ainda é sobrinho dele também —, uma versão mais velha da criança que ele conheceu, começando a ganhar o peso de um adolescente, ombros mais largos, o rosto mais cheio, e, enquanto ela fala com o garoto, Grígori pode ouvir as entonações em sua voz, que chega até ele em ondas, calorosa, mansa, totalmente ela.

Mária.

Ele diz o nome dela.

Ela se vira e olha para ele, e ele percebe a vantagem de tê-la avistado primeiro. Ela não consegue controlar sua reação. Uma pitada de choque repentino estampado no rosto, que se dissolve em prazer, familiaridade.

— Grígori.

Ele dá um passo na direção dela.

— O que você está fazendo aqui?

Com um gesto, ela pede a Ievguiéni que levante a mão, e o menino obedece. O dedo anelar está vermelho e inchado, possivelmente fraturado.

— Ele me disse que prendeu na porta. Mas é um código, claro. Quer dizer que algumas crianças bateram nele.

— Você deveria ter me ligado.

— Não quis te incomodar.

— Venham comigo.

— Podemos esperar nossa vez. Já, já vão chamar a gente.

— Venham comigo. Por favor. — Grígori vira-se para Ievguiéni. — Vamos dar uma olhada nisso aí. Aposto que está doendo.

— Não está doendo tanto assim... — diz Ievguiéni, tentando mostrar bravura.

— Você sabe quem é ele, Zhênia? É o Grígori. Lembra dele?

Ievguiéni olha para o médico. Ele se lembra do homem entrando em seu apartamento com um presente nas mãos. Uma caixa grande, embrulhada. Mas não se lembra de quando foi isso, tampouco do que havia dentro da caixa.

Grígori pega um formulário de admissão de pacientes, indica para a recepcionista que vai cuidar do caso e os conduz porta adentro.

Eles vão em silêncio até a sala de radiografia. Conversar enquanto estão andando parece algo descontraído demais. E o menino está lá — eles precisam primeiro se familiarizar de novo um com o outro antes de poder conversar na frente de outras pessoas.

Grígori se afasta um pouco para conversar rapidinho com o radiologista, depois retorna e diz a Ievguiéni:

— Você vai tirar um raio X da sua mão. Sabe o que é isso?

— Sim. É uma foto dos meus ossos.

— Isso mesmo. Esse é o Sierguiêi, e ele vai cuidar de você. Vai levar só alguns minutos. Quando ele terminar, vai trazer você de volta para nós. Tá bem?

Ievguiéni assente e diz:

— Sim.

Sierguiêi oferece sua mão para Ievguiéni, mas ele não aceita. Em vez disso, Sierguiêi começa a andar, e o menino vai atrás dele.

Grígori entrega o formulário de admissão à Mária para que ela o preencha, e assim ela o faz.

— Ele está enorme. Não é mais uma criança. Quase não o reconheci.

Ela demora um minuto para responder, conferindo se preencheu corretamente o formulário, depois coloca o papel na mesinha ao seu lado. Ela se vira e olha para Grígori, acomodando-se na cadeira.

— Sim. Já está quase um adolescente. Masturbação e mudanças de humor estão vindo aí.

Grígori ri.

Uma pausa.

— Eu sabia que poderia acabar esbarrando com você um dia — diz ela.

— Você estava torcendo para que isso acontecesse?

— Não. Talvez. Não sei.

Outra pausa.

— Sim. Eu queria te ver. Para ser sincera.

— Fico feliz que tenha vindo. Você parece estar bem.

— Obrigada. Mas me sinto mal por te obrigar a continuar trabalhando, você já tem um dia cheio.

— Estou aqui sentado, conversando com você. Isso não é trabalho.

— Bem, mesmo assim, obrigada.

Outra pausa.

— Pensei em você enquanto vinha para cá hoje de manhã.

— Sério? Por quê?

— Vi um par de sapatos salto agulha. Iguais àqueles pretos que você costumava usar o tempo todo. — Ele pensa em descrever a cena para ela, mas desiste. Seria complicado demais explicar. — Foi só uma daquelas lembranças que surgem do nada.

Mária gostaria de perguntar se havia outras, perguntar com que frequência ele pensa nela.

— Feliz aniversário — diz ela em vez disso, dócil.

— Obrigado.

— Vai ter festa?

— O que você acha?

— É possível. Talvez alguma coisa tenha mudado, e eu não sei.

— Não. Nada mudou. E você?

Ela se recosta e coça a nuca, um gesto que faz quando a conversa toma um rumo desconfortável. Eles conhecem os sinais um do outro.

— É, houve algumas mudanças.

— Apartamento novo? Emprego novo?

— Estou dando aula agora, duas vezes por semana na Lomonosov. Ainda estou morando com Alina. Mas não foi isso que eu quis dizer.

— Eu sei.

A textura da pele dela. Ele pode evocar a sensação de tocá-la apenas de olhar para ela; parecia estar tentando lembrar os passos de uma dança que não praticava havia muito tempo.

O teto é feito de placas quadradas de espuma, uma ou duas arrancadas, revelando a escuridão do espaço do telhado acima.

— Comprei um lote. Estou plantando batatas.

— Que bom! — Ela sorri. — Fico feliz. Onde fica?

— Lá em Levshano. Vou para lá nos fins de semana, reviro o solo e treino para quando eu ficar surdo e velho.

Ela dá aquela risada dela.

— Ele se revelou supertalentoso.

— Quem?

Ela indica a sala de radiografia com a cabeça.

— Com o piano. Agora é um prodígio totalmente desenvolvido. Está rolando até um papo de uma bolsa no Conservatório.

— Sério?

Ele olha para ver se ela está brincando; não consegue sentir pela sua voz.

— Sério.

— É assim tão rápido? Eu lembro que ele costumava bater com muita vontade no meu piano antigo, o que qualquer criança faria na frente de um teclado. Três anos depois, e ele é um miniprodígio?

— Pois é. Isso faz com que eu me pergunte: o que é que eu estou fazendo com o meu tempo?

— Ele parece tão desajeitado.

— Bem, eles nunca fazem muito o tipo atlético, não é mesmo? Passam tanto tempo com aquelas teclas... Mas ele é um milagre. Alina arranjou um professor para ele em Tverskói. Um senhorzinho judeu. Casca-grossa. Já vi as aulas. O professor toca alguma coisa, depois Zhênia se senta e toca a mesma coisa. Na mesma hora. Sem hesitar. E sem anotar nada.

— Assim? Do nada?

— Do nada. Estou sempre tentando controlar minha inveja. Estamos juntando dinheiro para comprar um piano para ele.

— Você está me dizendo que o menino nem tem um piano?

— Não. Nada. Quando eu disse "prodígio", não estava exagerando.

Grígori passa a mão no cabelo. Ela pode ver que ele está irritado.

— Por que você não me pediu o meu?

— Eu não poderia fazer isso.

— Se ele precisa... Você sabe que eu quase nunca toco, o piano fica lá acumulando poeira. Tem tanto medo assim de pegar o telefone?

— Não é medo. Claro que não. Mas vai que você tinha se mudado. Ou tinha alguém lá agora que tocasse. Com que cara eu ia pedir alguma coisa para você?

— Não tem ninguém lá.

Há um quê de rispidez em sua voz.

Uma pausa.

— Tudo bem. Obrigada. Desculpa. Eu não tenho o direito de ser possessiva. Não fique irritado.

— Não estou.

Outra pausa. Mária espera a irritação dele se abrandar.

— Fico me perguntando se você está feliz — diz Mária.

— Não estou infeliz.

— Não é a mesma coisa.

— Não, não é.

A porta se abre no fim do corredor, e Sierguiêi chama os dois com um aceno.

Ele passa a chapa de acetato para Grígori.

— Uma fratura limpa no metacarpo.

Grígori ergue a chapa na direção da luz para confirmar, depois mostra para Ievguiéni.

— Dê uma olhada.

Ievguiéni examina a chapa.

— Essa é a minha mão?

— Essa é a sua mão. Está vendo essa linha preta, embaixo do seu dedo anelar?

— Estou. O osso está quebrado então?

— Não se preocupe. Vai voltar ao normal em algumas semanas.

Grígori manda Sierguiêi buscar analgésicos, e eles entram na sala de tratamento. Ele pega uma tala metálica de uma das caixas de plástico azuis no canto de uma prateleira. A tala parece as pinças que Grígori vê na bolsa da mãe, só que mais grossa. Grígori senta o menino na cadeira e a desliza cuidadosamente no dedo dele, imobilizando-o.

— Nada de piano por um tempo.

— Eu sei.

— Ficou triste com isso?

— Não — diz o menino. Depois se vira para conferir se a tia vai repetir isso para sua mãe, mas ela está passando os olhos pela sala, fingindo que não ouviu.

Grígori entrega a radiografia ao garoto.

— Fica para você. Pendure na parede do seu quarto. Não é todo menino que tem uma foto dos próprios ossos.

Ievguiéni sorri.

— Obrigado.

Sierguiêi retorna com um potinho de plástico contendo comprimidos, depois sai da sala, dando uma piscada para Ievguiéni.

Eles se despedem no estacionamento. Grígori se ofereceu para acompanhá-los até o metrô, mas Mária recusa. Pelo tom da voz dela, ele consegue perceber que é melhor não insistir. Grígori aperta a mão boa de Ievguiéni, recomenda que o menino tome cuidado e deixe a tala sempre limpa. Abraça Mária, o corpo dela está tão quente, deslizando com tanta facilidade sob suas mãos. Eles se desvencilham, hesitantes, Grígori tira do bolso o frasco de plástico e o entrega para Mária.

— Dê um a ele caso ele não consiga dormir. A dor deve passar em alguns dias.

— Obrigada.

— O piano. Você sabe onde me encontrar.

— Sei.

— Venha me encontrar.

Mária assimila essas palavras, então se vira e sai andando noite adentro. Ievguiéni ao lado dela, com a mão erguida, inspeciona o curativo.

3

HÁ UM PEQUENO DESPERTADOR NA mesinha de cabeceira do menino, mas o alarme será silencioso, um silêncio que perdurou pela última semana. O menino acorda e encara o ponteiro maior, acompanhando seu lento giro até o relógio marcar cinco horas e lhe conceder permissão para sair das cobertas e ser envolvido pela claridade que antecede o alvorecer.

A luminosidade está diferente hoje. Uma combinação de tons de malva e amarelo, um rubi vibrante que, desde a hora que acordou, fez com que ele se perguntasse se dormiu demais: com certeza, já amanheceu. Seu corpo fica tenso, uma sensação específica resultante desse crime, que lhe é familiar desde aqueles dias raros nos quais acordava atrasado para a escola ou para a ordenha, a onda de pânico que arrebata os músculos quando o tempo rouba de seu controle preciosos minutos ou horas. Ele se senta direito na cama, olha para o relógio, e então seu cérebro o tranquiliza e faz com que ele volte a um estado de relaxamento. O relógio nunca está errado, e, mesmo que estivesse, com certeza seu pai teria vindo e colocado a mão em seu tornozelo, acordando-o delicadamente.

Artiom tem treze anos; finalmente chegou à idade em que pode se levantar na mesma hora que o pai, em que pode empunhar uma espingarda e ouvir como os homens conversam quando estão sozinhos. Ainda não é a idade que lhe permite participar da conversa — ele sabe disso —, mas, um dia, esse momento também vai chegar.

Essa hora é nova para ele, a hora que antecede o momento de se levantar de fato. A hora em que nada precisa ser feito, só pensado. Antes dessa primavera, sua vida consistia somente em atividades, comer ou preparar comida, guiar as vacas pela estradinha de terra cheia de buraco, enfileirá-las para a ordenha, depois levá-las de volta. Dias infinitos definidos pela escola, pelo trabalho e pelo sono. De vez em quando, havia uma festa, no Dia da Vitória ou no Dia do Trabalho, quando eles iam a pé até o isbá dos Polovinkin e se reuniam com as outras famílias na cidade. Onde Anastássia Ivánovna tocava a balalaica e os homens cantavam canções de guerra, solenes e graves, até alguém mexer no dial do rádio e todo mundo se espalhar pelo espaço e dançar, ou, se estivesse chovendo, se aglomerar na varanda e gargalhar. Mas essas ocasiões eram raras, talvez umas três vezes ao ano, a cidadezinha toda reunida, um lugar de vinte e cinco famílias.

Na primeira manhã, uma segunda-feira, quando ele acordou às quatro horas, com a ansiedade a mil, não conseguiu pensar em outra coisa, mas decidiu não se levantar: sua irmã mais velha, Sófia, dormia a dois metros de distância, e seria errado acordá-la mais cedo que o necessário. Além disso, seus pais dormiam no quarto ao lado e seu pai acordaria, se vestiria e ficaria bravo com ele por acrescentar uma hora ao seu dia que já era longo. Havia a possibilidade de que seu pai não lhe deixasse participar da viagem, e ele se veria obrigado a esperar mais um ano para caçar tetrazes com os homens. Mais um ano. Ele passou tanto tempo implorando por isso ao pai, que esperar mais um ano arrancaria dele a alegria da expectativa, deixando-o triste e ressentido.

Então, nessa primeira manhã, ele ficou simplesmente deitado e imóvel, em silêncio, e observou o subir e descer das cobertas sob as quais Sófia dormia, e o fraco feixe de luz de um céu que despertava. A luminosidade subia pelas paredes de madeira e se espalhava por suas roupas que estavam meticulosamente dobradas e guardadas nas duas prateleiras da parede à sua frente.

Tão curiosas, as cores que ele vê agora, tão diferentes das outras manhãs, vazando pelo vidro, fazendo com que cada aspecto do quarto pareça precioso, como se, enquanto ele dormia, eles tivessem sido embebidos em riqueza. Suas camisas puídas parecem banhadas a ouro, as paredes parecem talhadas de uma madeira espessa e exótica. Ele tenta pensar em uma palavra para descrever o que está vendo para sua mãe quando se sentarem à mesa à noite para jantar, mas não conhece a palavra ainda. Quando ela diz a ele, mais tarde, ele articula a palavra com os lábios, repetindo-a sem emitir som: luminoso. A forma da palavra fazendo com que seus lábios se movam tal qual um peixe se alimentando.

Ele pensa em sua *babushka*, que morreu no inverno. Seu pai arrancou a porta das dobradiças e colocou-a na mesa, e então deitou o corpo dela na porta. Um ritual simples que aliviou o peso que Artiom andou sentindo naqueles dias. Vendo-a daquele jeito, o ocorrido não parecia ser tão definitivo como se esperava que fosse. Embora a pele dela tivesse adquirido um matiz esverdeado e sua testa estivesse fria como as pedras que eles tiravam da terra virgem antes da aradura. Naquela noite, quando chegou sua vez de velar o corpo, ele passou o tempo que tinha observando a luz da vela dançar ao redor da pintura descascada das tábuas, do ferro retorcido do trinco. O brilho que a luz irradiava era o mesmo que o de agora, tremeluzindo delicadamente nas extremidades dos objetos.

Quando o ponteiro finalmente chega à hora certa, Artiom se levanta, junta suas roupas e se esgueira até a cozinha. Ajeita a calça por cima da cueca, amarra as botas, joga alguns pedaços de acha no fogão, remexendo para que o fogo reacenda, e vai até o poço do lado de fora.

Primavera. Um frescor no ar. Tudo brotando, por todos os lados, tudo sentindo-se vivo, flores e cantoria dos pássaros, tudo com um tom mais claro por causa da camada de orvalho. Ele desce o balde, o recolhe e, com as mãos em concha, joga a água fria nas axilas e no peito, com seus pelos que acabaram de nascer. Em seguida, ele se inclina por cima do poço, entorna o restante na nuca, de modo que o curso da água se divide e se reencontra na parte da frente do pescoço, voltando à sua origem e virando um filete sinuoso.

Ele ajeita a postura, seca os olhos com os dedos, espalhando a água pelas bochechas, e balança a cabeça para secar o cabelo, sentindo o frio da água percorrer sua pele.

Ele abre os olhos, e o céu inunda suas retinas, um céu do mais intenso carmesim. É como se a crosta terrestre tivesse sido virada do avesso, como se lava derretida pairasse no ar. O menino olha para a profundeza do céu, olhando mais fundo que nunca, vendo além dos contornos do universo.

Artiom ouve uma conversa abafada vindo do caminho que leva até a casa e vê um vapor saindo das cercas vivas. Ele volta para a cozinha, onde seu pai está amarrando as botas. O menino passa uma camisa pelo corpo, secando as gotas que sobraram e que escorrem por sua pele. Enfia-se em um suéter de lã, envolve o tronco em um casaco e a cabeça em um gorro, e enfia as mãos em um par de luvas sem dedos.

— Quero só ver quando você vir o céu — diz ele ao pai. — Que céu!

— É o mesmo céu debaixo do qual a gente sempre viveu. Só está de mau humor.

Artiom pega o grande jarro de leite na geladeira e enche duas garrafas, que ele fecha e envolve em panos úmidos antes de colocá-las em sua bolsa carteiro. Seu pai lhe entrega uma caixa de cartuchos e a espingarda, que ele já abriu por motivos de segurança. Por isso, os dois canos pendem sobre o braço do pai, como se estivessem sem ar. O pai assente para ele, o que é um lembrete silencioso das práticas de segurança que eles já discutiram: mantenha a arma aberta, a não ser que esteja carregada; não molhe as balas e deixe-as sempre na caixa; nunca aponte uma arma carregada para lugar algum, a não ser para o céu ou para o alvo.

Sem dizer nada, eles juntam-se aos outros homens, passos esmagando a terra batida. Ele conhece esses homens desde que nasceu, sabe que, às vezes, são barulhentos e engraçados e desandam a cantar, mas, em manhãs como esta, respeitam o repouso da terra, fumando em uníssono, abrindo a boca só para cumprimentar alguém em voz baixa, ou para sugerir uma mudança de direção, ou quando avistam um pássaro.

O menino anda a alguns metros atrás dos homens, seguindo o grupo. Ele gosta de abrir e fechar a espingarda, desfrutando o *cléc* satisfatório do fechamento do metal esplendidamente projetado. Ele empurra a trava, abre o cano e o fecha de novo, o som de algo se encaixando exatamente como o esperado. Ele tem certeza de que o pai desaprovaria essa mania, por isso fica longe dos outros e vive sozinho esse momento de prazer.

Eles fazem o mesmo caminho das outras manhãs, virando à esquerda assim que passam pela casa dos Scherbak, atravessando uma pequena ponte com degraus sobre a vala e entrando nos campos rumo ao lago, para onde os tetrazes terão retornado mais uma vez, tendo se esquecido da lição fatal da manhã anterior.

Faz apenas duas semanas que seu pai o ensinou a atirar. Era uma noite de terça-feira quando chegou em casa com uma espingarda a mais. O menino sabia que ele tinha ganhado a arma de um dos homens do colcoz — a fazenda coletiva — como pagamento por ter coberto uns turnos a mais, o que, por sua vez, instigou Artiom a tratar a arma com reverência; o fato de que seu pai tinha se disposto a trabalhar por ela, por ele. Seu pai trouxe a arma para casa, mas não deu indicação alguma de sua conquista. Para quem via de fora, parecia que o pai simplesmente tinha encontrado o objeto em uma cerca viva no fim da vereda, que tinha sido apenas um vantajoso acaso que interrompeu um dia até então pouco digno de nota.

Mas Artiom pensava diferente.

Seu pai mostrou como regular as miras da arma, demonstrou as posições nas quais precisava ficar para atirar de joelhos ou de pé, e, quando o menino finalmente recebeu permissão para dar seu primeiro tiro numa bola de futebol murcha que eles haviam fincado em um galho, ficou assustado com a força do coice da arma, que quase o derrubou — embora ele já esperasse por isso, tivesse sido avisado e segurado com firmeza a coronha da espingarda no espaço entre seu ombro e sua clavícula. O poder comprimido de uma arma. Essa era a sensação de segurar o poder nos braços.

Ao passar pelo segundo campo, Artiom altera de leve seu percurso, traçando um caminho em arco, de modo que possa se aproximar de alguns bois que ruminam preguiçosamente por ali, na brisa da manhã. Ele gosta de passar a mão pelo corpo deles, a vida trêmula confinada sob o exterior peludo dos animais passando pelos seus dedos. Gosta da concentração durinha de músculos embaixo da pele dos animais. Quando era mais novo, ele e os amigos davam socos fortes no gado, esperando uma reação, mas nunca conseguiram provocar nada além de um olhar desinteressado.

Artiom passa a mão na cabeça do boi mais próximo e sente o sereno untando seus dedos, o calor emanando do pescoço do animal. O orvalho parece diferente das outras vezes, como se a textura fosse um material de boa qualidade, e o menino olha para os dedos e vê um líquido diferente nas pontas. Ele passa o olho no corpo do animal e vê um rastro de sangue escorrendo da orelha dele e gotejando na grama. Dá uma olhada no outro boi, a três metros de distância, e constata a mesma coisa.

Ele fica na dúvida se chama seu pai ou não, que agora está praticamente fora do alcance de sua voz, mas não é uma decisão difícil de tomar. O gado é importante aqui; a diferença entre o sustento e a fome. Ele sabe disso desde quando era bem pequeno. Seu pai ouve o grito e para, irritado, mas depois se vira e vai até o menino. O filho de Andrêi sempre demonstrou ter bom senso; se ele acha que vale a pena seu pai parar, então é algo que merece pelo menos ser levado em consideração. Os outros homens estão tão relaxados e tranquilos quanto os animais; fuçam os bolsos, acendem mais um cigarro, observam e esperam.

Essa boiada pertence a Vitáli Scherbak. Embora todos ali trabalhem para o colcoz, todo mundo tem um ou dois acres próprios, onde criam alguns animais magros. Esse gado vai passar o próximo inverno embrulhado em jornais velhos, amontoado em geladeiras velhas ou acondicionado debaixo de argila dura. Por enquanto, porém, os bois estão de pé, ruminando, observando Andrêi Iaroslávovitch e seu filho caminharem entre eles, inclinando a cabeça de um lado para o outro sob o sol da manhã.

Quando Andrêi retorna, ele consulta o grupo e os homens decidem deixar Vitáli dormir mais uma hora. Os animais precisarão de atenção, mas não parecem estar sofrendo e o vizinho pode continuar descansando. A notícia, no entanto, rende assuntos ao longo do restante da caminhada, murmúrios de especulações sobre o que poderia fazer um rebanho inteiro sangrar daquele jeito. Artiom fica orgulhoso, ele subiu alguns degraus na escala de respeito; um menino que consegue perceber aquele tipo de coisa não continuaria sendo menino por muito tempo. Em breve, poderia fazer piadas, observações e falar o que pensava.

Eles se acomodam num morrinho, e Artiom volta a contemplar o céu. O magnífico e turbulento céu, intimidando a terra, agrupando tudo em sua relativa insignificância.

Os homens carregam as armas e se equilibram nas próprias pernas. Cada um mira em uma ave e se prepara para atirar. Um único tiro dispersaria o bando e deixaria os homens praguejando por ter perdido a oportunidade. Eles atirariam em grupo, assim como trabalhavam em grupo, bebiam em grupo, viviam em grupo. Essa é a parte favorita de Artiom, o momento antes do momento, quando ele pode sentir os homens entrando no mesmo nível de concentração, as lufadas de ar saindo da boca deles ao mesmo tempo enquanto expiram. Respirando juntos, existindo juntos. Uma voz diz "prontos" baixinho, não perguntando, e sim afirmando, uma confirmação do estado coletivo, e os tiros são disparados, cada um atira duas vezes, o ruído obliterando o silêncio como um punho atravessando uma vidraça.

São atiradores experientes, todos passaram pelo exército. Todos acertam a presa, exceto o menino, que ainda precisa entrar em sintonia com a arma, o cano sambando na frente dele, desenhando um círculo torto e pequeno. Tudo é como deveria ser.

São os momentos seguintes que marcam o início de algo diferente, um desvio no equilíbrio da ordem natural, um momento que eles relatariam nas mil conversas que lhe esperavam furtivamente no futuro.

Imediatamente após o primeiro tiro, os tetrazes agitam as asas, mas, em vez de alçarem um voo veloz e constante, pousando rente ao chão, o que normalmente faziam, hoje eles sobem e cambaleiam de volta para o chão, ou deslizam por alguns metros antes de se esborracharem na grama e rolarem de um jeito bêbado e desajeitado, com as asas debatidiças e as pernas dobradas.

Os homens recarregam e disparam, mas logo cessam fogo; todos eles sentindo uma inquietação cada vez mais forte diante da absurda visão à sua frente. Eles se levantam do morrinho e caminham campo adentro. Com a ponta dos pés, viram as carcaças; as aves ainda estão vivas, remexendo-se convulsivamente na grama, desorientadas. Artiom tira um saco da bolsa, recolhendo a caça, como tinha feito em outras manhãs, mas seu pai lhe instrui a descartá-las, diz que essas aves não devem ser comidas.

Eles viveram a maior parte da vida nesta pequena área de terra. Conhecem as épocas de cultivo e os fluxos e refluxos das estações, a disposição da natureza, seus costumes e humores. Eles percebem certa desarmonia aqui, nos estranhos acontecimentos da manhã. Quando voltam para casa, para as famílias adormecidas, refletem sobre a manhã esquisita e se perguntam se a estranheza se estenderia também a eles, aos humanos que vivem neste lugar. E sabem que isso, assim como todas as outras coisas, se revelaria com o tempo.

4

NA USINA NUCLEAR DE CHERNOBYL, a dez quilômetros do menino adormecido, enquanto o ponteiro das horas de seu pequeno relógio avançava aos poucos entre o dois e o três, partículas flamejantes de grafite e chumbo, grandes chumaços de aço fundido espiralados pela brisa noturna, encontravam refúgio nos tetos adjacentes ao reator 4. O fogo alastrou fogo que alastrou fogo, deslizando em betume e concreto, abrindo caminho à força entre colunas, pelos tetos, lambendo as escadas, lambendo o ar. Elementos devastando seu entorno às cegas: xenônio e césio, telúrio e iodo, plutônio e criptônio. Libertos, invisíveis, acompanhando os fiapos de centelhas rodopiantes. Gases nobres expandindo-se em solo nobre. Nêutrons e raios gama emanando para todos os lados, pulsando em direção ao céu, sobre a terra, átomos chocando-se em outros átomos, alastrando-se pelo continente.

Na sala de controle, os operadores veem o painel de vidro se expandir, testando seus limites, depois recuando e atacando mais uma vez, lançando partículas contra a pele, as paredes e os pisos, alojando-se em portas, teclados, pescoços, lábios e palmas de mãos. Veem as hastes de controle serem lançadas verticalmente para cima do chão da sala do reator. Elas sobem como raios, dezenas de hastes pesadas escapando da gravidade e da ordem, aproveitando o momento para irem além de tudo aquilo para o que foram feitas, de tudo que sabiam.

Vigas de aço arqueiam e se retorcem. O barítono do metal vergado zumbindo com as vibrações graves e contínuas de uma explosão.

Água por toda parte: esguichando pelos dutos de ventilação, passando por cima das paredes divisórias, corredores abaixo. Vapor preenchendo os sentidos. Um muro de vapor, uma câmara de vapor, serpeando para dentro de narinas e ouvidos, infiltrando-se nos olhos, em gargantas ressecadas por uma camada de fumaça. Eles mergulham os braços no vapor, braços que nadam enquanto pernas caminham ou flexionam. Lâmpadas estouradas, a única luz agora é a de brasas no chão e a de clarões azuis dos sistemas elétricos que cospem seus protestos.

Os operadores se ajudam a se levantar, atordoados. Há uma tarefa, uma função. O que fazer? Com certeza, há um botão, uma série de códigos, um procedimento, sempre tem um procedimento. Milagrosamente, eles encontram o manual; molhado mas legível. Localizam a seção. Há uma seção. Os ouvidos dormentes por causa do alarme lancinante. Olhos lacrimejando torrencialmente. Uma seção. Olhos escaneando as páginas. Um título: "Procedimentos operacionais em caso de fusão do núcleo do reator". Um bloco de tinta preta, duas páginas, cinco páginas, oito páginas. O texto foi apagado, parágrafos escondidos por trás de linhas pretas e grossas. Um evento como este não pode ser consentido, não pode ser concebido, não há planos para algo assim, já que nunca pode acontecer. O sistema não vai falhar, o sistema não pode falhar, o sistema é a gloriosa pátria.

Trabalhadores irrompem do refeitório e dos vestiários e correm pelos corredores inundados; gás e poeira saindo aos rodopios dos respiradouros. Tudo está saturado na incandescência vermelha das luzes de emergência. Eles usam jalecos brancos de laboratório e toucas brancas na cabeça, como auxiliares de cozinha. Estão num quadro, num filme, uma paleta de vermelho e preto, luz e sombra. Entram correndo no edifício e encontram corpos assolados: homens se contorcendo no chão, apáticos, bocas espumando. A radiação já contaminou suas células, e a pele exibe grandes pústulas escuras que mapeiam os corpos. A equipe de resgate levanta os colegas caídos, deslizando as mãos sob suas axilas e erguendo seus corpos flácidos como marionetes. Jogam os homens por cima do ombro e pelejam para descer as escadas.

Um deles se lembra da sala de primeiros socorros do setor 11, a três portas de seu antigo escritório. Quando chega à sala, a porta está trancada. Ele a abre a pontapés, mas isso lhe custa vários minutos, vários minutos preciosos. Ele sabe que a radiação deve estar aumentando, atingindo níveis letais. Enfim, a porta se escancara e ele entra cambaleando na sala repleta de estantes de metal. No meio dela, há uma maca com rodas. Só isso. Não há iodo nem remédios. Nenhum curativo. Não há pomada para queimaduras. Estantes cinza de metal e uma maca de aço. Por que abastecer uma sala de primeiros socorros em uma usina onde nenhum acidente vai acontecer?

Do lado de fora, os bombeiros chegam trajados com suas fardas de sempre. Nenhum deles pensa em usar proteção radiológica. Nenhum deles sequer ouviu falar desse tipo de coisa. Há pequenos focos de incêndio aqui e ali, mas eles olham fixamente para uma coluna espessa de fumaça com trinta metros de altura, que ascende em direção ao céu. Dois bombeiros vão até o terraço ao lado da chaminé para conferir o estrago; seus sapatos grudam no alcatrão derretido. Eles chutam os nacos de grafite incinerado na direção do que restou da sala do reator. Através da fumaça, avistam a placa superior do escudo biológico do reator, uma placa enorme de concreto, de mil toneladas, no formato de uma tampa de pote de geleia. Ela está descuidadamente escorada na borda da câmara, como se o dono tivesse se distraído com uma chaleira apitando ou uma batida na porta e tivesse se esquecido de colocá-la de volta no lugar. Eles olham para a extensão da coisa, o tamanho da coisa, e se sentem menores, enfraquecidos, parados ali, com suas fardas, testemunhas da força bruta dessa energia misteriosa.

Quando eles voltam para onde estavam, descobrem que a milícia chegou e está organizando os bombeiros presentes ali em grupos. Os homens com farda distribuem algumas máscaras de tecido fino e branco. Elas durarão poucos minutos até não servirem mais por causa do calor, do suor e da poeira, e os homens as descartarem no meio do trabalho, de modo que elas ainda possam ser vistas, várias semanas depois, dando piruetas no terreno de prédios ou enroscadas nas cercas de arame, como se tivessem culpa de algo.

Mangueiras são desenroladas do carretel e levadas até os focos de incêndio secundários. Há cinco caminhões do corpo de bombeiros, que fazem várias viagens de ida e volta até o rio Pripyat, sugando, sedentos, suas águas. Os homens usam as escadas para subir nos telhados, passando por cima de ferro contorcido e concreto despedaçado. Passam por cima de torres de alta tensão e vigas de aço deformadas que apontam a esmo para o céu, desprovidas de sua função. Esses homens são eficientes e corajosos, e apagam com rapidez as chamas menores e dispersas. Eles retornam aos caminhões e vomitam. Homens começam a vomitar aqui e ali, uma coreografia de ânsias; estão curvados para a frente, técnicos de laboratório, bombeiros e milicianos despejando o conteúdo de seu corpo na paisagem trépida. Eles ficam com um gosto metálico na língua, como se tivessem passado a noite chupando moedas. Lambem as mangas da camisa, mas não adianta.

Eles se sentem tão sozinhos, mesmo estando em grupo. Aqui, neste terreno, neste meio de nada, não há multidões em pânico para confirmar seus medos, nenhuma concentração de pessoas compartilhando o mesmo terror, apenas uma alvoroçada e implacável sensação de apreensão.

Há centenas de homens lá fora agora, muitos deles parados, na deles, perguntando-se o que fazer. Ninguém vai embora. Eles formam grupos, mas ninguém fala. Conversar parece inapropriado. Alguém chega com um engradado de água de um dos outros reatores e os homens a dividem para dar aos que estão deitados no chão. Aninham a cabeça dos colegas e despejam, devagar, a água na boca deles.

Alguns médicos chegam, assustados diante do que estão vendo, e o treinamento que tiveram propicia a eles uma avaliação intuitiva das consequências de uma manhã como esta. Eles improvisam mesas para examiná-los melhor no perímetro da usina e administram todo o iodo disponível, iluminam pupilas com suas lanternas, verificam batimentos cardíacos, colocam gaze e pomada nas queimaduras, que ardem logo depois. Convocam ambulâncias de todos os hospitais mais próximos, salientando, aos berros, a urgência da situação para policiais impassíveis.

Alguns homens param para fumar, mesmo estando enjoados, porque, afinal, o que mais podem fazer?

Os bombeiros abrem caminho até o teto que fica ao lado da sala do reator central — a essa altura, é o único foco de incêndio que resta. Seus olhos estão vermelhos e marejados, e as lágrimas escorrem num silencioso protesto contra o ar cortante e pestilento. Os homens não se sentem bem, estão cansados de tanto vomitar, mas há uma tarefa a cumprir. Eles foram chamados, eles fazem o trabalho.

Os oficiais militares finalmente reconhecem os riscos da exposição e repensam seus procedimentos. Os homens são divididos em cinco grupos, e cada grupo fica encarregado de uma mangueira. Dois homens assumem a mangueira por não mais que dois ou três minutos, depois são substituídos pelos colegas. Os homens andam para a frente e para trás no telhado comprido, os pulmões queimando, tentando conter a vontade de respirar fundo quando chegam lá na frente. Quem olha de certa distância vê as silhuetas desses homens contrastando com o céu da alvorada, movendo-se com uma regularidade que, de alguma forma, consola só de observar, para a frente e para trás, camuflados na fumaça que toma conta de tudo. E eles não param, são incansáveis, persistentes.

As ambulâncias fazem inúmeras viagens, os motoristas partem para Zhítomir, Chernigov, Kiev, Rechitsa, Mazir e Gomel, e, quando voltam uma segunda vez, há milicianos fazendo a guarda na frente dos hospitais, mantendo todo mundo que não precisa ficar ali longe dos veículos contaminados.

O zumbido incessante das sirenes, misturando-se a várias frequências, a altura do som aumentando e diminuindo de acordo com o movimento e a distância. O barulho estridente das sirenes trabalha a manhã inteira, até o meio do dia.

↬ 5

Outra reunião interminável. O som do papel sendo manuseado. Discursos monótonos. Grígori está sentado na sala onde fazem a reunião do conselho de administração do hospital, o encontro semanal dos chefes de departamento. Todo mundo tem sua cadeira, e todos estão usando o mesmo terno que usaram no sábado anterior, e no sábado antes desse, e no sábado antes desse. Ele fica lá sentado escutando e perde a noção do tempo. Essas reuniões podem levar horas, um discurso atrás do outro; as mesmas frases são pronunciadas; o mesmo posicionamento político.

A única coisa que muda nessas reuniões são as estações do ano lá fora. Terminada a reunião, geralmente Grígori segue de carro até seu lote, a fim de sujar as mãos de terra. Hoje ele cuidará de suas batatas, amontoando terra nos sulcos para cobrir os tubérculos que estão começando a brotar. Um prazer simples que a primavera proporciona. Abril. Um sábado abafado de abril. E ele anseia por estar lá, com a garoa e os pássaros, lá onde as coisas são coisas, uma batata crescendo, um forcado, botas de borracha, onde a linguagem é real — substantivos genuínos —, e não manipulada para agradar o superior do superior do superior, e assim por diante, obedecendo a uma ilusão cuidadosamente articulada.

Do outro lado da janela, há uma piscina pequena com uma cascata de onde só sai um jato que ondula a superfície reta da água tranquila. Ele se pergunta se deve comprar um irrigador automático para seus pés de tomate, se o próximo verão será muito quente. Ele vem se perguntando isso toda semana, desde fevereiro.

Zhíkhov está fazendo um apanhado dos tópicos; a reunião está quase no fim. Grígori já sabe o que ele vai falar e poderia articular as palavras com os lábios sem emitir som: "A produtividade está muito boa, e estamos obtendo sucesso em tudo que planejamos." Meses atrás, no almoço, Vassíli havia composto uma melodia para acompanhar essas palavras, e, ao ouvi-las, a linha melódica toca mais uma vez na cabeça de Grígori, um gatilho inconsciente que simplesmente confirma seu desprezo por Zhíkhov. Os balancetes que têm precedência sobre os pacientes, a compra de equipamentos de qualidade inferior apenas porque são "bonitos e causam boa impressão", mesmo que tragam a reboque palpáveis problemas médicos, a subjugação total de todas as decisões médicas aos caprichos e protocolos das diretivas do Secretariado.

Enquanto seus colegas juntam seus papéis, apoiando-os na mesa em posição vertical e dando batidinhas para que fique tudo alinhado, Slíunkov, o secretário administrativo, atravessa a sala até Zhíkhov, lhe entrega uma folha de papel e murmura algo. Zhíkhov lê a mensagem, depois anuncia:

— Recebemos um comunicado do Presidente do Conselho de Ministros.

Ele lê o memorando em voz alta:

— Para sua informação, foi relatada a ocorrência de um incêndio no reator 4 da usina nuclear ucraniana de Chernobyl. O acidente está sob controle, mas fomos notificados de que talvez haja danos consideráveis. Entretanto, posso garantir a vocês que esse incidente não interromperá o avanço da energia nuclear.

A última linha é alarmante; está a anos-luz do padrão linguístico habitual dos comunicados oficiais. Eles estão defendendo a energia nuclear, como se alguém a tivesse questionado, como se estivessem no meio de um debate. As declarações sempre chegam em forma de informações claras, sem ambiguidades. O Politburo comunica com ordens ou generalidades vagas. Grígori olha para Vassíli do outro lado da mesa e pode ver que ele está pensando a mesma coisa. *Estão dizendo isso para tranquilizar a si mesmos.* Deve ter acontecido alguma catástrofe.

Todos pegam sua papelada e deixam a reunião. Do lado de fora da sala, surgem especulações entre os chefes de departamento acerca do que a notícia pode acarretar para eles. Essas conversas mais gerais sempre acontecem depois, departamentos rivais sondando a fofoca, procurando maneiras de ganhar vantagens em sua alocação de recursos, esperando que surjam informações sobre qualquer fato extraoficial. Vassíli e Grígori continuam na roda, ouvem e opinam um pouco. Então, vão até um corredor vazio para conversar à vontade. Decidem quebrar o protocolo e fazer uma visita ao secretário administrativo. Normalmente, isso seria visto como uma afronta a Zhíkhov, uma sutil acusação de que ele deixara de abordar na reunião alguma questão importante. Mas a notícia acabou de chegar, e eles poderiam apenas perguntar como foi o desdobramento do ocorrido.

Quando abrem a porta, Slíunkov está sentado à sua mesa, com a postura impecável, datilografando. Ele reluta em dar informações, mas Vassíli e Grígori permanecem lá, em silêncio, até o secretário não conseguir mais aguentar a tensão e os colocar a par dos únicos detalhes adicionais de que tem conhecimento: foi decretado estado de emergência na região; o desastre foi declarado 1-2-3-4, o mesmo nível de um ataque nuclear. Os médicos ficam visivelmente chocados. Pedem para falar com Zhíkhov, para que possam tomar as providências que talvez sejam necessárias, mas são informados de que ele já está a caminho do Kremlin: todos os presidentes de conselhos administrativos dos hospitais dos arredores foram convocados para uma reunião de emergência.

Não lhes resta nada a fazer a não ser ir embora para casa. A princípio, o trabalho deles não será necessário, mas, se for preciso, alguém entrará em contato.

Grígori dá carona a Vassíli. Na maior parte do trajeto até seu apartamento, eles ficam em silêncio, é cedo demais para tirar conclusões. As pessoas estão aproveitando o fim de semana. Quase todas com as mãos ocupadas, preparando-se para alguma coisa: crianças seguram bolas de futebol, mulheres mais velhas empurram carrinhos de supermercado com alho-poró ou cenouras saindo pelos buracos laterais. Grígori estaciona na frente do prédio, seus freios emitem um ganido. Faz tempo que ele quer levar o carro para darem uma olhada.

— Tem certeza de que não quer entrar e almoçar?

— Tenho. Mas obrigado. Quero botar a mão na massa.

— Margarita vai achar que você está fazendo desfeita da comida dela.

— Já comi muito a comida dela para que ela ache isso. Mas obrigado. Quero só tomar um ar.

— Sei como se sente. Por que não passa aqui na volta para tomar um drinque?

— Obrigado. Vou pensar.

Quando está no lote ajoelhado, escavando a terra, começa a chover. O dia está úmido e escuro, ele levanta a cabeça e sente as gotas de chuva em seu rosto, e as observa transformar a pele do solo, sardas pretas aparecendo por toda parte. Na pequena casinha de madeira onde guarda suas ferramentas, ele ouve o tamborilar *staccato*. Há poucas famílias ali perto da região sul de onde ele está, e ele pode ouvir pais mandando seus filhos saírem da chuva, alguns gritos abafados pontuados pelos latidos de um cachorro.

Ele ia gostar do caos que as crianças trazem. Gostaria das marcas de giz de cera nas paredes, das manchas nos tapetes, tão impregnadas que passariam a ser confundidas com a estampa. Gostaria de uma criança para lhe dar uma chacoalhada, obrigá-lo a repensar tudo que sabe, remodelar sua personalidade, algo que outros adultos já tinham deixado de fazer havia muito tempo. Às vezes, ele observa Vassíli com os filhos, observa a maneira como as crianças seguram, despreocupadas, a mão do pai na hora do almoço, como adolescentes apaixonados. Encontrar Mária fez com que ele acessasse sentimentos que estavam sedimentados, mas ele não quer pensar muito nisso. Está tentando não criar expectativas.

Geralmente, Grígori traz uma garrafa com chá. Agora seria a hora de bebê-lo. Mas ele esqueceu, pois estava ocupado demais pensando nas notícias da manhã. Poças se formam nas passagens entre os lotes. Ele gostaria de se entregar ao puro prazer de pular nas poças. Mais um motivo para trazer uma criança aqui; há muitas coisas que um adulto precisa de permissão para fazer.

A chuva continua caindo. Grígori deveria ir embora, mas vai continuar trabalhando.

Ele se ajoelha de novo, avançando devagar ao longo das fileiras, alheio ao restante do mundo. Fica encharcado, mas só percebe isso quando ouve seu nome sendo chamado e vê Vassíli vindo da estrada, caminhando a passos largos em sua direção. Então, limpa a mão no suéter, que agora está com um caimento pesado, todo molhado.

Grígori se levanta. Só pode ser algo sério.

Ele ainda está longe do alcance da voz de Vassíli, que, por isso, grita, passando por cima da tela de arame de um galinheiro.

— Zhíkhov ligou, querendo falar com você.

— Achei que ele tinha coisas mais importantes com que se preocupar.

— Na verdade, não. Nós somos muito importantes agora.

— Como assim?

— Um avião do conselho vai sair do aeroporto de Zhukóvski às 5h30. E a gente deve estar nele.

— Para ir até a Ucrânia? Para... Qual é o nome mesmo?

— Chernobyl. Sim.

Vassíli está mais perto agora, falando em um volume normal, ligeiramente ofegante.

— Mas isso é burrice. O que a gente sabe sobre medicina de emergência?

— Um endocrinologista e um cirurgião cardiotorácico, isso não é nada mal para começar.

— Quer dizer, com certeza eles têm uma equipe de especialistas para essas situações.

— Que situações, Grígori? Quando é que uma coisa dessas aconteceu?

— Mas, com certeza, eles estão elaborando algum plano.

— Bem, parece que fazemos parte dele.

Ambos refletem.

— Você tem filhos, pode se safar dessa. Tenho certeza de que pode pedir dispensa para alguém.

— É um desastre de grandes proporções. Se eu não for, não poderei pedir nem um lápis. Meus filhos precisam mudar de escola ano que vem. Os pais de Margarita vão se aposentar daqui a alguns meses. Não posso recusar. E, de qualquer forma, prefiro me envolver a deixar nas mãos de algum acadêmico puxa-saco. Pelo menos podemos ser úteis.

— Isso é o que você acha.

— É claro que podemos. Vamos garantir que o que precisa ser feito seja feito.

Grígori pega um broto de tubérculo no chão, passa-o de uma mão para a outra.

— O que mais eles disseram?

— Só isso. Vão mandar um carro às cinco da manhã para buscar a gente. Vamos ficar sabendo de mais detalhes no aeroporto.

Grígori arremessa o tubérculo no terreno vizinho e com a lateral do pé desmancha delicadamente um dos sulcos que ele havia criado, observando o solo cair por cima dele mesmo. Tanto trabalho para nada.

— Fala para Margarita vir aqui daqui a um mês, mais ou menos. Vai ter um lote cheio de batata esperando por ela.

— Vou falar.

EM SEU QUARTO, GRÍGORI ENFIA camisas numa elegante e lustrosa mala marrom. Uma compra cara feita dois anos atrás, apesar de não ter sido muito usada, guardada debaixo de cama — exceto por uns dois congressos de fim de semana. Ele não faz ideia do que levar. O que se usa em uma visita a uma usina nuclear cujo reator derreteu? As meias estão espalhadas na gaveta, e ele pega várias, embolando-as em pares antes de jogá-las na mala.

Um pensamento faz com que ele pare o que está fazendo. Um desastre nuclear. Ele pode morrer num lugar desses.

Grígori olha para as meias listradas em sua gaveta. Está indo a um covil tóxico e enchendo a mala com camisas e meias. Senta-se na cama e encara as possibilidades.

Havia sábados, em sua outra vida, em que Mária entrava pela porta com um saco de pão e uma panela de canja de galinha nas mãos. Os almoços de sábado eram um ritual para eles, o momento da semana que Grígori estava mais relaxado e que eles contavam um para o outro as novidades, os pequenos acontecimentos dos últimos dias.

Grígori imagina como seria se Mária estivesse ali, vendo as coisas como ela teria visto. Passando pela porta e encontrando o marido imóvel na cama de casal com uma mala feita às pressas. É lógico que ela acharia que ele a estava abandonando. Ela havia perguntado isso tantas e tantas vezes, geralmente depois de fazerem amor, quando estavam aconchegados um ao outro e seus corpos reluzindo:

— Você nunca vai me deixar, né?

Nessas horas, ele sorria e a tranquilizava, achando graça, surpreso com o fato de que essa pergunta ainda pudesse ser feita depois de tanto tempo juntos, com as infinitas dúvidas na mente daquela mulher.

Ela ficaria parada na soleira da porta, segurando com os dois braços o saco de pão, a boca ligeiramente entreaberta, emoldurando uma pergunta, esperando que sua voz e sua respiração completassem o processo. Seu rosto com aquele olhar perdido, como o de uma criança quando se depara com algo que foge totalmente de sua vivência, quando come areia ou dá um encontrão em uma porta de vidro, aquela tentativa momentânea de segurar o choro antes de ele começar para valer.

Grígori chegaria perto dela, colocaria as mãos em suas bochechas e a beijaria, inclinando-se por cima da sacola de compras.

— Aconteceu um acidente. Uma usina na Ucrânia. Preciso ir daqui a alguns minutos.

— Quanto tempo você vai ficar lá?

— Não sei. Alguns dias. Não vai passar de uma semana.

Ele subestimaria o tempo de sua ausência, tentando consolá-la, mas sua voz o denunciaria, uma vulnerabilidade que só ela conseguia detectar.

— É algo sério?

— É. Mas vou tomar cuidado.

Ela daria um passo para trás e se dedicaria aos detalhes lógicos. No mesmo instante, pensaria nas roupas de que ele precisaria e lhe daria instruções para que pegasse coisas específicas no guarda-roupa e nas gavetas enquanto ela se encarregava de pegar os artigos de banheiro nas prateleiras e toalhas no armário sem portas. Ela colocaria todas as peças na cama, dobradas e separadas, e, então, as guardaria meticulosamente na mala.

Uma batida na porta.

Ele ergue os olhos. O motorista está lá.

— Dr. Brovkin?

— Sim. Estou quase pronto. Encontro você na frente do prédio.

— O senhor precisa se apressar. Não podemos chegar atrasados no aeroporto, senão vou ficar em maus lençóis.

— Eu entendo. Vou só pegar umas últimas coisas.

O motorista desce as escadas, olhando para trás para ver se Grígori compreende a urgência.

Grígori entra no quarto, abrindo gavetas, pegando mudas de roupas e enfiando-as na mala. Quem se importa com o que ele vai levar? Ninguém vai reparar se um cirurgião está usando uma camisa que não combina com o casaco. Ele pega o molho de chaves na bancada da cozinha, vai até as escadas, pousa a mão na maçaneta e fita seu apartamento. Seus móveis. Seus quadros na parede. Vira a chave na fechadura e desce as escadas. No primeiro andar, bate à porta do zelador. Ninguém atende. Vai falar com Raíssa para ligar para o zelador e pedir a ele que lhe mande as correspondências.

Ele entrega a mala ao motorista, vira-se para sua janela vazia e se dá conta de que nunca mais passará outra noite naquela casa. Venderá os móveis, arranjará outro lugar. O passado tem seu preço. Quem quer que ele tenha sido naqueles cômodos, nunca mais voltará a ser.

No aeroporto, malas são empilhadas em carrinhos, algumas bolsas de tapeçaria. Há homens em pé, segurando pastas, procurando uma conexão, um rosto conhecido. Grígori pensa que deveria ter trazido alguma coisa para comer. Ele fica impaciente, irritado, quando não come. Não é algo que ele enxergava em sua personalidade quando estava solteiro; foi outra característica que veio à tona no período em que esteve com ela. Um funcionário do aeroporto pergunta o nome das pessoas, ticando uma lista presa na prancheta. Grígori passa o olho pelo lugar, assim como os outros. Não vê Vassíli. Um homem com um terno de quatro botões se aproxima, estendendo o braço. Grígori aperta sua mão.

— Dr. Brovkin, obrigado por ter vindo.

Claro. É Vigóvskii, da casa de banho — o conselheiro-chefe do Ministério de Minas e Energia. Grígori consegue ligar todos os pontos agora. Zhíkhov deve estar feliz da vida por se ver perto do centro de tanta atenção.

— Não sei muito bem o que está acontecendo. O camarada Zhíkhov leu o comunicado na nossa reunião de departamento.

— Ele fala muito bem de você.

— É... Pelo visto, sim.

— Você está se perguntando o que está fazendo aqui.

— Estou aqui para ajudar, camarada. O que o senhor quiser que eu faça. No que eu puder ser útil.

— Fui nomeado presidente da comissão consultiva. Tenho total responsabilidade pela operação de limpeza.

— Uma tarefa intimidadora.

— Sim. Mas terei sucesso. Todos nós teremos sucesso. Isso é uma tragédia, não há dúvida, mas todos nós já lidamos com tragédias.

— E o camarada Zhíkhov sugeriu que eu poderia ser útil em alguma coisa.

— Na verdade, não. Eu solicitei que você viesse.

— O senhor está supervalorizando um único e rápido encontro.

— Dima sabe identificar talentos muito bem. Ele não chegou onde está sem se rodear de gente competente. E não se trata apenas de um único e rápido encontro. Eu disse que a minha esposa falou muito bem de você, elogiou sua calma sob pressão. Esse é um instinto que não muda. Olhe ao seu redor, Grígori Ivánovitch. Conheço só alguns desses homens. Não posso garantir como eles vão reagir sob pressão. Sei que você tem talento, tem calma. E o mais importante: sei que você tem integridade. Você não é uma pessoa que só vai obedecer a instruções, e sim vai trazer uma mente crítica à situação. Preciso de pessoas como você, doutor.

— Espero que confiem na minha opinião.

— Vamos confiar. Disso não tenho dúvida.

Eles trocam outro aperto de mãos. Vigóvskii olha no fundo dos olhos dele.

— Somos nós que temos de fechar a porta do estábulo.

A aeronave é um cargueiro militar, e todos esses homens engravatados estavam sentados no interior cinza-ardósia do avião. Todos pensando que um drinque viria a calhar. Não há um isolamento acústico para o ruído do motor, e eles precisam falar alto para conseguir conversar.

Grígori embarca com Vassíli. Não há janelas, somente paredes inclinadas. Eles poderiam muito bem estar em um bunker subterrâneo.

Assim que se acomodam, Vassíli diz:

— Sabe o que é mais surpreendente nessa história toda? Que eles tenham mexido com energia nuclear por tanto tempo sem fazer nenhuma cagada.

Era verdade. Grígori tinha pensado a mesma coisa. Todo e qualquer protocolo de segurança que ele havia tentado implantar no hospital fora sempre recebido como uma crítica implícita aos seus antecessores. Grígori havia precisado recorrer a toda sua determinação e astúcia para elaborar uma lista de checagem de passos, com o intuito de assegurar que os padrões de higiene correspondessem a um nível aceitável. Apenas três anos antes, previamente aos esforços em nome da glasnost, ações como essa teriam colocado em xeque sua lealdade ao Partido. Se isso era uma verdade nos hospitais, por que seria diferente com uma usina nuclear? Eles precisam passar uma borracha em toda a União, eliminar tudo que veio antes. Demitir quem está no poder. Promover talentos. Ouvir ideias. Precisam fazer essas coisas, mas nunca farão. O sistema jamais permitiria.

Em Kiev, eles são recebidos por todos os ucranianos que já carimbaram um documento na vida. Uma longa procissão de carros pretos do governo faz uma fila em frente ao terminal de desembarque, e os motoristas estão em posição de sentido ao lado das portas abertas, todos idênticos e indistinguíveis entre si, o mesmo uniforme, a mesma postura, mãos cruzadas à frente do corpo, alinhados no concreto como um reflexo infinito no espelho.

No carro, Vassíli mordisca a haste dos óculos, uma mania que, com o tempo, resultava em armações com marcas de dentes. Fato que combinava perfeitamente bem com sua aparência maltrapilha: entradas no cabelo, o colarinho frouxo, um botão faltando no meio da camisa. Vassíli sempre foi assim: a mente mais afiada da sala e o terno mais amarrotado.

Grígori se recosta e contempla a paisagem. Só espaço lá fora. Pensamentos aleatórios, imagens vagas passando por ele. Distância e céu e terra. Um horizonte sem distinção.

Acaba de anoitecer quando a cavalgada de carros chega a Pripyat — a cidade-satélite vizinha à usina —, serpeando ao longo da estrada como um cortejo fúnebre, exalando melancolia. Não existe nada mais sério que uma procissão de carros oficiais: os veículos parecem revestidos por uma pátina de ameaça. Eles chegam ao topo de uma pequena ladeira e avistam a usina ao longe. Grígori e Vassíli encostam o rosto no vidro, tentando obter uma visão decente. Uma profusão de cores ainda paira sobre a usina como manchas, distorcendo toda a perspectiva, de modo que a cena parece côncava, o céu de alguma forma arqueando-se ao redor das instalações, como um vaso pintado. A fumaça se estende em uma longa coluna claramente definida, fundindo-se aos confins do céu. Essa é uma visão que exige respeito, pensa Grígori, uma reverência silenciosa.

A cidade ainda está seguindo a vida normalmente. Grígori e Vassíli não conseguem acreditar nisso. Passam pelo pátio de uma escola, onde há uma partida de futebol acontecendo, homens gesticulando uns para os outros com braços enrijecidos, bocas escancaradas, emitindo gritos mudos. As crianças ainda estão nas ruas. Os garotos param suas bicicletas na beira da estrada e posam como fortões para os visitantes, erguendo bem alto os cotovelos e dobrando os punhos na direção de si mesmos. Os mais corajosos pedalam ao lado da procissão, ficam de pé com a ajuda dos pedais, mas prestando atenção para manter uma boa distância.

Há uma menina de calça roxa na sacada, se lambuzando de chocolate. Não deve ter mais do que seis ou sete anos, um fino bigodinho de chocolate contorna seu lábio superior.

— Todas essas crianças ainda nas ruas. Elas precisam de uma profilaxia de iodo para ontem. Por que ninguém fez isso?

— Porque ninguém faz nada, Grígori. Vamos ter que dar um jeito nessa confusão com nossas próprias mãos.

Depois disso, não dizem mais nada. Grígori pensa em Oppenheimer, fazendo experiências com o átomo nos desertos do Novo México durante a época da Grande Guerra Patriótica: *agora eu me tornei a morte, a destruidora de mundos.*

Na sede do Partido, a sala é enorme, mas a delegação é suficiente para enchê-la. É nítido que os grupos se sentem mais confortáveis nesse ambiente, conversando, revendo conhecidos, tudo muito descontraído, como engravatados em uma conferência. Grígori esperava que pelo menos aqui, sob a sombra dessa tragédia, a sala estivesse permeada de um senso de urgência. Mas é a mesma coisa: tapinhas nas costas, apertos firmes de mãos, apresentações de acordo com quem compareceu à festa tal, onde fica a *datcha* de cada um, quais universidades os filhos escolheram. Grígori nunca teve muitas divergências profissionais na vida, algo que, ele supõe, tem a ver com seu temperamento tranquilo. Mas ele consegue sentir uma pontada de raiva subindo em sua nuca, alfinetadas na pele.

Algumas moças loiras e bonitas surgem de um cômodo nos fundos, carregando bandejas de comida e copos de vodca. Grígori segura a loira mais próxima pelo cotovelo.

— De onde veio isso?

— Perdão, camarada?

— A comida. De onde veio?

— Foi feita na cozinha.

— Ah, é? Onde está seu supervisor?

Ela aponta para um homem careca com um bigodinho fino em outro canto da sala, com os braços cruzados. Grígori arrasta consigo a garota, o que faz com que a conversa entre as rodinhas morra aos poucos, algumas palavras ainda ecoando no falatório silenciado.

Grígori pega a bandeja de sanduíches das mãos da loira e aproxima do rosto do homem.

— Onde você arranjou essa comida?

O supervisor está impassível. É um homem que passa despercebido pela vida, tão interessante quanto uma toalha de mesa. Uma conversa como essa foge dos estreitos limites de sua experiência profissional.

— Foi preparada pela equipe da nossa cozinha.

— E onde eles arranjaram os ingredientes?

— Isso, camarada, não é da sua conta. Se não gostou da comida, não coma.

Grígori relaxa a mão, e a bandeja desaba no chão. Com o choque, os requintados triângulos de pão são arremessados para cima, o tilintar do metal ressoa pela sala silenciosa. Ele segura o encosto da cadeira mais próxima, vira-a de frente para si, sobe nela e se dirige à pequena multidão:

— Enquanto os senhores estiverem aqui, não comam nem bebam nada que não tenha sido aprovado para o consumo. Só é seguro comer produtos industrializados.

Os dirigentes tentam se livrar dos sanduíches da forma mais sutil possível, depositando-os nos peitoris ou na mesa com as bandejas; alguns, para evitar o constrangimento, enfiam a comida no bolso — qualquer estratégia em que conseguem pensar para que não deixem entrar em contato com a pele os itens contaminados.

Rostos inquietos voltam-se na direção de Grígori, sem saber se ele está exagerando. Ele os encara com uma frieza no olhar. Sem dúvida, não deve ser o único ali com experiência e conhecimento para entender as implicações da situação que estão enfrentando.

Um diretor da usina sobe no tablado e resume os eventos que se seguiram após o acidente, formulando seus comentários com cautela e enfatizando o próprio profissionalismo em resposta ao ocorrido.

Após a apresentação, Vigóvskii aproxima-se de Grígori, guiando-o até duas cadeiras de plástico sob uma janela alta.

— Obrigado, camarada. Eu também estou revoltado. Todo mundo nessa sala deveria estar revoltado.

— Acho que eles se esqueceram de como se faz isso.

Vigóvskii se inclina para Grígori. Conversam lado a lado, os ombros se encostando, como dois velhos sentados no banco de uma praça falando sobre o tempo.

— Vejo esse homem no tablado e sinto a culpa crescer dentro de mim. Three Mile Island, já ouviu falar dessa usina?

— Não — responde Grígori.

— É uma usina nuclear nos Estados Unidos. Aconteceu um acidente lá também. Sete anos atrás. Não foi uma catástrofe, mas gerou um grande problema, um incidente grave. Mas os americanos aprenderam com ele. Depois do acidente, implantaram um sistema de segurança que antecipa os problemas em vez de só consertar as coisas quando elas quebram. Li sobre essas mudanças, estudei os avanços. Disse a mim mesmo que a gente precisava fazer alguma coisa parecida aqui. Levei minhas propostas ao conselho, mas, antes que eu pudesse apresentá-las formalmente, surgiram uns papos nos corredores e dei com a cara na porta. Tinham muitas histórias sobre mim, eles disseram. Talvez decidissem me rebaixar, eles disseram. Nenhuma ameaça real, você sabe como as coisas são, apenas boatos. Então, eu fiz a coisa mais inteligente, retirei as minhas recomendações. Reformulei minha crítica com outras palavras. Fiz o que o país inteiro fez. Fiquei calado. Recuei. E, depois que fiz isso, eles me nomearam conselheiro-chefe do Ministério.

— Somos todos culpados, camarada.

— Quando me colocaram numa posição de poder, eu poderia ter tirado minha proposta da gaveta. Eu poderia ter dito: "Aqui está uma ideia que eu esqueci." Mas não fiz nada disso. A única coisa que aprendemos com o passado é como não o repetir. Não quero pessoas que ficam de bico fechado.

Vigóvskii chega mais perto e dá um tapinha na nuca de Grígori.

— Quero que você fique encarregado das operações médicas. Hoje é um dia vergonhoso para a União. Vamos fazer a coisa certa.

Vigóvskii se levanta e é cercado na mesma hora por uma roda de perguntas. Ele sai da sala, e o grupo inteiro faz o mesmo, cada um indo para seu gabinete.

E ASSIM COMEÇA O TRABALHO burocrático, a classificação e a distribuição, a segmentação em regiões, o estabelecimento de códigos de cores, as montanhas de papel que, a partir desse ponto, crescem exponencialmente. Eles fazem os escritórios do Partido de quartel-general administrativo e penduram mapas em todas as paredes, delineando as regiões afetadas, conjecturando sobre os níveis de radiação previstos de acordo com boletins meteorológicos e análises probabilísticas. Estimativas populacionais figuram verticalmente ao lado de mapas em várias escalas. Eles identificam as áreas por códigos de cores, especulam acerca da contaminação dos lençóis freáticos e das implicações agrícolas. Elaboram planos exorbitantes de longo prazo e, então, desistem, ou os deixam de lado, para serem retomados em outro momento, para uma futura reavaliação. Não existem modelos que possam ser definidos para isso, nenhuma diretriz. São apenas previsões e fatos escassos.

Eles solicitam apoio militar e equipamentos médicos. Discutem evacuação. Grígori concorda em aguardar até que transportes adequados sejam providenciados, nomeia um comitê de evacuação incumbido de elaborar uma estratégia e lhe dá um prazo apertado para fazê-lo. Ordena que comprimidos de iodo sejam distribuídos para a população, e é informado de que eles têm apenas uma caixa. Grígori pergunta quantos comprimidos há em cada caixa, e o oficial responde que aproximadamente cem. Grígori sente vontade de dar um soco no homem. Uma caixa, em uma cidade de sessenta mil habitantes, uma cidade localizada e construída ao lado de uma usina nuclear, construída por causa dessa usina. Grígori diz:

— Mas aposto que você garantiu os seus.

E o homem não responde.

Ele vai de carro até a usina com Vigóvskii e Vassíli. Querem vê-la com os próprios olhos. Bombeiros ainda trabalham no telhado, mortos de cansaço, com os olhos avermelhados de exaustão. Vigóvskii ordena que cessem as atividades. Agora que as chamas foram controladas, continuar inundando o reator é contraproducente, resulta apenas no aumento do nível do vapor de água, que transborda para os outros edifícios.

Eles receberam máscaras de borracha, e Grígori ordena a todos que usem uma. Os homens as colocam, e todos os traços de personalidade são apagados: agora todos se movem e caminham com uma semelhança sinistra, uma aparência inumana. O cabelo se torna importante para fins de identificação. Vigóvskii reconhece as pessoas lembrando-se do cabelo delas, loiro ou preto, corte militar ou cachos. Vozes passam pelas máscaras, como se estivessem desencarnadas.

Os outros reatores ainda estão funcionando. Grígori ouve um jovem engenheiro mencionar isso, pede a ele que repita a informação e ele o faz duas vezes, só percebendo a burrice dessa circunstância depois de repetir pela primeira vez. Os operadores ainda estão em suas respectivas salas de controle, fazendo seu trabalho de todos os dias, enquanto os sistemas de ventilação bombeiam contaminação pelo edifício inteiro. Vigóvskii segura o sujeito pela lapela e o empurra, e o homem se vira, cambaleando, e sai correndo até os reatores.

Agricultores locais chegam ao portão trazendo comida e bebida. São rechaçados. Os lavradores ficam confusos, assegurando que a comida está fresca; eles reafirmam o fato de que são agricultores, como se os soldados que estão fazendo a segurança dos portões fossem cegos para perceber. Os soldados chamam Grígori para confirmar o que eles estão dizendo, e os lavradores continuam protestando, sem entender como sua generosidade pode ser interpretada como tamanha afronta. Os soldados precisam apontar suas armas para os moradores, que por fim recuam, perplexos e ressentidos.

Grígori e Vassíli dormem poucas horas em um apartamento na cidade. Assim que entra no quarto, Grígori joga suas roupas no lixo ao lado da cama, dá um nó no saco plástico e o enfia no armário do corredor, o que não faz com que eles estejam mais seguros, mas, pelo menos, o saco está fora do seu campo de visão. Ele lava o cabelo com luvas de borracha. Está com fome e se dá conta de que não come nada desde o café da manhã. Na minúscula cozinha, Vassíli acha dois tomates enlatados, pega um abridor e tira as tampas. Que refeição lamentável... Eles brindam ironicamente, batendo as latas uma na outra, e viram o conteúdo todo de uma vez. Do outro lado da janela, alguns meninos estão fazendo um racha com carros velhos. Eles sabem que poderiam ordenar que parassem ou que fossem para outro lugar, mas decidem não fazer isso. O ronco agudo dos motores e o arrancar dos pneus abafam o turbilhão de pensamentos que está na cabeça deles, compensando e distraindo-os do que está acontecendo ao redor. Grígori dorme, mas não descansa, sua mente cede superficialmente às suas necessidades corporais.

6

O DIA NASCE NA USINA, e o já conhecido céu carmesim se recompõe. Um esquadrão de helicópteros faz muito barulho nas alturas e aterrissa elegantemente na área rural que o cerca. Vigóvskii decidiu resfriar o núcleo do reator, usando os helicópteros para despejar compostos de boro — argila, dolomita e chumbo — a fim de estabilizar a temperatura. As substâncias são empacotadas e amarradas a pequenos paraquedas para evitar o desperdício no vento.

Nesterenko, o comandante, olha para cima, na direção da rede de cabos de aço acima do local do despejo, calculando os riscos envolvidos em silêncio. Ele veio direto do Afeganistão. Doze horas atrás, estava em um campo de batalha, e é óbvio que preferia continuar num conflito concreto a estar nesse cenário estranho, combatendo descargas químicas. Por conta dos riscos, todo sobrevoo será inacreditavelmente perigoso para os pilotos: navegar no meio desses cabos é complicado. Chapas de chumbo foram trazidas e terão de ser presas à parte inferior dos helicópteros para protegê-los das poderosas rajadas de radiação. Não há como prever que efeito isso terá na estabilidade da aeronave. Se ele tivesse que ter pensado em um exercício para testar a inteligência de seus homens, não teria conseguido pensar em nada mais difícil que isso.

Os soldados estão espalhados pelo extenso campo ao lado, amarrando minúsculos paraquedas aos sacos de pano que serão despejados.

Seus uniformes estão sujos, puídos e rasgados, e detalhes como botões e insígnias estão faltando.

Grígori e Vassíli pedem para ir juntos em um dos primeiros voos. Eles também já foram soldados, sabem como esses homens pensam e entendem que ter integrantes da delegação oficial a bordo servirá como um gesto de empatia às tropas, tranquilizando-as e fortalecendo sua liderança para os tempos mais difíceis que estão por vir. O coronel os aconselha a não ir, mas eles insistem.

Quando o primeiro helicóptero levanta voo, todo mundo para e observa atentamente, assistindo à aeronave abrir caminho com cuidado em meio à fumaça. Assim que os primeiros sacos são despejados, ouvem-se aplausos e vivas.

Nos seis meses em que serviram ao exército, os dois amigos passaram incontáveis noites se virando sozinhos, supostamente aprendendo táticas de simulação de combate, mas, na prática, estavam só tremendo de frio, ensopados e morrendo de saudade de casa. Muitas vezes, eram despachados da base munidos de um mapa, uma bússola e um rádio com um sinal capenga para sobreviver a algumas noites. Vassíli as chamava de "noites de encheção de linguiça", em que ficava óbvio que os comandantes não haviam planejado nenhuma atividade de treinamento e, por isso, simplesmente mandavam os recrutas a um lugar deserto para que, assim, pudessem tirar uma folga.

Grígori e Vassíli levavam consigo seus Ustav, tomando cuidado para não molhar as páginas, e ficavam memorizando linha por linha, o que era mais uma ambição ideológica da parte de seus comandantes, mas eles ainda eram jovens, ambos com dezoito anos, e tinham uma vontade inquietante de fazer as coisas direito. Concentravam-se nos trechos que eram mais questionados: as seções sobre a farda, o vestuário e a aparência. Ambos ainda sabem de cor boas partes de texto — *a braguilha da calça deve ficar em um ângulo perpendicular ao cós; os dentes do zíper devem ser mantidos livres de corpos estranhos, e é obrigatório limpá-los com uma escova de dentes duas vezes por semana, o vinco da calça deve começar no meio da coxa e estender-se em linha reta, sem desvio, até o calcanhar* — e, às vezes, em noites de bebedeira, ficavam relembrando-as com alegria. A esposa de Vassíli, Margarita, ficou muito familiarizada com esse mantra e, assim que ouvia as primeiras palavras, recolhia os pratos da mesa e os levava até a pia, como quem repreendesse a diversão.

Quando os amigos se conheceram, tinham um ano de faculdade de medicina nas costas, e o cérebro deles já havia se acostumado a aprender termos latinos e complicados, de modo que, em comparação, seus Ustav até que eram relativamente fáceis. Mas toda essa erudição não serviu para melhorar a situação deles. Quando ficavam em posição de sentido, o sargento encontrava falhas ou inventava alguma. E seu conhecimento, sua presteza em responder, invariavelmente lhes conferia um ar arrogante. Por isso, depois de penar para passar pelas primeiras seções, apenas passavam os olhos pelos outros soldados, felizes com seu conhecimento mais generalizado, mais sábios agora, mais conscientes acerca dos absurdos da prática e do decoro militar. Foram essas todas as nuances que eles tinham assimilado antes de seu treinamento se tornar combate corpo a corpo, o que criou uma fase de estudos na qual um testava a precisão técnica do outro encenando as poses das figuras desenhadas nas páginas, imitando suas expressões faciais, o olhar indiferente ou a fúria apática dessas ilustrações básicas. Ambos rindo da seriedade das antigas versões de si mesmos.

ELES FICARAM AMIGOS RÁPIDO. No dia em que trocaram as primeiras palavras, estavam na fila no pátio de recepção da base militar, enquanto o sargento presente berrava com os recrutas recém-desembarcados com um megafone. Eram idênticos a todos os demais. Estavam com uma roupa qualquer, como seus primos e vizinhos os haviam instruído a usar, sabendo que elas seriam arrancadas em questão de horas e substituídas por fardas engomadas. Alguns homens, os caras do colcoz com seus dedos velhos e calejados de fazenda, tinham resquícios de esterco de vaca. Outros estavam com suéteres de lã que não lhes serviam mais, o tecido ficava todo esticado na curvatura de seus peitorais superdesenvolvidos.

Os sargentos subiram nos ônibus e receberam os homens com as mais cordiais boas-vindas, depois, aos berros, ordenaram que fizessem uma fila atrás das linhas pintadas no chão e ficassem em posição de sentido. Embora todos tivessem sido informados dessa transformação, vê-la em ação era uma cena inacreditável, um homem indo de simpático e afetuoso a uma força demoníaca sem nem fazer esforço.

Depois que Grígori e Vassíli pegaram suas fardas e seus coturnos, foram designados ao mesmo alojamento, onde, finalmente e por acaso, veio à tona o assunto da faculdade de medicina, um vínculo em comum que foi uma surpresa e uma consolação ao mesmo tempo. Mais tarde, quando descobriram que ambos eram de Kostroma, sua amizade foi consolidada.

Durante aqueles meses, houve diversas vezes em que Grígori suspeitou de que seus pulmões estavam prestes a explodir por conta da intensidade das corridas. Vezes em que seus músculos não conseguiam erguer totalmente seu corpo nas séries de flexões de braço, horas em que uma pedrinha entrava em seu coturno e lá ficava, no fundo de cada passada, até seus pés incharem e ele precisar reunir todas as suas forças para não se esgoelar de tanta dor.

Corpos eram forçados ao limite de várias maneiras, surras eram distribuídas a torto e a direito, com frequência, na frente de todo o batalhão. Um sargento escolhia alguém a esmo, sem ao menos inventar um pretexto para sua ira, e o espancava até deixá-lo inconsciente. Não era a visão desse tipo de coisa que deixava Grígori perturbado — os homens aceitavam as porradas sem reclamar, de modo que a cena era desprovida de drama aflitivo. Era evidente que nem os oficiais sentiam prazer no que estavam fazendo. Tinham de se esforçar para suscitar neles mesmos a fúria. E, então, saíam andando para longe, nenhum desejo da parte deles de se regozijar de sua posição de total dominação — daquele som. O impacto abafado e pesado da carne de encontro à carne. Ele ainda conseguia ouvir aquele som, anos depois, quando via menininhas brincando e batendo palmas, ou quando ouvia um barbeiro aplicar álcool em um rosto que tinha acabado de barbear.

E, ainda assim, eles corriam, se penduravam, saltavam e pulavam.

Muitos deles falavam sozinhos. Muitas e muitas vezes, Grígori viu um homem à beira do colapso e testemunhou uma longa e intrincada conversa acontecendo por meio de seus lábios retorcidos, a batalha física assumindo um diálogo próprio. Ele sabia que fazia a mesma coisa, em seus momentos de desespero. Uns caíam num choro incontrolável. Outros se fechavam totalmente, sem conseguir direcionar suas pupilas ao que estivesse à sua frente. Quando um homem era arrebatado por esse tipo de torpor, era tratado como se tivesse alguma doença mental. Em poucos dias, seu colchão era roubado e ele se via dormindo em um canto do chão imundo, varrido para lá como as guimbas de cigarro e as folhas amassadas, ou os nacos de grama que eram trazidos por pés cansados ao cair da noite. Se o recruta fosse azarado a ponto de ocupar um beliche dentro do pequeno raio de calor emitido pelo fogão que havia em cada alojamento, era muito provável que teria direito a uma noite tranquila apenas. Passaria o restante delas deitado no canto até ser expulso de vez do alojamento, e acabaria do lado de fora, pronto para morrer congelado perto do refeitório, ou enforcado nas vigas da torre de água ou nos robustos galhos do freixo que havia na entrada da extensa área de lama que era o pátio de recreação das tropas. Os homens do colcoz os chamavam de corvos. Quando Grígori perguntou o motivo, eles responderam que, de onde vinham, nunca usavam espantalhos para afugentar as ameaças às suas plantações, e sim atiravam nos corvos invasores e os amarravam a estacas, que então fixavam em meio às lavouras. Depois disso, nunca mais tinham problemas.

Já perto do fim do período de treinamento, eles foram transferidos para um quartel na região de Troitsko-Pechorski, um distrito da República de Komi. Março estava chegando ao fim, e a terra se encontrava coberta de uma espessa camada de neve. O pelotão estava acampado em uma floresta, praticando manobras táticas. Todos os homens estavam com as maçãs do rosto proeminentes e as juntas inchadas. Ao longo dos meses, seu ânimo oscilava, havia épocas em que se sentiam fortes como nunca, com o corpo adaptando-se às exigências que lhes eram impostas. Mas estavam no fim do processo, a duas semanas de sua licença, e não pensavam em outra coisa a não ser descanso e calor. Desejavam estar em uma cama com Natália ou Nina, Irina ou Dacha, Olga ou Sveta.

Eles estavam em posição de emboscada esperando um pelotão rival passar pela toca deles e tinham ordens expressas de se movimentar o mínimo possível, estratégia determinada por seu tenente — Bíkov, um jovem e astuto líder que não tinha os dentes da frente, uma característica que em outros homens seria cômico, mas, no caso de Bíkov, parecia exigir mais respeito.

Com o passar das horas, a luz do sol dançava entre as árvores, a geada soprava em brisas congelantes. A cerca de vinte metros ao norte de onde estavam vivia uma família de raposas-do-ártico que se tornou objeto de fascínio dos homens apáticos; um par de binóculos era passado de mão em mão, e os soldados observavam os filhotes brincando, brigando e pulando — encantados pelo temperamento único de cada animal —, até que a comida racionada foi chegando ao fim e eles montaram armadilhas, capturaram os filhotes, os despelaram e comeram.

À noite, para se camuflarem, usavam, por cima dos sobretudos, lençóis brancos que pegaram em uma cidadezinha próxima, fumavam em suas trincheiras, conversavam baixinho e improvisavam tabuleiros de xadrez com maços de cigarro, latas de comida e seixos.

O tenente enviava patrulhas para se antecipar ao avanço dos rivais. Grígori e Vassíli atuavam em turnos diferentes, mas, certa noite, o parceiro de Vassíli foi acometido por um acesso de tosse brônquica, e o tenente instruiu Vassíli a escolher seu parceiro, e ele escolheu, e os dois homens subiram a encosta do morro entre as árvores, rifles a postos, esmagando a neve fresca com delicadeza. Bastaram cinco minutos de caminhada para que os homens se sentissem abandonados. Olhando para trás, na direção de seu acampamento lá atrás, não havia o menor sinal de vida: até suas pegadas tinham perdido a definição e derretido, formando uma série de buraquinhos, quase sem relação uns com os outros. Eles consultaram mais uma vez os mapas para se certificar de suas coordenadas. Perder-se seria um completo desastre, já que conheciam bem a área para se orientar à luz do dia, e o constrangimento os acompanharia até o fim do treinamento: todos os comentários, do fuzileiro ao cozinheiro, conteriam uma referência à sua incompetência. Então, eles chegaram a um consenso sobre a posição em que estavam e prenderam as bússolas nos bolsos na altura do peito. Depois, conforme as instruções, dividiram-se para chegar ao topo do morro partindo de lados opostos, maximizando o raio de ação de sua vigilância.

Grígori seguia sozinho, perscrutando a noite. Um silêncio concentrado ao redor. Quando parava para tentar escutar algo, ouvia somente os galhos dos pinheiros se ajustando, como se assentissem lá do alto.

Grígori aumentou um pouco mais a distância entre ele e o acampamento, depois pegou um cigarro e, posicionando-se fora do alcance do luar, o acendeu. Teve a cautela de fechar a mão em concha em torno da ponta para esconder a luminosidade que o fogo poderia emitir e segurou o cigarro entre o indicador e o polegar. Levando-o com destreza aos lábios, deu longas tragadas no tabaco. Era bom estar ali, sentir a brisa congelante da noite, esticar as pernas, fazer qualquer outra coisa que não esperar dentro de um buraco no chão. Ele sabia que estavam quase no fim. O tenente Bíkov estava começando a ficar impaciente, não conseguia mais justificar ficar em um só lugar por tanto tempo, por mais estrategicamente inteligente que fosse a posição. Afinal de contas, era uma manobra de treinamento, e talvez o lado rival já tivesse alcançado seu objetivo. Talvez todos eles estivessem congelando os traseiros enquanto seus camaradas festejavam a alguns quilômetros, bebendo e fazendo as malas para voltar para casa.

Grígori terminou o cigarro e retomou a jornada, caminhando entre as árvores, ziguezagueando encosta acima. Demorou mais do que ele esperava, quase 45 minutos. Lá em cima, ele ouviu um movimento à sua esquerda e viu um vulto passar rente ao chão. Instintivamente, ergueu a arma.

Um grito sussurrado:

— Não atire, seu desgraçado.

— Vassíli?

— Eu.

Vassíli aproximou-se, o lençol branco se arrastando atrás de si como uma capa. Ele ergueu os braços, zombando do amigo.

— Onde você acha que a gente está, numa guerra?

— Você me pegou desprevenido.

Vassíli riu, estava em alerta, mas de um jeito diferente, brincalhão, dominando o cansaço.

— Achei uma coisa.

Grígori ajeitou a postura, agora interessado.

— Sério? O quê?

— Vem. Vale a pena.

Eles desceram pelo outro lado do morro e atravessaram um vale, revezando para abrir caminho por entre as árvores, dobrando galhos um para o outro, Vassíli parando para sacar o mapa e a lanterna e verificar a localização exata de tempos em tempos.

Grígori se perguntou se os dois seriam repreendidos quando retornassem, estavam demorando demais na ronda, mas poderiam inventar uma desculpa qualquer, dizer que estavam seguindo uns vultos entre as árvores, que depois constataram ser só dois lobos perambulando. E, além disso, havia aquele friozinho na barriga de estar fazendo algo proibido. Era bom se permitir um pouco de autonomia depois de meses de obediência extrema.

De frente para um aclive, Vassíli disse a Grígori que pusesse no chão sua mochila e seu rifle, pendurou a lanterna no ombro, enfiou o mapa no bolso e começou a subir rápido. Não era uma escalada difícil, mas o gelo e a escuridão não ajudavam, por isso tomaram muito cuidado. Grígori se perguntava por que haviam escolhido uma rota tão íngreme em vez de subirem em zigue-zague por outra encosta, até que chegou ao topo e entendeu. No cume, Vassíli ofereceu a mão e içou o amigo, e os dois se sentaram na neve e contemplaram as grandes formações rochosas à sua frente, as rochas Manpupuner: pilares gigantescos naturais de pedra, de mais de trinta metros de altura, erguendo-se, com um ar melancólico, naquele planalto açoitado pelos ventos, seus contornos atraindo o luar, e que eles reconheceram na mesma hora de seus livros didáticos. Seis maravilhas geológicas reunidas uma perto da outra, como se estivessem conversando, e uma sétima, a líder, fitando as planícies abaixo.

— Eu não fazia ideia — disse Grígori.

— Nem eu. Quando éramos crianças e estudamos rochas, nossa professora pediu à gente que desenhasse um mapa da área. Enquanto eu estava te esperando, virei o mapa de um certo jeito e reconheci. Vi tudo desenhado com giz de cera de novo.

Todas as crianças conheciam a lenda por trás daquelas formas. Os povos samoiedos, da Sibéria, tinham enviado gigantes para destruir o povo de Vogulski. No entanto, quando eles cruzaram essa planície e vislumbraram a gloriosa beleza das montanhas sagradas dos Vogulski, o xamã do grupo, maravilhado, deixou seu tambor mágico cair, e isso transformou toda a comitiva de gigantes em pedra, que lá ficaram, fascinados. A história, que pouco havia interessado Grígori quando criança, fazia sentido naquele momento que ele podia ver de perto a configuração dos pilares, todos eles inclinados contra o vento, decididos e intencionalmente voltados para a frente, curvados e posicionados como figuras humanas fariam, o eixo da cintura e a linha do ombro claramente perceptíveis. Grígori observou as planícies de branco leitoso, na direção das montanhas responsáveis pelo tormento eterno dos gigantes, e caminhou até as imensas e improváveis rochas, as figuras aprisionadas, e pousou uma das mãos no líder, na altura da sola de sua sandália imaginária, e pensou em quão sortudo ele era de encontrar uma coisa como aquela, ver uma história tão real de perto, e soube que essa fase de sua vida logo chegaria ao fim, que dali a alguns meses ele estaria prestando serviços a um hospital militar, depois universidade de novo, e sua carreira na medicina realmente começaria, e seus pensamentos se voltaram para seus ex-camaradas, pendurados em vigas e galhos no acampamento, as glórias que eles deixaram de ver, abreviando suas jovens vidas por causa do desespero, e então Grígori caiu no choro, seu corpo curvado ao lado das silhuetas de pedra, sua cabeça abaixada, as mãos no rosto, e foi um alívio enorme finalmente sentir o ímpeto da compaixão, confirmar que sua indiferença diante de um cadáver enforcado era apenas um método de autoproteção que ele tinha de cultivar. E essa compreensão fez com que ele sucumbisse ainda mais, que sua mente se revirasse em um mar de emoções, entendendo que quem ele era por dentro sobreviveria a qualquer condicionamento, que, por mais que tentasse não reagir à aspereza, crueldade e indiferença do mundo, ele jamais seria verdadeiramente absolvido.

Vassíli agachou-se ao seu lado, a mão consolando suas costas, sem dizer nada, respeitando tanto a privacidade do amigo quanto a santidade do cenário.

Mais tarde, quando os exercícios táticos acabaram e eles beberam ao redor da fogueira, comemorando sua vitória simbólica com seus camaradas, com Bíkov andando para lá e para cá entre seus homens, parabenizando-os, elogiando sua força, Vassíli e Grígori marcaram o próprio corpo com um desenho de corvos, ambos aquecendo uma agulha, queimando a pele e cobrindo as marcas de tinta, lembrando daqueles que não suportaram o que eles haviam passado.

Depois daquele momento, a intensidade da vida militar deu um descanso para Vassíli e Grígori.

Eles subornaram um funcionário administrativo, que os mandou para o mesmo hospital militar no leste da Sibéria. Os dois trabalharam como enfermeiros, porteiros e cozinheiros, observando todos os procedimentos médicos que passavam pela frente deles, e, nos fins de semana de verão, realizavam a fantasia de pescador deles, alugavam um barquinho e remavam até o estuário de Velikaia, onde passavam dias inteiros tentando pegar escamudos na água gelada, levando a sério, mas não muito, se conseguiam ou não pescar alguma coisa, fazendo apenas pelo prazer de estar fazendo, mofando no balançar da água, lançando suas linhas na direção do horizonte. De vez em quando, pegavam um peixe-caracol lá, um estranho peixe gelatinoso vermelho como um pimentão. A coisa parecia pré-histórica, como se ninguém lhe tivesse informado das exigências da seleção natural, e volta e meia os dois amigos se perdiam em especulações sobre a etimologia do nome do peixe, de modo que a história acabou virando uma piada interna entre eles — fazer a pergunta em momentos aleatórios, a simples escolha de palavras tornou-se algo engraçado, depois entediante, depois engraçado de novo, percorrendo sua própria evolução cômica.

Às vezes, belugas pulavam em arco perto do barco. Calmas presenças brancas, deslizando pela água. Eles viam de longe o esguicho vertical de água brotando de um espiráculo e colocavam os remos de lado para assistir. De vez em quando, uma cauda em formato de âncora subia e desabava fazendo barulho na superfície, anunciando a presença de uma baleia. Um gesto simples que nunca deixava de ser deslumbrante.

À SOMBRA DO REATOR, GRÍGORI olha para Vassíli. Estão preparando o helicóptero, abastecendo-o para o despejo.

— Estou pensando nas rochas Manpupuner. Naquela noite.

— Pois é — responde Vassíli. — Já pensei nisso também. Tem alguma coisa na escala desse lugar.

Mais uma vez eles voltam a atenção para a coluna de fumaça.

— E nas baleias em Anadir.

— É. A gente já viu coisas interessantes.

— Vimos mesmo.

Eles estão com trajes de borracha, botas de borracha, luvas de borracha, máscaras de gás, tudo branco. São guiados até o helicóptero e amarrados de bruços no piso. Veriam o reator lá embaixo por meio dos pequenos buracos nas chapas de chumbo. Decidiu-se que essa era a opção mais segura. Não há como se soltarem facilmente, e eles não precisam de paraquedas, pois o voo será baixo demais para que sejam de alguma serventia. Eles se entreolham, o medo traçando uma linha tensa entre o branco dos olhos deles, conectando-os.

Dois meninos de Kostroma... Como foi que a vida os conduziu até esse momento?

Então, Vassíli diz:

— Estou me sentindo como um dos nossos peixes, debatendo-se de um lado para o outro no fundo do barco.

E Grígori abre um sorriso, é algo legal de se dizer, aqui, neste exato momento, na situação em que se encontram, reafirmando sua amizade, sua história, renovando a confiança de ambos.

Os motores são acionados, e todas as vibrações da aeronave passam pelo corpo deles, perfurando e abrindo caminho até seu âmago. Depois de alguns segundos de uma subida lenta, eles conseguem distinguir a grama lá embaixo, e a superfície se mistura em listras à medida que sobem e movem-se em espiral. É como se o barulho da aeronave se originasse na cabeça deles. Não existe separação entre eles e o ruído; eles e a aeronave são uma coisa só, todos estão tão afixados à coisa quanto os rebites de aço dentro do helicóptero. Eles conseguem avistar o borrão de concreto abaixo, e então a aeronave se estabiliza e, aos poucos, a paisagem entra em foco e fica parada. Outra maravilha em que seus olhos pousaram, outra imagem para lembrá-los de sua insignificância, outro marco em sua amizade.

Abaixo deles, Grígori e Vassíli podem ver o telhado desfigurado, como uma boca escancarada, as bordas obscurecidas pelos gases que exalam dali. Observam os pacotes descendo feito plumas, os embrulhos de compostos químicos explodindo em pó, os paraquedas desfazendo-se em chamas enquanto descem. Os dois amigos deitados e prostrados diante da cena. Quanto poder. A radiação alastrando-se por suas células.

7

A CIDADE DE PRIPYAT DESPERTA, e, sem pressa, os movimentos típicos das manhãs de domingo vão acontecendo. Quase ninguém precisa trabalhar hoje. Casais fazem um sexo preguiçoso, semiadormecido, furtivo, sabendo que os filhos estão andando pela casa, brincando nos quartos ao lado. A maioria deles acordou de manhãzinha com a pulsação dos helicópteros zanzando pelo céu, e muitos tinham voltado a dormir. A cidade tem consciência do acidente, principalmente desde a noite de ontem. Todo mundo conhece alguém que foi parar no hospital. Há um bocado de rumores sobre o incêndio, as pessoas estão inquietas, mas é claro que a situação está sob controle, é claro que a gestão pública tem planos para lidar com esse tipo de incidente.

O Dia do Trabalho é semana que vem, e as escolas passaram dever de casa para as crianças realizarem no fim de semana, pedindo que fizessem bandeiras, dobrando papéis em diferentes formatos. Por isso, em dezenas de pisos de salas de estar, espalhadas pelos blocos de apartamentos, há crianças manejando freneticamente tesouras, manchando o carpete com respingos de cola. Eles conversam sobre a situação, os casais na cama, e os homens que sabem de alguma coisa fingem não saber — de que adianta especular? —, e os homens que não sabem de nada estão curiosos para saber se terão licença remunerada, uma chance de recuperar o tempo perdido e fazer as coisas que sempre planejaram fazer antes de serem monopolizados pelas exigências do trabalho: pintar o banheiro, instalar prateleiras novas nos armários da cozinha.

Aqueles que levantam cedo estão passeando com seus cães, pegando o sol da manhã e se sentindo renovados, saudáveis, energizados e felizes com sua escolha de atividade na manhã de domingo.

A cidade segue sua rotina de sempre, levando a cabo o ofício de ser uma cidade, mas logo se tornará uma lembrança de cidade, um lugar outrora habitado, melancólico, abandonado.

Uma chuva de papel começa a cair.

Papéis em tons pastel caindo do céu.

As folhas caem sobre a paisagem como confetes. A imagem requer um minuto para ser registrada. As pessoas que estão passeando com seus cães veem a cena diante de seus olhos e ficam confusas. O som de um motor de helicóptero ressoa estrondosamente acima dos que passam por ali, e eles não conseguem assimilar essas duas esquisitices, e então olham para cima e veem o dilúvio de papel colorido ondulando em sua direção na brisa suave. Uma explosão de cores. A vastidão do espetáculo as impede de prestar atenção em uma coisa só: as pessoas assimilam tudo de uma vez em puro deleite, a cena ainda mais agradável em sua imprevisibilidade. Ocorre a diversas pessoas que talvez seja um teste para os festejos nacionais. Talvez este ano as celebrações sejam mais exóticas.

Um menino de sete anos olha pela janela de sua sala, contente com o fato de sua professora ter distribuído o papel extra que ela havia prometido para a classe.

Um homem leva à boca uma colherada de iogurte e congela em sua ação, boquiaberto, a colher suspensa no ar.

Retângulos coloridos na calçada, uma obra livremente cubista. Páginas verdes caindo por cima da grama, cada nuance intensificando a outra. Páginas amarelas sobre carros azuis, páginas azuis sobre carros amarelos. Papel enroscando nos fios de telefone, um varal caleidoscópico. Enxurradas de crianças correndo porta afora agora, rolando sobre o papel. Uma criança comendo o papel porque é muito bonito. Cachorros pulando e latindo, girando com as patas traseiras, alimentando-se da empolgação.

Uma mulher de cinquenta e poucos anos pega uma folha no chão. Há um texto nela, em letras bem legíveis em negrito. Eles têm três horas para evacuar suas casas. Cada pessoa tem direito de levar uma mala. A bagagem extra será confiscada. Eles devem se posicionar em frente aos respectivos prédios ao meio-dia. Lá receberão novas orientações. Qualquer pessoa que não obedecer às instruções será separada da família e presa. Ela corre para casa a fim de contar ao marido, sacudindo o papel no ar, gritando aos quatro ventos que os papéis eram ordens oficiais. O cão vai atrás dela, devagar, carregando a própria coleira.

E a notícia se espalha rapidamente. Os vizinhos contam aos vizinhos, que contam aos vizinhos, o mais antigo e confiável sistema de comunicação.

Os primeiros helicópteros chegam ao vilarejo de Artiom pela manhã. Ele está a caminho da casa de seu amigo Iossif para trabalhar na moto dos dois. Meses atrás, um dos capatazes do colcoz havia flagrado os garotos lendo um manual de carro, conversando sobre cavalos-vapor e torque, e disse a eles que fossem até sua casa naquela noite, onde sua velha Dnepr MT9 estava encostada num galpão no quintal.

— É uma lata-velha. Se vocês conseguirem tirá-la da minha frente, podem ficar com ela.

Então, eles foram a pé até a casa do homem, uma caminhada de cinco quilômetros, e voltaram empurrando a moto. A cada dez metros, paravam para inspecionar a nova aquisição. Desde esse dia, trabalhavam na máquina todo domingo. Nenhum deles sabia o que estava fazendo, mas desmontaram peça por peça, limparam tudo e as montaram de novo. Eles ainda não têm um manual da moto, mas de tempos em tempos algum vizinho chega oferecendo um conselho e eles fazem o que lhes é sugerido. Mesmo assim, a coisa ainda não está funcionando. Porém, eles não se importam. A moto é propriedade deles, e ambos sabem que um dia ela vai dar partida com um ronco.

Artiom ouve um estrondo ao longe, que vai ficando cada vez mais barulhento, mais próximo, e, por fim, parece estar ao seu lado. As cercas vivas são altas e espessas demais para que ele consiga ver por cima delas, por isso não entende o que está acontecendo até o trem de pouso da aeronave passar por cima de sua cabeça.

Ele para, assustado. Os únicos sons estrepitosos que ele ouviu na vida são de máquinas agrícolas, mas elas não dominam a paisagem daquela maneira, envolvendo tudo com seu rugido.

Artiom corre para a casa de seu amigo; o barulho em seus ouvidos é tão alto que ele não consegue escutar os baques abafados de seus pés na trilha de terra batida. Quando contorna o arbusto de abrunheiro no fim da vila onde Iossif mora, vê o amigo e a mãe no portão, olhando para cima. Nunca algo mecânico passa rasgando o ar desse céu. Eles nunca viram um avião comercial por essas bandas. Mais helicópteros. As folhas das árvores ali perto sacodem com o choque.

Eles cobrem as orelhas fazendo um formato de concha com as mãos.

— O que está acontecendo? — pergunta Artiom. Mas ele percebe que sua voz está mais baixa que o barulho. Uma chapa solta de estanho começa a tremer no telhado da casa.

A mãe de Iossif puxa o filho para perto. Iossif deixa. Embora seja velho demais para aceitar esse cuidado maternal, parece irrelevante especular o que o amigo vai pensar. Assim que a aeronave se afasta, a mãe de Iossif pergunta:

— O que você está fazendo aqui, Artiom?

Ele não entende direito. Ele vem aqui todo domingo. Gagueja uma resposta:

— A moto.

Ele aponta na direção do pequeno galpão onde a família do amigo guarda lenha e que, às vezes, faz de oficina para os meninos.

— Trabalhar na moto.

— Bachuk está com a moto. Seu pai não te contou?

Bachuk é o pai de Iossif.

Artiom imagina que talvez o helicóptero tenha bagunçado seu cérebro. Como o pai de Iossif poderia usar a moto? Ela está quebrada. Motivo pelo qual eles estão trabalhando nela. E como o pai dele poderia não ter lhe contado?

Artiom olha para Iossif, sem entender. Iossif encolhe os ombros, ergue as mãos. A mãe de Iossif entra em casa enquanto seu filho explica:

— Seu pai veio aqui ontem. Eles consertaram a moto juntos. Parece que era uma coisa bem simples.

Ele está quase gritando, embora o barulho já tenha passado.

— Eles se seguraram para não rir na minha frente. Sabiam qual era o problema o tempo todo, só queriam que a gente descobrisse sozinho.

Artiom fica alguns instantes em silêncio. Sabe que os homens não o consideram um igual, embora tenha tido permissão para ir caçar com eles. Mas é um choque perceber que eles ainda o veem como um menino, alvo de piadas e brincadeiras.

Eles entram na casa. A mãe de Iossif está de pé em frente à mesa, com as mãos bem abertas e os braços esticados sobre a madeira, os ombros encurvados e os músculos tão tensos que parece que ela está tentando atravessar o piso de madeira. Ela respira fundo, devagar. Iossif se aproxima, mas não sabe o que fazer. Às vezes, sua mãe age de uma forma que ele não consegue entender. Às vezes, ela chora durante o jantar, mas finge que não está chorando. Às vezes, seu pai bate nela, e, em vez de revidar, ela não faz nada ou pede desculpas, e Iossif não sabe o que achar disso. Ele pousa a mão na da mãe e olha para Artiom, que o encoraja com um aceno de cabeça, e então ele pousa a outra mão nas costas da mulher e ela se abranda, seus cotovelos se dobram quando ela fala, ofegante:

— Guardei um pouco da *martsovka* que sobrou. Vocês querem, meninos?

Eles se sentam em silêncio, ela traz a comida em dois pratos e eles comem. O som dos garfos tilintando na louça. Ninguém diz uma palavra sequer por alguns minutos. Eles não perguntam nada, esperam para ouvir se a mãe de Iossif vai fornecer alguma informação. Porém, é claro, ela não faz isso.

— Como eles consertaram?

Iossif ergue a cabeça e encara Artiom.

— A moto. Eles disseram o que estava quebrado?

— Disseram que era o distribuidor da ignição. Disseram que vão mostrar pra gente quando voltarem.

Mais silêncio. A mãe de Iossif está olhando pela janela. Os meninos ainda não sentem que é hora de se levantar e ir embora. Mas é difícil ficar parado. Artiom endireita o garfo no prato.

— Tem alguma coisa ruim acontecendo.

A afirmação dele também tem um tom de pergunta. Um pedido sutil para que a mãe de Iossif revele um pouco do que ela sabe.

— Tem.

— Tem a ver com ontem de manhã?

A mãe de Iossif se vira abruptamente na direção dele.

— O que aconteceu ontem de manhã?

— Nada.

Artiom quer perguntar para a mãe de Iossif por que tem helicópteros passando no céu. Quer perguntar se há, nas redondezas, alguma base militar sobre a qual ninguém nunca lhes contou. Ele sabe que há um quartel do Komsomol em Mogilev; um de seus colegas de classe, Leonid, foi convidado para ir até lá e receber o prêmio Jovens Pioneiros. Mas ele sabe que é sempre melhor não perguntar sobre a história ou geografia local. Pode perguntar sobre lugares distantes. Qualquer adulto conversará com ele sobre uma viagem para a cidade, uma ida a Moscou ou a Leningrado muitos anos atrás. Na escola de duas salas que atende ao seu e a mais quatro vilarejos na região, os professores dão aulas sobre lagos e florestas, os animais da tundra, os hábitos alimentares das garças. Ele sabe que a principal atividade econômica de Togliatti é a fábrica de carros Zhiguli e que Volgogrado é um importante centro de construção naval. Ele sabe que, no décimo Plano Quinquenal, quatro quilômetros quadrados de casas foram erguidos em Minsk e que seus colegas bielorrussos inventaram o sorvete (quando os camponeses lambiam a seiva congelada de bétulas) e o fertilizante de potassa. Ele sabe que um quarto da população bielorrussa morreu na Grande Guerra

Patriótica. Ele começou a tirar conclusões sobre como o vilarejo onde mora foi fundado, mas não existe nada escrito a respeito disso nas quatro prateleiras de livros atrás da mesa da professora, e ele sabe que é melhor não perguntar.

As pessoas aqui não são parecidas umas com as outras. Algumas têm a pele mais escura; outras têm o mesmo rosto largo dos tártaros que ele vê em exemplares de jornais velhos. Eles não falam sobre raça ou sobre as gerações que os precederam. Nesse vilarejo, eles são uma coleção de pessoas de lugar nenhum. Elas vieram para cá, uma atrás da outra, quando a guerra acabou, quando os registros se perderam ou foram destruídos, e poucos fatos dos quais os administradores se apoderaram pairavam sobre a planície devastada. Naqueles poucos e curtos anos, uma pessoa podia construir uma vida que não era definida pelo medo. Em outros lugares, ainda mandavam as pessoas para os gulags por chegarem dois minutos atrasadas ao trabalho, por levarem para casa um lápis no bolso da camisa, por não terem determinado carimbo em determinado documento num determinado dia. Mas isso não acontecia nas comunidades cuja existência as autoridades desconheciam.

Quando retornaram da batalha, os soldados não voltaram para suas famílias ou para seus entes queridos: sabiam que não restava nada. Quando fugiram dos alemães, quatro anos antes, eles incendiaram os vilarejos de seus parentes, eviscerando toda a vida na área, de modo que, quando a maré da guerra virou e eles passaram por esses lugares de novo, ficaram chocados com a magnitude da destruição: todas essas áreas, que significavam tanto para eles, só eram reconhecíveis por uma placa ou pelo esqueleto preto e chamuscado de um celeiro ou um silo de grãos. Eles sabiam que as estradas que seus tratores percorriam foram construídas em cima dos ossos de seu povo, que havia tantos corpos amontoados no chão que o inimigo jogava mais de um de uma vez dentro de valas compridas com máquinas de revolver o solo, os campos de batalha desprovidos de árvores.

Essas eram estradas sobre as quais eles se recusaram a andar. Rumaram para os campos, para as regiões de floresta, visíveis a distância.

Simplesmente abandonaram seus postos, fugiram da documentação, da reentrada no sistema. Quando chegavam a um local isolado e encontravam por acaso um fogão de ferro ou os restos chamuscados de uma parede, cortavam galhos e acendiam o fogo e se refugiavam à sombra das pedras. Entocavam-se no chão em busca de calor enquanto erguiam abrigos mais permanentes. Aos poucos, reconstruíram os isbás, primeiro com pedra, depois com madeira. Cavaram poços, guiaram vacas e ovelhas de lugares que ficavam a dois dias de caminhada. Mulheres chegavam e eram bem-vindas, e nunca era indagado de onde elas vinham. Eles trocaram de nome, e ninguém perguntava sobre o passado de ninguém. E eles fizeram amor e tiveram filhos, e, quando homens fardados chegaram e insistiram que as fazendas incipientes fossem transformadas de novo em propriedades coletivas, os homens ganharam uma documentação nova e concordaram em fazer o que lhes foi solicitado, mas reservaram uma terra extra para uso próprio, uma recompensa por seus anos de trabalho. E ninguém se opôs.

Aqui eles não perguntam sobre soldados. Aqui eles não falam sobre o exército. Até os homens que terminaram de servir evitam o assunto quando se sentam em grupos nas longas noites.

Iossif levanta-se da mesa, vai lá para fora, e Artiom vai atrás.

A mãe de Iossif pergunta aonde eles estão indo, e Iossif lhe diz que precisam consertar o telhado. Ele vai pregar as chapas para evitar que sejam arrancadas caso os helicópteros passem de novo. No pequeno galpão, Iossif procura um martelo e pregos na caixa de aço debaixo da bancada. O galpão tem só duas paredes, perpendiculares, de pedaços finos de troncos de madeira, ainda com as cascas. Uma pilha de lenha está encostada em uma das paredes, e há uma estreita tira de terra onde uma pessoa pode ficar de pé — onde os meninos guardavam a moto, o chão com pingos de óleo, resultado de seus infrutíferos esforços mecânicos.

— Quando eles saíram?

— Ontem à noite.

— Ontem à noite? E ainda não voltaram?

— Não. Claro que não. Você não deu falta do seu pai?

Artiom não tinha reparado na ausência dele. O pai quase sempre volta para casa quando ele já está dormindo e sai antes de Artiom acordar. Seu pai precisa de pouquíssimas horas de sono. Às vezes, Artiom acorda de madrugada e escuta o rádio tocando na cozinha. Uma vela ilumina o ambiente, e ele sabe que o pai está simplesmente sentado e ouvindo. Seu pai consegue passar horas sentado fazendo nada. Quando era pequeno, Artiom costumava ir até a cozinha e perguntar ao pai por que ele ainda estava acordado, ou, de vez em quando, dizia que estava com sede e seu pai pegava a garrafa de leite que eles guardavam dentro de um balde de água — antes de terem uma geladeira — e deixava Artiom dar um gole, mas não mais que isso. E ele se sentava no colo do pai e ouvia a dança dos violinos e as fortes batidas dos tambores da música que o faziam pensar em contos de fadas, em elfos pequenos e ogros grandes, feios e violentos. O volume baixo não combinava com o drama da música, como se alguém estivesse narrando uma história épica em breves sussurros. Artiom ficava no colo do pai como um bezerro doente, aproveitando todo afeto que recebia.

Iossif encontra o martelo e chacoalha uma lata velha cheia de pregos, procurando os que sejam suficientemente fortes para dar conta do trabalho.

— Sabe para onde eles foram?

— Pripyat. Mas você não ouviu isso de mim. Se ele voltar para casa e a minha mãe souber onde ele estava, ele vai bater em nós dois com isso aqui.

Iossif brande o martelo ao dizer isso, deixando o peso da ferramenta levar seu pulso para onde bem entender.

— Não vai, não.

Artiom diz isso instintivamente, e eles olham para o martelo que Iossif apoia sob o queixo. Às vezes, Artiom fala com uma precisão que Iossif admira.

— Por que eles foram para Pripyat?

— Sei lá. O que foi, você acha que eu sei tudo? Eu não sei.

Iossif pega os pregos, os coloca no bolso e os dois sobem no telhado, apoiando as pernas na lateral do galpão para pegar impulso. A estrutura bamboleia quando eles aplicam um pouco de força nela.

— Estou surpreso que não tenha desmoronado quando os helicópteros passaram.

— Pois é. Eu também.

Se soubessem de algum detalhe específico sobre os helicópteros, qual era o tipo ou modelo, eles teriam usado tais termos, mas não sabem. Conhecem todos os modelos de carros fabricados na União. Mas não entendem bulhufas de helicópteros.

Os dois andam no telhado, tomando o cuidado de pisar só nas vigas de sustentação, demarcadas pelas linhas de pregos; não querem cair. Iossif se ajoelha no ponto de onde a chapa de estanho se soltou, ajeita o prego com a ajuda da boca e o posiciona. Artiom passa por cima dele e, um pouco mais adiante, faz peso para segurar a chapa no lugar. Na verdade, isso não é necessário, mas ele precisa se mostrar útil. Iossif decide criar mais buracos na cobertura de estanho. Se usar somente os antigos, as chapas serão arrancadas com mais facilidade.

Iossif desfere uma primeira martelada, e o som do prego esfolando a chapa faz Artiom ter vontade de morder o nó dos dedos. Mas ele não reage, não pode perder o respeito de Iossif. Ele pensa que a mãe de Iossif deve estar se sentindo dentro de um tambor de brinquedo. Supõe que ela vá sair da casa e esperar até que acabem o trabalho, mas ela não faz isso. Debaixo de um teto de estanho, todos os sons são amplificados. Em sua casa, ele sempre ouve ratos correndo acima deles, um som com o qual ele nunca se acostumou. Ele adora quando chove, principalmente quando a noite começa a cair e ele está fazendo seu dever de casa perto do fogão, e as gotas caem com uma bela regularidade, desabando de maneira uniforme no telhado inteiro, somente gravidade e água.

Iossif maneja o martelo com pancadas rápidas. Iossif dá golpes breves, bruscos. Ele é pequeno, mas incrivelmente robusto. Seu pai disse que um dia ele será um bom boxeador, e Artiom não duvida disso, considerando o jeito como Iossif se mexe feito uma flecha de um lado para o outro. Até na escola, quando eles estão fazendo exercícios no caderno, Iossif não se contém e olha ao redor, não consegue se segurar, e sacode as pernas e os cotovelos.

Quando ele termina, os dois ficam sentados e fitam a área verde. Perto do silo de grãos há dois tratores arando o solo. Ambos sabem dirigir tratores, mas o capataz do colcoz não os deixa fazer nenhum trabalho com máquinas. A eles cabem apenas os trabalhos chatos, como alimentar os porcos e ordenhar as vacas. Eles já cansaram de implorar, mas o homem sempre diz: "E se acontecer alguma coisa, e aí? E se vocês quebrarem um trator, e aí?"

— Eu fico imaginando como deve ser ver tudo isso de um helicóptero — diz Artiom.

— Sei lá.

Iossif não gosta de imaginar. Ele gosta de lidar apenas com as coisas que estão à sua frente. Artiom já pode vê-lo examinando o terreno, à procura de algo para fazer, agora que sua rotina de domingo foi interrompida.

— Quando eles voltarem, acho que a gente vai poder andar na moto.

Artiom se anima. Mas é claro. Como ele pode ter se esquecido?

— A gente pode ir aos lugares agora.

— Eu sei.

— A gente pode ir de moto a Pripyat, talvez até Poliske.

— A gente pode ir até Minsk.

Eles nunca tinham ido a Minsk, mas ouviram as histórias de seus colegas de classe que já foram.

— Mas e o diesel?

— A gente pega um pouco do tanque perto do barracão dos tratores. Não vamos precisar de muito. Ninguém vai dar falta.

Artiom assente.

— Verdade.

Iossif sempre sabe onde obter as coisas de que eles precisam. Ele tira um punhado de pregos do bolso, passa metade do bolo para as mãos de Artiom. Então, aponta para uma lata de tinta vazia perto do portão e atira um prego nela. Eles estão sempre atirando coisas em outras coisas. A lata é pequena demais, e o ângulo da abertura é estreito demais para que tenham alguma esperança concreta. Mesmo assim, eles gostam do desafio.

— O primeiro que acertar vai pilotar a moto primeiro.

— Combinado.

Eles pegam o ritmo, em silêncio, Iossif mordendo a língua enquanto arremessa os pregos, e Artiom pensa mais uma vez como deve ser a imagem deles lá do alto. Dois meninos sentados num telhado de estanho verde e desgastado. Ele pensa que lá de cima tudo deve parecer dividido em formas planas e geométricas. Grandes campos quadrados. Estradas estreitas e retangulares. O topo circular do silo de grãos. Ele se pergunta o que os soldados pensam deles. Devem achar que esses meninos não têm nada para fazer, devem pensar que esse lugar fica a anos-luz de qualquer tipo de ação. Mas Artiom e Iossif podem jogar pregos em latas. Podem construir fortes em árvores. E agora podem andar de moto e percorrer os campos, ouvir o zumbido do motor nas ruelas enlameadas.

Iossif cutuca o amigo e aponta para a sua direita, outro alvo. Artiom acompanha o dedo dele e se dá conta de que ouve a moto, está vendo os pais deles chegando lá no horizonte, levantando poeira por onde passa.

Eles arremessam os pregos remanescentes nos arbustos e descem do telhado. Abrem de chofre a porta da cozinha, e a mãe de Iossif ainda está no mesmo lugar. Os pratos estão na mesa.

— Eles estão voltando.

— Os helicópteros?

— Não. Nossos pais.

Ela se levanta, ajeita a cadeira no lugar e dá um passo largo na direção da porta, num único e conciso movimento.

Eles aguardam do lado de fora. Quando os homens se aproximam, ela corre até eles. Os meninos também ficam tentados a correr, mas permanecem onde estão. Não querem parecer ansiosos demais. E ambos pensam que a moto parece andar que é uma beleza.

O pai de Iossif desce e conversa em tom vigoroso com a esposa. O pai de Artiom acelera e para a moto ao lado dos meninos.

— Vamos.

Ele diz como uma ordem. A princípio, Artiom não entende: certamente sua primeira vez na moto deles, a moto na qual trabalharam com tanto afinco, deveria ser um momento de orgulho, de celebração. Então, ele olha para a sua direita e vê o pai de Iossif arrastando sua mulher de volta para dentro de casa.

— Vamos embora.

O pai de Artiom gira com força a manopla do acelerador, e Artiom sobe na garupa.

— Está se segurando aí nas alças?

— Estou.

Eles arrancam tão rápido que a cabeça de Artiom é jogada para trás e estala.

Quando chegam em casa, o pai de Artiom dirige até a varanda e desce antes mesmo de a moto parar totalmente. Artiom desce também, e o pai, segurando o guidão, deita a moto na grama e sobe os degraus. Artiom faz menção de levantar a moto e apoiá-la no descanso lateral, mas seu pai vocifera:

— Deixe isso aí! Entre agora!

Seu pai raramente levanta a voz. Artiom já tem idade suficiente para se ofender com o fato de seu pai lhe dar ordens, mas não tem idade suficiente para desobedecer. Ele não sabe ao certo se essa idade existe.

Dentro de casa, sua mãe está consertando uma calça de seu pai. Ela maneja a agulha com mãos ágeis e precisas, introduzindo-a no tecido em diferentes ângulos. É uma costureira muito habilidosa. Tudo que a família veste foi de alguma maneira reformado ou remodelado por ela. Artiom usa as roupas velhas da irmã, mas ninguém diz — com os botões trocados e os ombros recortados — que um dia foram usadas por uma menina. Nas noites em que não consegue se concentrar no dever de casa, Artiom observa os dedos da mãe. Eles funcionam como indicadores do humor dela. O menino os vê como antenas, mostrando quão investida ela está na tarefa.

— O exército vai chegar aqui a qualquer momento — diz o pai de Artiom. — Eles estão colocando as pessoas em caminhões. Arrume as malas, vamos ter que dormir na floresta hoje.

— Como assim, na floresta? Quê? Não consigo andar até lá, é muito longe. A floresta?

— Estão evacuando a área. Teve um incêndio na usina.

— Então eles estão evacuando a área inteira?

— Cadê a Sófia?

Ele se vira para Artiom.

— Cadê a Sófia?

— Não sei.

— Não estou entendendo. Por que eles simplesmente não apagam o incêndio? O fogo não vai chegar aqui, é longe demais.

— É uma usina nuclear. É perigoso.

— Mas perigoso como? Não tem bombas lá dentro.

— É perigoso, só isso. Cadê a Sófia?

— Não sei — repete ele.

A mãe de Artiom não sabe como reagir. Ela faz o que sempre faz quando fica nervosa: arruma coisa para fazer. Artiom já viu essa cena quando as pessoas vêm jantar em sua casa e ela não sabe como conversar com as visitas. Ou quando seu pai elogia o corpo dela na frente dos amigos. Ela termina de costurar com calma e se certifica de guardar todas as agulhas em sua bolsinha por ordem de tamanho. Depois se serve de um copo de água da jarra que fica sempre em cima da bancada. A mesma que ele já levou e trouxe do poço cem mil vezes.

— Vá procurar sua irmã — diz o pai. — E nada de perder tempo com aquela porcaria de moto. Temos de ir embora agora.

Artiom sai, feliz por se afastar da casa. Sófia é uma andarilha, por isso poderia estar em qualquer lugar. O pai dele sabe disso. Como ele vai encontrá-la? Ela anda. Ela gosta de observar os pássaros. Ela odeia o fato de que os homens caçam tetrazes, mas sabe que é melhor não falar nada. Seu pai não tem muito tempo para si por causa do trabalho. Ela não quer que sua desaprovação estrague o prazer de um dos raros passatempos dele. E, além disso, ela come a carne, não come?

Sófia sempre foi aquela que levava a natureza para dentro do isbá. Desde pequena ela recolhia besouros e ninhos de passarinhos. Guardava sua coleção de besouros em potes de geleia debaixo da cama. Artiom os detestava, mas mesmo assim olhava para eles, via-os tentando escalar as paredes de vidro e caindo de costas e pelejando para se endireitar.

Artiom corre. Ele consegue entender a reação da mãe. É apenas um incêndio, afinal de contas. Mas está tudo ligado. Ele pensa na manhã do dia anterior, no que eles viram. Pensa nos helicópteros no céu. Algo gigante está acontecendo.

Sófia não está diante do túmulo da *babushka*. Artiom se detém durante alguns minutos na frente do túmulo. Não se contém e olha ao redor para ver se seu pai o está vigiando, embora esteja longe do campo de visão dele. O *rushnik* drapejado sobre a cruz de madeira está puído. O montículo de terra está coberto de brotos verdes. Logo será impossível diferenciá-lo da grama ao redor. Um dia a cruz de madeira vai apodrecer e se esmigalhar e as pessoas não saberão que há um corpo debaixo da terra, num caixão de madeira, sua *babushka*. Artiom já não se lembra de como é a voz dela, que tipo de coisa ela diria. Ele se lembra da aparência dela. Mas o resto, as sensações estão tão desgastadas quanto o material sobre a cruz.

Ele corre para a árvore de Sófia: há uma árvore com um largo galho horizontal sobre o qual ela às vezes se deita e com vista para a loja do vilarejo; ela observa o entra e sai da loja, e Artiom a observa. Sua irmã é somente dois anos mais velha, mas sabe muito mais que ele. De vez em quando, ele diz coisas e ela apenas assente e sorri. Do mesmo jeito que sua mãe faz.

Ele está suado de tanto correr. Está correndo faz meia hora. Ele chama e bate palmas na casa dos Polovinkin para perguntar a Nástia se ela viu Sófia, mas o lugar está vazio. Ele corre para os fundos da casa e os vê, a dois lotes de distância, tocando o gado na direção da floresta. Todo mundo está seguindo para a floresta.

Ele volta para casa, ofegante, e entra pela porta, faz menção de apoiar a mão na maçaneta, mas percebe que a porta está em cima da mesa.

— Não consigo encontrar a Sófia.

Por que a porta está em cima da mesa? Instintivamente ele leva a mão ao batente para se assegurar de que está vazio.

Seu pai está enfiando cobertores dentro de um saco.

— O quê?

Seu pai se detém.

— Merda. Onde ela pode estar?

— Eu não sei.

— Você olhou no túmulo?

— Olhei.

— Perguntou para a Nástia?

— Eles foram para a floresta, estão levando o gado para lá. Ela não está com eles. Talvez ela já tenha ouvido, talvez tenha ido na frente.

— Não — grita sua mãe, do quarto. — Ela teria vindo para casa.

A mãe sai do quarto e surge passando a mão pelo cabelo, separando os fios embaraçados com sacudidas dos dedos. Uma ação que deixa Artiom ansioso só de olhar.

— Andrêi, você vai ter de encontrá-la.

— Eu sei.

O pai sai a passos largos e, a caminho da porta, diz:

— Faça tudo que a sua mãe mandar. E não a deixe sozinha.

A moto ruge e arranca, e um longo silêncio se instaura. A mãe caminha na direção de Artiom e o abraça. Ele pode sentir a hesitação dela, que não quer impor nada ao filho, tem consciência de que ele precisa criar uma distância dela, agora que está se tornando um homem. Mas ele aceita o abraço. Porque é tão raro ela pedir um. Ele sabe que ela precisa de um toque, de algo que a faça se sentir reconfortada.

Ela se desvencilha e pega um saco de batatas do canto.

— Arrume suas coisas. Leve alguma coisa quente. E, se tiver algo realmente importante para você, leve também.

— Tudo bem. Onde a gente arranjou esses sacos?

Ela inclina a cabeça na direção da janela.

— O seu pai os esvaziou.

Artiom olha lá para fora. A tampa do caixote de madeira que serve para armazenamento está caída na grama, e o estoque de batatas da família foi espalhado em pilhas.

Ele se vira novamente para sua mãe.

— A gente não vai voltar, né?

Ela comprime os lábios e balança a cabeça.

Eles fazem as malas e esperam. Cada minuto se prolonga. Eles se sentam e anseiam pelo retorno de metade da sua família.

Ouvem motores, vindos do centro. Não é a moto, tampouco os helicópteros. Esses sons estão misturados a um discurso confuso. Mãe e filho vão lá para fora. Uma voz mecânica ecoa no ar, palavras enredadas umas às outras.

Caminhões militares com alto-falantes amarrados ao suporte podem ser vistos por cima das fileiras de cerca viva. Quando se aproximam do vilarejo, os últimos da fila param e se espalham pelas várias vielas.

— O que a gente faz?

— Vamos entrar. Nós não vamos sair dessa casa sem eles.

Um caminhão para no fim da rua, provavelmente em frente à casa dos Scherbak. Passos caminham na direção deles, vozes ficando mais altas.

Pelo vão da porta, Artiom consegue ver um soldado se aproximando. Ele entra na sala.

— Entrem no caminhão. Vocês podem levar uma mala.

Ele não é muito mais velho que Artiom. Alto e desengonçado. Uma de suas mãos está pousada na arma pendurada junto ao peito. Artiom poderia empurrá-lo escada abaixo antes que ele tivesse tempo de apontar a arma para onde quer que fosse. Ele olha para a mãe, na expectativa de algum sinal, mas ela pegou sua agulha e está trabalhando de novo no conserto da calça, e mal presta atenção ao que se passa ao seu redor, como se aquilo acontecesse o tempo todo.

— Entrem no caminhão. Vamos.

O soldado está um pouco hesitante. Agora sua ordem tornou-se um pedido.

A mãe de Artiom levanta os olhos de seus pontos de costura.

— Meu marido saiu, foi procurar a minha filha. Eles estão voltando. Mas nós não vamos embora sem eles.

— Vocês podem esperar por eles no caminhão.

A mãe coloca o trabalho de lado.

— Entendi.

Ela diz isso sem a menor emoção, diluindo a ordem do soldado em uma dentre um punhado de possibilidades.

— Temos ordens de incendiar e botar abaixo a casa de quem não cooperar.

— Tudo bem. Mas vamos esperar aqui enquanto vocês fazem isso.

Ela não oferece qualquer gesto ou entonação que denuncie seus receios. Sua mãe aprendeu a não temer a mira de uma arma. Essa mulher falando é sua mãe. Sim, ela teve uma vida antes da maternidade, antes do casamento, ainda que Artiom não seja capaz de conciliar o escasso conhecimento que ele tem acerca do passado dela com o que está acontecendo agora, na frente dele.

Confuso, o soldado se vira para o menino. Artiom gostaria de ter algo com que se ocupar. Ele meio que se pergunta se deveria pegar uma linha e uma agulha.

Sua mãe aponta para os sacos perto da porta, ainda sem urgência nenhuma na voz.

— Já fizemos as malas. Estamos indo embora. Mas não sem o meu marido e a minha filha.

O soldado olha para os quatro sacos transbordando de roupas. Ele sai. Eles esperam. Ele volta.

— Tudo bem. Vocês podem esperar. Mas eu tenho de ficar aqui com vocês. Quando o caminhão voltar, vocês terão de entrar nele. Podemos usar força.

— Tenho certeza de que podem.

O soldado puxa uma cadeira da mesa, depois decide que talvez seja melhor ficar de pé. Eles esperam. Artiom não sabe dizer por quanto tempo. Alguns instantes depois o soldado se senta. A mãe de Artiom continua costurando.

Artiom vai até seu quarto, e o soldado vai atrás. O menino pega um manual de trator que estava embaixo da cama e volta para sua cadeira e se senta. O soldado faz o mesmo.

Por fim, eles ouvem um motor, um som mais alto que o dos caminhões. A moto surge pelo vão da porta, Sófia está na garupa, abraçando o pai por trás. A mãe interrompe sua cerzidura pela primeira vez. Eles entram na sala, e ela abraça a menina. Sófia exala o ar em um sopro constante, como uma bola sendo esvaziada.

— Eles estão aqui — diz o pai.

A mãe aponta com os olhos na direção da mesa da cozinha.

O pai segue o olhar da mãe e se vira para dar de cara com o soldado. O soldado está constrangido agora, Artiom consegue ver. O tempo que ele passou ali abrandou sua determinação. Ele está ocupando a casa de um outro homem, sentado na frente de sua família com uma arma no colo.

O pai se aproxima do soldado.

— Venha comigo, por favor.

Eles saem, e Artiom vê o pai fazendo gestos, apontando na direção da casa.

— Acha que ele vai deixar a gente ficar? — pergunta Artiom.

— Não é isso que ele está pedindo — responde sua mãe, novamente sentada, ainda segurando a mão de Sófia.

O pai entra de novo na casa e pega algumas cenouras cruas debaixo da pia e as distribui entre eles. Depois tira um pão de dentro do armário, parte em três pedaços e entrega um para cada um. Artiom leva o pão em direção à boca, mas seu pai o detém.

— Guarde para quando estiver com fome. Talvez demore um pouco até conseguir uma refeição.

Artiom percebe que o pai não reservou para si comida alguma.

O caminhão estaciona na frente da casa, e eles levam seus sacos. Artiom carrega dois deles, porque consegue. Joga os sacos no caminhão e sobe, usando a aba da porta aberta da caçamba para pegar impulso.

Ele conhece a maior parte das pessoas lá dentro: os Gavrilenko, os Lítvin, os Volchock. Eles moram mais longe deles no vilarejo. Há alguns rostos que ele não conhece. Ele se vira para ajudar a mãe a subir, depois Sófia. Seu pai está parado ao lado do caminhão, segurando a porta. Ele vai trazer a porta? O pai ergue a porta, e Artiom a pega e a coloca com a frente para baixo, e o pai a desliza até o fundo da caçamba e as pessoas levantam os pés, algumas reclamando, e Artiom entende por quê. O que o pai está pensando, trazendo consigo a porta da casa?

— Nada de conversa — vocifera o soldado, sua autoridade renovada.

O pai de Artiom embarca e se senta ao lado da mãe, sem fazer contato visual com quem quer que seja. Artiom o vê pegar a mão de sua mãe. Artiom já os viu fazer isso incontáveis vezes, mas tem a sensação de que alguma coisa na cena está diferente, sem conseguir definir exatamente o quê. O soldado fecha a porta da caçamba, enfia o pino na posição e pula a bordo. Ninguém o ajuda. Um anel de ouro no dedo mínimo do soldado retine na estrutura de metal do teto. Artiom percebe assim que o caminhão começa a se mover: a aliança de sua mãe.

8

NA SEDE DO PARTIDO, GRÍGORI ouve a apresentação do comitê de evacuação. Ele se sente como se tivesse mil anos de idade, a privação de sono começando a pesar, seu corpo ainda carregando as vibrações do helicóptero. Trouxeram suprimentos durante a noite, por isso ele está tomando chá em um copo descartável de isopor, o açúcar e o calor proporcionando certo conforto.

Eles mobilizaram todos os ônibus disponíveis num raio de até dez horas de viagem. Ao todo, 2.430 ônibus estacionarão em um ponto de encontro a dezesseis quilômetros da cidade e depois chegarão em quatro comboios separados para facilitar a supervisão da multidão. A cidade foi dividida em quatro setores, e as rotas de evacuação específicas foram demarcadas.

Haverá pontos de checagem dosimétrica em cada setor para avaliar a composição isotópica. As pessoas serão classificadas em categorias de acordo com o risco e receberão prontuários médicos para que os hospitais as diagnostiquem de maneira eficiente. Cinco categorias de nomenclatura austera: risco absoluto, risco relativo excessivo, risco relativo, risco adicional, risco espontâneo. Quem for enquadrado nas duas primeiras categorias será transportado de ambulância, enquanto os demais seguirão em ônibus. A previsão é de que os testes dosimétricos demorem um pouco.

— Devo me dar ao trabalho de perguntar? — indaga Grígori. — Deixe-me adivinhar, temos cinquenta dosímetros.

— Não, senhor, temos cento e cinquenta — responde um jovem assessor, com um indício de orgulho.

Grígori fica em silêncio por um momento e toma um gole de chá.

— Isso é aproximadamente um para cada quinhentos cidadãos.

— Sim, senhor.

Grígori manda tirarem o homem do recinto.

Mais equipamento militar chega à usina: caças Mi-2, helicópteros Mi-24, instrumentos de batalha. Eles enviam diversos robôs projetados pela Academia de Ciências para a exploração de Marte. O tenente no comando da logística não tem ideia de onde estacioná-los.

No local de evacuação, Grígori fica espantado com o poder de uma multidão. O puro peso e a extensão de uma horda aglomerada. O zumbido estático de trepidação. Crianças chorando: um pequeno batalhão de crianças chorando. Mães com a preocupação estampada no rosto; homens agitados que acham impossível aquietar as mãos, esfregando a barba rala, desgrenhando o cabelo, flexionando os bíceps. Milhares de malas feitas às pressas com partes de roupas saindo pelo fecho ecler. Malas volumosas tão abarrotadas que estão quase esféricas. Famílias pegas desprevenidas sem mala, usando grossos sacos plásticos com alças para transportar seus pertences de primeira necessidade, os sacos transbordando de livros e bugigangas de cerâmica e paletós. Mulheres com suas escassas joias enfiadas nos sutiãs, o que causa bizarras irregularidades na linha dos seios. Crianças com três camadas de roupas, o suor escorrendo sob o sol da tarde. Contato físico aos borbotões por toda parte. Vizinhos se abraçando, casais dando as mãos, esposas aninhando a cabeça no peito dos maridos, crianças sendo carregadas nos ombros, nos braços, agarradas a cinturas. Bebês a tiracolo. Namorados adolescentes beijando-se freneticamente quando são apartados à força, tateando e se debatendo por um derradeiro toque, agarrando o espaço entre eles.

Os soldados carregam megafones e rifles e organizam longas e sinuosas filas de acordo com os prédios residenciais correspondentes, e no final de cada uma delas há um médico com um dosímetro e uma mesa, montada sobre cavaletes, em que um tenente verifica os documentos de identidade e carimba novos prontuários médicos. Os que estão nas categorias críticas são puxados de lado, arrastados para trás de uma muralha de soldados e encaminhados para as ambulâncias. Essas pessoas protestam de corpo inteiro, agitando violentamente braços e pernas, roupas caindo ao seu redor, sendo rasgadas durante a luta. Seus familiares se lançam à frente, mas são enxotados, os experientes soldados aplicando hábeis golpes na nuca, o que faz com que as pessoas atingidas, inclusive as crianças, caiam de joelhos em câmera lenta. O espaço que a multidão ocupa se expande com sua fúria indignada, mas os inflexíveis militares mantêm a multidão sob controle. Esses soldados já viram batalhas e levam consigo a resoluta rigidez da experiência.

Quando os ônibus chegam, a multidão se projeta para a frente como uma onda, fervilhando ao redor dos veículos, abrindo as janelas à força, subindo nos para-lamas, escalando o teto. Gás lacrimogêneo é lançado e o enxame recua e os soldados entram nos ônibus e tiram as pessoas lá de dentro, distribuindo pancadas sob os olhares da multidão. Megafones berram instruções. Frases simples e claras:

Voltem para suas filas.

Não tentem embarcar nos ônibus sem um prontuário médico.

Quem tentar fazer isso será severamente punido.

Três frases repetidas como um mantra, que, por fim, conseguem restabelecer a ordem. A multidão fatal e eventualmente submissa.

Os relatórios da operação pormenorizam que é muito provável que os animais estejam contaminados — a matéria radioativa seria absorvida por sua pelagem —, por isso os soldados atiram imediatamente em todos os bichos que eles avistam. Os animais de estimação são arrancados dos braços protetores e fuzilados à queima-roupa diante de seus donos. Cães dóceis fitam com olhar inocente o cano das armas. Os soldados agarram os gatos pela saliência de pele na nuca e posicionam uma pistola sob seu queixo que se contorce, sangue explodindo em todas as direções.

Uma mulher mais velha passa uma grande garrafa de leite para seus vizinhos, tendo ouvido dizer que o leite ajuda em caso de contaminação por radiação. Um oficial dá um tapa na garrafa, que cai da mão dela, berrando que provavelmente está contaminado, e o líquido cremoso tomba num filete traçando uma única trilha calçada afora, mesclando-se ao sangue dos animais numa poça lívida e rosada. A mulher permanece parada, indefesa.

Grígori está em frente ao centro de operações — uma tenda construí-da às pressas num ponto elevado no setor leste da cidade — e absorve tudo. É uma operação militar; não há nada que ele possa fazer para interferir. Ele fita o caos que se espalha e se sente impotente e sozinho.

À sua direita, ladeira abaixo, Grígori vê um homem que tenta entrar no ônibus carregando uma porta. Os soldados o cercam, todos com as armas apontadas, como se estivessem prestes a furar o sujeito. Grígori se move e, de onde está agora, consegue ouvir o que eles dizem. O homem está parado abraçando a porta na vertical, como se ela fosse uma amiga de longa data que ele está apresentando a um grupo de vizinhos. Ele tem um queixo largo e proeminente, com uma barba curta e grisalha e o ca-risma de um vendedor. Está apontando para os detalhes da superfície da porta. Grígori segue os dedos do homem e vê algumas linhas entalhadas na lateral, em várias alturas, com frações ao lado delas: 3¼, 5½, 7½. O homem aponta para cima, na direção de um menino e uma menina, ado-lescentes, com as mesmas feições, olhos claros e fundos. Grígori percebe que o homem está apontando para as medidas da altura das crianças, as marcações do crescimento delas. O homem fala sobre a história desse objeto. Os soldados estão intrigados por essa ridícula ambição, trazer consigo um objeto tão improvável ao passo que todo mundo está tentan-do entrar com uma sacola ou um casaco extra escondido.

Grígori ouve o homem dizer que tinha deitado seu pai naquela porta, dez anos atrás, depois sua mãe, no último inverno. Após o velório, ele passara a noite inteira segurando a mão dela, o corpo enrijecido com seu melhor vestido. Ele explica isso tudo aos soldados, mostra-lhes os entalhes, os nomes, as marcações tribais denotando a história da coisa, o único objeto com que ele se importava na vida, uma tábua de madeira sulcada sobre a qual seu próprio corpo morto jazerá, até que, no meio da frase, um dos soldados dá um passo à frente e acerta uma coronhada no nariz do homem.

O sangue escorre pelo rosto dele, reluzindo em sua barba curta, pingando do queixo. A porta desaba no concreto com um estrondo, e a multidão entra em pânico, tão tensa que confunde o barulho com um disparo.

Algumas palavras ainda emergem de seus lábios; a força do discurso do homem não o calou. Então ele para de falar e outros soldados o agarram e o puxam para a frente e o arrastam para longe, empurrando sua família. A porta é destruída em meio à agitação da multidão. Grígori consegue ver a família sendo jogada ao caos, tentando nadar contra a maré de corpos, e o homem é enfiado num caminhão de transporte de tropas, onde usa a mão para cobrir o queixo e a boca, e Grígori não sabe dizer se o gesto é para estancar o jorro de sangue ou indicar seu arrependimento por sua bizarra ambição.

Outros soldados estão embarcando em caminhões, e Grígori deduz que são esquadrões auxiliares, enviados para vasculhar a cidade à procura de pessoas escondidas. Ele decide juntar-se a eles, julgando que um grupo menor oferece mais oportunidades de fazer bom uso de sua influência apaziguadora.

Eles dirigem até a zona oeste da cidade e caminham por entre os prédios residenciais. A roupa lavada está pendurada em varais que ocupam toda a extensão de cada sacada. Geladeiras contêm garrafas de suco de laranja e nacos de manteiga em pratinhos. Eles encontram pessoas atrás de cortinas de banheiro e entaladas em armários ventilados. Encontram uma moça grávida deitada dentro de um sofá sem estofado. De pé numa sacada, Grígori olha de relance para as ruas desertas à procura de sinais de movimento, depois olha para baixo e vê um par de mãos agarradas à balaustrada aos seus pés. Ele se encosta à grade e encontra um homem pendurado, o corpo empertigado como um ponto de exclamação, seu olhar voltado para baixo, como se evitar contato visual pudesse impedir que o enxergassem. Um homem pendurado dez andares acima do chão, seus músculos tesos de esforço e desespero. Em outro apartamento, uma senhora está sentada na cozinha ouvindo o rádio. Quando eles entram, num estrépito de coturnos pesados, ela abaixa o volume e olha para eles com uma expressão pacífica, no controle total da situação. Antes que eles tenham a chance de dar a ordem, ela se recusa a ir embora. Ela os convida a espancá-la ou atirar nela se necessário, mas declara que aquele é o seu lar e é ali que ela vai morrer. Nenhum dos soldados tem apetite para esse tipo de violência, não aqui, não com essa mulher. Eles saem do apartamento, e Grígori balança a cabeça e sorri de admiração, e ela ergue as mãos com as palmas voltadas para o teto, um gesto silencioso que diz tudo que há para dizer nesse momento, nessa sala, nessa cidade.

Em muitas das portas há bilhetes afixados, recados para amigos ou parentes, indicando um ponto de apoio na cidade. As pessoas pintaram o nome da família na porta, uma tentativa de afirmar sua posse. Em dezenas de apartamentos, eles encontram as mesas postas para o jantar.

Encontram um jovem casal dormindo na cama. O rapaz e a moça passaram boa parte da noite bebendo e estão lá deitados juntos sob os lençóis, alheios a todo o tumulto ao seu redor. Quando os soldados entram de supetão, o homem se levanta em um pulo, horrorizado, e depois, percebendo a própria nudez, pula de volta para a cama. Os soldados riem, e Grígori lhes pede que saiam e depois se senta na cama e explica a situação ao casal, fitando os olhos escuros da moça, ganhando sua confiança com a suavidade de seu tom de voz. Eles esperam na cozinha, e, quando o casal sai, já vestido, carregando alguns pertences, os soldados aplaudem e gritam vivas e o casal sorri timidamente, e Grígori os inveja por seu amor florescente.

Eles colocam as pessoas nos caminhões e as levam para as zonas relevantes e retornam e colocam mais gente nos caminhões. Passam por um pequeno cemitério e encontram uma mulher pegando terra de uma sepultura — o túmulo de seus pais — e enfiando dentro de um pote de geleia. Ela implora para ficar com o pote, mas os soldados o arrancam à força e despejam a terra de volta no chão. A mulher não tem energia para protestar.

Eles ouvem um ruído vindo de um poço de elevador e abrem a grade de ferro. Encontram um menino, de uns cinco anos talvez, sentado no topo do elevador, as mãos crispadas cobrindo as orelhas. Um dos homens entra no poço e sai minutos depois com o menino remexendo em seus ombros, imitando sons de cavalo e guiando o soldado pelas orelhas.

Eles continuam atirando em animais de estimação, apesar dos protestos de Grígori. Os bichos saem correndo dos apartamentos, e os soldados disparam suas pistolas à vontade e disputam para saber quem matou mais, como se fossem heróis de guerra.

∼✖ 9

NINGUÉM CONVERSA NOS ÔNIBUS. Estão todos chocados demais para trocar palavras. Artiom está com sua mãe e irmã em um assento duplo, a cinco fileiras do fundo, e cada um deles repassa mentalmente o episódio.

A mãe de Artiom observa as nucas que saltam e meneiam e balançam.

Ela não sabia que a porta era importante para ele. Ele nunca tinha dado muita importância à porta, e ela se perguntava se ele havia tentado levar o objeto consigo como um irracional ato de protesto: "Como vocês ousam tomar a minha casa? Vejam só como levo comigo uma parte dela." É claro que as crianças estavam atônitas. É claro que os ouvintes estavam intrigados. Havia muitos ângulos do homem que só eram revelados em momentos íntimos, das maneiras mais ínfimas. Estranhamente teimoso. Desenfreadamente teimoso. Ninguém sabia. As crianças talvez tivessem alguma ideia, mas na verdade ninguém conhecia as imperscrutáveis profundezas de sua teimosia.

Andrêi podia desacelerar tudo, tudo ao redor dela. Ele era capaz de dobrar o tempo por ela. Quando faziam amor na cama do casal, a mãe dele dormindo no quarto ao lado, uma mulher durona, com princípios rigorosos, o menor ruído gerava tensão — a velha tinha ouvidos de tuberculoso. Por isso, Andrêi era muito cuidadoso e, ainda assim, muito generoso. Eles mal se moviam enquanto faziam amor. Balançavam com meros sussurros de movimento, e ela o fazia gozar simplesmente com o calor de seu hálito no pescoço dele.

— Quando a gente for gozar, quero gozar primeiro.

Ela sempre lhe dizia isso quando estavam sozinhos, e ele meneava a cabeça, concordando, porque ambos sabiam que, dos dois, era ele o capaz de aguentar mais tempo, era ela quem desabaria, desarmada, arrebatada.

E agora ele está sozinho em algum lugar, num caminhão ou numa cela, e ela tem duas crianças grandes para cuidar, tranquilizar e guiar da melhor maneira que puder, embora eles sejam mais inteligentes, mais sábios que ela.

Amanhã eles vão soltá-lo. Não pode haver alternativa.

Amanhã eles vão soltá-lo.

As crianças estão resmungando e sonolentas. Artiom está sentado no banco do corredor, com as pernas pendendo na lateral do assento. Há parentes sentados no colo uns dos outros, mas Artiom não quer sugerir isso para Sófia; a intimidade seria excessivamente estranha.

As luzes estão acesas dentro do ônibus. Elas dão substância à fumaça do cigarro, uma nuvem de luz opaca pairando, resoluta, sobre eles. Algumas crianças dormem, membros cansados e apoiados no braço dos bancos, atravancando o corredor, cabeças pendendo. Uma onda de choro ao longo dos bancos. Há um roçar intermitente quando as pessoas verificam quais pertences esqueceram, ou fuçam um saco plástico à procura de um suéter extra. Há gente dizendo que os ônibus estão rumando para Minsk, mas não houve anúncio algum. Artiom presume que dentro do ônibus haja alguém que reconhece a rota. Ele olha ao redor e percebe que não há muitos homens. Alguns velhos, sim, mas pouquíssimos da idade de seu pai ou mais novos. Ele não tinha reparado nisso enquanto estavam sendo empurrados ônibus adentro.

Seus braços e suas pernas querem golpear, destruir alguma coisa, qualquer coisa. Mas já há gente nervosa demais ao seu redor, então, em vez disso, ele morde o interior da bochecha com força, sentindo o sangue morno aninhar-se entre seus dentes. Ele jamais viu o pai ficar desconcertado, esse homem tão sólido, tão confiante, esmagado pela violência.

Ele gostaria de olhar pela janela, distrair-se com as paisagens desconhecidas, mas não consegue enxergar quase nada além da mãe e da irmã através da fumaça. Sófia tira do bolso uma cenoura e come, e Artiom faz o mesmo. Ambos mastigam os nacos insossos. Seus maxilares doem depois de um dia inteiro rangendo os dentes inconscientemente.

Artiom acorda. O ônibus parou, e Sófia está esmurrando o ombro dele.

— A gente vai descer.

É noite. As janelas estão embaçadas com rastros de condensação. A mente de Artiom está da mesma maneira. Ele esfrega os olhos com os punhos, gesto que faz sua mãe lembrar-se do menino aos cinco anos, um gesto ingênuo que agora ele certamente vai levar para a vida adulta. Eles recolhem seus sacos, abraçando-os junto ao peito, e esperam sua vez de percorrer o corredor e sair do ônibus, despejando-se na grande poça de pessoas deslocadas.

Artiom olha para a esquerda e vê que eles estão estacionados em frente à estação de trem. As pessoas cercam um carro abandonado, e Artiom caminha até lá e sobe no capô para enxergar melhor.

A multidão está caminhando numa fila espessa para longe do edifício, seguindo luzes de emergência que foram dispostas como que para formar uma trilha.

Mais uma vez ele procura homens, pais, mas vê pouquíssimos.

Sua mãe decidiu que eles vão para o apartamento de sua irmã Lília. Ela não sabe ao certo onde fica, mas reconheceria em um mapa. Por isso eles precisam sair da multidão e descobrir sua localização. Artiom vira-se de novo para a estação. Ainda há algumas luzes acesas, e um guarda está encostado em uma coluna do pórtico. Artiom faz sinal para que sua mãe e sua irmã o encontrem perto da entrada principal e, quando as vê avançando contra a maré, segue adiante e por fim sai num espaço vazio e se aproxima do guarda.

— Tem algum lugar onde eu possa arranjar um mapa?

O homem se ocupa e se afasta, respondendo assim, em movimento, relutante em fazer contato visual:

— Tente lá na entrada, deve haver algum balcão de informações.

Sófia e sua mãe caminham na direção de Artiom, olhando ao redor em busca de possibilidades.

Sua mãe enfia a mão no bolso, tira alguns rublos e põe o dinheiro na mão dele.

— Veja se consegue encontrar alguma coisa quente.

— Para comer ou beber?

— Tanto faz. Qualquer coisa.

Artiom abre a porta principal da estação, adentra o saguão. O lugar está deserto. Ele fica surpreso com o fato de que uma parte da multidão não tenha entrado ali a fim de buscar algum alívio do caos. Artiom ouve os próprios passos reverberando pelo espaço vazio. É uma sensação sobrenatural, estar sozinho naquela imponente vastidão, uma figura solitária sob o majestoso teto abobadado da estação ferroviária de Minsk. O balcão de informações está fechado, mas na parede há um mapa da cidade, atrás de uma placa de acrílico. Ele enterra os dedos debaixo da moldura, puxa o mapa e o enrola.

Em seguida, entra numa sala de espera vazia que dá abrigo a um menino, adormecido, sozinho, a cabeça sobre uma mesa. O menino está quase abraçando o tampo da mesa, há um maço de cigarros vazio ao lado da orelha, um pote com um punhado de cinzas e guimbas velhas ao lado do maço vazio. Sua cabeça repousa sobre a mão, um dedo imundo em cima da pálpebra. A luz infiltra-se através do forro de plástico do telhado num tom frio e claro de verde. Artiom toca o tampo da mesa e esfrega um pouco de cinzas entre os dedos.

Alguém liga um rádio ao longe. Um folk chega aos seus ouvidos.

Ele encontra uma galeria abobadada onde quinquilharias são vendidas em pequenas barracas, todas fechadas. Nessa seção há mais pessoas, também procurando comida. A silhueta dos guardas da estação está perfilada contra a luz, com os quepes achatando seus perfis, conferindo--lhes a magnificência de peças de xadrez. Há velhos encurvados nos cantos, deitados sobre sacos plásticos contendo livros e casacos velhos.

Na loja da estação há armários de vidro quadrados com prateleiras vazias. Uma multidão está grudada no balcão. Uma velha na ponta come um *blini* de um papel-manteiga. Não há raiva na fila, nenhuma agressividade na aglomeração. As pessoas se inclinam e se amontoam. Não há mais comida aqui, mas elas aguardam mesmo assim, na esperança.

Ele retorna ao pórtico e mostra o mapa para sua mãe.

— Você roubou isso?

— Claro que eu roubei. A senhora acha que tem alguma loja vendendo mapas para turistas?

— Não gosto que você roube as coisas.

— Ótimo. — Ele caminha na direção da porta. — Vou devolver.

Agora ele é independente, tem as próprias opiniões. Ela não pode mais dar bronca nele.

— Não. Você está certo. Tudo bem.

Desde o ano passado eles vêm brigando mais. Ela pode ver nos olhos de Artiom que ele está contabilizando outra vitória. De agora em diante ela vencerá pouquíssimas discussões — não que ela queira uma competição, apenas o reconhecimento de que ainda tem alguma autoridade, de que sabe das coisas.

Ela abre o mapa no chão.

— Ela mora perto da rodoviária. Leve a gente até a rodoviária e de lá a gente acha.

Artiom corre o dedo pelos distritos e encontra.

— Tudo bem. Não fica longe daqui.

— Arranjou alguma comida? — pergunta Sófia.

— Não. Todas as lojas estavam vazias. Provavelmente chegaram centenas de ônibus antes da gente. Tenho certeza de que as pessoas se abasteceram de comida.

Artiom leva o saco da mãe. Sófia dá conta de carregar o dela.

— Como a gente vai saber se meu pai chegou? — pergunta Sófia.

— Ele vai encontrar a gente na tia Lília.

Elas marcham em fila indiana, Artiom à frente. Ele anda rente aos muros. Um homem passa com a cabeça abaixada, fitando os próprios sapatos. Há mulheres e crianças sentadas no meio do asfalto, estremecendo entre lágrimas. A mãe de Artiom se aproxima deles e os convence a entrar pelos vãos das portas, a salvo da multidão premente. Uma mulher de quarenta e poucos anos anda para trás, berrando obscenidades para os recém-chegados. Ela os chama de algo que não faz sentido para eles: vaga-lumes.

Eles atravessam o parque, ainda bem próximos uns dos outros. Os braços de Artiom doem por causa dos sacos, mas ele não quer que ninguém saiba, caso contrário sua mãe vai insistir em carregá-los por conta própria. Mas por fim ele se detém, põe os sacos no chão e sacode os ombros.

A mãe olha para ele, a preocupação pesando sobre ela. Artiom a vê de modo diferente aqui, longe de casa, sob a luz dos postes de ferro da calçada. Ela parece ser mais velha do que é. A terra, o trabalho, a enrijeceram. Enrijeceram sua pele e seu rosto, mas talvez a tenham deixado mais determinada. Ele pensa em como ela trabalha na época da colheita, o corpo dobrado sobre a palha, enfeixando-a, amontoando-a em medas. O dia inteiro encurvada, parando apenas para o ocasional gole de água. Ela está determinada a levá-los até o lugar para onde precisam ir. Uma força diferente daquela do seu pai.

— Você está cansado.

— Estou.

— Deixe que eu carrego.

Ele deixa os sacos no chão, e ela os joga por cima do ombro e retoma a caminhada. Ele os pegará de volta daqui a alguns minutos, quando seus ombros tiverem descansado um pouco.

Na rodoviária há mais gente, mais caos. A confusão é implacável, mas eles estão se acostumando. Eles se movem pela multidão mais rapidamente agora, identificando as lacunas, menos inseguros em seus passos.

A mãe de Artiom não hesita no caminho, e ele e Sófia sabem que ela reconhece onde está.

Chegam a uma rua margeada de árvores e repleta de prédios residenciais. É mais sossegado aqui. Passam por um grupo de homens reunidos ao redor do capô aberto de um carro, bebendo, um debaixo do veículo com uma lanterna, mexendo em algo. Os homens os encaram quando os três passam por eles carregando seus pertences. O grupo não diz uma palavra, mas Artiom pode sentir os olhos o acompanhando, agressão no olhar. Então Minsk é assim, ele pensa.

— Eles não gostam de nós aqui, né, mãe? — pergunta Sófia.

— Não. Acho que não — responde a mãe de Artiom.

Encontram o prédio e, abrindo a porta dele, veem que as portas do elevador estão escancaradas e com as luzes apagadas, e fios pendurados onde deveria haver botões. A mãe de Artiom põe os sacos no chão, lança um olhar pesaroso para as escadas e arqueia as costas, estica o pescoço de um lado para o outro.

— Em que andar ela mora? — pergunta Artiom.

— Oitavo.

— Eu levo os sacos agora.

— Obrigada, Artiom.

Os degraus estão destruídos nas bordas, pedras à espreita. Por isso Artiom pisa de lado, mantendo os sacos a uma altura uniforme para se equilibrar. No espaço fechado há um fedor de urina, que se mistura ao cheiro das batatas impregnado no pano, que sobe quando ele balança os sacos. As paredes estão cobertas de pichações. Nomes em letras pretas garrafais, ligadas umas às outras num rabisco fluido, uma série de espirais entrelaçadas. No quarto andar há um ursinho de pelúcia estripado, suas entranhas de algodão acinzentadas e pisoteadas.

Ele pisa no corredor e olha para a mãe, que está batendo à quinta porta.

Nenhuma resposta. Ela espera e bate de novo. Nenhuma resposta. Ela chama:

— Lília. É a Tânia. Precisamos da sua ajuda.

Eles esperam. Ela olha para Sófia, que está fitando o teto, seus punhos fechados em volta da abertura de seu saco. Sófia sempre olha para cima quando está com raiva. A mãe de Artiom inclina o corpo e encosta o ouvido na porta.

— Você está aí dentro. Sua luz estava acesa. Consigo ouvir você. Estou com o Artiom e a Sófia. Precisamos entrar. Por favor, Lília.

Artiom permanece no fim do corredor. Ele percebe que é um momento muito pessoal. Precisa deixar que sua mãe passe por isso sozinha.

A mãe se afasta da porta. Movimento, uma voz lá de dentro:

— Não posso ajudar. É perigoso demais. Você precisa ir para o abrigo.

A mãe de Artiom empurra a porta.

Alguns vizinhos aparecem. Listras de luz cruzam os ladrilhos verdes do piso. Um homem sem camisa se detém no corredor, os pelos de seu peito encaracolados em pequenos círculos. Ele preenche o espaço entre as paredes, as mãos na cintura, como um goleiro esperando pela cobrança do pênalti.

— Lília. Eu sou sua irmã. Deixe a gente entrar.

— Você é veneno, não sabe disso? Não pode ficar perto de outras pessoas.

A mãe de Artiom começa a chorar. Ele não vê a mãe chorar desde quando era bem pequeno. Sófia chuta a porta, mas sua mãe a afasta com um gesto delicado. Ambas encostam na parede, escondendo o rosto.

O homem sem camisa fala:

— Vocês ouviram. Vocês são veneno, porra. Caiam fora daqui.

Esse desgraçado seminu gritando com eles. Artiom solta os sacos e corre na direção dele, braços abertos, com um insulto engasgado, mas o homem se esquiva com facilidade e Artiom se esborracha no chão, rasgando o joelho da calça, esfolando a pele. O homem entra em casa.

— Se em cinco minutos vocês não tiverem ido embora, vou sair com a minha faca.

Ele cospe na direção de Artiom, a saliva aterrissando perto dos sapatos dele.

— Cinco minutos.

O homem fecha a porta, e os três desabam, derrotados. Depois de alguns instantes a mãe de Artiom caminha até ele, aninha nas mãos seu pescoço e beija o topo de sua cabeça.

— Vamos encontrar uma cama.

Eles caminham de volta para a escada, seus passos ecoando no corredor.

❧ 10

EM PRIPYAT, A NOITE CAIU e Grígori caminha sozinho pela cidade. Passa por um pequeno parque de diversões com uma roda-gigante rangendo na brisa. Os prédios residenciais estão às escuras, desabitados agora, erguendo-se sombrios.

Papel colorido ainda jaz espalhado pela cidade, zombando do tom do dia. Cães mortos por toda parte, sangue estagnado reluzindo em meio à escuridão. De vez em quando Grígori vislumbra o andar impetuoso de lobos, à deriva, longe da floresta, atraídos pelo odor do sangue, corajosos nas ruas vazias.

Ele volta para o centro de operações pela praça central, e quando entra na praça por uma rua lateral ele se detém ao tomar consciência da estátua no centro, a figura de ferro parcialmente ajoelhada, erguendo os braços abertos para os céus, cheia de fúria. Ele passou por ela uma dezena de vezes no último dia, sem se dar conta do personagem: Prometeu, o deus grego que deu o fogo aos homens.

Esta estátua neste lugar.

Grígori encolhe os ombros sob a figura, exausto. Um jovem tenente se aproxima e se senta ao lado dele. Também está cansado de desempenhar suas funções. Pega um cigarro e oferece um a Grígori, que aceita de pronto, seu primeiro cigarro em dez anos. E Grígori se lembra de como Prometeu foi punido por sua traição dos segredos divinos: Zeus decretou que ele fosse acorrentado a uma rocha, e todos os seus dias começavam com a visita de uma águia, cujas bicadas rasgavam seu fígado, que se regenerava à noite, de modo que o sofrimento se reiniciava e se repetiria por toda a eternidade.

Os dois ficam lá, em silêncio, até que Grígori diz:

— Sou cirurgião. Nunca imaginei que fosse viver um dia como esse.

O soldado rola na língua um fiapo solto de tabaco e cospe.

— Lembre, meu amigo, o que o camarada Lenin nos disse: "Todo cozinheiro deve saber governar o Estado."

Eles terminam seus cigarros em silêncio.

NOVEMBRO DE 1986

11

Às vezes, Mária abre os olhos e um dia se passou, ou mais tempo, um mês. Quase toda noite Alina, sua irmã, pergunta como foi seu dia e ela responde:

— Mesma coisa de sempre.

E eles vão se acumulando, esses dias que são sempre a mesma coisa. Dias que, quando a pessoa para e olha para trás, mesmo duas semanas depois, não há um único momento digno de nota. E, se tiver de admitir qual é a coisa que ela mais teme, é a seguinte: o acúmulo furtivo de meses que são sempre a mesma coisa, as fileiras e pilhas de nada, as colunas vagas quando ela se sentar para fazer o balanço de sua vida.

Ela se vira e olha para o pequeno relógio coberto por uma camada de poeira que fica acima da porta que leva ao vestiário. São 16h15, e Mária se lembra do seu almoço — chá, arenque e beterraba —, lembra-se de sentar com Anna e Nestor, mas nada além disso. Como pode ter se esquecido do restante do dia? Como é possível que mais um dia já esteja chegando ao fim?

Nos últimos anos a vida tornou-se irreconhecível para ela, existindo, de algum modo, fora dela; na passagem das estações, na rotina de uma cidade.

— Mária Nikoláievna.

Seu supervisor de produção está parado atrás dela, prancheta, como sempre, à mão. É um homem pequeno com uma cordinha presa nos óculos que ele nunca usa, preferindo, em vez disso, empoleirá-los na cabeça.

— Você está entre nós?

— Estou. Desculpe, Sr. Popóv.

— O Sr. Shalámov quer ver você.

— Sim, senhor. Devo ir imediatamente ou posso passar no banheiro primeiro?

— O Sr. Shalámov não gosta de esperar.

— Sim, senhor.

O Sr. Shalámov é do RH. Ele supervisiona o treinamento dos funcionários, e essa ocasião é a última vez que a maior parte das pessoas o veem. Ouvir o nome dele deixa Mária nervosa no mesmo instante. Ela desliga seu torno mecânico e verifica se o botão vermelho de emergência, que fica na altura dos seus joelhos, também está pressionado. Dois fragmentos de uma rotina inconsciente, duas outras ações que, somadas, resultam em uma grande quantidade de tempo quando se calcula a repetição.

Ele pode não gostar de ficar esperando, mas ela vai ao banheiro mesmo assim, prender o cabelo, lavar o rosto. Porque é uma lei universal: quanto mais bonita a mulher, mais fáceis as coisas ficam. Às vezes, ela pensa que toda a sua educação foi baseada nessa premissa. Se ela aprendeu alguma coisa na escola, foi a como se arrumar para os homens diante de si.

Ela fica de frente para a pia, esfrega as mãos com uma escovinha de unhas, junta um pouco de água com as mãos, joga em seu rosto e ouve os borrifos se espatifarem no chão ao redor dela. Suas mãos são ásperas agora, calejadas, o que é sem sombra de dúvida uma característica indesejável, mas não há o que fazer. Eles não usam luvas nos tornos, embora o regulamento exija que usem, porque dois anos atrás a máquina de Polina Volkova, três estações de trabalho adiante, tinha prendido sua luva e levou sua mão junto. Meio segundo de sangue, em que sua mão deixou de ser uma mão e se converteu num emaranhado de ossos e ligamentos aos pedaços. Por isso, de acordo com as normas, eles usam luvas, mas na prática não usam. Isso significa, contudo, que o rosto dela está quase sempre limpo e imaculado, porque suas mãos calejadas têm a textura perfeita para manter a pele revigorada. Então há compensações.

Esse emprego não era o de sua preferência, e ainda assim ela não necessariamente se ressente dele, sabendo das alternativas.

Ela passa os dedos logo abaixo dos olhos, massageando a região. Olhos castanhos, escuros como seu cabelo, redondos e alerta. Ela retrai os lábios por cima das gengivas e esfrega um dedo úmido nos dentes. Dentes fortes e simétricos, alvo da inveja de suas amigas. Suas gengivas um pouco mais proeminentes do que ela gostaria, por isso nas fotos ela toma o cuidado de conter a largura total de seu sorriso.

Cabelos grisalhos estão se multiplicando em sua cabeça, sem um padrão perceptível. Ela pensa nas manhãs de domingo em que Grígori se deitava ao lado dela e procurava fios intrusos, como os gorilas nos programas de TV sobre a natureza que vasculham a parceira em busca de piolhos. Quando ele não conseguia isolar o pelo e arrancava dois ou três de uma vez, ela soltava uma lamúria involuntária, o que ele achava engraçado. Essas sessões terminavam com Grígori usando palavras carinhosas para acalmá-la, alisando seu corpo com as mãos. Domingos preguiçosos.

Ela prende o cabelo e ajeita a franja.

Em seu retorno a Moscou, não muito tempo depois de se casar com Grígori, ela arranjou um emprego como jornalista na redação de um jornal importante, onde galgou posições e chegou a articulista. Um cargo que ela exerceu por anos até que vieram a público alguns artigos clandestinos de oposição que ela escrevera. O que se seguiu foi um período perigoso para ela. Mária teve de realinhar todos os aspectos de sua personalidade, foi forçada a apagar quem realmente era; daquele momento em diante, todas as palavras que ela dizia passaram a ser filtradas e interpretadas.

Ela fita a imagem no espelho. Há certa frouxidão nas feições agora, uma flacidez sutil, mas inegável. Rugas como rabiscos espalhados em volta dos olhos. Leves detalhes que talvez somente ela seja capaz de ver, mas não consegue rechaçar o pensamento de que a meia-idade está chegando. Os três anos de trabalho aqui estão começando a pesar. Ela se pergunta como será seu rosto daqui a outros três.

E sim, é verdade que ela se reconfigurou para tornar-se o que lhe pediram. Ela usa roupas sem personalidade, meneia a cabeça em concordância com quase todas as declarações direcionadas a ela. Ela faz questão de evitar contato visual com todas as pessoas, tirando poucos amigos de confiança, por isso anda com a cabeça abaixada. Uma espécie de autocontenção, movendo-se como uma embarcação, constante, sem jamais desviar de seu rumo. Mas ela está aqui, sobrevivendo.

Mária tira seu casaco marrom de trabalho, bate a poeira dele e o veste de novo. Ele está bem largo nela. Mária perdeu peso no último ano. Os ossos de seu rosto estão salientes, seus braços, ligeiramente fracos. A única comida é a que Alina e ela enfrentam filas para conseguir, e o dia não tem tantas horas assim, embora ela tenha começado a fazer refeições decentes no refeitório da universidade — outra razão para amar o prédio.

Ela dá tapinhas nas bochechas para lhes dar alguma cor. Sabe que o Sr. Shalámov gosta que seus funcionários tenham uma aparência vibrante, cheia de alegria, apesar de exigir que passem todas aquelas horas sem fim dentro desse galpão espartano. Será que é melhor ela tirar o casaco ou ficar com ele? Resolve mantê-lo. O Sr. Shalámov certamente mencionaria a falta dele, e ela não tem exatamente um corpo tão atraente assim.

Tudo bem.

Ela sai porta afora e caminha às pressas na direção dos degraus de metal que levam aos escritórios da gerência. Quadrados toscos de carpete em placas marrons. Uma secretária sentada à mesa com uma máquina de escrever à sua frente, um telefone e nada mais. A secretária olha para ela com olhos sem vida. Mária pensa que ali está uma mulher cujos dias transcorrem em graduais acréscimos de tempo, suas horas consistem em curtas seções. Atender ao telefone, cinco minutos passam. Datilografar uma carta ditada, quinze minutos passam. Nenhum outro funcionário com quem conversar. Gerentes que mal a veem como um ser humano. As coisas poderiam ser piores. Ela poderia ser essa mulher.

— Vim ver o Sr. Shalámov.

— Sim. Ele está esperando.

Ela diz isso com desgosto. Como se fosse culpa de Mária o homem demorar mais para dar uma olhada nos relatórios ou tirar uma soneca.

Ela dá um telefonema e põe o fone de volta no lugar. Mária fica parada na frente da mesa. A mulher datilografa enquanto Mária espera. Alguns minutos transcorrem. O telefone toca, ela atende.

— Ele vai receber você agora.

— Obrigada.

Mária entra no escritório cujas grandes janelas de vidro laminado dão vista para o chão de fábrica, tão autocontida que consegue ouvir seus próprios passos abafados percorrendo o carpete. O silêncio faz com que o que está acontecendo lá fora pareça uma intrincada pantomima. O Sr. Shalámov está de pé de costas para ela, fitando as ondas de atividade da fábrica. Ele não se vira para mostrar que notou a presença dela. Ela não fala. Enquanto espera, ela olha para sua banqueta vazia. Seus camaradas na estação de trabalho dela repetindo os mesmos gestos, movendo-se com a mesma fluidez das outras máquinas, onde painéis de alumínio e peças de aço rangem e se arrastam em sequências incessantes. Uma série de arcos e rodopios entrelaçados. Nada está fora de sintonia nesse quadro vivo em movimento.

Em sua primeira manhã, tendo se resignado a um futuro de repetição, Mária ficou surpresa com o conforto que ela extraía da multidão, a sensação de propósito comum, cada indivíduo trabalhando com afinco em prol de uma vida coletiva.

A escala da coisa era assombrosa, dez mil funcionários. E há outros complexos industriais nas imediações: uma fábrica de amônia, uma fábrica de processamento de produtos químicos; um vasto movimento migratório que chega da cidade em ônibus e bondes e *marshrutkas*, e ela é uma dessas pessoas, entrando na fila em meio a hordas de mulheres com lenços na cabeça e homens encapuzados.

Às vezes, ela pensa que talvez tenha nascido para isso, que essa vida que ela leva é inevitável. E não é assim que as pessoas realmente vivem? Bater o ponto no trabalho; festas furtivas e clandestinas nas noites de sexta-feira; jogar comida para os patos no domingo?

A primeira visão que Mária teve da fábrica fez com que ela ficasse em choque; fez com que reajustasse seu senso de proporção. Quando passou pelas colossais e pesadas portas, seis vezes mais altas que uma pessoa, ela foi recebida por um superintendente que enumerou os fatos: a linha de montagem de um quilômetro de extensão, um novo carro produzido a cada 22 segundos de cada minuto de cada hora de todos os dias. Um mar de metal calibrado, ondas de diligente atividade industrial tocada adiante com precisão meticulosamente cronometrada, uma constelação de peças giratórias.

O chão de fábrica.

Havia um zumbido, um rangido estridente que Mária sentiu vibrar nos ossos dos pés e ela soube que se casaria com aquele som. No mesmo instante ela soube que levaria o ruído para casa, dormiria com ele talvez por anos a fio, talvez até a morte. Aqui havia uma linha do tempo que era permanente e outrora desconhecida. Havia um relógio de ponto, uma máquina de perfuração. Bater o ponto na entrada e na saída. O superintendente lhe entregou um cartão e avisou que era um crime passível de pena de prisão trapacear o relógio de ponto. Ele mesmo já havia mandado funcionários para a cadeia. A máquina perfurava buracos perfeitamente simétricos no centro dos quadradinhos.

Havia quadradinhos com os horários e o nome dos dias impressos em relevo.

O nome dela impresso em relevo. Mária Nikoláievna Brovkina.

E durante os três últimos anos ela usou seu cartão cinco dias por semana. Batendo o ponto na entrada e na saída, marcando seu tempo.

Mária arregaçou as mangas, mergulhou de cabeça no trabalho e deu conta do recado, por fim encontrando conforto nos eixos de comandos de válvulas. Demorou meses para que isso se manifestasse — era um serviço infinito, repetitivo e extremamente monótono —, mas depois de um tempo veio à tona a beleza religiosa da tarefa. O detalhe, a exatidão necessária para operar o torno. Até que ponto uma ação pode ser profunda? Até que ponto um ato humano pode ser perfeito? Mária trabalhava num nível de precisão de milésimos de milímetro. Um mícron, é assim que eles chamam. Um mícron.

E a repetição.

E a repetição.

E a repetição.

Guiando o braço mecânico com fluidez, como se fosse seu próprio braço.

Com o tempo, Mária percebeu que seu corpo foi relaxando e executando com facilidade a ação. Seu corpo a incorporou e abarcou. Bebendo água na cozinha, um gole à meia-noite, no meio do sono, e seu braço se estende para alcançar a torneira no mesmo arco fluido do movimento em sua estação de trabalho. Sua mão segurando o copo com uma regularidade que apenas ela conhecia.

Às vezes, Mária trabalha de olhos fechados. Uma atitude perigosa, maquinário perigoso, mas ela pode sentir a precisão da tarefa com uma clareza que ainda considera espantosa.

O Sr. Shalámov se vira e aponta para a cadeira à frente.

— Por favor.

Ela se senta, resistindo ao impulso de sacar um lenço e colocá-lo sobre o assento de modo a recolher qualquer sujeira que ela possa ter trazido.

— Sra. Brovkina. Obrigado por vir me ver.

Sra. Brovkina. Ainda é o nome dela, claro, e ela já o viu escrito incontáveis vezes. Mas ninguém usa seu sobrenome. É estranho ainda ser vinculada a Grígori, e ela se entristece ao ouvir o nome, carregando-o como o vestígio de um fracasso.

— Sem problemas.

— Estive dando uma olhada aqui na sua pasta.

Ela não consegue se lembrar de nenhuma discrepância recente em seu trabalho, mas é claro que isso não significa que alguém não tenha percebido, ou inventado, uma quantidade qualquer de infrações.

— O camarada Popóv rasgou elogios à senhora. Ele diz que a senhora é uma operária muito consistente. Na verdade, em termos percentuais a sua produção está entre as mais altas.

Ela não sente alívio algum. A declaração é um prelúdio. Ele já passou por esse processo muito mais vezes do que ela.

— Eu me esforço para tentar contribuir com o trabalho coletivo.

— Naturalmente. Assim como todos nós.

Ela falou cedo demais, se destacou em relação aos outros, fez parecer que há gente que não contribui. Ela poderia modificar sua declaração, mas é melhor esperar. Deixar que ele diga o que tem a dizer.

Ele lista os principais registros no histórico dela. Datas de treinamento. A promoção que ela recebeu no ano anterior. Ela não consegue deixar de pensar em Zhênia e Alina, não consegue deixar de pensar no tamanho de seu apartamento. Ela não seria capaz de voltar para casa se perdesse este emprego. Não suportaria ser um fardo maior do que já é agora.

Ele põe de lado a pasta.

— Diga-me, o que a senhora achou da palestra do mês passado sobre a história da indústria automobilística?

Então é isso.

— Infelizmente, Sr. Shalámov, não pude comparecer.

— Ah, sim, claro. Vejo aqui no histórico de presença. Bem, e a apresentação sobre os maiores colaboradores ao trabalho de engenharia?

— Também não pude comparecer a essa apresentação.

— Entendo. Claro. Só de curiosidade, a senhora seria capaz de citar o nome de algum proeminente colaborador para a nossa causa no campo da engenharia?

A escolha é entre ser arrogante ou ignorante. Não é arrogância, porém. É conhecimento. Por que ela deveria temer esse tipo de coisa?

— Sei que Konstantin Khrenóv foi um pioneiro da soldagem subaquática.

Ele se recosta e faz que sim com a cabeça, impressionado. Ambos sabem que ali não há muitos funcionários capazes de citar um nome como esse do nada, como em um passe de mágica.

— Ele não foi mencionado na nossa palestra, Sra. Brovkina. Esse é um conhecimento bastante específico para se ter na ponta da língua. Aprendi sobre o trabalho do Sr. Khrenóv no meu segundo ano do mestrado. Onde foi que a senhora ouviu falar do homem?

Eles enrolam. É isso que eles fazem. Por que simplesmente não fazem uma pergunta direta, sem rodeios? Por que não vão direto ao ponto? Ela se irrita por ser obrigada a rebolar em um campo minado. Ela se lembra de respirar fundo. Não pode haver o menor indício de frustração em sua voz.

— No meu antigo emprego, tive contato com soldadores subaquáticos. Eles conversavam por horas comigo sobre seus processos e sua história.

— Isso parece muito interessante, Sra. Brovkina. Foi no seu emprego como jornalista.

— Sim.

— Parece que a senhora desenvolveu um interesse por engenharia.

— Sim, senhor.

— Então por que não frequenta as nossas palestras? A senhora considera que o seu conhecimento é avançado demais?

— Não, senhor. Eu tinha outros compromissos.

— Ah, sim. Eu estou vendo. Sim, bem aqui. Diz que a senhora está dando aulas de inglês na Lomonosov?

— Sim, senhor. Duas noites por semana.

— Uma ex-jornalista que passa duas noites por semana lecionando inglês na universidade. Eu leio esses fatos lado a lado, e eles me dizem alguma coisa. Diga-me uma coisa, Sra. Brovkina, acha que este trabalho aqui está aquém do seu nível?

— Não, senhor. Claro que não. É um trabalho honroso. Tenho muito orgulho dele.

— Bom. Então por que a senhora está revisitando seus antigos territórios? Certamente a senhora já deixou essa vida para trás.

Mária leva um tempo ponderando sua resposta; ela não pode se mostrar vulnerável à crítica de que não está dando ênfase suficiente ao progresso da fábrica.

— Há uma carência de especialistas em inglês. Um ex-professor solicitou meu auxílio na área. Acredito que seja minha obrigação ajudar no nosso esforço coletivo de toda e qualquer maneira que eu puder.

— Sra. Brovkina, como eu disse, seu trabalho é irrepreensível. Mas há algumas pessoas que questionariam seu envolvimento nesse campo em particular.

Ela nada diz. Espera para ouvir as conclusões dele. Sabe que ele não pode lhe pedir que renuncie a um emprego em que precisam de seus conhecimentos específicos, mesmo sendo apenas duas aulas por semana. O nome Lomonosov tem um peso nos altos círculos. Sem dúvida o Sr. Shalámov relutará antes de entrar em uma queda de braço administrativa com figuras que talvez tenham mais autoridade que ele.

— Nunca perguntei coisa alguma sobre suas atividades antes de vir trabalhar conosco.

O tipo de espada que qualquer burocrata hipócrita sempre poderá manter suspensa sobre a cabeça dela.

— Não, senhor.

— Eu teria cautela, Sra. Brovkina. Algumas pessoas podem ter a impressão de que a senhora está voltando às suas raízes, reavivando contatos antigos. Alguns diriam que a senhora está inclinada a se aventurar em áreas que foi incentivada a ignorar.

— Eu não tinha noção das impressões que as pessoas poderiam ter, senhor.

— Não. É claro. Se tivesse pensado um pouco, a senhora teria recusado essa oferta de trabalho.

— Como mencionei, senhor, há uma carência de especialistas.

— Sabia, Sra. Brovkina, que há uma carência de professores de engenharia altamente qualificados? Talvez a senhora pudesse fazer melhor uso do seu tempo tentando obter, digamos, um diploma em engenharia de precisão. Até onde sei, os seus compromissos familiares são mínimos.

Mínimos? Sim. Se você considera "mínimo" ficar plantada horas numa fila para comprar comida todo fim de semana. Se você chama de "mínimo" limpar o banheiro de uso comum e as escadas ou entregar a roupa lavada dos clientes de Alina. Então, sim, ela não tem compromisso algum.

Mas não discuta. A melhor maneira de lidar com isso é concordar e pensar numa estratégia mais tarde.

— Sim, Sr. Shalámov. São possibilidades que eu não tinha levado em conta. Obrigada por trazê-las à minha atenção.

O tom de voz dele se abranda.

— Pense nisso como uma oportunidade, Mária Nikoláievna. Uma posição de docente de engenharia é extremamente valorizada. Nesta fábrica temos o histórico de apoiar as pessoas que cometeram erros no passado. Elas geralmente são mais ávidas, mais leais. A senhora é inteligente e possui uma excelente ética de trabalho. Talvez seja hora de perguntar a si mesma: "Quais são as minhas ambições?"

Ela fica em silêncio. Já está decidido. Vão tirar a única coisa de sua vida que lhe desperta algum interesse. A única atividade que a faz lembrar de quem ela é. Na primavera seguinte ela começará a estudar para obter um diploma de engenharia, terá anos de aulas noturnas pela frente, folheando livros didáticos entediantes.

Ele anota algo num pedaço de papel que, depois, de maneira bastante calculada e vagarosa, anexa dentro da pasta dela. Meneia a cabeça.

— Ótimo. A senhora pode voltar para sua estação.

— Obrigada, senhor.

Em seu assento, ela destrava o botão de emergência, liga a máquina e desliga seus pensamentos.

❧ 12

QUANDO ELA TIRA A LUVA para abrir a porta, sua mão sempre gruda. Apenas por um brevíssimo segundo. O calor deixa uma marca que depois desaparece no metal.

Homens encurvados estão sentados nas escadas atirando cartas dentro de um balde. Em um gesto afeminado, seguram a carta entre os dedos e, virando o pulso, exibem para o mundo a palma da mão. As cartas rodopiam em arcos altos, produzindo uma nítida e prazerosa nota de satisfação ao aterrissar.

Mária abre a porta da casa de Alina.

— Quanto é 153 dividido por 7?

— Oi?

— Quanto é 153 dividido por 7?

Ela já mora aqui faz cinco anos; supostamente sua estada seria temporária, apenas alguns meses até ela ajeitar as coisas depois da separação de Grígori. Mas Mária ainda volta para a cama dobrável na sala de estar, sempre tentando habitar o menor espaço possível, guardando seus poucos pertences em um armário sob a janela.

Ievguiéni acha até hoje que ela é a origem de todo o conhecimento.

— Bem, vamos descobrir. Me dê o seu lápis.

No corredor há um banheiro por onde o mofo se esgueira lentamente do canto do teto, e os azulejos estão soltando. A luz pisca quando alguém abre a porta.

Quais são as minhas ambições?

A pergunta dele ficou ecoando em sua cabeça ao longo de todo o caminho de volta para casa. Ela está tendo dificuldade para formular e aceitar uma resposta honesta e fica feliz de encontrar consolação na peleja do sobrinho contra um problema abstrato.

Ievguiéni desliza o lápis no caderno, os números surgindo na pauta quadriculada. Seu garrancho cai na diagonal pela página, inclinando-se de modo que os algarismos quase jazem na horizontal. O 2 apoiado sobre suas costas arqueadas. O 7 escorado em seu cotovelo, pernas apontadas para fora.

Ela perdeu boa parte dos primeiros anos de vida do menino, ocupada demais viajando pelo país e descrevendo as pequenas vitórias da vida proletária, em textos exagerados que davam a impressão de que os trabalhadores estavam tendo vivências sagradas, realizando as façanhas mais admiráveis, quando tudo que ela via era miséria e cinismo.

O jornal a enviava em jornadas para lugares remotos, rincões escondidos na União onde a vida seguia nas circunstâncias mais extraordinárias, invariavelmente quase sem aquecimento e energia, gente resiliente que sabia como subsistir com os recursos mais frugais, o que a fazia pensar em ouriços-do-mar das profundezas adaptando-se a um ambiente quase extraterrestre.

Ela tinha feito as vezes de um padre. Nessas viagens havia ocasiões em que as pessoas lhe confessavam as mais delicadas intimidades, olhos cravados nas brasas de uma fogueira agonizante. É claro, de início todos achavam que ela trabalhava para a KGB, e que estava lá para arrancar verdades deles. Mas depois de algumas horas em sua companhia eles percebiam que ela era real demais para estar envolvida com o sistema. Falava de uma maneira aberta demais, autodepreciativa demais, contando pequenas histórias sobre si mesma, soltando pequenos comentários que poderiam ser interpretados como críticas, mas que também poderiam ser apresentados como declarações factuais se algum dia ela fosse denunciada.

Mineradores de sal em Solimansk, esfalfando-se em mais um dia de trabalho naqueles túneis cristalinos. Ou as *sovkhoz* — fazendas estatais — no Uzbequistão, onde as lavouras de verão se estendiam para além da curvatura da terra e onde ela entrevistou homens de compleição mediana com mãos enormes e cinzentas, mãos tão ásperas pela ação do tempo que a pele estava separada em almofadas, como a pata de um cachorro. Os silos bélicos destacando-se em sua dimensão, gigantescos tanques cilíndricos dos quais quantidades bíblicas de grãos eram despejadas para dentro do ventre de enormes caminhões.

Tudo enorme. Era essa a sensação dominante que permanecia com ela. A brutal e estarrecedora escala da União.

E como, na esteira dessas experiências, Mária poderia não escrever sobre a realidade das vidas que ela conheceu? Agora ela vê que sempre soube, pelo menos em algum nível, que essas palavras levariam à revogação de seus privilégios, ao banimento de sua profissão.

Mária contempla seu sobrinho, sentado em seu colo, calor emanando dele e se infiltrando em seu sobretudo, que ela ainda não tirou.

O dedo dele sarou, o que é um alívio para todo mundo. Embora ainda haja um inchaço ao redor da área da fratura, como um furúnculo enorme e dormente. Um fisioterapeuta do prédio ao lado mostrou-lhes alguns exercícios para o fortalecimento dos dedos, uma série de alongamentos e movimentos que ele praticava com devoção religiosa antes de dormir.

No verão elas compraram um teclado para ele, do tipo que se apoia sobre dois cavaletes de metal. Um homem para quem Alina lava roupas, um caminhoneiro, trouxe o instrumento às escondidas de Berlim. Em troca, Alina lhe deu dois meses de roupa lavada grátis, além de três meses do salário de Mária, tudo que ela havia economizado desde sua chegada. Mas, quando o caminhoneiro entrou pela porta com o teclado e o montou e Ievguiéni se sentou para tocar para os três, Mária sentiu um orgulho enorme, não conseguiu pensar em outra coisa com o que gostaria de gastar seu dinheiro, uma satisfação que durou, talvez, uns cinco minutos, antes que os vizinhos começassem a esmurrar a porta, ameaçando chamar o zelador do prédio para expulsá-los. O teclado ficou quatro meses sem produzir um único som. Elas recorreram a várias estratégias para agradar os vizinhos. Presentearam com vodca e linguiças os moradores dos apartamentos mais próximos, mas, quando os outros vizinhos ouviram falar, também quiseram seu quinhão. Pessoas da outra extremidade do prédio começaram a reclamar, embora tivessem de fazer força para escutar um pequeno indício de uma nota musical. Por isso elas pararam de distribuir mimos. Não seriam chantageadas. Que comportamento mais absurdo por parte de um adulto.

Assim, o gênio toca sem som, o que, a princípio, ela achou que era um retrato acabado da impotência. Agora, embora sem dúvida isso obstrua seu progresso, ela acha glorioso. Às vezes, Mária chega em casa e o vê na sala, que ela usa como quarto, e ele está flutuando ao sabor da música, fazendo todos os meneios e rodopios de cabeça e descidas de mãos delicadas que ela vê nos pianistas de recital, e no começo pensou que o menino os estava copiando de alguém, emulando-os da mesma maneira que as crianças imitam as comemorações de gol dos jogadores de futebol. Depois de observá-lo, porém, em ocasiões diferentes, quando ele não sabia que havia alguém olhando, ela se dá conta de que ele faz os movimentos espontaneamente, dançando contidamente enquanto pressiona as duras teclas de plástico.

Mas nem tudo foi tranquilo nos últimos tempos. O ritmo dele está começando a desandar. É uma ligeira idiossincrasia que parece estar crescendo de maneira exponencial. As audições para o Conservatório serão em abril, e o treinamento de Ievguiéni naufragou. Há uma tensão na casa. O Sr. Leibniz afirmou que o menino ou superaria suas dificuldades musicais ou cairia num vácuo profundo e desordenado; não existe maneira de treiná-lo a não fazer isso. "A música é um meio sensorial", diz ele, "não dá para descontaminar o jeito dele de tocar." Outra noite Mária passou pelo banheiro e viu Alina segurando as torneiras, imóvel, a cabeça apoiada na borda da pia. É claro que, se ele não conseguir passar da primeira vez, pode sempre tentar de novo no ano seguinte, mas o menino não lida bem com o fracasso. Mária acha que, se ele não for aprovado de imediato, não conseguirá entrar. Ievguiéni tem uma determinação ardente, apaixonada. Ele arde em seu empenho em relação à música. Não é um daqueles autômatos enfadonhos que ela vê quando vão a um recital, quando se sentam naquele salão verde-claro e veem homens encurvados com bengalas de ponta de prata se cumprimentarem e avaliarem o pedigree dos músicos como se fossem cavalos de corrida. Depois cada músico recebe os aplausos totalmente desprovido de emoção ou apreciação, dobrando o corpo em uma reverência como se seu corpo não aguentasse mais continuar na vertical.

Eles olham para a plateia e veem apenas julgamento. Em silêncio, proclamam para a plateia que não têm talento, que são imprestáveis. *Se pelo menos eles soubessem a irrisória profundidade das minhas habilidades. Como é doloroso estar aqui de pé e receber essa benevolência, como eu sou absolutamente insignificante.* É tão excruciante que eles mal conseguem manter os olhos abertos. É tudo uma grande besteira. Todos eles têm o ego do tamanho do instrumento que tocam. Mária sempre sente vontade de subir ao palco, agarrá-los pelo colarinho e chacoalhá-los até seus dentes tilintarem. São como preciosas orquídeas.

A coisa de que ela mais gosta no Conservatório é ficar de pé do lado de fora, especialmente nos dias de semana — embora não faça isso desde que se mudou para um lugar mais afastado da cidade — quando os alunos estão ensaiando e as janelas acima do pátio estão todas escancaradas, e vem à tona um rumoroso estrépito. Todos aqueles estilos, ritmos e tons competindo entre si. Todo aquele suor despendido. A pessoa sente que está diante de um enorme caldeirão de criatividade. Toda aquela dissonância tão repleta de vida, em absoluto contraste com as figuras translúcidas sentadas no púlpito durante os recitais.

Não, Ievguiéni definitivamente não é assim, outra coisa que ela adora nele. Há os chiliques e acessos de raiva. Às vezes, após as aulas, ele se tranca no banheiro e se recusa a sair. Arremessa coisas nas paredes. Morde seu teclado, morde o nó dos dedos, arranca fios de cabelo, chuta portas e postes, um tumulto de fúria dentro da criança.

Apesar disso, é uma alegria vê-lo tocar; ela se encanta com os dedos dele. Ievguiéni tem os dedos levíssimos. Deslizam ao longo do joelho enquanto ele assiste à TV. Quase sempre Ievguiéni come o jantar usando somente uma das mãos, tamborilando com a outra sobre a toalha de mesa. Às vezes, os dois vão juntos ao banheiro escovar os dentes, o que ele faz solfejando bem baixinho. Salta de um pé para o outro, cantando cada nota em tom perfeito, pelo menos aos ouvidos destreinados de Mária. De vez em quando, ele se senta diante da velha máquina de escrever da tia, martelando as teclas num frenesi vigoroso, e ela gosta desse som também, o ritmo de quem ela costumava ser, mais uma vez dando voz a um mundo mais amplo.

O tempo todo há alguma sinfonia em execução no toca-discos. Debussy acompanha Mária enquanto ela corta as unhas, Mendelssohn guia a colher enquanto ela esquenta os feijões.

Há um pequeno smoking no armário de Alina e uma gravata-borboleta com uma minúscula circunferência. Eles participam de competições em salões de concerto regionais sob granizo e chuva, o Sr. Leibniz na última fila sacudindo a bengala de um lado para o outro num ritmo disciplinado. A criança ao piano os levou até lá. Uma criança num minismoking.

Mária mantém o menino sentado em seu colo e o orienta na resolução da conta de divisão, corrigindo o posicionamento dos numerais deslocados, lembrando-o de encaixar os números dentro de suas respectivas linhas quadriculadas azuis. Ela dispõe os números em colunas exatas e sublinha duas vezes a resposta embaixo. Ela sublinha duas vezes porque isso é o que ela sempre fez. Uma prática irrefletida que foi transmitida de geração para geração.

Ievguiéni deixa um porta-lápis na mesa, o que ela acha imensamente reconfortante. Um punhado de lápis traz mais confiança. A borracha da parte de cima do lápis está sempre mordida. Ela pode ver onde ele usou os dentes para amassar a ponteira de metal. Ele se senta no joelho dela e termina a lição de casa, e depois Mária tira o cabelo da testa dele, beija o topo do seu crânio, manda o menino escovar os dentes e o acompanha com o olhar até ele sair pela porta.

Um dia existiu uma criança da própria Mária, ou a configuração inicial de uma criança ou potencial criança. Mas Mária não teve forças para dar à luz seu filho. Ela não o queria neste mundo. E essa desistência foi seguida, alguns meses depois, da partida do próprio marido.

Após o procedimento, Mária acreditava que, se tirassem um raio X dela, haveria uma única linha indicando o contorno de seu corpo, e nada mais. Os médicos a veriam como ela era, apenas uma fina película de pele, sem órgãos ou intestinos ou corrente sanguínea, uma única linha de contorno. Ela ainda tem esses pensamentos com frequência, ainda tem essas sensações: a ausência do filho, a ausência do marido. Tantos buracos em sua vida. E talvez, Mária pensa, seja essa a razão pela qual ela fica tão feliz quando vê Ievguiéni movendo os dedos por um teclado silencioso. Isso dignifica aquilo que não está lá. Faz Mária se lembrar de que a vida pode ser sentida de maneiras que ela nunca imaginou.

Mária e Alina cresceram em Togliatti, cidadezinha industrial na região de Samara, em um apartamento semelhante a este onde moram agora. O pai dela trabalhava vendendo passagens na estação de trem, jogando xadrez dia e noite com um pequeno grupo de amigos que passavam por lá em horários predeterminados. À medida que foi ficando mais velha, ela se deu conta de que, quando as pessoas de fora da família se referiam ao seu pai, faziam isso de uma maneira dissimulada, hostil, talvez fria, amargurada. Comentários ocasionais infiltravam-se pelas rachaduras das portas aplainadas pelo inverno. As pessoas lançavam olhares de soslaio por cima de ombros encolhidos. Mária estava exposta a isso desde a mais tenra idade e demorou um tempo para perceber — observando como os mesmos adultos tratavam seus poucos amigos de infância — que essa não era a norma.

Certo dia ele desapareceu, poucos meses antes do aniversário de vinte anos de Mária. Foi Alina quem por fim contou a ela que o caderno que o pai mantinha em seu guichê não continha registros das partidas de xadrez, mas relatos detalhados do movimento da cidade. Quem ia aonde e quando. Quem comprava o que, falava com quem. Que roupa determinada pessoa usou num determinado dia, quem ela foi receber na plataforma. O pai delas era o porteiro da cidade, o olho que tudo via, repassando informações ao longo de uma rede de contatos, o que resultava em ações que Mária não teve como não imaginar.

Depois ele desapareceu de novo, e isso foi algo que ninguém conseguiu explicar. Não houve respostas para esse acontecimento. Num sábado à tarde ele foi ao hipódromo apostar um dinheirinho nos cavalos e nunca mais retornou. Elas perguntaram a todo mundo. Ninguém com quem conversaram lhes deu uma resposta. Ela acompanhou a mãe até os prédios dos homens com quem ele jogava xadrez, e eles ficaram plantados na porta enquanto uma mãe e esposa sucumbia sob o olhar pasmado de suas filhas, se ajoelhando fisicamente diante desses homens, abraçando as pernas deles num gesto de abjeto desespero, e eles por sua vez com o olhar meio perdido ao longe, observando os movimentos costumeiros de sua rua, aos quais a família devastada estava indiferente.

Alina está passando camisas. Alina está sempre passando roupa.

— Agora ele está tendo dificuldade com matemática.

— Eu sei. Eu o ajudei um pouco.

— Primeiro ele perde o ritmo. Agora o miniprodígio não sabe nem contar.

— O fato de você se preocupar com isso não vai fazer o problema desaparecer. Não é como um dos vincos das suas roupas.

— Ah, e ele é seu filho. Você está certa, é claro. Passei os últimos nove anos achando que o filho era meu.

— Isso, seja sarcástica. Estou tentando ajudar.

— O menino não me ouve, ele só ouve você. Desde quando eu virei a inimiga?

— Ele não quer decepcionar você. Dê espaço a ele, só isso.

Mária dobra algumas camisas. Alina borrifa água de uma garrafa de plástico, desliza o ferro por cima dos pedaços umedecidos, e o vapor se espalha sala adentro.

É hora de um drinque.

Isso é uma coisa que entrou sorrateiramente na vida de Mária: um drinque ou dois e a noite abre caminho sozinha até sua conclusão. E Mária não sente vergonha. É um benefício do trabalho manual, ninguém questiona sua necessidade de extravasar. Ela fica de pé na sacada, copo na mão, com uma garrafa transparente, em cujo rótulo branco se lê uma única palavra em letras grandes e pretas: "VODCA." Há um prazer, ela descobriu, nessa seriedade sem adornos. A qualidade austera do rótulo elimina o bebedor trivial.

Esse é o momento de reflexão de Mária.

Quais são as minhas ambições?

Às vezes, ela pensa na vida de seu filho não nascido. Não é um fantasma que a segue por toda parte, ela não olha para outras crianças e se pergunta qual seria a cor de seus olhos ou se ele ou ela teria dificuldade de amarrar os cadarços. Mas vê cenas imaginárias. Uma filha fazendo a prova de um vestido. Sentada à mesa do jantar no apartamento de um jovem e alegre casal, orgulhosa e radiante, embora ela não saiba se seu filho é o homem ou a mulher. Alguns momentos imaginários de uma vida alternativa.

Quando ela foi submetida ao procedimento — é assim que eles se referem a isso —, ela não o avisou de antemão. Ele é médico, passa a vida curando, consertando — em hipótese alguma permitiria que ela levasse a cabo sua ideia. Em vez disso, Mária colocou um bilhete no bolso do paletó dele. Apenas os fatos, a decisão, nenhum apelo de compreensão, nada de expor em detalhes seus pensamentos.

Depois do procedimento, após algumas horas de descanso, ela pegou um táxi e voltou para casa, sangrando e fraca, e, quando abriu a porta, ela o viu sentado numa banqueta de vime ao lado do fogão. Ele brandiu o bilhete na direção dela, as linhas escritas às pressas que ela deixou para se explicar. Mesmo em seu estado debilitado ela sabia que o bilhete era agora uma prova, e ele a ergueu, sem precisar pronunciar a pergunta, seus olhos perguntando por ele: *quem é você?*

Naturalmente, seu casamento não conseguiu sobreviver a uma coisa dessas. Isso também foi calculista da parte dela. Não foram apenas as ações dela que o machucaram, foi a natureza independente delas, destruindo a intimidade que eles construíram. Grígori é um homem que ouve, que vai direto ao ponto. Foi por isso que ela se apaixonou por ele. Em festas, ele ficava parado num canto, e, em algum momento da noite, as pessoas abriam o coração e contavam sua vida toda para ele. Ao voltarem de suas conversas com Grígori, mulheres com os olhos marejados de lágrimas passavam por Mária e seguravam seu braço, fazendo contato visual, agradecendo-lhe, dizendo quão sortuda ela era por ter encontrado um parceiro como ele, e Mária sentia vontade de quebrar o copo nos dentes delas.

Às vezes, após o trabalho, ela o visitava no hospital, mas ele estava no meio de uma cirurgia, e ela podia olhar pela janela de observação e assistir ao refinado mundo em que ele atuava, as luzes e o traje fantasmagóricos, os óculos e os instrumentos, o pequeno grupo de especialistas concentrados em um único ponto. Ela ficava ao lado dos familiares do paciente enquanto eles se davam as mãos e choravam, murmurando preces, vendo o que ela estava vendo, seus entes queridos à mercê do ente querido dela. Às vezes, de uma certa distância, ela o observava — sem que ele soubesse que ela estava ali — com seu jaleco branco, falando com os parentes, e eles beijavam sua mão ou ficavam desesperados dependendo de suas palavras, e como ela poderia voltar para casa, depois de testemunhar tudo isso, e pedir que ele lidasse com suas aflições? Como ela poderia fazer isso quando não se permitia sequer ficar irritada quando ele deixava embalagens vazias na geladeira ou pelos de barba na pia do banheiro?

Em suas últimas semanas juntos, eles conversavam só para falar de tarefas domésticas. "Você pode comprar leite?"; "precisa trocar a lâmpada do banheiro"; "tem alguma toalha limpa?". Havia momentos em que ela se sentia próxima dele, ao lembrar-se do que ela tinha naquela época, quando a intimidade que compartilhavam lhe vinha como um sobressalto e despertava esse reconhecimento nela. O cheiro dele. Ou quando ele passava por ela e ficava parado perto dela, a disparidade de tamanho entre os dois, a proteção natural que ele oferecia. Nessas ocasiões, ela queria estender o braço, tocá-lo, dizer uma palavra vulnerável, sabendo que era um impulso que ele também tinha. Mas eles não conseguiam construir uma ponte sobre aquele vácuo, articular o que precisavam articular. Desaprenderam a falar a língua que falavam, e agora recordar era doloroso demais.

Agora Mária tem uma cama dobrável que eles guardam atrás do sofá. Mária tem dois pares de sapatos, um deles tão gasto que entra água, e por isso só pode usá-lo seis meses no ano. Mária tem um par de brincos, e sua roupa de baixo é tão cinza que parece — e dá a sensação de — ter sido feita de concreto. Ela tem um sobrinho inseguro e instável e uma irmã resignada ao sofrimento. Ela tem uma obrigação para com eles.

Ela não tem mais ambições. Ela tem responsabilidades.

Ela acende fósforos e os joga por cima do parapeito. Eles cospem uma chama quente e caem rodopiando calmamente até o chão, ponta atrás de ponta, desaparecendo após quatro andares. Ela ficará sem fósforos, levantará a cabeça, dará meia-volta, entrará na cozinha, e dez anos terão se passado. Ela já está rodeada pelo passado. Ele se infiltra em todos os momentos. Como nos mais ínfimos detalhes que a lembram de seu pai. Alguém quebrando um ovo. Alguém limpando a neve da barra da calça. Nos anos que se seguiram, não houve cartas nem cartões-postais, nenhuma palavra do pai, e isso a leva a crer que, o que quer que tenha acontecido, aconteceu rápido. Se ele estivesse preso em algum lugar, mais cedo ou mais tarde elas teriam recebido alguma notícia. Então prisão não era. Elas sequer sabiam se tinha sido a KGB ou alguém sobre quem o pai dera informações, uma família cuja vida ele havia arruinado.

Após seu desaparecimento, a mãe delas foi a Moscou e entrou na fila da Lubianka, em busca de informações. O último recurso dos mais desesperados. A essa altura, Mária já estava estudando na Lomonosov, e Alina estava casada e morando na cidade, ao sul do rio. Elas se revezavam em turnos para ficar na fila com a mãe e Mária e Alina faziam companhia a ela sempre que podiam. Levavam sopa e cobertores quentinhos uma para a outra. Uma fila de dez dias. A fila fazia curvas desde a Prospekt Christoprudni até a Nikólskaia Ulitsa, e dava em uma pequena porta marrom, onde as pessoas eram recebidas numa audiência de três minutos por um alto funcionário da KGB que lhes dizia: "Nenhuma informação. Volte semana que vem." E as pessoas saíam pela porta e voltavam para o fim da fila, começando tudo de novo.

Por fim, depois de um mês disso, sua mãe não aguentava mais. Ela passava semanas deitada na cama, chorando e dormindo. As filhas a alimentavam com o que conseguiam encontrar, ensopado de legumes velhos, sobras do mercado. Muitas vezes, ela defecava na cama, e, enquanto uma das irmãs lhe dava banho, a outra esfregava o colchão.

Elas a colocaram em um asilo, e, para conseguir pagar as despesas, Mária arranjou um emprego em Kursk de faxineira de hospital, mudando-se de Moscou porque lá qualquer vaga que não exige qualificação é preenchida rapidamente. Então, ela foi para Kursk e faxinou e economizou, e Alina continuou na capital e fez a mesma coisa, e elas visitavam a mãe em meses alternados e olhavam no fundo dos olhos dela em busca de uma faísca de vida, na esperança de que ela demonstrasse algum sinal de melhora.

Alina vem se juntar a ela.

— Ele está na cama?

— Sim. Está cansado. Sobrou alguma coisa?

Ela lhe passa a garrafa. Alina dá um gole e estala os lábios, soltando um ruído rascante.

— Olhe só para a gente. Mulheres frustradas enchendo a cara de vodca barata numa sacada de concreto. Meu diagnóstico é que estamos precisando de um homem — diz Mária.

Alina sorri.

— É. Homens. Não se esqueça de como eles são.

— Você sabe que eu não sou exigente, não agora, agora aceito qualquer coisa: gordo, banguela, costas peludas. Um que nunca se lembre de usar garfo e faca. Até um que cuspa tabaco na rua está servindo.

— Ah! Um homem que cospe. Tem coisa mais sexy que isso?

— Não. Nada que Deus criou em Seu abençoado nome pode ser mais sexy que o meu homem gordo, de costas peludas, sem dentes, cuspidor de tabaco.

— Não se esqueça dos maus modos à mesa.

— Ah, claro. Um homem que cospe na rua e come com os dedos.

Elas dão uma risadinha e compartilham a garrafa.

Um dia elas tiveram um homem, as duas. Elas são bonitas; Mária consegue enxergar isso com imparcialidade, ou pelo menos consegue tentar. Talvez aconteça de novo.

Ela ligou para Grígori três vezes depois de encontrar com ele nessa primavera. Duas ligações para o apartamento dele. Outra para o hospital. A secretária disse que ele estava viajando a trabalho, mas que lhe daria o recado assim que ele retornasse. Entretanto, Mária fica quase feliz por não ter conseguido falar com ele. Sim, seria bom vê-lo, tê-lo em sua vida de novo. Mas e depois? Eles não poderiam ficar remoendo o passado. Ela não poderia fazê-lo encarar todos os seus motivos, tudo que aconteceu naquela época. É um fardo que ela não pode obrigá-lo a carregar.

Mesmo assim. Aqueles poucos minutos no hospital, enquanto aguardavam o raio X de Zhênia, foram um alívio. Só de estar na presença dele foi uma validação da conexão que eles tiveram um dia, um lembrete de que só o fim do casamento deles foi um retumbante fracasso.

O marido de Alina foi morto no Afeganistão. Servindo à causa. Mária não lamenta, tampouco Alina. Ele era violento, intolerante e caladão, bebia com os amigos, batia com os jipes militares nos muros apenas para ver até onde aguentavam. Limpava debaixo das unhas com sua faca do exército, achava que isso dava a ele uma superioridade sobre os outros, mas servia apenas para intensificar sua insignificância, sua presunção militar. Elas nunca falavam sobre ele, mas ambas frequentemente se perguntavam como ele tinha sido capaz de gerar Zhênia, a adorável aberraçãozinha obcecada por Mendelssohn.

— Ele quer um bichinho de estimação.
— Zhênia?
— Claro que é o Zhênia, de quem mais a gente fala? Ele quer um papagaio.
— E daí? Não acho algo tão estranho para um menino de nove anos.
— Bem, não é, exceto pelo fato de ele ser quem é e morar onde mora. Mas não foi por isso que eu toquei no assunto. É o motivo pelo qual ele quer o papagaio, isso é que é fogo.
— Porque...?
Alina faz uma pausa. É um talento da irmã mais velha contar uma história com a linguagem corporal e o ritmo impecáveis. Sua capacidade de cativar a atenção de Mária e manter o suspense nunca fraquejou desde quando as duas dividiam uma cama na infância e Alina narrava longos e digressivos relatos fantásticos. Histórias protagonizadas por vilões com inúmeros braços e pernas, e princesas com poderes impossíveis e falas cortantes, frases com precisão cirúrgica que descreviam universos inteiros num só instante. Ela aperfeiçoou esse dom até a adolescência —

Alina, a mestre na arte de contar histórias —, e agora as duas conseguem sentir que esse talento está vindo à tona de novo, essa autoridade que ela emana quando quer instigar a irmã mais nova.

— Ele quer que eu ensine o papagaio a falar. — Ela faz uma pausa. Uma boa pausa. — Para que ainda possa ouvir minha voz se eu morrer.

Elas se entreolham, o apelo do simples pedido do menino refletindo no fundo dos olhos delas, e então caem na gargalhada no mesmo instante, lágrimas escorrendo, seus pulmões arfando com o vendaval desenfreado e implacável de risos, porque ambas conhecem essa criança, ambas compreendem seu jeitinho esquisito, o menino que passa dias e dias cantarolando Mendelssohn, mas não consegue acertar o tempo da música, que é capaz de recitar tabuadas de multiplicação até obter números obscenos, mas não consegue fazer contas de divisão, e as duas deixam tudo aquilo que estava entalado fluir por suas costelas e encontrar uma forma de se expressar em uma ruidosa histeria.

Depois de extravasar, elas se veem encostadas na parede. Mária acende um cigarro, e elas se recompõem sob a luz de uma lâmpada. E agora têm dois itens para passar de mão em mão: a vodca e o cigarro.

Mária é a primeira a romper o silêncio:

— Outra cidade, para onde você iria?

— Ocidente ou Oriente?

— Tanto faz.

— As grandes. As que têm TV boa e muito spray de cabelo. Paris, Londres, Nova York. Talvez Tóquio.

— Tóquio?

— Sim, as luzes. Imagino que lá a linha do horizonte deles seja neon. E todas aquelas pessoas espremidas no metrô. E ser trinta centímetros mais alta que todo mundo. Olhar para todos do alto. Ser a rainha da hora do rush.

— Tóquio. Mas você teria que fazer reverências umas cinquenta vezes por dia.

— Bem, esse seria mais um motivo. As saudações, todas aquelas pessoinhas prestando homenagens a mim... E você?

— Uma cidade com praia de areia branca e mulheres bebendo em taças chiques. Uma cidade com palmeiras. Vou fazer o que os estrangeiros sempre fazem, abrir um quiosque na praia. Você pode chegar e se sentar, usar grandes óculos de sol, ser misteriosa, e Zhênia pode tocar e ganhar umas gorjetas, anotar os pedidos dos casais em lua de mel. Quem sabe até ele agite uns lençóis.

Alina põe a mão na lateral da cabeça da irmã. Mais um afago no cabelo que um tapa.

— O que foi, o menino nunca vai transar?

Alina franze o cenho e dá uma sacudida na cabeça de Mária, ambas gargalhando de novo. Com quem mais ela poderia baixar a guarda desse jeito, voltar a ser uma menina, saboreando cigarros na surdina e especulando sobre meninos?

O tempo passa, e elas tomam outro drinque.

— E os movimentos com as mãos? Já viu algum? — pergunta Mária.

— Claro que já. O menino está obcecado. Entro lá de manhã para acordá-lo, e ele está deitado de barriga para cima, com os braços apontando para o teto, dobrando aqueles pulsos magros dele.

— Sabe da tesoura de jardinagem?

Alina para de rir, em alerta agora. Ela não gosta quando Mária repara em alguma coisa no seu filho antes dela.

— O que é que tem?

— Nada. É uma coisa engraçada, só isso.

Agora ela ouve com ansiedade, impaciência.

— Tão engraçada que você não vai dizer o que é?

— Bem, não é nada. É que eu o vi há algumas semanas, só isso. Ele estava apertando e afrouxando a tesoura de podar rosas.

Mária imita o movimento.

— Onde foi que ele arranjou isso?

— Com a Ievguiênia Ivánovitch, do andar de baixo. Você sabe quanto ela gosta de flor. Não é nada de mais. Enfim, ele estava lá apertando e afrouxando, e eu perguntei o que ele estava fazendo, e é claro que ele respondeu: "Nada." Aí eu insisti, e ele disse que estava fortalecendo a mão. E aí eu disse: "Por que você está fortalecendo a mão? Com certeza já está forte o bastante." E ele respondeu: "Para quando eu for fazer a audição, e as outras crianças estiverem lá e apertarem a minha mão. Eu quero apertá-las bem forte. Quero que sintam medo de mim."

Mária fica em silêncio assim que acaba de falar. Quando uma frase como essa sai da boca de uma criança de nove anos, insegura como Zhênia, há um quê de engraçado na bravata do menino. Mas, saindo da boca da própria Mária, as palavras frias carregam uma tristeza suprema. Até a música, as belas melodias, tornam-se um instrumento de poder aqui. O menino está constantemente rodeado por forças que querem esmagá-lo, reduzi-lo a pó.

— Acho que ele ainda está sofrendo bullying.

— Não se preocupe. Ele é um menino obstinado, mais inteligente que qualquer um deles. Vai ficar tudo bem com ele.

— Outro dia pedi a ele que cortasse umas cenouras. Sugeri que enrolasse as mangas da camisa... Até porque, para que sujar mais roupa? E ele se recusou. Fiquei desconfiada. Fui lá e levantei as mangas e vi uma marca vermelha no braço dele. Ele disse que era uma torção chinesa. Disse que não era nada, era uma brincadeira. Disse que era só uma coisa que eles andam fazendo.

— É uma torção chinesa. As crianças fazem essas coisas.

— Desde quando? Quando eu era criança, não tinha isso.

— Tinha, sim. Só nunca aconteceu com a gente.

— E isso quer dizer o quê?

Mária não tinha a intenção de tocar nesse assunto. O antigo arranca-rabo perde a força, escapole pelas frases.

Ela suspira.

— Nada de mais.

Alina balança a cabeça, insatisfeita com a resposta.

— Vamos começar tudo de novo. Continua amarga assim mesmo, minha irmã. Vai fazer o quê, né?

Mária dá de ombros.

— Não é questão de ser amarga. Estou só querendo reconhecer quem ele realmente era.

— Como eu fico o dia todo? Com uma rede no cabelo, tirando lençóis do varal, enfiando tudo naquele rolo mecânico. Passando roupa que nem uma maluca até de madrugada. Eu tenho uma boca para alimentar, ele tinha quatro. Era um dinheirinho extra. Um emprego por fora. As pessoas, as poucas que sabiam o que ele fazia, entendem isso. Tinha sapatos, pão e sopa. Nunca vi você recusar nada disso, nossos ossos nunca ficaram visíveis como os das outras crianças. Necessidade. As pessoas entendem, até agora. As que sabem.

A tensão aumenta, uma tensão específica para esse assunto específico.

— Não era um trabalho de lavanderia. Não era nem um trabalho direito. E as pessoas não entendem. E todo mundo sabia, todo mundo sabe. Fala o nome de um amigo dele, vai, pode falar. Quem foi consolar a gente quando ele sumiu?

— Eles estavam com medo. Não queriam ser associados a ele. Estavam envolvidos até certo ponto. Ele não sentia prazer nenhum naquilo. Como pode distorcer as coisas assim? A gente tinha bonecas, livros. Você acha que levaria a vida que leva hoje se a gente nunca tivesse tido livros?

— Não era só um emprego por fora.

— Ele batia na gente? Ele fez da vida dela um inferno? Não. Sinta vergonha dos homens que fizeram isso. Imagina como sua vida teria sido com esses homens. Repito: você tinha bonecas.

— Não era um emprego por fora. Um dia você vai entender, esse dia vai chegar.

— Bem, não sou mais criança, e não tem nenhuma marcação no calendário. Ainda estou esperando.

Nenhuma das duas diz mais nada. Mária entra e coloca as roupas passadas em uma sacola que usa para entregar as peças, com uma das mãos por cima e a outra por baixo. Ela põe uma panela de água para ferver e joga uma colher do chá a granel na água.

O pai delas foi assistir a uma corrida de cavalo num sábado à tarde e nunca mais voltou. Não houve explicações nem justificativas para seu trabalho, para como ele traiu os outros, o que levou-as a uma vida de muito sofrimento. Elas não tiveram a oportunidade de se sentar com ele, entendê-lo, ouvir os arrependimentos do pai. Resta somente um vazio, que continua encobrindo suas vidas, unindo-as na ignorância.

Mária se senta ouvindo a água ferver, lembranças do passado remexendo dentro dela como uma correnteza. De tempos em tempos, o estrépito de uma carta batendo no balde de metal abre caminho apartamento adentro. É sempre assim. O assunto recorrente que domina a vida delas. No fim das contas, toda conversa longa acaba chegando a esse ponto, ao esmiuçar dos intangíveis, dos incompreensíveis. Porque quem é que realmente pode ter uma pista do porquê Nikolai Koválev fez o que fez, mexeu seus pauzinhos, reuniu todas as suas forças? Talvez tenha sido valentia ou autossacrifício ou vaidade ou ganância. Talvez tenha sido algo em que ele nunca pensou, apenas números numa folha de papel, pequenos códigos. Talvez ele estivesse mais preocupado com o gambito dos seus adversários ou com a posição vulnerável da sua torre.

Alina fecha a porta da varanda e coloca a garrafa de vodca quase vazia na bancada da cozinha. Ela embebe o chá com a água fervente e espera as folhas se assentarem na *zavarka*. Mária a observa pelo reflexo da porta de vidro.

Alina enche o bule, pega duas xícaras e as coloca na mesa, deixando o chá em infusão de novo, e, depois de alguns minutos, serve a bebida. O cheiro é forte, relaxante. Mária pensa que gostaria de tomar um banho de banheira, mas primeiro teria de limpar a sujeira de todo mundo, e isso não é algo que ela esteja preparada para fazer nesse exato momento. Em vez disso, ela conta a Alina sobre sua reunião.

— Eu já sei todos os argumentos. É claro que você vai dizer que é uma boa oportunidade, e é. Mas não consigo me imaginar chegando em casa, depois de um dia cansativo, abrindo aquele livro e fazendo anotações por várias horas seguidas. Três, quatro, cinco anos disso. Hoje já não consigo assimilar isso.

— Mas você disse que nunca tem a chance de usar o cérebro. Você estaria saindo da sua zona de conforto, aprendendo coisas novas. Isso é bom, não é?

— Mas não é algo em que eu tenha facilidade. Eu poderia fazer, mas teria que virar um robô. Teria que estudar muito mais que os outros.

— E tem as aulas. Você gosta de aulas. Outros engenheiros com opiniões, curiosidade.

— Mas eu já tenho aulas. Eles me respeitam lá na Lomonosov. Estão falando até em me dar mais horas-aulas, até um cargo de verdade. Eu tinha a esperança de que ano que vem me oferecessem algumas turmas, um grupo de pesquisa. Se você quer falar de planos a longo prazo, a Lomonosov é longo prazo. Estar lá me dará mais oportunidades que ser mais uma pessoa segurando uma prancheta numa fábrica. E não seriam anos de um trabalho chato.

— E agora isso.

— E agora isso.

— A gente não pode ficar alguns anos sem o dinheiro que você ganha com as aulas. E a quantidade de roupa passada que cabe aqui tem um limite.

Ambas olham ao redor. Há pilhas de lençóis passados com esmero por toda parte. Elas precisam andar na ponta dos pés em volta das roupas. Há camisas penduradas em uma arara instalada especialmente para isso, dezenas delas. As duas estão sentadas em meio a um mar de algodão e poliéster.

— É como se dissessem: "Você pertence a nós, você não pode fazer outra coisa."

— Bem, quem sabe, se você mostrar fidelidade a eles, provar seu amor por eles, talvez eles mudem de alvo.

— Então eu devo agir com diplomacia?

— Sim. Mostre que é benéfico para eles você fazer outras coisas. Mostre que você agrega no ambiente de trabalho. Você é culta. Eles respeitam cultura. Leve isso para eles de alguma maneira.

— O que acha de um recital? Se eles forem e gostarem, dão uma contribuição. Usar isso para arranjar uma sala de ensaio para Zhênia. Talvez até levante os ânimos do pessoal.

— Então é isso. Zhênia vai tocar.

— Mas você sabe como ele é. Talvez não dê conta.

— É para a tia dele. Se fosse eu pedindo, talvez não desse. Mas você... Por você, ele aprenderia a andar com as mãos.

Elas terminam o chá e desdobram a cama de Mária, então Alina a ajuda a trocar os lençóis e a fronha, depois apagam as luzes e cada uma se acomoda em seu quarto e pensa em como elas sobreviveram juntas. Sem marido nem mãe e pai com quem pudessem contar. Tudo bem que tenham opiniões diferentes sobre o passado. Isso não pode separá-las. E ambas pensam em como é bom ter uma irmã.

De manhã Mária anda pelo pátio e observa as pessoas observando. Cortinas se agitam andares acima, silhuetas afastando-se das janelas. Nada que acontece neste pedaço de terra passa despercebido. Ela pisa nas pedras do meio-fio, que está 50% pintado, tarefa com a qual os homens da manutenção se ocuparam por alguns dias, antes de encontrarem outra distração.

Ela não dormiu bem, ficou pensando em várias coisas após a conversa com Alina, uma coisa levou à outra, e seus pensamentos lhe bombardearam no escuro. Quando isso acontece, que não é sempre, ela pensa nisso como sua mente se desenrolando, todas aquelas horas de trabalho vazias esvaindo-se, reivindicando sua liberdade.

Ela passa por um carro com fita adesiva marrom no lugar da janela traseira. Há grandes montes de lixo acumulado em volta da *pomojka*. Sacolas plásticas empilhadas em cima de sacos pretos. As crianças as usam para se proteger em suas guerras de bolas de neve, e ela já pode sentir o fedor de azedo que vai subir de novo quando a neve derreter e o ar esquentar. O cheiro de uma nova primavera.

Crianças se adaptam.

Elas pegam um campo de futebol abandonado e o usam como uma pista de obstáculos. Jogam vôlei com chumaços de jornal colados com fita adesiva. Elas não têm cestas de basquete aqui, então arrancam aos chutes assentos de cadeiras velhas de cozinha e os amarram a canos de esgoto. Passam suas jovens vidas inventando jogos e brincadeiras com regras estratificadas, engenhosas e cheias de nuances, e passam a vida adulta ressentindo-se das restrições ao seu redor.

O ônibus solta uma nuvem de vapor e para com um sacolejo.

Mária olha para os galhos sem folhas em contraste com o céu, linhas se cruzando, galhos grossos afunilando em uma delicada filigrana.

Ela quer fazer amor numa noite quente com a luz do luar refletindo nas ruas molhadas de chuva.

Quando o Sr. Shalámov chega, Mária está esperando sentada na poltrona do lado de fora do escritório. A secretária se recusa a olhar para ela, ressentida com sua intromissão. Mária se destaca das pessoas que frequentam essas salas, com seus ternos feitos sob medida. Até a secretária usa um conjunto de blazer e saia. Mária se pergunta se ela também troca de roupa quando chega ao trabalho, como todo mundo faz. Ela, com certeza, não conseguiria usar uma saia dessa lá fora num frio desses, mesmo com meias-calças grossas. Ela não deve ter acesso a um vestiário, e Mária a imagina se trocando no banheiro, subindo de status assim que veste o tecido delicado, e à noite trocando de pele de novo, tornando-se apenas mais um rosto anônimo, esgueirando-se no ônibus no trajeto de volta para casa, desviando os olhos na esperança de não ver nenhum operário que a reconheça. Ou, o que é mais provável, ela se alimenta das vidas poderosas que a rodeiam, massageando o corpo delas assim como seus egos, compartilhando a cama com elas.

Mária se levanta e fala antes que a secretária tenha a chance de interferir:

— Sr. Shalámov.

Ele para, olha para ela e depois para a secretária.

— Desculpe aparecer assim de supetão. Eu queria apenas continuar a nossa conversa de ontem.

Ele não demonstra nenhuma reação. Ela consegue perceber que ele não a reconhece.

— Nós falamos sobre a Lomonosov.

Ele se vira assim que é tomado pela recordação.

— Sim. Vamos conversar outra hora. Ânia vai marcar um horário. A senhora será informada.

Ele está de costas para ela, caminhando na direção da porta de seu escritório. Ela atropela as frases que tinha ensaiado antes:

— Eu gostaria de me redimir pela minha ausência em algumas atividades culturais nossas e tenho uma sugestão para um evento que seria bom para levantar o ânimo de todos.

Ele para novamente e se vira.

— Há algum problema com o ânimo de todos?

O tom de voz dele é seco. Ele está olhando atentamente para ela. Uma encarada fria, impassível.

O nervosismo de Mária se dissolve, o instinto entra em ação. Ela já se viu diante desse tipo de olhar dezenas de vezes, alguém duvidando das intenções dela. Ela se acalma, estufa o peito e fala com ele de maneira clara e afetuosa, de igual para igual.

— Deixe-me reformular. Meu sobrinho é um pianista muito talentoso, candidato a entrar no Conservatório. Eu gostaria de organizar um concerto, em reconhecimento às habilidades que são cultivadas aqui. Temos tantos trabalhadores talentosos. É claro que o senhor sabe disso melhor do que ninguém. Eu gostaria de organizar uma noite de celebração desses grandes talentos, uma noite de homenagem aos esforços dos trabalhadores simples, à nossa capacidade de trabalhar em harmonia. Talvez algumas sonatas de Prokófiev.

Ele assente, assimilando as palavras dela.

— Uma bela sugestão, senhora...

— Brovkina.

— Sra. Brovkina. Mas talvez não seja o melhor momento.

— Devo mencionar que meu sobrinho tem nove anos. Uma noite dessas poderia funcionar como um símbolo do nosso potencial.

— Nove anos. A criança consegue tocar Prokófiev?

— Sim, senhor. Ele vai fazer a audição na primavera.

Ele olha para o chão e ergue o olhar de novo.

— Vou pensar. Como a senhora disse, um evento como esse pode conter um simbolismo poderoso. E fazemos o nosso melhor para apoiar talentos, em toda e qualquer forma que eles se manifestem. Discutirei a questão com nosso diretor de cultura.

— Obrigada, senhor.

Ele se vira e entra em sua sala. A secretária olha para ela. Mária sorri.

— Obrigada pela paciência.

Ela desce os degraus de metal e ruma para sua estação, onde seu dia de trabalho se inicia. Ela diz a si mesma que é uma bela manhã. Continuará repetindo isso para si, mesmo que não acredite.

13

MAIS UMA VEZ, GRÍGORI CAMINHA nessa paisagem sem relevo com a luz fraca do anoitecer se esgotando, sua única folga dos edifícios construídos às pressas que agora são seu lar. Ele veio para esse campo de reassentamento três meses atrás, quando faixas de milho cobriam o terreno e máquinas colheitadeiras riscavam a terra, com o apoio dos moradores que amarravam a palha em feixes, colocando-os de pé para secarem e, mais tarde, serem levados para casa, para seus cavalos. Filas e filas deles avançando lentamente, como uma multidão cuja intenção era mostrar à terra quem manda ali. Um ano atrás, essa teria sido uma visão prazerosa, assistir a uma comunidade colher sua safra, mas Grígori desenvolveu uma desconfiança com relação a todo tipo de agricultura, todo sinal de cultivo. Ele conhece os perigos que espreitam as coisas mais inofensivas.

Quando Grígori foi embora de Chernobyl, eles também estavam fazendo a colheita. Homens de outros vilarejos afastados da zona de exclusão entravam nas fazendas evacuadas de seus vizinhos e arrancavam beterrabas ou batatas do solo. Muitas vezes, buscavam os filhos na escola e os traziam; as esposas também. Eram homens que sempre confiaram na terra; o solo nunca deixou de provê-los. Como poderiam acreditar que a terra os traiu se os legumes e as verduras estavam crescendo diante de seus olhos? Eles perguntavam por que tinham permissão para lavrar suas fazendas e seus vizinhos eram forçados a se mudar por conta de uma fronteira imaginária. Se o gado deles precisasse ser alimentado, seus vizinhos não achariam ruim. A forragem fica dentro de sacos — como pode estar contaminada? Até os escritórios do colcoz endossavam essa visão. Eles penduraram cartazes dizendo que era permitido comer saladas de legumes e verduras: alface, cebolas, tomates, pepinos. Havia instruções sobre como lidar com galinhas contaminadas. Eles aconselharam as pessoas a usar roupas de proteção e ferver a galinha na água salgada, usar a carne para fazer patê ou salame e despejar a água na privada.

Em suas últimas semanas ali, quando toda sua autoridade tinha sido extirpada, Grígori foi de carro de fazenda em fazenda no perímetro da zona, mostrando suas credenciais, alertando as pessoas sobre os perigos da situação em que se encontravam. Ninguém acreditava, até que ele sacava o dosímetro e a máquina apitava: 1.500, 2.000, 3.000 microrroentgens por hora — cem vezes maior que o nível de exposição natural. Era um método que ele havia adaptado quando ficou claro que todas as declarações grandiloquentes de Vigóvskii acerca de um recomeço, acerca de uma limpeza completa e metódica, tinham sido aniquiladas por um único telefonema do Kremlin.

Um dia após a evacuação, chegaram relatórios a respeito de uma nuvem radioativa pairando sobre Minsk. Grígori foi falar com Vigóvskii. Seu superior assentiu:

— Fui informado.

— E eles estão evacuando a cidade?

— Estão fazendo tudo que podem.

Poucas horas depois, ele percebeu que caminhões de suprimentos ainda chegavam da cidade. Mais uma vez, foi abordar seu superior:

— Eles não evacuaram, ainda estamos recebendo suprimentos de lá.

— Eles não têm os recursos ainda.

— Temos tropas de sobra aqui, homens que ficam sentados aguardando instruções. O que eles estão esperando? Sabemos que cada hora é crucial.

Vigóvskii fez um gesto apontando para as pilhas de papelada em sua mesa e para o telefone tocando.

— Tenho uma usina para cuidar, Grígori. Uma equipe de engenheiros nucleares vai chegar a qualquer momento. Há homens cuidando da situação.

— Que homens?

— Homens bons.

Grígori voltou para sua sala e ligou para o secretário-geral do Comitê Central do Partido Bielorrusso. Não completaram sua ligação: o homem estava em outra linha. Grígori ficou incrédulo. Esperou cinco minutos e ligou de novo. De forma enfática, lembrou-lhes quem ele era, de onde estava ligando e sob a autoridade de quem estava trabalhando. Ainda assim, nada de conexão. Por fim, depois de meia hora, conseguiu contato.

Assim que mencionou o acidente, a linha ficou muda.

Ele entrou na reunião do time de engenheiros de Vigóvskii e fez um gesto indicando que queria falar com ele do lado de fora. O grupo estava debatendo os procedimentos. Vigóvskii fez um gesto com a mão, dispensando-o. Grígori permaneceu onde estava até o grupo parar de falar. Irritado, Vigóvskii o seguiu até o corredor, depois indicou que era melhor irem até a sala de Grígori. Nenhum dos dois disse uma palavra sequer enquanto não fecharam a porta.

— A KGB está cortando nossas ligações. Não consigo nem falar com o secretário-geral bielorrusso.

— Por que você quer falar com o secretário-geral?

— Porque tem uma porra de uma nuvem radioativa pairando em cima da capital dele.

Vigóvskii disse em um tom calmo e direto:

— Eles têm ordens para não divulgar a informação, para evitar um pânico em massa.

— A KGB?

— A KGB. O secretário-geral. Todo mundo.

— Então não vai ter evacuação?

— Não. É uma ordem direta dos mais altos escalões do Kremlin.

Grígori sentou-se à sua mesa, e Vigóvskii continuou onde estava, como se fosse ele o subordinado. Ajeitou sua gravata.

— É uma ordem direta. O que você quer que eu faça?

O tom de voz deles vai subindo em uma progressão constante.

— Quero que façamos o que dissemos que faríamos. Quero lidar com essa situação da maneira certa, de forma transparente e com responsabilidade. Estou ouvindo dizer que a cidade tem uma radiação de fundo de 28 mil microrroentgens por hora.

— Aquela reunião no meu escritório. Os engenheiros estão arquitetando uma maneira de tirar a água de baixo do reator. Se o urânio e o grafite chegarem lá, uma massa crítica se formará e pode ser que tenhamos de lidar com uma explosão de talvez três, quatro, até cinco megatons. Se isso acontecer, você vai ter de evacuar metade da Europa. Devo ligar para o premiê da Polônia, para Berlim? Por que não para Paris?

— Por que não? Eles poderiam ajudar. Haveria mais recursos, mais gente com conhecimento especializado.

— Mais histeria. E não estou nem levando em consideração o que isso significaria para o nosso perfil internacional.

— Você está falando como um político, Vladímir.

— Isso tem consequências internacionais. É o nosso momento mais crítico, politicamente falando, desde a guerra, e nós dois sabemos disso. É claro que a política tem a ver com isso. Política tem a ver com tudo. Agora, se me dá licença, camarada... Estou indo resolver algumas coisas.

Ele saiu a passos largos e bateu a porta.

Grígori pegou o fone, depois o colocou de volta no gancho.

Pegou o paletó e um dosímetro e encontrou Vassíli numa das tendas médicas, conferindo os níveis de radiação entre os soldados.

— Venha comigo. Isso pode esperar.

Grígori ordenou que um soldado os levasse de carro até um dos blocos de prédios residenciais. Subiram a escada e entraram em um dos apartamentos.

— Você pode me dizer o que estamos fazendo aqui?

Grígori olhou ao redor, avistou o telefone e o levou até a mesa de jantar, o fio esticando-se todo para chegar lá.

— Há uma nuvem radioativa sobre Minsk. Precisamos dar alguns telefonemas.

Ele se ajoelhou e, enfiando a cabeça para vasculhar debaixo do sofá, encontrou o que procurava. Puxou a lista telefônica.

— Para quem vamos ligar?

Grígori jogou a lista na mesa. O peso aterrissou com um baque e deslizou pela toalha de mesa de plástico.

— Para todo mundo. Escolha uma letra e comece. É uma loteria. O sobrenome vai dizer quem vai viver.

Vassíli pousou a mão calmamente na lista, passando de página com o polegar pelo canto da folha, um som áspero.

— Isso é ridículo, Grígori. O que estamos fazendo aqui? No apartamento dos outros? Você tem um escritório e uma equipe.

— A KGB está monitorando nossas ligações. Não posso falar com ninguém na cidade, ou haverá consequências. Não que eu esteja preocupado com isso, mas eles vão cortar o nosso acesso, e aí não vamos conseguir fazer nada. Estarei no apartamento ao lado, fazendo a mesma coisa.

Vassíli empurrou a lista para longe.

— Não podemos contrariar as imposições da KGB, Grígori. Vai saber o que pode acontecer... É a KGB.

Grígori já estava perto da porta, quase saindo. Ele parou, virou-se, olhou para seu amigo e girou a maçaneta da porta ao seu alcance.

Então, falou em voz baixa, todo o seu ímpeto apaziguado:

— Eu não esperava que isso fosse ser um problema.

— É a KGB.

— Tem uma cidade inteira indo às cegas em direção a uma morte prematura.

— Eu tenho família.

— É o que você vive dizendo.

Eles ficam em silêncio.

— Abra uma página — disse Grígori. — Tem cem famílias em cada uma delas, cento e cinquenta, sei lá. E se fosse uma lista telefônica de Moscou? E se tivéssemos que procurar pelo sobrenome Simenóv?

Vassíli se levantou.

— Não posso te ajudar, Grígori. Sinto muito.

Grígori chegou para o lado para deixá-lo passar.

Para todas as pessoas para quem Grígori ligou, ele se identificou como médico e explicou o que estava acontecendo. Ele as instruiu a guardar a comida em recipientes plásticos, a usar luvas de borracha, a limpar tudo com panos e depois enfiá-los num saco e jogá-los fora. Se tivessem roupas estendidas do lado de fora de casa, deveriam colocá-las de novo para lavar. Pingar duas gotas de iodo num copo de água e lavar o cabelo com a solução. Dissolver mais quatro gotas e beber, duas gotas no caso das crianças. E orientou as pessoas a sair da cidade assim que possível. Ficar com um parente. Não voltar por pelo menos algumas semanas.

Grígori ligou, aproximadamente, para mais de sessenta pessoas antes de cortarem a linha. Sentado na cadeira de um desconhecido, andando de um lado para o outro no tapete estampado marrom da casa de alguém.

Todas as reações foram idênticas. As pessoas mantiveram a calma. Elas lhe agradeceram. Não o questionaram tampouco entraram em pânico. Talvez não tenham acreditado nele ou pode ser que não tenham compreendido a importância de seu pedido. Coisas tão simples: lavar o cabelo, lavar as roupas, tomar um pouco de iodo. Parecia difícil acreditar que essas poucas ações fossem capazes de salvar a vida de alguém.

Naquela noite, ele foi ao alojamento a fim de fazer a mala, pegar suas roupas de cama e encontrar outro lugar para dormir. Vassíli, deitado no beliche ao lado, apenas observou Grígori ir embora com seus pertences.

— Eu não sou o inimigo, Grígori. Eu não sou um deles.

— É mesmo? Então quem é você?

No dia seguinte, ele foi sozinho a Minsk. Entrou à força no gabinete do presidente, obtendo acesso ao erguer o dosímetro na altura do pescoço das pessoas e ao ler os dados para elas. Todas tinham parentes lá; não podiam barrar sua entrada. O presidente disse a Grígori que só tinha cinco minutos.

— Hoje de manhã falei ao telefone com o presidente da Junta Soviética de Proteção Radiológica. Ele me assegurou de que está tudo normal, tudo sob controle.

— Camarada, eu sou o vice-diretor da comissão de limpeza. Estou avisando, o senhor precisa evacuar a cidade. Precisa exigir que uma guarnição do exército venha para cá imediatamente.

— Eles já estão usando um número vasto de tropas no local do acidente.

— E eu estou dizendo ao senhor que convoque mais homens.

— Doutor, o número de soldados é limitado.

— Temos o maior exército do planeta. Não estamos sempre proclamando a grandeza, a escala das nossas forças? Precisamos tirar as pessoas daqui. Esse acidente, vai por mim, vai fazer com que Hiroshima pareça fichinha.

— O senhor está exagerando, doutor.

— Eu mesmo fiz leituras de radiação de fundo de 500 microrroentgens por hora. Não deve haver ninguém em um raio de centenas de quilômetros dessa cidade.

O presidente estica os braços como se estivesse se dirigindo à plateia de um comício.

— Sou ex-diretor de uma fábrica de tratores. Não entendo nada dessas coisas. Se o camarada Platonóv da Junta de Proteção Radiológica me diz que está tudo bem, então o que eu posso dizer a ele? Que está mentindo? Por favor. É claro que não. Eles confiscariam meu cartão do Partido.

— Bem, eu sou médico, cirurgião, responsável pela operação de limpeza. Estava lá antes de vir para cá, e, ainda assim, o senhor acha justo me julgar como burro.

O presidente inclinou-se para a frente, mostrando os dentes.

— Não vai acontecer nenhuma evacuação.

— Onde estão sua esposa e seus filhos?

— Estão aqui, obviamente. Como posso pedir às outras pessoas que confiem no sistema se eu não conseguir mostrar a elas que minha própria família confia?

Grígori soltou o ar, balançou a cabeça.

— O senhor é realmente muito ingênuo.

O presidente não se abalou com o tom de voz de Grígori e balbuciou uma resposta:

— O Partido fez de mim o que eu sou hoje, fez deste país o que ele é. Sempre confiei no discernimento do Partido. Não vai ser um incêndio numa usina nuclear que vai mudar isso.

A discussão prolongou-se por mais meia hora até Grígori, derrotado, pegar sua mala e colocá-la no colo.

— A cidade tem uma reserva de iodo concentrado. Sei que isso é uma política para um ataque nuclear, mas, pelo menos, coloque esse iodo na água da cidade.

— Isso, como o senhor disse, é para um ataque nuclear.

— Então nós vamos proteger nosso povo dos Capitalistas Imperialistas, mas não de nós mesmos?

— Saia daqui antes que eu mande prendê-lo por difundir sentimentos antissoviéticos.

— Não é só o ar que está contaminado. A mente de vocês também está.

— Saia!

Grígori para de andar e respira o ar puro da noite, apreciando-o.

As estrelas estão começando a aparecer. Logo ele precisará voltar, fazer uma última ronda nas alas do hospital antes de ir dormir. Em meio à escuridão lá fora, ele consegue distinguir a estrada principal para Mogilev com a ajuda dos feixes de luz dos faróis, movendo-se em trajetória constante. Ele esmaga restolhos de milho ao pisar neles e consegue sentir a rigidez pelas botas. Algumas semanas atrás, ele observou homens chegarem com latas de combustível, molhando o restolho em pequenas seções e depois acendendo-o, guiando a chama a outras áreas com palha solta e forcados, de modo que se espalhasse como um cobertor de fogo suave, um tapete de calor criando ondinhas no ar acima dele. Agora uma silenciosa planície de neve o recebe em suas caminhadas, e ele sabe que, daqui a dois meses, eles retornarão com tratores e arados para revolver o solo mais uma vez, deixando-o pronto para semear na primavera.

Na zona de exclusão, havia grandes piras de gado bovino e ovelhas pegando fogo. Eles estavam revirando a terra do avesso, usando escavadeiras e tratores e pás para abrir crateras que comportassem tudo que havia à vista: helicópteros e caminhões de transporte de soldados, choças, árvores, carros, motocicletas, torres. Derrubaram casas amarrando em volta de um isbá uma corrente enorme e puxando-a com uma escavadeira gigantesca, de modo que a construção desabasse. Então, arrastavam tudo para o buraco. Estavam pondo abaixo florestas e embrulhando os troncos em plástico antes de enterrá-los. Ele viu tanta coisa que, quando as pessoas lhe dizem de onde elas são, quando mencionam os vilarejos e as cidadezinhas ao redor — Krasnópol, Chadiani, Malinovka, Bragin, Khoiniki, Narovlia —, esses nomes o fazem lembrar não só da paisagem, mas do que jaz por baixo dela. Ele vê os lugares como um diagrama, em corte transversal, com silhuetas trabalhando em cima da terra e outros bolsões debaixo, tudo na mais perfeita ordem: uma seção para os helicópteros, uma para os isbás, outra para os animais doentes; o que, é claro, não é o caso. Não há nada de perfeito nessa tragédia.

Ele ouve barulhos vindos da estrada: um som agudo de freios e de vidro estilhaçando. Grígori olha na direção do barulho e avista uma luz pungente, estagnada. Corre na direção dela, o ar gelado enchendo seus pulmões.

Quando se aproxima, ele vê um homem inclinado olhando para um cachorro, agitando os braços, repreendendo o animal abatido.

O motorista dirige suas palavras revoltadas a Grígori, que o ignora e se ajoelha ao lado do cão. É um filhote de pastor-alemão, menos de um ano, Grígori calcula. O animal está virado para a frente do carro com grossas faixas de sangue na parte traseira do corpo e uma teia de baba ao redor da boca, seus olhos estão virados para cima, as pálpebras tremem de dor. Em um gesto de acalento, Grígori coloca a mão no pescoço do animal, que ergue a cabeça da estrada alguns centímetros e se projeta para a frente, abrindo e fechando a mandíbula. Grígori se afasta um pouco, sem medo, e fala com o animal em tom suave, sua voz saindo mais baixa que a do motorista, que ainda está reclamando aos berros.

— Bom garoto. Você ainda tem forças para lutar. Vamos ver o que a gente pode fazer.

Mais uma vez, ele estende o braço na direção do pescoço, pedindo permissão ao animal por meio do movimento lento e cauteloso. Enfia os dedos nos pelos espessos, descendo até o coração e sentindo os rápidos batimentos do cachorro, sem tirar em nenhum momento seus olhos dos do cão, que agora estão procurando, percorrendo vários pontos em sua circunferência, demonstrando uma confiança hesitante; ele está depositando suas esperanças nesse desconhecido. Grígori move as mãos para mais perto da ferida, e o cão solta um gemido, um som tão árido e elementar quanto seus arredores.

Grígori olha para o motorista.

— A bacia dele está quebrada.

— Esse cachorro é seu? Ele quebrou meu farol, estragou meu para--choque. Essa porra de cachorro, que apareceu do nada. É seu esse cachorro? Alguém vai ter que pagar, isso eu te garanto.

— O cachorro não é meu.

— É óbvio que você ia dizer isso. "O cachorro não é meu." Mas aí você vem e cuida dele. Por que você se importa? Surgindo assim do nada. É claro que o cachorro é seu.

— Por favor. Ele está sentindo muita dor.

— Quem é você? Um herói? Um veterinário que sai na rua procurando animais para salvar?

— Sou cirurgião.

— Que bom! Então tem condições de pagar pelo conserto do meu farol.

Grígori se levanta e olha para o carro, um Riva preto. Chega mais perto do homem e o encara diretamente nos olhos; debaixo do queixo do homem há uma enorme papada de sapo balançando.

— Eu não sei quem é o dono do cachorro. O que eu sei é que ele está sentindo muita dor. Eu moro naqueles prédios ali atrás. Se você me levar para casa, a gente pode cuidar do animal e depois procurar o dono.

O motorista dá um passo para trás e fica olhando para baixo. Ele fala tão baixo agora que Grígori precisa se esforçar para ouvi-lo.

— Quer saber de uma coisa? Fique aí com o seu cachorro. Eu mesmo pago pelo conserto.

Ele entra no carro e sai dirigindo. O para-choque vai se arrastando pelo chão, fazendo barulho.

Sozinho na estrada com um cachorro ferido.

Grígori olha para o assentamento, os prédios agora envoltos por uma luz mais intensa, incandescente, depois se vira para o animal.

— Você é valente, não é?

Ele se ajoelha mais uma vez e pega o cachorro no colo. O animal choraminga, mas não resiste, reconhecendo a autoridade de seu novo tutor. Grígori volta andando na neve fofa, deslocando-se com dificuldade com o peso do cão, seu coração batendo junto ao dele.

Toda noite, após sua caminhada, ele entra mais uma vez nos poucos quartos da clínica. Volta para ouvir a respiração das crianças adormecidas, todas elas aguardando pela cirurgia. Grígori sabe que sua força de vontade é mais fraca que a de qualquer uma dessas crianças, e há noites em que ele se deita em meio a elas, na esperança de que sua coragem pueril, sua fome de viver, possam se infiltrar nele, renová-lo.

As crianças que já passaram pela cirurgia de tireoide e estão se recuperando dormem nos colchões finos dispostos no chão, em fileiras, espalhados pelo andar. De manhã, elas se levantam e enrolam os colchões, formando um rolo que amarram com barbante e guardam num canto. Do lado de fora, há um parquinho com uma rede alta esticada. Eles receberam um lote de bolas de tênis como parte de uma remessa de auxílio humanitário, e as crianças inventam jogos de repetição complicados com elas. Nos intervalos entre uma cirurgia e outra, Grígori as observa brincando e tenta decifrar as regras, mas elas mudam todo dia, toda hora, e, então, ele passa a prestar atenção somente ao movimento fluido das crianças, idênticas cicatrizes horizontais visíveis de fora a fora na base do pescoço. Essas são as mais saudáveis. As mais fracas perdem a consciência quando ficam de pé. Desabam, curvadas, no chão, marionetes cujos cordéis foram cortados. O tempo todo há episódios de sangramento nasal. Ele pode olhar para o pátio a qualquer hora que verá meia dúzia de crianças apertando o nariz, olhando para o céu, esboçando nenhuma reação diante do fluxo espontâneo de suas narinas.

Há aquelas cuja doença se alastrou para os pulmões ou pâncreas ou fígado. Elas ficam prostradas nas poucas camas disponíveis, suando em bicas. Algumas dividem acomodações com a família, onde eles têm garantidos um local de descanso e a visita de uma enfermeira. Nos últimos meses, recém-nascidos saíram do útero com os braços e as pernas grudados, ou mais pesados por causa dos tumores de tamanho descomunal. Há crianças cujo corpo é desproporcional, com protuberâncias do tamanho de uma bola de futebol na parte de trás do crânio ou pernas grossas como pequenos troncos de árvore, uma mão minúscula e a outra muito inchada, com dimensões grotescas. Outras têm as órbitas oculares ocas, revestidas de placas de pele, como se o olho humano fosse um órgão que ainda precisa evoluir. Em muitas crianças, há pequenos buracos no lugar onde deveria haver uma orelha. Duas semanas atrás, nasceu uma menina com aplasia da vagina. Grígori não conseguiu encontrar referência alguma em seus livros de medicina. Teve de improvisar criando buracos artificiais na uretra da menina, por meio dos quais as enfermeiras extraíam a urina.

Durante essas noites, ele fita as crianças deitadas em suas camas dobráveis. Nada é tão impossível que não possa existir. É o que ele pensa. A beleza e a feiura residindo num mesmo corpo de criança doente. As duas faces da natureza claramente visíveis.

Nenhum oficial deu as caras aqui ainda, apesar das insistentes súplicas que Grígori faz diariamente. Ele quer que eles entrem neste quarto, um lugar onde ideologias, sistemas políticos, hierarquias e dogmas são relegados a meras palavras, pertencentes a pastas e arquivos, exilados para algum gabinete empoeirado. Não há sistema ou credo ou convicção capaz de dar uma explicação para isto. A equipe médica sabe que nada do que aconteceu antes em sua vida tem a menor importância. Existem somente estes meses, este quarto, estas pessoas.

Quando eles enterram os mortos, os cadáveres são embrulhados em celofane e colocados em caixões de madeira, por sua vez cobertos e acomodados dentro de um ataúde de estanho e inseridos numa câmara de concreto. As famílias nunca têm permissão para acompanhar seus entes queridos nessa derradeira jornada. Em vez disso, ficam em pé, solenes, junto à porta do necrotério, enquanto a perua de portas lacradas levando seus mortos desaparece no horizonte.

GRÍGORI CARREGA O CÃO FERIDO até o alojamento e o deita no chão quando chega ao lado de sua única poltrona, que está com fios de crina de cavalo preta pendendo das costuras, no estreito espaço entre sua cama e a parede. O quarto tem uma cama de solteiro, afundada no meio, um armário transbordando de livros de medicina e alguns romances policiais, que há muito se tornaram obsoletos no propósito de evitar o tédio profundo. Na parede de frente para a porta, há um pequeno guarda-roupa e uma pia. Grígori sai do quarto e volta com uma tigela, que ele enche de água e coloca ao lado da cabeça do animal. A dor do cão é tão intensa que ele não consegue se endireitar para beber, por isso Grígori aninha o pescoço do cão nos braços e, com delicadeza, ajeita-o numa posição em que ele consiga tomar a água, sua língua dobrando-se ao redor do líquido, recolhendo-o. Por causa da caminhada, o corpo de Grígori está revestido por uma camada de suor, que agora começa a esfriar, grudando em sua pele, e, quando ele tira a camisa, sobe um odor forte e acre.

Ele enxuga o suor com seu lençol, veste de novo a mesma camisa — no momento, não tem nenhuma muda de roupa limpa, já que nunca está disposto a lavar a roupa suja — e caminha pelo jardim, que agora está silencioso, uma ou outra televisão ligada perto das janelas ao redor, lançando feixes de luz azulada no chão. Há um menino debaixo de uma telha de um prédio arremessando uma bola de tênis entre a parede e o chão, criando um ritmo agradável com dois quiques antes de a bola voltar para a sua mão. Grígori vai até o depósito de suprimentos da clínica, e lá recolhe tudo de que precisa para cuidar do animal. Ao retornar, ele para e assiste.

Entre cada arremesso e cada pegada, o menino troca de mão. Uma rápida flexão dos pulsos antes de soltar a bola, alternando as superfícies, de modo que a bola atinja primeiro o chão e, no lançamento seguinte, primeiro a parede, o voo revezando-se entre arcos lânguidos e velozes linhas retas.

Um menino robusto, quase um homem, de ombros largos, mexe o quadril de um lado para o outro, como se uma brisa suave o empurrasse. Esse menino também tem uma cicatriz no pescoço. Portanto, eles já se viram antes, observa Grígori, embora não se recorde do rosto do menino.

— Você se lembra de mim?

— Lembro. O senhor é o médico que operou meu pescoço.

— Isso mesmo. Como está se sentindo?

— Um pouco melhor, mais forte. Não coça mais quando eu como.

— Bem, isso é um bom sinal.

A voz deles prolonga-se no ar, há pouquíssimos outros sons presentes.

— Qual é o seu nome?

— Artiom Andrêiovitch.

— Artiom. É um nome de homem.

O menino sorri.

— Fico feliz de ver que você não está mais de cama e está andando por aí. É um jeito feliz de terminar o dia.

Ele ergue uma mão aberta em sinal de despedida e, então, hesita, deixando a mão suspensa no ar por um instante, como se estivesse parando o trânsito.

— Você tem medo de cachorro?

— Não.

— Ok. Então venha comigo.

Grígori se vira e pode ouvir os passos do menino atrás de si, quicando a bola de lado enquanto caminha, sem ficar para trás. No quarto, o menino ajoelha-se ao lado do cachorro, afagando a lateral de sua cabeça. Desde que foi embora de Gomel, ele não interage com um animal e sente muita falta disso, um menino de fazenda cercado apenas de pessoas, obrigado a viver no meio de uma aglomeração de abrigos temporários e idênticos.

Grígori retira o invólucro de uma agulha novinha em folha e a enfia numa seringa velha. Depois, a desliza dentro de uma tampa de borracha do frasco de benzodiazepina e puxa o êmbolo, de modo que o líquido corre rápido e puro, penetrando o corpo do instrumento. O menino observa todo interessado, vendo bem de perto um homem com habilidade e conhecimento realizar sua rotina. Grígori dá uma empurradinha no êmbolo, e um jato de líquido em linha reta acerta a lâmpada, fragmentando-se em gotículas à medida que cai traçando uma parábola perfeita. Ele pede ao menino que segure a cabeça do cachorro e tome cuidado caso o cão reaja mal. Enfia a agulha na anca do animal, e o menino consegue ouvir a sucção palpatória da pele perfurada e observa o líquido sendo drenado da seringa. Sente a cabeça do cão tremer em reação à dor e mantém o toque suave, mas firme ao mesmo tempo. O animal resmunga, mas aceita o tratamento.

Eles esperam o anestésico fazer efeito, e o menino percorre os olhos pelo quarto. Eles pousam em uma página arrancada de uma revista que Grígori afixou com um alfinete na parede ao lado de sua cama. Uma lua pequena e imperfeita pairando sobre uma cordilheira baixa, celeiros e cabanas no primeiro plano, quase imperceptíveis na escala da imagem.

— O lugar nessa foto. É perto daqui?

— Não. É nos Estados Unidos.

— O senhor já foi lá?

— Não.

— Então por que tem essa foto?

Grígori olha de novo para a imagem. Ela tornou-se tão intrínseca ao quarto que ele quase esquece que ela está ali, um resquício de uma paixão do passado, a lua suspensa serenamente num céu límpido, tudo que compõe a cena abaixo complementando sua curva delicada.

GRÍGORI TEVE SUA PRIMEIRA CÂMERA aos catorze anos, e ela marcou o fim de sua infância. Ele dividia sua juventude com base nessa distinção: pré-câmera e pós-câmera. Aos quinze, um senhor do prédio onde ele morava doou produtos químicos de câmara escura para fomentar a paixão de Grígori, e, pensando bem agora, isso marcou outra etapa de sua maturidade. Ele comprou uma chapa preta de metal e montou sua câmara escura no banheiro do prédio. Era um cubículo de dois metros por um metro e vinte, e ele traçou uma linha de espuma expansiva no perímetro, para evitar que os fios de luz penetrassem o cômodo por meio das intersecções irregulares da parede e da porta velhíssimas.

Grígori se sentia muito acolhido ali, era como uma segunda casa. Ele trabalhava tarde da noite e de madrugada, quando ninguém bateria à porta, a escuridão perfeita, mais envolvente que a do sono do qual ele emergia. Ele tem mais intimidade com aquele espaço que com as pessoas com quem se relaciona, o posicionamento da banheira e da privada, o armário do banheiro com um espelho, a bandeja de equipamento que ele levava de seu quarto até ali, na qual os frascos e os béchers trepidavam enquanto ele caminhava. Ele colocava a bandeja exatamente no mesmo lugar toda noite, para que conseguisse encontrar os materiais necessários no escuro.

Havia uma praça no fim da rua dele com um bosque de faias que o ensinou sobre as cores. Debaixo de sua cama, havia tantas pilhas de fotos das faias, separadas por finos pedaços de papelão. A profundidade e o alcance e a personalidade das cores. Dia após dia, durante o verão e o inverno, ele ia até as árvores com sua câmera e observava, à medida que as semanas e os meses passavam, como suas cores mudavam de acordo com a hora, a luz e o tempo, como a cor púrpura se transformava em escarlate e laranja, amarelo e um branco acinzentado, e as milhares variações entre cada tom.

GRÍGORI OLHA PARA ESSA PAISAGEM norte-americana agora, desgastada nas bordas, uma marca na página que vinha do canto interno da revista e passava por cima das montanhas, e se vira para o menino e sente inveja, apesar das tragédias na vida dele, daquela capacidade de enxergar o mundo com um olhar tão inocente.

— Eu trouxe da minha casa. Não sei por que tenho isso. Talvez para me lembrar de que tenho uma vida bem pequena. Faz sentido para você?

O menino assente.

— Faz.

— Eu costumava tirar fotos. Quando morava em Moscou. De prédios e de pessoas. Do movimento nas ruas. À noite, o céu ficava alaranjado. Eu gosto do céu preto e escuro nessa foto. Eu ficava olhando para ela no meu apartamento e tinha vontade de fazer uma fogueira no meio da minha sala.

Artiom olha mais uma vez para a foto e se pergunta como ficaria uma foto de sua casa agora. Ele conhece todas as histórias. Seu pai, quando ainda conseguia falar, disse que ao redor da casa deles tinha ficado tudo branco. Não como no inverno, com a neve cobrindo tudo, mas como no verão, com a grama alta, folhas balançando com a brisa, flores desabrochando, porém tudo sem cor.

Se esse mesmo fotógrafo tivesse andado pela terra natal da família de Artiom, será que lá ainda teria alguma coisa para ser fotografada? Somente duas tonalidades sobraram naquele lugar. O céu preto e a terra branca, branca como as nuvens nessa paisagem norte-americana. Artiom pensa no pneu pendurado no carvalho no quintal de sua casa, balançando solitário. Todas as partes de seu lar, tudo que ele tocou, viu, tudo em cima do que pôs seu peso, está enterrado. Mas ele não consegue imaginar isso, não consegue apagar da mente as coisas como elas eram. Ele sabe que, quando finalmente voltar, se sentirá como um cosmonauta andando na Lua.

EM MINSK, QUANDO SAÍRAM DO prédio de sua tia Lília, os três não tinham nem a energia nem o desejo de caminhar até a rodoviária, para chegar lá e esperar na fila, assinar formulários e ser encaminhados a um abrigo que, segundo a direção para a qual as multidões estavam indo, ficava no outro lado da cidade. Parados em frente ao prédio, era possível ouvir que o caos ainda estava no ar. A mãe de Artiom caminhava como se estivesse carregando muito peso — a maneira como ela se agarrava a Sófia —, e o que eles mais queriam era um lugar onde pudessem se deitar, um lugar onde fechar os olhos. Seriam capazes de enfrentar qualquer coisa no dia seguinte. Mas, simplesmente, não davam conta de enfrentar nada naquele momento.

O tempo estava quente o suficiente para dormir ao relento, mas ficariam expostos a qualquer pessoa que passasse por ali. Artiom concluiu que seria arriscado demais, e, além disso, sua mãe precisava de um pouco de privacidade, precisava de tempo para assimilar aquela rejeição.

Na outra calçada, havia uma longa fila de abrigos de metal, galpões baixos feitos do mesmo material de estanho com que o isbá onde moravam era revestido. Todos os abrigos estavam trancados com cadeado, e, na frente de alguns, havia partes de móveis e outras tralhas: um retrovisor de caminhão, um selim de bicicleta com o cano torto. Artiom olhou em volta para ver se havia alguém vigiando e, então, foi de um em um, conferindo se tinha algum cadeado aberto. Por fim, depois de andar uns cinquenta metros, encontrou um que não estava trancado direito, levantou a porta, se abaixou um pouco e entrou, tropeçando em objetos desconhecidos. Ajeitou a postura, e seus dedos acharam um fio, que ele tateou até localizar um interruptor na altura do joelho, logo ao lado da porta. Apertou-o, acendendo a luz.

Havia inúmeras latas de tinta encostadas na parede metálica, e, agora que ele conseguia vê-las, pôde sentir também seu cáustico odor químico. No centro, havia um bom espaço para eles se deitarem, e o menino avistou rolos de um material cinza e grosso, mais espesso que pano, eriçado e seco ao toque. Ia servir.

Ele saiu, chamou a mãe e a irmã com um gesto e, assim que viu Sófia retribuir o aceno, ele voltou a se aventurar dentro do abrigo e começou a esticar o material no piso de metal.

Quando sua mãe chegou, ela disse que o material era um forro de feltro geralmente usado por baixo de carpetes, e Artiom ficou confuso. Quando ela explicou, ele não entendeu o conceito — gente que era rica a ponto de colocar mais tapete debaixo de tapete.

Ele pegou um casaco que estava perto da porta e cobriu sua mãe. Ela tentou recusar, devolver para que ele o vestisse, mas Artiom e Sófia insistiram, e a mãe não tinha mais forças para resistir. Eles revistaram os bolsos à procura da comida que havia restado — algumas cenouras e pedaços de pão — e comeram, num piquenique melancólico e silencioso, até que Sófia disse:

— Que cheiro é esse?

Eles apuraram o nariz, e ela tinha razão: havia um odor acre e nauseabundo. Como o de carne estragada. A mãe de Artiom ergueu os braços, cheirou as axilas e fez uma careta, enojada. Diante dessa cena, Artiom não conseguiu conter o riso: sua mãe sempre fora tão obcecada por limpeza; houvera tantas noites que, depois de dar de comer aos porcos, ele voltava para casa e ela o mandava para o poço e, da janela, supervisionava o menino se limpando. Artiom riu, Sófia riu também e achegou-se à mãe para dar uma cafungada nas axilas dela, como um filhote procurando uma teta, exagerando ao fazê-lo, e Artiom fez a mesma coisa, e a mãe também riu, envolvendo os filhos com seus braços fedidos, apertando o rosto dos dois em seu corpo, e eles gargalharam mais ainda e relaxaram, à vontade, deixando de lado o mau cheiro, sentindo-se protegidos. O sono veio rápido.

Quando Artiom acordou, a luz estava apagada e a porta, aberta, o que permitiu a entrada de um feixe de luz acinzentado do céu matinal. Ele viu uma silhueta de pé, parada perto da porta, se sentou e rapidamente chacoalhou a mãe, e a silhueta disse:

— Olá.

Sua mãe também se sentou, e a silhueta disse:

— Vou acender a luz. Não se assustem.

Com a luz, Sófia acordou, usando os braços para se sentar, meio desequilibrada, da mesma maneira que Artiom havia visto bezerros recém-nascidos darem seus primeiros passos.

Era um homem mais velho que o pai de Artiom, mas não chegava a ser idoso. A expressão serena, o rosto com rugas, os cabelos grisalhos escapando do gorro de tricô preto.

— Vocês vieram nos ônibus de ontem à noite?

Artiom fez menção de responder, mas se conteve, dando a voz à sua mãe.

— Viemos — respondeu ela.

O homem pegou as duas pás que estavam perto da porta e calçou o par de luvas pendurado num gancho.

— Vocês vão precisar arranjar comida. Um caminhão está vindo me buscar. Sei onde fica o abrigo.

Eles se levantaram e bateram nas roupas para tirar o pó. Sófia deu uma tapa no próprio rosto para acordar.

— Meu nome é Máksim Vissárionovitch.

— Tatiana Aleksandróvna. Esses são meus filhos, Artiom e Sófia.

— Sentiram frio à noite?

— Não. Sim. Usamos algumas coisas. Espero que isso não seja um problema.

A mãe de Artiom percebeu que estava com o casaco do homem. Começou a tirá-lo.

— Não precisa. Está fedendo, desculpe. O sol não nasceu ainda. Use até chegarmos lá.

— Obrigada, Máksim Vissárionovitch.

— Só Máksim. A senhora dormiu com o meu casaco, já tem intimidade suficiente.

O homem tinha sobrancelhas grossas e grandes, tão desgrenhadas quanto seus cabelos.

— Então, por favor, pode me chamar de Tânia.

— Ok.

Artiom enrolou o forro de feltro, e Máksim apontou para os sacos com os pertences da família.

— São de vocês?

— São — respondeu Artiom.

Máksim pegou os três sacos de pano com uma das mãos e os jogou por cima dos ombros com um movimento ágil, e Artiom reparou nos pulsos do homem, de uma largura impressionante.

Artiom colocou o forro enrolado de volta onde estava, ao lado dos outros rolos.

— Não. Traga isso.

Artiom apontou para o rolo, com um olhar inquisitivo, e Máksim repetiu:

— Traga. Vocês podem precisar.

Um caminhão estacionou lá fora, um silvo estridente convocando-os. Um caminhão com uma plataforma plana no lugar da caçamba transportando cinco homens. No meio deles, havia uma cuba rasa de metal na qual queimava uma fogueira, com pedaços de troncos transbordando um pouco do recipiente e centelhas crepitando.

— Vamos ter que fazer uma parada — disse Máksim aos homens e subiu na frente com o motorista, uma silhueta anônima encurvada ao volante.

Outro veículo. Outra jornada para algum lugar. Artiom esticou os braços na direção do fogo para aquecer as mãos. A manhã não estava tão fria, e ele desconfiou de que os homens mantinham o fogo aceso por uma questão de hábito, um luxo a que se davam para compensar o fato de que acordavam muito cedo.

— Vocês estavam nos ônibus — disse um dos homens.

— Sim — respondeu a mãe de Artiom.

— Vieram de longe?

— De Gomel.

— Bem longe então.

— É. Acho que sim.

À medida que a madeira queimava, lascas em brasa e centelhas saíam voando, esvoaçando, estalando e ficando para trás.

Artiom podia ver que um mundaréu de perguntas pipocava na cabeça de sua mãe. Ela ergueu os olhos e mordeu o interior do lábio. Então, se dirigiu aos homens:

— As pessoas estavam com medo da gente ontem à noite. Vocês podem contar para a gente o que ouviram por aí?

O homem que respondeu tinha a barba por fazer, com fios brancos na área do queixo.

— Ouvi dizer que as milícias estão vigiando os hospitais.

— Por que fariam isso?

— Dizem que tem gente contaminada dando entrada nos hospitais. Eles estão com medo que a coisa se espalhe.

— Como uma praga?

— É só história para boi dormir.

— Vocês não têm medo da gente dividindo o caminhão com vocês?

Ele olhou para seus camaradas. Eram homens de poucas palavras. Todos eles franziram os lábios e balançaram a cabeça. Um cuspiu no fogo, mas a bola de saliva não alcançou o alvo, acertando a lateral da cuba metálica, onde chiou e escorreu na forma de uma seiva amarronzada. O homem do queixo grisalho tinha um molho de chaves, que ele girava no dedo, o metal retinindo enquanto as chaves balançavam para a frente e para trás.

— Se vocês estão contaminados, por que trazer vocês para a cidade? Para perto de todos nós? Se estivessem contaminados, eles deixariam vocês lá, onde não tem ninguém. Para mim, vocês não parecem contaminados. Só parecem perdidos.

— Nós nos sentimos perdidos.

Ele dirigiu o olhar para Artiom.

— Você sabe o que a gente faz?

Artiom não sabia responder. Simplesmente tinha aceitado o fato de que os homens estavam a caminho do trabalho.

— Catam lixo — interveio Sófia.

— Isso mesmo.

O homem se virou e dirigiu-se a ela:

— A senhora ficaria surpresa se visse as coisas que a gente acha. Semana passada, o Piotr encontrou um rádio. Não dá para sintonizar, mas faz uns ruídos. Por isso que ele levou o rádio para casa e deixou tocando para os ratos. Até agora eles não voltaram. Não é, Piotr?

Piotr deu um sorrisinho para Sófia.

— Vou ficar com ele até alguém jogar um gato fora.

Sófia sorriu também, retribuindo a simpatia do homem na mesma medida.

— As pessoas se livram de coisas que não precisam. Isso não significa que elas não tenham valor. Você só precisa usá-las para uma finalidade diferente.

Ele parou de girar as chaves e empurrou um dos troncos mais para o meio da fogueira, o que fez com que subisse uma breve labareda de fagulhas, que desapareceram em meio às roupas dos passageiros.

— Vocês vão ficar bem. Vão voltar para casa ou vão se adaptar.

— Obrigada — disse a mãe de Artiom.

— Estou apenas dizendo o que sei.

Uma pausa.

— Para onde vocês levam todas essas coisas? — perguntou Artiom.

Onde eles moravam não havia ninguém para recolher o lixo. Se não precisavam de alguma coisa, ateavam fogo. Devia haver uma enorme fogueira em algum lugar.

— Para o lixão.

— Vocês não queimam o lixo?

O homem pareceu se surpreender com a pergunta.

— Não. Não queimamos. Nós entulhamos.

— E depois fazem o quê?

Os outros caíram na gargalhada com a pergunta, mas o homem de queixo grisalho parou para pensar.

— Colocamos mais lixo por cima.

— Então lá é o lugar onde as coisas vão parar?

— É. Acho que sim.

Um dos outros disse:

— É onde nós vamos parar.

E todo mundo gargalhou de novo.

Chegaram a um depósito nos arrabaldes da cidade, um edifício baixo e comprido rodeado de outros edifícios baixos e compridos. Os homens os ajudaram a desembarcar, segurando os sacos de pano e o rolo de feltro. A mãe de Artiom tirou o casaco de Máksim e estendeu para ele, que recusou, mas ela insistiu, uma teimosia inabalável em sua voz. Então, ele aceitou e ela apertou sua mão e agradeceu em voz alta aos homens do caminhão, e todos responderam com um aceno de mão coberta por uma luva esfarrapada, e o caminhão desapareceu manhã adentro, a suspensão chiando ao longe.

No chão, havia milhares de pegadas, vindas de todas as direções, fundindo-se numa rota enlameada até a entrada.

A mãe de Artiom anunciou a chegada da família aos guardas, eles perguntaram de onde ela era e ouviram o nome dos três, mas só para não perder o hábito, pois não tinham nenhuma lista para ticar, e apenas assentiram, apontando para a porta.

Não havia filas no depósito; todo mundo havia sido registrado à noite. Tudo que viram foram pessoas deitadas em seus diminutos lares. Cada família tinha poucos metros quadrados de carpete, separados por pedaços maleáveis de papelão colados no chão. Milhares de vidas insignificantes espremidas. Artiom lembrou-se de quando ergueu uma pedra enorme e viu um enxame de insetos rastejando embaixo. Ia ser assim que uma cidade se pareceria se tirassem todas as paredes e toda a mobília presentes nela.

Quase todo mundo estava dormindo. Poucas pessoas passavam andando, tão poucas que dava uma sensação estranha olhar para uma silhueta vertical, de pé, parada ou caminhando; ver tanta gente deitada dava a impressão de que os humanos foram criados para existir em um plano horizontal. Também era estranho ver tanta gente em silêncio depois da barulheira caótica que foi o dia anterior.

Pombos passavam voando lá no céu, movendo a cabeça bruscamente de um lado para o outro a fim de enxergar todos os aspectos do lugar.

Uma mulher usando uma faixa amarela transversal aproximou-se. Pela expressão no rosto dela, viram que o cheiro do casaco de Máksim estava exalando. Demonstrando aversão, a mulher dirigiu-lhes a palavra:

— Seus cartões.

— Oi?

— Os cartões.

A mãe de Artiom ficou parada, sem entender. Claramente, não barrariam a entrada deles.

Artiom se inclinou na direção da mãe.

— Ela está pedindo os cartões que deram para a gente antes de subirmos no ônibus. Quando nos examinaram com aqueles dosímetros.

— Ah, claro — respondeu ela, tateou o corpo e puxou debaixo do suéter uma bolsinha com alguns rublos e três cartões de categorização.

A mulher olhou para eles e pediu à mãe de Artiom que confirmasse os nomes completos e as datas de nascimento, e ela obedeceu. A mulher assentiu para Artiom e Sófia.

— A senhora não pode ficar com o cartão deles. Eles vão precisar mostrar toda vez que pedirem.

— Claro.

— Podem vir comigo.

Ela os conduziu até uma porta com uma série de fechaduras, então sacou um molho de chaves e foi abrindo todas as trancas, uma de cada vez, e os instruiu a aguardar ali. Artiom deu uma espiada no lado de dentro, viu pilhas de cobertores verdes nas mesas e deduziu que aquela sala era onde ficavam originalmente os escritórios do depósito; o que quer que fosse que armazenavam lá. A mulher voltou com uma pequena pilha de cobertores.

Ela os entregou para Sófia, deu à mãe de Artiom um mapa improvisado, desenhado à mão, mostrou-lhes como a área tinha sido dividida em seções e disse que teriam de buscar sua comida uma vez por dia na área de suprimentos, lá nos fundos do espaço. A seção deles seria anunciada nos alto-falantes, e eles apresentariam seus cartões, receberiam sua comida e a levariam para seus aposentos. Ela disse "aposentos" sem um pingo de ironia, como se eles devessem sentir gratidão por habitarem uma faixa de carpete.

A mulher apontou na direção da seção deles e virou a folha do mapa, que revelava o número da respectiva área. A mãe de Artiom perguntou onde ficavam os banheiros, e a mulher apontou para uma placa, na parede à esquerda, com uma seta indicando a direção.

A mãe de Artiom perguntou onde ficavam os chuveiros.

— Não tem chuveiro.

— E como a gente faz para tomar banho?

— Vamos torcer para que chova nos próximos dias.

A mãe de Artiom não se surpreendeu muito com a informação.

— Meu marido está desaparecido. Onde posso descobrir se ele chegou?

A mulher bufou pelas narinas.

— Olhe só em volta. O marido de todo mundo está desaparecido.

Eles olharam e viram pouquíssimos homens.

— Um representante do secretariado nos visitará hoje à tarde. Aí ficaremos sabendo de mais coisas. A comida será distribuída no meio da manhã. Levem os cartões com vocês aonde forem. Se não apresentarem o cartão, confiscaremos sua comida. É isso.

— Uma última coisa.

A mulher parou, ofendida com a quantidade de tempo que estava sendo obrigada a perder.

— Sabe quanto tempo ficaremos aqui?

— O tempo que disserem que vocês têm que ficar.

Ela se virou, foi até uma cadeira encostada na parede, se sentou e pegou uma revista.

Eles caminharam em meio a um labirinto de carpetes, papelão, braços e pernas esparramados, e por fim encontraram sua área: um espaço em que cabiam os três deitados e nada mais. Na fazenda, toda vez que uma vaca ficava doente, eles a separavam das outras em um cercadinho até ela se recuperar. Aquele curral minúsculo era maior que a área em que eles três ficariam agora. Provavelmente mais confortável também, pensou Artiom, quando a palha estava nova.

Sófia sentou-se no rolo de feltro e disse:

— Então essa é a nossa casa.

A mãe de Artiom mordeu o interior da bochecha e assentiu, sem olhar para os filhos.

Artiom saiu andando. Ele ouviu sua mãe lhe dando instruções em sussurros frustrados, mas não deu a mínima. Precisava ficar sozinho. Pelo menos poderia aproveitar a paz da manhã. Tudo no que ele batia o olho era feito de aço e concreto. Uma fila de torres de energia com pontas em espiral equilibrando uma série de fios que zumbiam. Caminhões passavam na estrada, tão rápido que ele sentia o chão balançar sob seus pés.

Nenhuma grama à vista.

Nada respirando, nem ele respirava direito.

Tudo o que antes existia apagado num único dia.

— ELE ESTÁ DORMINDO. Podemos começar.

A voz de Grígori traz Artiom de volta para o cômodo. Ele leva um instante para se recompor, se concentrar na tarefa à sua frente. Ele olha para baixo e vê um cão repousando, um sorriso cômico nos lábios, os molares à mostra. Ele coloca a mão no pelo. É bom tocar a pelagem de um animal, áspera e viva.

Grígori diz alguma coisa, e Artiom se vira, sem compreender. Grígori repete:

— Pronto?

Com delicadeza, eles viram o cachorro, e Grígori apara o pelo da região da anca, depois, com uma lâmina, termina de raspar, de modo que no fim o cão fica parecendo uma criatura dividida em duas: pelo e pele. Artiom não consegue conter o sorriso diante da estranheza da cena, não consegue deixar de pensar que, se um cachorro possui algo parecido com vaidade, terá uma surpresa e tanto quando acordar. Grígori instrui Artiom a erguer o traseiro do cão, e o menino obedece e se surpreende com o peso do animal. Grígori envolve a pelve do animal com gesso, depois de molhar as ataduras na tigela de água, e pede a Artiom que o ajude a dobrar as pernas do cão, para que o animal possa se arrastar enquanto se recupera. Ambos sentem prazer em suas ações: curar algo que não tem mistério algum; um osso quebrado que será consertado, algo possível de definir, um problema médico que tem solução. E, em silêncio, ambos aguardam com ansiedade o dia que arrancarão o gesso desse animal para vê-lo caminhando, trôpego, pátio afora, deixando seu trauma para trás.

Artiom fica surpreso ao ver quão rápido as bandagens secam e, quando o gesso fica pronto e eles jogam um cobertor por cima da criatura encolhida, ele olha para Grígori com um brilho nos olhos.

— Ele é seu agora. Você pode cuidar dele.

— Não podemos mexer nele agora. Ele está dormindo.

— Não agora, quando ele acordar.

Artiom balança a cabeça, triste.

— Não posso, minha mãe não deixaria a gente ficar com ele. E como eu o alimentaria? Não temos comida nem para a gente direito.

— Bem, então vamos deixá-lo aqui. Ele é seu cachorro, mas fica aqui. Vou falar com o supervisor de suprimentos, ver se a gente consegue arranjar alguma sobra.

Artiom abre um largo e radiante sorriso, e Grígori interpreta isso como uma satisfação por ter carregado o animal até ali, cuidado dele, uma recompensa que faz tudo valer ainda mais a pena. Eles dão um aperto de mão; há um quê de seriedade no ato. O menino tem uma aura de experiência, de seriedade, qualquer traço de ingenuidade pueril se fora há muito tempo.

— Batir. Vou colocar nele o nome de Batir.

Artiom assente, aceitando o fato com avidez, a expectativa de uma nova paternidade pulando dentro dele.

Antes de ir embora, ele repete o nome:

— Batir.

É a primeira coisa boa que ele faz em meses.

14

Mária está trabalhando há três horas quando acontece. O alvoroço vem de cima, da escadaria de metal que leva ao andar da gerência. Uma gritaria. Um tumulto. A princípio, eles acham que pode ser uma discussão entre dois gerentes seniores, o que por si só já seria uma fofoca boa, mas é uma voz feminina. Não há mulheres no corpo da gerência. Os companheiros de Mária param de trabalhar e olham para cima. Instintivamente, antes de se virar, eles apertam o botão que interrompe as máquinas. O lugar inteiro se desliga por um instante, o som de forças desacelerando, esfriando. Mária olha ao redor e vê outras pessoas olhando ao redor, fascinadas, enquanto o animal feroz a que se acorrentaram aquieta seu rugido.

O vácuo é preenchido por um murmúrio. E gritos vindos da escadaria. Os que conseguem ver relatam tudo aos que não conseguem. É Zináida Volkova. Eles não acreditam. Pedem aos que estão mais perto que confirmem e veem um monte de pano preto sendo conduzido por três funcionários pelas portas que levam à recepção.

Nos quarenta anos em que Zináida Volkova trabalhou na fábrica, nunca se teve notícia dela levantando a voz.

Zináida é uma das integrantes mais antigas do comitê do sindicato dos operários. Todo mundo a conhece, conhece sua história. Depois da guerra, aos vinte e quatro anos, ela tornou-se membro da brigada de trabalho Zoya Kosmodemyanskaya. Uma soldadora com duas medalhas de Herói do Trabalho. Zináida é a pessoa com quem os funcionários vão falar quando estão com problemas pessoais. Ela pleiteou uma licença-maternidade mais longa, garantiu concessões e flexibilidade no horário de trabalho para os operários que precisam cuidar de parentes doentes. Metade da fábrica já esteve diante dela em algum momento, já foi ouvida por ela com aquele seu olhar alerta, inquieto como um passarinho, distribuindo conselhos e palavras de consolo.

Até os supervisores de produção estão perplexos. Não podem tratar um Herói do Trabalho dessa maneira.

Assim que os protestos de Zináida acabam, um silêncio ameaçador toma conta do ambiente. Algumas máquinas estalam em seu estado de repouso, peças resfriando e se contraindo. Ninguém se move. Eles veem um homem com um terno cinza percorrer às pressas a passarela de metal que fica de frente para as janelas de vidro laminado. Sr. Shalámov.

Os gerentes de produção olham para o chão, ou saem andando, tentando agir da forma mais natural possível, na direção dos banheiros.

O presidente da fábrica, Sr. Ribak, aparece na porta de vidro de seu escritório.

— Liguem as máquinas.

Silêncio.

— Quem aqui consegue viver sem seu emprego? Levante a mão.

Silêncio.

— Se for preciso, eu ficarei aqui com uma prancheta na mão marcando os nomes. Perguntem a si mesmos se vocês querem voltar para casa, para sua família, e dizer a ela por que amanhã cedo vocês vão ficar plantados na porta de outra fábrica. Batendo os pés para se aquecer no frio de congelar. Liguem suas máquinas agora ou expliquem isso à família de vocês.

Um ligeiro farfalhar de uma ponta a outra do edifício, como se uma brisa tivesse acabado de passar.

Uma máquina ronca, seu motor ganhando velocidade.

Os gerentes de produção abaixam o olhar. Não dizem uma palavra sequer, apenas encaram os operários. O som se alastra, volantes de inércia ganhando velocidade, máquinas de molde atingindo a pressão máxima e, na seção de Mária, as lâminas das fresas tornando-se invisíveis à medida que giram. Mais uma vez, a indústria volta a funcionar a todo vapor e todo mundo volta a sentir desprezo por si mesmo.

No almoço, Mária se senta, como sempre, com Anna e Nestor, seus melhores amigos na fábrica. Anna tem uma filha de dois anos e, por isso, sente uma lealdade especial por Zináida. A licença-maternidade prolongada foi uma dádiva dos céus.

— Então — diz Nestor.

Nestor é desenhista da construção civil e, por isso, tem contato direto com diferentes áreas de processamento. Seu rosto é fino e branco, e as linhas de seu maxilar se encontram num queixo com covinha.

— Ela estava tentando organizar um sindicato independente. Aparentemente, ela surtou com o último corte nos salários.

Os salários haviam sofrido três reduções nos últimos seis meses. O sindicato mal fizera objeções, seus dirigentes recebiam pequenos subornos da administração da fábrica. Todo mundo sabe disso. Mas ninguém está em posição de contestar.

Enquanto os salários sofrem cortes, o custo de vida vem aumentando. Nos últimos dezoito meses, o açúcar dobrou de preço. O pão e o leite tiveram um aumento de 60%, a carne, 70%. Todos eles sabem como reajustar o orçamento familiar, apertar o cinto mais um ou dois milímetros, reduzir e reduzir. Mas, ainda assim, é preciso comer alguma coisa. Alguns operários mais velhos vinham desmaiando em seus postos de trabalho. Funcionários adoeciam com uma frequência muito maior, e Mária percebeu outras mudanças, mais sutis, mudanças que aparecem no corpo. Ela notou que as gengivas de Nestor haviam retraído. Ele tem três filhos. Arca com a maior parte dos sacrifícios. A pele das pessoas envelheceu, os cabelos ficaram ressecados, frágeis. Toda noite, no ônibus a caminho de casa, ela repara em fios caídos nos ombros dos casacos escuros dos colegas.

Nestor abaixa o tom de voz.

— Talvez agora ela consiga o que quer. Não quero nem imaginar as pessoas continuando a ser representadas pelo restante daquela gangue.

— Não é tão fácil quanto você pensa, Nestor. Um sindicato independente é uma luta e tanto.

— Outros lugares conseguiram concessões. Os estivadores em Vladivóstok. Os ferroviários em Leningrado — diz Anna.

— Mas só porque eles foram obrigados: esses são setores cruciais. As autoridades estão ficando mais rigorosas. Não querem que protestos como aqueles se espalhem. Cada vez que um lugar obtém concessões, eles caem matando em outro lugar, reprimindo sem dó. Por qual outro motivo demitiriam Zináida?

Nestor fita seu almoço com desgosto e, em vez de comer, acende um cigarro.

— Zináida deu credibilidade ao sindicato. Para eles, vai ser difícil seguir em frente sem ela. Vai circular um abaixo-assinado até o fim da semana, podem anotar o que eu estou dizendo.

Mária bufa.

— Nomes numa folha de papel. De que isso vai adiantar?

— É um começo.

— Não é nada.

Anna olha para Mária.

— Não vi você indo embora em sinal de protesto.

Há uma aspereza em seu tom de voz.

— Não, não viu — admitiu Mária. — Estou pensando no meu salário, assim como todo mundo, por mais lamentável que isso seja.

— Mária Nikoláievna Brovkina.

O Sr. Popóv está parado na entrada do refeitório. É tão raro ver um gerente de produção ali, entre os operários, que um silêncio se instaura no recinto.

— O Sr. Shalámov gostaria de conversar com você.

— Mais tarde eu conto para vocês — murmura Mária para os dois amigos e sai pela porta, deixando sussurros como rastros.

Dessa vez, quando Mária entra no escritório do Sr. Shalámov, ele se levanta e aperta a mão dela. Ela se senta na mesma cadeira da última vez. O Sr. Shalámov inclina o corpo para a frente, apoia os cotovelos na mesa, ajeita os óculos, recosta-se na cadeira, sorri de novo.

— Eu gostaria de falar, Mária Nikoláievna Brovkina, sobre a sua sugestão. A senhora mencionou que seria bom para o ânimo de todos. Creio que talvez a senhora tenha razão. Vamos celebrar os talentos dos nossos operários.

Eles a estão vigiando, é claro, o tempo todo. Para todo mundo que está lá sentado para almoçar, é nítido que a gerência está tentando cooptá-la. A culpa é dela, por ter se mostrado aberta e ter tomado a iniciativa da conversa, por ter demonstrado que estava disposta a dançar conforme a música.

— Meu sobrinho não poderá fazer aulas extras. Peço desculpas. Procurei o senhor antes de ter conferido todos os compromissos dele.

Shalámov desliza na cadeira sem o menor sinal de hesitação.

— Andei fazendo algumas perguntas por aí. Ele é um menino muito talentoso.

— Ele vem tendo alguns problemas recentemente. O professor dele está preocupado com a capacidade do menino de manter o ritmo, diz que ele precisa voltar ao nível básico. Caso contrário, não terá condições de participar de nenhum concerto.

— Não entendo quase nada de música. É tão grave assim?

— Pode vir a ser. O professor diz que ele está em uma fase delicada. Ele ainda não tem idade suficiente para dominar os tempos necessários. Isso só pode ser obtido pela repetição. Depois de um tempo, vem naturalmente.

— Bem, que pena...

— Sim.

— Quem é o professor dele?

Mária se mexe na cadeira.

— Não estou me lembrando do nome... É minha irmã que cuida da educação dele.

— Entendo.

Ele assente. Silêncio.

Uma criança tocando fora de ritmo não é uma desculpa boa o suficiente. Ambos sabem disso.

Ele sorri.

— Tenho alguns amigos na música. Talvez possamos arranjar outro professor para o menino.

— É muita gentileza da sua parte, mas ele está feliz com o professor que tem. Parece que estão progredindo bem.

— Pelo contrário. Na verdade, a impressão que dá é que ele está fazendo um péssimo trabalho.

Uma pausa.

— O nome do meu amigo é Iákov Sidorenko. Já ouviu falar dele?

Ela suspira.

— Já. Claro.

— Iákov Mikháilovitch é um artista generoso, um grande amigo dos trabalhadores e da juventude. Ele se ofereceu para acompanhar seu sobrinho em um recital em nossa casa da cultura. Que homem modesto é Iákov... Ninguém nunca o ouve falar das próprias conquistas.

Mária odeia esse tom arrogante. Não tem o que fazer agora. Ela será vista como se bandeando para o lado deles.

— Preciso consultar minha irmã e, claro, meu sobrinho.

— Eu supus, Mária Nikoláievna, que a senhora já tinha feito isso antes de vir me procurar.

Ele tira uma caneta do bolso do paletó e começa a vasculhar sua papelada. Mária aguarda a permissão para sair.

— Se a senhora concluir que seu sobrinho não está à altura da empreitada, se a senhora exagerou ao falar dos talentos dele, então é lógico que pode recusar. Eu não gostaria de atrapalhar o desenvolvimento de um menino. Mas devo lembrá-la de que Iákov Mikháilovitch é professor do Conservatório, não é alguém que a senhora gostaria de insultar. Pelo contrário, se seu sobrinho é tão talentoso quanto dizem, eu consideraria que se trata de uma excelente oportunidade para ele. Além disso, recusar seria uma tremenda decepção para o Sr. Ribak. Ele convidou um membro do Ministério dos Automóveis e do Maquinário Agrícola.

Ele aponta a caneta na direção dela.

— Não é um bom momento para decepcionar o presidente da empresa, acredite.

— Sim, senhor. — Ela diz isso sem olhar para ele.

Ele assente, se levanta e estica o braço.

— A senhora mesma disse: temos gente talentosa aqui, por que não celebrar nossos talentos? Eu a aconselho a enxergar isso como uma boa oportunidade para nós dois, assim como para o seu sobrinho.

Ela se vira sem agradecer a ele — já não precisa mais bajular. Terá alguns minutos no saguão para reorganizar os pensamentos, decidir o que vai ou não contar aos outros. Talvez a verdade seja a melhor opção. Porém, de acordo com sua vivência, esse raramente é o caso.

15

NADA DE CONVERSA.

Você forma a fila e, quando está na fila, você não sai da fila.

Você fica à distância de um braço do menino à sua frente. Coloca a mão no ombro dele para calcular o espaço entre vocês, depois abaixa o braço e dá um passinho para trás.

Quando o professor de educação física sopra o apito, você começa o exercício. Quando ele sopra de novo, você para. Você conta em voz alta até oito enquanto estiver fazendo o exercício. Quando não estiver fazendo o exercício, você conta mentalmente. Quando estiver contando em voz alta, você não balbucia, você grita as palavras em alto e bom som, de forma nítida e cristalina, separando os números: um... dois... três... quatro... cinco... seis... sete... oito.

Você começa com polichinelos, depois pula e joga os joelhos lá no alto, para aquecer. Depois, faz flexões, abdominais e agachamentos. Depois, repete tudo.

O short de Ievguiéni está furado na lateral — não é um buraco muito grande, mas preocupante; é preocupante porque está aumentando de tamanho de forma exponencial. Ele tem uma escolha a fazer, uma decisão a tomar. Quando estiver fazendo o polichinelo, ele pode esticar as pernas ao máximo e correr o risco de rasgar ainda mais o short ou pode conter um pouco o movimento das pernas, sob o risco de ser punido pelo professor de educação física e passar meia hora correndo em círculos pela quadra. Ele só tem esse short; antes tinha outro, que ficou pequeno demais depois que ele cresceu. O tecido ficava subindo e agarrava nas coxas como uma sunga. Os outros meninos riam dele, por isso Ievguiéni jogou-o fora. Isso foi seis semanas atrás. Sua mãe lhe prometera que o levaria para comprar um short novo — mas nunca o levou. Ele pediu que ela lhe desse o dinheiro, ele poderia sair para comprar sozinho, mas ela alegava que nunca tinha dinheiro. Ele desconfiava de que ela não queria lhe dar o dinheiro por medo de que ele gastasse com algo bobo ou que acabasse encontrando Ivan ou quem quer que fosse que o obrigaria a entregar o dinheiro. Depois da primeira aula de educação física, ele a lembrou, disse que seu short estava furado, e ela ficou furiosa e disse que ele mesmo podia costurá-lo. Mas Ievguiéni não sabia costurar, e, afinal de contas, homens não costuram, até ele sabia disso. Ela pediu desculpas por ter se irritado e prometeu que compraria um short novo antes da aula seguinte. Bem, a aula seguinte era esta aula de agora.

Ele devia ter pedido para sua tia. Ela sempre o ajuda com as coisas de escola. Ela o ajuda a encapar os cadernos com papel de parede velho, e, às vezes, quando abre sua lancheira, ele encontra um quadradinho de chocolate. Quando isso acontece, ele tem de enfiar tudo na boca imediatamente, para que outra criança não veja e não roube o doce dele. Seis meses atrás, um menino chamado Liev viu Ievguiéni enfiar o chocolate na boca, correu na direção dele, apertou a junta onde as mandíbulas de Ievguiéni se encontram e sua boca se abriu antes que ele tivesse tempo de engolir e Liev pegou o quadradinho de chocolate, quase dissolvido, encharcado de saliva, e comeu. Então, deu um soco na barriga de Ievguiéni por ser tão egoísta.

Todo mundo usa o mesmo uniforme de ginástica. Short vermelho e regata branca. Alguns meninos mais velhos têm pelos debaixo do braço, e Ievguiéni acha que é um lugar estranho para se ter pelos.

Durante o aquecimento, ele ouve os pontos da costura se desfazendo. Toda vez que faz um agachamento, ele consegue sentir o esforço que o material está fazendo. Talvez seja melhor partir para o óbvio logo e correr em volta da quadra, mas ele vem fazendo isso com muita frequência e é constrangedor. Quando corre rente ao muro, atrás de quem está fazendo flexão, as crianças no fim da fila sempre esticam o pé para fazê-lo tropeçar. Ievguiéni sabe que o professor de educação física vê essas coisas, o professor de educação física vê tudo, mas não diz nada. É uma parte extra e tácita da punição.

Eles terminam de aquecer e formam filas atrás do colchonete de ginástica. Antes de fazer sua rotina, você fica de pé e ergue um braço para que o professor saiba que você está prestes a começar. É assim que fazem nas competições. É assim que fazem nas Olimpíadas. Todo mundo diz que, quando era mais jovem, o professor de educação física competiu nas Olimpíadas. Ievguiéni contou isso para sua mãe, e ela riu. Ela conhecia o professor de educação física quando ele era mais novo, quando as Olimpíadas foram realizadas lá.

— Ah, ele foi para as Olimpíadas, sim. Ganhou a medalha de bronze em varredura de chão.

Ievguiéni nunca falou nada, mas mesmo assim o professor de educação física nunca gostou dele.

É a vez de Ievguiéni fazer sua rotina. O menino atrás dele o empurra.

Ele ajeita a postura e levanta o braço para o professor de educação física, como manda o figurino. A primeira coisa é uma cambalhota para a frente. Dessas ele gosta. O segredo, ele descobriu, é dobrar os joelhos até lá embaixo e olhar fixamente para a frente. Ele rola no colchonete, sentindo aquela vertigem resultante de virar o cérebro de ponta-cabeça, várias e várias vezes, um clarão e uma tontura leve que vem descendo em espirais do topo de sua cabeça.

Agora uma cambalhota para trás. Na verdade, ele nunca entendeu direito o momento que tem de passar o traseiro por cima da cabeça. Às vezes, quando começa a ficar frustrado com o movimento, joga o traseiro sobre o ombro, e não sobre a cabeça. Isso significa que sua cambalhota sairá torta, mas é sempre mais rápido. Às vezes, o professor de educação física berra e dá uma bronca nele por causa disso; às vezes, não. Ievguiéni sente que o professor já não dá a mínima para o que ele faz.

Ievguiéni chega à outra ponta do colchonete, e o menino seguinte se levanta. Ievguiéni volta para o fim da fila. Ele precisa muito de um gole de água, mas ninguém é autorizado a entrar com água no ginásio. Os alunos podem beber água depois da sessão de treinos, mas sempre fica uma fila enorme no bebedouro, e, quando chega a vez de Ievguiéni, ele já está atrasado para a próxima aula.

Ievguiéni coça o traseiro e, ao fazer isso, percebe que uma parte do tecido do short, o lado rasgado, está pendurado. Olha para baixo e se dá conta de que a situação é grave. Agora o rasgo já está de fora a fora, quase chegando à parte de cima. Ele olha para o relógio na parede. Faltam apenas dez minutos para acabar a aula. Se ele calcular direito, pode amarrar o cadarço dos tênis e ir direto para o fim da fila e tentar a sorte fazendo os exercícios de alongamento. Terá de desamarrar os tênis sem que ninguém perceba e depois amarrá-los de novo. Talvez ainda seja punido e tenha de correr em volta da quadra, mas a situação está ficando desesperadora. Por que ele é obrigado a fazer ginástica se odeia tanto? Os adultos não são obrigados a fazer ginástica. A mãe dele não é obrigada a dar saltos no cavalo nem a pular na cama elástica, embora ele tenha de admitir que isso faria realmente um bem danado a ela.

Um vigoroso apito soa.

— Façam uma fila na frente das cordas.

Ele odeia as cordas. As cordas são a pior coisa que alguém poderia lhe pedir que faça no apuro em que se encontra. Existem cinco cordas penduradas lado a lado, e geralmente há uma competição de cinco em cinco alunos. Ievguiéni não é muito forte e, por isso, ele quase sempre perde. Todo mundo sai correndo na direção das cordas, e o professor olha para ele. Agora Ievguiéni não pode fingir e apelar para o truque do cadarço.

— Ievguiéni, vá para a frente da fila. Você pode nos dar uma demonstração de como se faz.

Um risinho abafado toma conta da turma. Quem está no comando é sempre engraçado. O professor de educação física poderia dar uma palestra sobre a fabricação de colchonetes de ginástica, e, ainda assim, todo mundo morreria de rir. Ievguiéni gostaria de poder se recusar, de sair correndo, mas não é burro. Prefere que a classe inteira veja sua cueca esfarrapada a ter de encarar o professor de educação física depois de um episódio desse.

Ele vai até o início da fila mais próxima, os lábios franzidos numa expressão de desafio.

— Nada de andar — berra o professor de educação física.

Quando chega ao início, Ievguiéni é arrebatado por um momento de genialidade. Ele correrá até o outro lado da corda e a escalará virado de frente para a fila. Dessa forma, o rasgo no short ficará mais perto da parede, do lado oposto ao do professor.

Por que sua mãe não comprou um short novo para ele? Ele pediu a ela. Ela disse que ia comprar. E ele sabe que, quando voltar para casa e contar a sua mãe o que aconteceu, vai levar uma bronca por não lhe ter lembrado.

— Você não pode querer que eu me lembre de cada coisinha.

É isso que ela dirá. Mas o short de ginástica não é uma coisinha. É algo importante. É uma questão de vida ou morte.

O professor de educação física apita, e Ievguiéni se lança para a frente. Alcança a corda, corre até o outro lado dela e começa a subir. Os outros começam a rir dele na mesma hora, mas isso é inevitável. O que ele fez ainda é a melhor opção.

O professor de educação física olha para a fila de meninos e ordena que fiquem quietos, e, enquanto faz isso, o mundo de Ievguiéni desaba. A pior coisa que poderia acontecer com ele acontece. Arkádi Nikítin, o menino mais suarento da turma, está escalando ao lado de Ievguiéni e está num ponto mais baixo da corda — por causa de suas mãos suadas — e, por isso, vê o rasgo no short de Ievguiéni, e percebe que o instrutor está olhando para o outro lado, então dá um puxão no short, e Ievguiéni ouve o short rasgar mais ainda e olha para baixo e vê o short pairando, caindo em direção ao chão, para longe dele, levando consigo sua cueca esgarçada. E então a turma inteira vê a cena. A turma olha para cima e vê Ievguiéni paralisado, em choque, quase no topo, sua cueca cinza esparramada no chão para todo mundo ver, como um rato morto que fica no meio da estrada por semanas, com as vísceras para tudo que é lado.

Um acesso de riso acomete a turma inteira, e Ievguiéni vê que o professor de educação física também dá um sorrisinho, e logo depois começa a berrar, ordenando que ele desça imediatamente.

O professor de educação física tem uma careca que pode ser vista nitidamente lá de cima. Ievguiéni permanece paralisado, agarrado à corda, e quanto mais tempo continua assim mais furioso o professor fica. Ele consegue ver o rosto do homem ficando vermelho. Ievguiéni engancha os pés em volta da corda, como os meninos foram ensinados a fazer, e fecha os olhos. Ele não tem a menor condição de descer agora e encarar o constrangimento, a raiva. Fecha os olhos com força e cantarola o início do prelúdio "Gota de chuva", de Chopin, e as notas vão despejando sua paz sobre ele. O som da chuva tamborilando na vidraça; folhas farfalhando com a água que cai. As notas o acariciam, o refrescam, o doce Chopin o encharca. Ele sente a corda balançar freneticamente: o professor de educação física está tentando derrubá-lo à base de sacudidas, mas Ievguiéni não se move — se o homem quer que ele desça, vai ter de subir para buscá-lo. Ievguiéni segue segurando a corda como se sua vida dependesse disso, a dez metros do chão, a corda queimando seus dedos, sequências de acordes tamborilando em seus ombros.

🙦 16

Duas horas depois, Mária sai da sala do diretor. Passa direto por Ievguiéni, que está afundado numa cadeira do lado de fora, e o menino agarra sua mochila e corre atrás dela. Quando ela está irritada, anda a passos largos e apressados. Por isso, ele consegue perceber que ela está irritada.

— Me desculpe.

— Não quero ouvir.

— Eu não queria te trazer problemas.

— Bem, mas trouxe. Você me fez sair mais cedo do trabalho. Se eu fizer isso duas vezes por ano, tudo bem, mas quantas vezes isso já aconteceu?

— Não sei.

— Eu sei. Com essa, foram quatro. Terei sorte se não for demitida.

— Eu sinto muito.

— Não sente nada. Isso não é legal, Zhênia, ainda mais agora.

Não é justo culpar a criança por seus problemas no trabalho. Mas, ainda assim, ele ligou para *ela*. Podia ter ligado para a mãe. Então talvez ele mereça.

— Você podia ter ligado para a sua mãe.

Ela percebe que ele não está respondendo, olha para o lado, mas ele não está lá. Ele parou. É ela quem está andando rápido, é ela quem está furiosa. Ele deveria estar tentando alcançá-la. Ela para e olha para trás.

Ele está lá parado com a mochila no chão, aos pés dele. A essa altura, estão no parquinho, à vista de centenas, se não milhares de crianças, e mesmo assim Zhênia não hesita em colocar a mochila no chão, fazer uma cena, as mãos segurando a cabeça, agarrando mechas de cabelo. Não é de surpreender que peguem no pé dele — o menino é uma ferida que não cicatrizou. Talvez isso tenha a ver com o fato de não ter um pai, ou com o excesso de cuidados maternais, com as mulheres sendo extremamente tolerantes por causa do talento dele. Vai saber... Alina que lide com isso. Mária não é a mãe dele, afinal, e ela não está a fim de lidar com isso hoje.

Mária vai até ele, agarra seu braço e o arrasta de volta, e ele obedece fazendo corpo mole, como uma boneca de trapo.

Essa criança precisa aprender uma lição.

Eles entram no metrô e conversam. Ievguiéni explica o que aconteceu, e Mária consegue enxergar uma lógica por trás. As coisas que você não pode fazer quando é criança, atitudes que não pode tomar, o modo como as coisas mais ínfimas ganham uma dimensão exagerada e chegam a um ponto crítico.

Ela para de falar no meio de uma frase.

— Me mostre o seu braço.

— Quê?

— Me mostre o seu braço.

Ievguiéni arregaça a manga do suéter. Nada. Ele já sabe o que ela está procurando, tenta parecer despreocupado. Nada passa despercebido por essa criança.

— O outro.

— Não.

— Por quê?

— Tá bem, aqui. Você não precisa de provas, minha mãe já viu.

— Torceram seu braço então.

— Sim.

— A gente precisa se preocupar?

— Não.

— Zhênia?

— Não.

— Estão fazendo isso com outras crianças? Fale a verdade.

— Estão. Com um monte de criança.

— Você não é o único.

— Não. A gente faz isso o tempo todo.

Insultos, apelidos, tapas na orelha, cusparadas, chutes, professores distribuindo castigos físicos, gente atirando meleca, bilhetinhos. Graças a Deus ela não está mais na escola.

Ela vai deixar o assunto para lá, mas não pode garantir que não vá voltar a falar sobre isso. É uma linha tênue, ser uma tia que mora com o sobrinho. Ela quer que ele confie nela, mas sente muitas das responsabilidades maternas, os mesmos medos irracionais que Alina sente.

— Tenho uma pergunta — diz Mária. — Você conhece algum Prokófiev?

— Hummm. — Ele pensa por um instante. — Não.

— Sabe quem é Prokófiev?

Ele olha para ela, sobrancelhas erguidas. É claro que ele sabe quem é Prokófiev. Isso é a mesma coisa que perguntar quem é Lenin.

— Um dos meus gerentes lá no trabalho veio me falar sobre um recital. Se você tocasse para eles, me ajudaria muito.

Mas o menino não sabe tocar Prokófiev.

— Mas eu não conheço nada do Prokófiev. Tenho que tocar Prokófiev?

— Sei lá. Talvez não. Estou só perguntando, em teoria, se você tivesse que tocar. Pode ser que não aconteça.

Ele diz "sim". Ele diz "é claro". Mas se encolhe de um jeito que Mária já conhece. Ele não quer fazer isso. Está preocupado com o tempo dele. Está preocupado com tudo.

O trem para na estação, e eles desembarcam. A plataforma está tão vazia, todo mundo ainda trabalhando, e Mária tem vontade de voltar para o trem e aproveitar ao máximo a tarde, levá-lo à Praça Vermelha, passear pelas lojas no TsUM, deixá-lo sentir o cheiro de comida de verdade, de perfume, tocar casacos de pele. A criança nunca vivenciou a sensação de passar a mão numa peliça reluzente. Ou poderiam comer alguma coisa no Metropol, deixar os garçons recebê-los com reverências, ouvir o tilintar das xícaras, assistir a uma apresentação no Bolshoi, colocar a mão no papel de parede adornado. Ser pessoas diferentes por uma tarde.

Mas não podem se dar ao luxo de fazer essas coisas, e ele tem roupas para entregar e ela tem de dar aula. E, além disso, Alina a mataria.

Eles sobem as escadas e saem à luz do sol. O mercado está lá, como sempre. Legumes e verduras. Trajes militares. Coturnos ressolados. Óculos de sol para a claridade de novembro. Provavelmente é possível comprar ogivas nucleares aqui, se você tiver dinheiro suficiente. Em uma das mesas há um pote de figos com a tampa aberta. Talvez já faça dez anos desde a última vez que ela comeu um.

Mária segue em frente. Vai comprar alguma coisa, um agradinho para mostrar que não há ressentimentos. Ela disse o que tinha a dizer. O menino teve uma tarde e tanto: não deve ser fácil ser um prodígio.

Eles param numa barraquinha de *blinis*, Ievguiéni pede um com presunto e ovos e Mária diz:

— Quê? Dinheiro não dá em árvore, vai. Pegue leve comigo.

Ele sorri cheio de culpa e pede um com repolho roxo e linguiça. O baixinho conhece os limites. A atendente despeja a mistura na chapa quente e enrola a massa com sua espátula comprida e achatada, de modo que o recheio escorre até a borda, mas não entorna.

Perto das torres, os bêbados colonizaram os parquinhos, sentados nos balanços, tomando goles demorados no gargalo das garrafas. Um está deitado no carrossel, o corpo estirado, a cabeça numa das pontas, as pernas na outra, um frasco de líquido anticongelante em seu peito, encarando as fotos de soldados nas janelas acima dele; memoriais a parentes que morreram em serviço. Todos eles fardados da cabeça aos pés, os quepes empinados. As fotos padrão da cerimônia de formatura na academia militar, esmaecidas pelo tempo. À noite, quando as luzes estão acesas, projetam uma claridade fantasmagórica no lugar, o que dá uma fugaz impressão de vitral. Mária sabe que em sua maioria esses soldados eram burros como uma porta, atiçados pela própria testosterona, mas ela gosta de sua presença luminosa, um lembrete de que um lar não é feito apenas de móveis, eletricidade e encanamento. Ela entende por que as *babushkas* não conseguem passar por lá sem se benzerem.

Mária e Ievguiéni sobem as escadas — o elevador ainda está enguiçado —, ela gira a chave e Ievguiéni joga o papel antigordura de seu lanche no lixo e arrota.

— Não abuse só porque sua mãe não está aqui, Zhênia.

— Desculpe.

— Vá lavar as mãos para a gente começar. Eu vou te ajudar.

O dia dele está ficando melhor.

É uma quarta-feira, o dia em que Alina termina de lavar toda a roupa suja da semana, o dia em que as pilhas de lençóis recém-passados chegam ao auge, cobrindo todas as superfícies da casa possíveis. Mária abre a porta e entra na sala que parece uma paisagem de tundra. O lugar é tão ermo e imaculado que ela quase consegue ouvir os ventos siberianos açoitando a sala.

Alina prendeu com um alfinete uma etiqueta com o nome e o endereço do dono em todas as pilhas de roupa, e Mária começa a enfileirar as pilhas por ordem de entrega. Uma delas estava tombada no peitoril da janela, e Mária pega e sacode os lençóis para redobrá-los. Passa duas pontas para as mãos de Ievguiéni, e eles realizam o processo no automático. O ritual não deixa de ser prazeroso. Mária adora a sensação de sacudir as pontas de um lençol que acabou de secar, puxando-o para lá e para cá, entre ela e Ievguiéni, como se estivessem dançando, as linhas retas e certinhas que surgem quando eles terminam de dobrar.

Colocam as roupas nas sacolas e começam a entregar debaixo de neve.

Batem às portas em corredores mal iluminados. Entregam as sacolas para pessoas cujas mãos estão com manchas escuras e senis, veias saltadas. Sentem cheiros nos quais não querem pensar, e ao redor ouvem o lixo descendo pelos dutos dentro das paredes, artérias de detritos correndo nas entranhas do prédio. Empurram com os ombros portas de vidro quebrado e portas em que o vidro foi substituído por madeira ou papelão, ou que não foi substituído; nestas, de painéis ausentes, eles entram pelos vãos, mas primeiro esticam o braço, os dedos abertos e cautelosos, tateando o que pode ou não existir lá, como um cego adentrando um ambiente desconhecido.

Eles voltam para seu apartamento, se reabastecem de roupas e depois saem de novo, fazendo isso de maneira sistemática, prédio por prédio.

Sobem as escadas abarrotadas de crianças. Crianças não muito mais velhas que Ievguiéni. Há tubos de cola na frente delas, e Mária não precisa pedir a Ievguiéni que tome cuidado, porque o menino já sabe. E como não saberia? Dava para ver o olhar malicioso das crianças.

Eles entregam uma sacola para um homem sem braços, apenas tocos enfaixados, e Mária entra e coloca a roupa na cômoda. O lugar está um brinco, e o homem explica que a vizinha da porta ao lado aparece o tempo todo para ver se ele está bem, e isso faz com que Mária fique tranquila; nem tudo é desespero ou cinismo de esfolar a alma.

Eles veem uma gaiola dentro da qual há um pássaro de papelão, colorido com giz de cera.

Veem uma efígie de Lenin esculpida em uma vela de cera vermelha, um pouco queimada e derretida, de maneira que parece ter sido submetida a uma lobotomia.

Veem um esqueleto de medicina, de pé no canto de um dos cômodos, usando um chapéu de feltro preto de abas largas.

A última entrega é para Valentina Savínkova, uma amiga cujo marido trabalha com Alina e que não precisa que lavem sua roupa, mas quer ajudar. Alina fica um pouco constrangida por esse costume, mas é claro que não está em posição de recusar.

— Você não precisa que a gente faça isso.

— Claro que preciso. Não quero lavar meus lençóis. Pense no tempo que eu economizo.

— Você tem tempo.

— Tenho tempo, mas não quero desperdiçá-lo lavando e passando. Não é caridade, vai por mim. Deixo Varlam pensar que é caridade, senão ele não concordaria, mas toda aquela história de descer até o porão e subir. Todas aquelas conversas entediantes das quais tenho que participar. Por favor... — Ela dá um tapinha no ar perto da própria orelha. — Sua irmã é que está me fazendo um favor.

Ela serve doses de vodca em três copos, e Ievguiéni ri. Ela ergue os olhos.

— Zhênia... Verdade.

É a vez dela de rir.

— Tenho um pouco de *kvas*.

Ela sai e volta com uma caneca grande.

— Aqui. Você pode fingir que é cerveja.

Ievguiéni não gosta muito de *kvas*, mas toma um gole e dá batidinhas com a língua no céu da boca, a acidez da bebida quase colando suas bochechas uma na outra.

Valentina passa o olho pela sala.

— Eu devia ter feito faxina.

— Você acabou de dizer que não quer se dar ao trabalho de lavar roupa e agora está dizendo que devia ter feito faxina.

— O que foi, você é da KGB agora? Estou sendo contraditória. Tudo bem. Isso é crime agora também? Você manda esse menino lindo para me espionar. Sim, você, Zhênia, você é um menino lindo. Eu iria até aí e amassaria suas bochechas com um beijo, mas estou tomando minha vodca e você provavelmente se enfiaria no sofá de tanta vergonha.

Ievguiéni não sabe o que dizer.

— Então por que você está aqui também, Mária? Acha que seu espiãozinho precisa de supervisão?

— Não, só de ajuda. É muito trabalho para uma criança, e eu estou de folga hoje à tarde.

— Folga de tarde? Que estranho...

— Estranho nada. Tive uma reunião na escola dele. Alina não podia ir.

— E então veio ver de perto o que o menino apronta nas entregas, extorquindo comida de mulheres solitárias e vulneráveis.

— O que eu acho é que talvez ele não devesse fazer isso sozinho. Tem aquelas crianças lá nas escadas...

— Eu sei. As ruas estão ficando mais perigosas. Eu sei.

— Não é um lugar seguro.

— É até ok. Sempre vai ter um pestinha. Está tudo bem. Não significa que Zhênia vai se meter com eles. Falando nisso, ouvi dizer que você vai para o Conservatório, Zhênia.

— Não exatamente.

— Não foi o que eu ouvi dizer. E as aulas, estão indo bem?

Ele fica em silêncio. Não gosta quando adultos estão conversando e o incluem. Ele simplesmente não é um deles. Por que fingir que é?

— A gente tem uns peixes. No quarto. Vá lá dar uma olhada.

Ievguiéni se levanta do sofá num pulo. Mária aguarda até ele fechar a porta.

— Estou preocupada com ele. Ainda não conseguimos encontrar um lugar para ele ensaiar. Vai ter uma audição para o Conservatório na primavera, há também a possibilidade de um recital no meu trabalho, e o menino treina com um teclado sem som.

— Ele não pode ensaiar na casa do professor de música?

— O homem é idoso, a esposa também. Não podemos pedir mais favores a ele. Você por acaso não conhece alguém que tenha um piano?

— É claro que não. Que tipo de círculo social você acha que a gente frequenta?

Mária abaixa o olhar. Valentina suaviza seu tom de voz e enche o copo de Mária.

— Vou pedir ao Varlam que fique de olho.

— Obrigada. Me desculpe. Não queria trazer meus problemas para cá.

— Não se preocupe. Preciso de alguma coisa para ocupar minha mente. É um alívio conversar sobre algo mais mundano. Ultimamente tenho me preocupado com coisas muito estranhas.

— Que tipo de coisas?

— Não sei. Só coisas. Tenho muito tempo livre.

Mária espera, paciente. É sempre essa a natureza das conversas com Valentina: ela aborda o tema em ondas, e a maré de informações vai aparecendo aos poucos. Mária é assim, é toda ouvidos quando alguém está falando até se fazer compreender, ou até fazer uma revelação.

— Sei lá. Estou esquecendo as coisas. Minhas chaves. Minha bolsa. Semanas atrás esqueci meu casaco. Fui ver uma peça no Hermitage sozinha e, na hora de ir embora, saí andando debaixo de uma nevasca, e só depois de vinte minutos percebi que tinha esquecido meu casaco.

— A peça deve ter sido boa.

— Eu te contaria, mas é claro que não lembro.

— Você está preocupada? Será que precisa ir ao médico?

— Não sei. Não sei. Há pessoas que matariam para estar no meu lugar, você sabe. Simplesmente esquecer. Não ter memória te deixa inocente. Você não consegue confundir as coisas.

— Aconteceu alguma coisa que você quer esquecer?

— Talvez. Sei lá.

Silêncio.

— Tem alguma coisa, sim. O que é?

— Vi uma coisa outro dia... já faz algumas semanas, na verdade. Uma coisa muito estranha.

Mais silêncio.

— Bem, não sei como dizer isso. Foi uma coisa muito estranha. Eu estava em Lefortovo. Você sabe como lá, às vezes, é bom para comprar carne, ficam umas filas enormes.

— Sim.

— Era aniversário do Varlam, e eu queria fazer uma comida especial, carne de porco, sei lá, e fiquei zanzando por lá. Fui a lugares onde já tinha ficado na fila e, por fim, comprei uma paleta de porco. Olha, vou te contar, que peça linda.

Valentina tem olhos ligeiramente esbugalhados e o cabelo bem curtinho, na altura da orelha, o que destaca ainda mais o formato oval de seu rosto. Mária podia vê-la parada na porta de sua memória, perguntando-se se deveria adentrar, se isso adiantava de alguma coisa, se era algo bom.

— Aí voltei para a estação Kurskáia. Eu estava muito feliz. Ele trabalha muito, o Varlam. Você sabe como é, Alina também dá um duro danado. Eu queria preparar uma refeição para mostrar que eu dava valor a isso. Sei que Varlam não fez coisas extraordinárias na vida. No momento, ele está se sentindo... Qual é a palavra mesmo? Incompleto. Então eu queria fazer um jantar para mostrar o que ele significa para mim. Uma refeição adequada para um homem bom.

Ela dá outro tapinha no ar, dispensando informações irrelevantes.

— Enfim, eu estava toda orgulhosa com a peça de carne na bolsa. Sou uma boa esposa. E estava andando naqueles becos, você sabe de onde estou falando, tem uma siderúrgica que fica perto daquelas linhas férreas.

Mária assente.

— Sim.

— Estava anoitecendo e tive a sensação de que era a única pessoa na cidade, não tinha ninguém por perto, nem som de passos, e aí virei uma esquina e dei de cara com uma coisa pendurada em um poste de luz.

Ela faz uma pausa, olha para cima, e sua voz fica mais suave.

— Senti na hora que ia ser uma coisa estranha. Não sei por quê. Pelo peso da coisa talvez, a maneira como se balançava. E aí olhei para cima e vi que era um gato moribundo, pendurado num pedacinho de corda, a luz do poste refletindo nos olhos dele. E senti que estava olhando para mim.

— Meu Deus.

— Pois é. A boca aberta, os dentes à mostra, agonizando e meio ronronando, do jeito que os gatos fazem. Eu disse a mim mesma que precisava sair de lá e comecei a andar mais rápido... Na verdade, eu estava quase correndo. Meus sapatos tinham saltos grossos, e dei uma escorregada, mas me recompus e olhei para cima, e havia outro. Andei com a cabeça abaixada o caminho todo até a estação, mas ainda podia ver, de rabo de olho, que havia mais, talvez uns vinte. Sei lá, estava tão preocupada que alguém pudesse virar a esquina, caras da milícia, e eu seria a única pessoa lá com todos aqueles gatos pendurados, e iam começar a me perguntar coisas.

— Claro.

— Não consegui nem cozinhar depois. Simplesmente não conseguia suportar a visão da carne crua. Tive que jogar a carne fora, lá perto da estação. O sangue estava escorrendo pelo papel e melando minhas mãos. Tive ânsia de vômito.

— Eu entendo.

— Desde então não tenho dormido direito.

— Imagino...

— Ando esquecendo as coisas.

— Aham.

— Então estou feliz que você veio hoje. Eu ia te ligar de qualquer forma. Queria perguntar se você já ouviu falar de algo assim. Quando você escrevia para o jornal, talvez as pessoas falassem sobre essas coisas.

— Não. Sinto muito. Não falavam.

— Eu fico aqui sentada pensando por que tem um monte de gato pendurado em postes.

— Não sei. Parece um tipo de recado.

— Quem daria um recado lá? Em Lefortovo?

— É, mas o que mais pode ser?

— Você não sabe. Eu não sei. Que porra mais estranha...

Ievguiéni abre a porta de novo. Em um momento que, de tão oportuno, parece ter sido cronometrado e chega a ser preocupante. Mária torce para que ele esteja apenas entediado com os peixes.

— Viu os peixes?

— Vi.

— E o que você achou?

— As cores são bonitas.

— Varlam os adora. Às vezes, ele acorda de madrugada e diz que, só de ficar olhando para os peixes, pega no sono de novo.

— Ele enxerga no escuro?

— Tem luz no fundo do aquário.

Agora Ievguiéni definitivamente quer um.

Eles se despedem, e Mária dá um abraço em Valentina, oferecendo consolo, e Valentina diz que não quer que ninguém saiba dessa história, e Mária assente, e Valentina sabe que pode confiar em Mária. Ela é uma mulher que nunca contou um segredo na vida.

Eles carregam as sacolas de roupa vazias e sentem o alívio da ausência de peso.

— Obrigado por me ajudar.

— Tá tudo bem, Zhênia. Você vai tirar de letra.

Eles caminham, ouvindo o som dos próprios passos.

— Imagino que você queira ter peixes agora.

Ele encolhe os ombros.

— Não. Na verdade, não.

— Você ouviu a nossa conversa?

— Não.

Uma pausa.

— Do que vocês estavam falando?

— Nada.

17

MÁRIA ESTÁ ENCOSTADA NO MURO do mirante das Lenin Hills: o rio Moscou abaixo; uma pista de salto de esqui e de slalom à direita; a estrela da torre principal da Lomonosov bem lá no alto, em contraste com o céu noturno.

Esse mesmo local era um dos pontos de encontro favoritos em seus tempos de estudante, com uma bela vista da cidade. Homens a esperavam aqui e a levavam para esquiar, uma tática, ela agora desconfia, para fazer sua adrenalina disparar, seu sangue ferver e despertar desejos nela. Faz anos que ela não vem aqui. Fica do outro lado da universidade, vindo da estação do metrô, e sempre há outro lugar onde ela precisa estar, inclusive hoje. Ela resolveu que irá até a casa de Grígori mais tarde, uma caminhada relativamente curta pela margem do rio. Ela precisa de um lugar onde Ievguiéni possa ensaiar. Embora a oferta do piano tenha sido feita há meses, Grígori não é o tipo de homem que volta atrás em sua palavra. Talvez ele até concorde de bom grado em deixar o menino ir lá alguns dias na semana, embora tenha ignorado as ligações dela.

Ela está aguardando Pável — um amigo de longa data, ou professor, ou namorado, qualquer uma das opções que tradicionalmente aparecem em primeiro lugar na lista de distinções. Antes de dar aula, ela passou um bilhete por debaixo da porta dele, pedindo que a encontrasse, algo que faz a cada três ou quatro meses desde quando os dois voltaram a se falar em uma festa no ano passado. Eles raramente se encontram por acaso, até nos corredores da faculdade, mas ela considera um alívio ter um amigo de longa data de volta em sua vida, alguém, além de Alina, que a conhece suficientemente bem para lhe dar condições de refletir sobre as coisas. Ela quer espairecer antes de se encontrar com Grígori, quer eliminar a possibilidade de acabar desabafando com ele. Pedirá o favor em nome do menino, nada mais.

Faz meia hora que ela está esperando Pável chegar, observando os patinadores no rio abaixo dela, à luz do Estádio Central Lenin. As luvas dela são finas, e a ponta de seus dedos estão dormentes e imóveis. Ela jamais se acostumou com o frio cortante da estação escura. Nunca conheceu outro, mas o inverno intenso sempre encontra uma maneira de surpreendê-la, enredando-se em sua pele, mordiscando suas extremidades expostas. Entretanto, aqui, neste local, em meio aos casais que passam, patins pendurados nos ombros, ela se lembra de que ama a quietude que se instaura na cidade nesta época. As pessoas conversam como se vestem: numa solidão encoberta e com várias camadas. Vapor condensado por toda parte, hálito carregado de umidade. O inverno sempre tem um ritmo sobrenatural. Tem uma textura e um discurso próprios, uma linguagem escrita, a neve aninhando-se em configurações lúcidas, vidraças cobertas de gelo implorando para serem decifradas, patinadores entalhando rodopios no rio congelado.

— É lindo, não é?

Pável postou-se silenciosamente ao lado dela, um hábito antigo que sempre a pega de surpresa.

— Que susto...

Pável sorri. Há uma incisividade pueril em seu senso de humor, sempre em busca de uma oportunidade de irritar, provocar — um aspecto que está em pleno desacordo com seu status de professor de literatura. As pessoas o respeitam. Ele repete a pergunta:

— É lindo, não é?

— Sim. E tão silencioso. Sinto que consigo escutar todos os sons do rio.

— Você patina? Eu não me lembro.

— Em linha reta eu até consigo patinar, mas nunca conseguiria fazer uma curva.

— Isso é um problema.

— Acho que tem alguma coisa a ver com sentir confiança em ficar num pé só. Parei de tentar um pouco antes da minha adolescência. Pensando bem, talvez tenha sido uma decisão sábia.

— Eu patino de vez em quando.

— Ah, claro que patina. O homem dos quinhentos talentos.

— Se você começar a me elogiar, talvez seja o fim da nossa amizade.

Ela sorri, e eles dão um abraço apertado.

Quando Mária estava na faculdade, as aulas dele eram muito aguardadas, não só pelo curso dela, mas por toda a universidade. O auditório ficava lotado de engenheiros, alunos de medicina e biólogos marinhos. Eles aglomeravam-se nos degraus, espremendo-se em trios, a multidão apinhando-se nos vãos das portas e transbordando na entrada, ouvindo atentamente, rindo com seus colegas estudantes que estavam lá dentro — os sortudos que davam sorte de arranjar um assento. Sem o menor esforço, o professor Levítski versava sobre os clássicos, adornando seus argumentos com relatos acerca da vida dos escritores, suas propensões sexuais, histórias engraçadas sobre os constrangimentos do dia a dia. Ele tinha um poder magnífico de prender a atenção de uma sala, usando o silêncio como maneira de provocar sua plateia, instigar cada indivíduo a formular suas opiniões. Em sua boca a poesia tornava-se uma refeição refinada, cada palavra diferente ganhando seu próprio sabor quando pronunciada por seus lábios.

— Recebeu meu bilhete?

— Claro que recebi, li com o maior prazer. Você sempre foi ótima escrevendo bilhetes, Mária.

— Tenho certeza de que tive muitas sucessoras.

Em seu primeiro ano de graduação, Mária o havia perseguido com afinco. Nos dois primeiros meses, ela escreveu cinco cartas de amor, que enfiava por debaixo da porta de sua sala tarde da noite. As cartas em si foram um despertar sexual para ela; Mária ficava surpresa com sua capacidade de escrever uma prosa tão sensual, surpresa com o fato de saber o que sabia, sentindo arrepios no corpo enquanto escrevia, comovendo-se, excitada, à medida que punha seus anseios no papel. E, semanas depois, enquanto os dois estavam deitados na cama, ele adormecido, ela passava os dedos pelas linhas do rosto de traços delicados do homem, acompanhando o progresso daquelas primeiras palavras agora gravadas nos pés de galinha dele, esculpidas nos sulcos de sua testa.

— Não. Bilhetes como os que você escrevia requerem ousadia de verdade. Não há muita gente por aí com a mesma coragem que você. Pelo menos é isso que venho dizendo a mim mesmo. Estou presumindo que sejam elas e não eu. Digo a mim mesmo que ainda desperto os mesmos desejos.

— Claro que desperta.

— Por favor. Olhe para mim. Estou velho. Tem pelos crescendo nas minhas orelhas. Isso é definitivamente um sintoma de velhice.

Mária inclina a cabeça.

— Não estou vendo nenhum pelo nas suas orelhas.

— Eu corto. Posso perder muita coisa, mas não perco a vaidade.

— É uma boa coisa para não perder.

— É a melhor coisa.

Pável terminou com ela depois de seis meses, sentado à mesa, tomando seu café da manhã, enquanto Mária elaborava uma lista dos afazeres para aquele dia. Ele disse que a estava privando de fazer as próprias descobertas. Ela se lembrava vividamente das palavras, lembrava-se de ficar confusa ao ver que uma lista de afazeres e a rejeição de um namorado — sua primeira grande rejeição — poderiam ocupar o mesmo espaço. Um término desses deveria acontecer em um lugar romântico, com lágrimas e chuva. Era isso que ela pensava naquela época, uma moça de dezenove anos. Ela precisava tomar as próprias decisões, disse ele, descobrir as próprias opiniões, e não se acomodar sob o peso da experiência. Na época, ela não fazia ideia do que as palavras dele significavam. Ela xingou aos berros, foi ao apartamento dele de madrugada para tentar flagrá-lo com uma namorada nova, o que ela nunca conseguiu. No fim, isso pouco importou; ela acabou abandonando os estudos, mudou-se para Kursk. Quando voltou para a cidade com Grígori, estava cinco anos mais velha, casada, mais sábia, carregando a própria bagagem de experiências. Se o tivesse encontrado na rua, talvez lhe agradecesse, dizendo que entendera o altruísmo por trás das palavras que ele havia dito, o sentido delas.

Uma pausa.

— Você queria falar comigo.

— Sim. Não sei por quê. — Ela hesita. — Eu sei por que, mas é que é difícil de articular.

— Não estou com pressa. Pode se abrir.

Mária repara que os olhos de Pável ainda têm o mesmo tom claro de verde. Ela se pergunta se os olhos mudam de cor à medida que envelhecemos.

— Estou com medo que alguma coisa esteja acontecendo, algo de que eu deveria saber.

— Não estou entendendo.

— Andei ouvindo coisas. Coisas estranhas, de várias fontes.

— Que fontes?

— Vizinhos, colegas de trabalho, comentários na sala de aula. Eles... Ela hesita de novo.

— Sim?

— Você já ouviu falar no fenômeno Shining Solidarity na Polônia?

— Não. Creio que não.

— Quando o Solidarity precisou migrar para a clandestinidade, desenvolveram técnicas para manter o moral elevado. Tiveram ajuda, é claro. Os norte-americanos mandavam remessas de auxílio pela Suécia, principalmente equipamentos de comunicações.

— Que tipo de equipamentos?

— Coisas básicas. Impressoras, máquinas de escrever sem registro. Fotocopiadoras. Mas a CIA deu a eles um brinquedo impressionante.

Uma máquina que transmitia um feixe de onda que afetava os sinais da radiodifusão do governo. De dois em dois meses, aparecia o símbolo do Solidarity em todas as milhares de televisões do país, com uma mensagem gravada anunciando que o movimento estava vivo e que a resistência triunfaria.

— Está parecendo uma história de ficção científica.

— Mas aconteceu mesmo. Isso manteve o movimento ativo quando as pessoas achavam que já tinha sido extinto. Pediam aos telespectadores que acendessem e apagassem as luzes se vissem o símbolo. Quando isso acontecia, um formidável show de luzes tomava conta dos bairros mais afastados do centro da cidade. Uma tremenda demonstração de força. A cidade inteira cintilando como uma chapa metálica ao vento.

O som dos patins sulcando o gelo.

Ela continua.

— Coisas estão aparecendo no meu caminho. Sei lá. Coisas preocupantes. Uma vizinha minha disse que viu gatos enforcados, pendurados em postes de luz. Eles significam alguma coisa. Eu sei. Na feira de Tichinski aos domingos, os jovens estão comprando uniformes militares antigos, cortando-os, se manifestando por meio da moda. Outras coisas também. Ouvi falar de casas noturnas onde as mulheres dançam com réplicas de medalhas da estrela vermelha nos mamilos.

— E você acha ruim?

— Não. Que se masturbem à custa do exército inteiro à vontade. Mas preciso saber que não estou errada. Alguma coisa está acontecendo. Eu sinto.

— Você está preocupada?

— Não, não sei o que eu estou. Inquieta, talvez.

— Você está pensando que talvez queira se envolver.

— Não é isso. Tenho responsabilidades. Tem gente que confia em mim. Estou conseguindo, bem aos poucos, me reerguer.

Pável fica calado por alguns instantes, sopra as mãos enluvadas e as esfrega uma na outra. O tempo de amizade deles evidencia-se nos silêncios.

— Há muitas e muitas noites em que me vejo na sala de confraternização da faculdade, tomando um drinque com ex-alunos, e não sei quem sou. Fico lá falando pelos cotovelos, de forma monótona, fazendo comentários espirituosos, observações engraçadas, para pessoas que não são melhores que um réptil, homens cujo trabalho é fazer coisas obscenas.

Ele se vira para ela, e Mária percebe que ele está mais reticente que antes, outro hábito do qual os anos se apossaram. Ela já não conseguia se imaginar arrastando-o para uma discussão acalorada; as palavras dele agora pairavam no ar com um tom lúgubre.

O RELACIONAMENTO DELES FOI, em grande parte, construído em debates ideológicos. Ela vivia questionando, revisando, conjecturando, extravasando todo o seu conhecimento recém-adquirido por meio do prisma de sua personalidade. Ela discutia com Pável em qualquer lugar. Muitas e muitas vezes os dois paravam as carícias sexuais por causa de algum comentário insignificante disparado por ele. Ou ela entrava de supetão na sala de Pável, sem se dar ao trabalho de conferir se tinha algum colega do professor lá dentro, e o bombardeava com fatos que tinha pesquisado recentemente, jogando de tempos em tempos alguma citação escolhida a dedo para reforçar seus argumentos. Certa feita, ela apareceu na barbearia enquanto ele estava sentado na cadeira sendo barbeado, e deu continuidade a uma briga do ponto que ele a havia silenciado um dia antes, com sua experiência de debates e com a tapeçaria de fatos sempre ao seu alcance. O lugar era estreito, esfumaçado, com duas cadeiras de barbeiro, uma delas vazia, e uma fila de homens aguardando, vapor condensado grudado nos espelhos. Ela escancarou a porta e expulsou o barbeiro, que, com a navalha na mão e perplexo, olhou para os fregueses em busca de apoio, mas eles estavam tão chocados quanto ele. Pável contra-argumentou tão rápido, de forma tão intensa, que a frente do casaco dela ficou salpicada de pontinhos de creme de barbear. Pável se recorda de se limpar com um pano, vestir seu paletó, pagar e sair com alguns pontos da barba por fazer, sem interromper o jorro de sua argumentação, rebatendo as perspectivas bem preparadas dela, amando cada momento daquilo, adorando a amplitude intelectual que ela propiciava, amando o modo como isso se entrelaçava com a ingenuidade dela, de tal forma que muitas vezes ela era incapaz de reconhecer os limites de seus argumentos, exagerava, reagia de forma desproporcional, e nesses momentos ele parava, cessava suas respostas, e Mária se dava conta de seu erro, e Pável passava as próximas horas usando palavras lisonjeiras para tentar fazer com que ela não ficasse decepcionada consigo mesma. Tentando fazer com que Mária enxergasse que era seu comprometimento com os temas que ela defendia, sua fúria íntegra, que a faziam ser tão atraente.

— Você já ouviu a piada do criador de galinhas? — pergunta ele a Mária.

— Acho que não.

— Certa manhã um criador de galinhas acorda e vai para o quintal dar de comer à sua galinhada. Encontra dez mortas. Não há nenhum motivo aparente. Elas eram saudáveis, algumas de suas melhores aves, e por isso ele fica confuso. Está com medo de que as galinhas restantes tenham o que as outras tinham e decide pedir ajuda ao camarada Gorbachev. "Dê aspirina a elas." É o que o premiê diz. O criador de galinhas segue o conselho, e na mesma noite morrem mais dez galinhas. Dessa vez o premiê sugere óleo de rícino. O criador faz o que lhe é sugerido, e no dia seguinte aparecem mais dez galinhas mortas. Ele vai de novo falar com Gorbachev e é instruído a dar penicilina aos bichos. Ele obedece, e na manhã seguinte todas as galinhas estão mortas. O criador fica pê da vida. "Camarada Gorbachev", diz ele, "todas as minhas galinhas morreram". "Que pena", diz Gorbachev. "Eu tinha tantos remédios para testar."

Mária sorri para ele. Ele tinha uma boca encantadora, expressiva, sábia e inocente ao mesmo tempo.

— E isso é engraçado?

— Ela me procura para pedir ajuda e zomba de mim. Tudo bem. A questão não é se é engraçado ou não. A piada é a questão. A fraqueza é a questão. O fato de que estão contando essa piada nas linhas de produção, em partidas de futebol, táxis, essa é a questão. A que ponto chegamos. Essa é a questão. Não escrevo uma linha de poesia faz quase vinte anos. Não desde a repressão depois da Primavera de Praga. Aceitei meu emprego respeitável e dei aulas sobre os livros que eles queriam que eu ensinasse, e dei um jeito de não dizer coisas polêmicas contando historinhas picantes sobre a vida dos escritores.

Distraído, ele junta um pouco de neve nas luvas, formando um disco côncavo.

— Muitos amigos meus continuaram escrevendo. Mesmo presos, eles continuaram escrevendo. Mesmo quando chegaram ao fundo do poço.

Ele fica em silêncio, depois continua:

— Agora eles estão mortos ou aleijados, e eu ainda estou comendo almoços professorais. Sabe como eles davam um jeito de mandar os textos para fora da cadeia?

— Ouvi dizer que de várias maneiras.

— Engoliam e defecavam. Ou enrolavam o papel na língua e davam um beijo em alguma visita. As mulheres escondiam o papel dentro do próprio corpo e deixavam os guardas fingirem que tentavam tirá-lo. Você consegue imaginar a humilhação? Elas faziam o que julgavam necessário.

— Quantas vezes falamos sobre isso, inclusive antigamente? Vá e pergunte a um dos seus amigos, aos que ainda estão vivos, se você deveria ter continuado escrevendo.

— Eles podem me perdoar justamente porque passaram por isso. Eu não posso me perdoar.

Um esquiador calcula mal seu voo e aterrissa levantando uma rajada de neve.

— Eu também consigo sentir isso, um momento se abrindo. Eles enxergam os erros deles, estão conscientes da necessidade de modernização. Gorbachev olha para os líderes antes dele e vê Chernenko, um velho decrépito com enfisema; Andrópov, um homem que precisava fazer diálise duas vezes por semana, tão doente que todo mundo desconfiava de que, na verdade, o secretário-geral estava morto. Então ele está pressionando para ter mudanças, mas não sabe como modular isso. Estamos fazendo piadas sobre a indecisão do homem. Ele já não é uma figura que inspira temor. As pessoas estão sedentas por mais. Sei que você vê isso também. Mas agora há apenas confusão; nenhuma ideia de onde pressionar, a quem perguntar.

Mária faz que sim com a cabeça.

— Às vezes, ouço essas palavras, "glasnost", "perestroika", e elas me parecem os últimos suspiros de um império.

Pável arremessa o disco de neve na direção das árvores, os dois observam os flocos se desmantelando no ar.

— Queria que você conhecesse umas pessoas.

— Pessoas?

— Sim, pessoas. Gente que eu respeito. Nada de falastrões e idealistas. Pessoas sérias. Pessoas que estão falando de coisas sérias, sobre acesso a mercados, maximização de recursos.

— Não estou pedindo para fazer parte, Pável. Só quero estar pronta.

— Você já pensou nas possibilidades de nós voltarmos ao ponto onde estávamos? Pode ser que eles se esforcem de novo para continuarem unidos e para se defenderem das críticas.

— Mas não tem como isso acontecer por conta própria, sabe? Nos anos 1950, bebi por três dias seguidos quando vazou a notícia do discurso secreto de Kruschev. O fim do stalinismo, o fim do medo. Estávamos esperando uma era de prosperidade. Nós esperamos um grande coro de opiniões contraditórias. Mas ele não veio. Então voltamos a fazer o que fazíamos de melhor: observar, nos iludir com esperanças frágeis, com um ou outro momento de dignidade ou sorte, nos apegando a essas coisas como presságios. Ficar inerte de tanto esperar. Talvez daqui a um ano sejamos fuzilados por ousar contar uma piada estúpida sobre um criador de galinhas.

— Talvez.

— Você vai pensar no que eu disse.

— Talvez.

— Eu te aviso sobre a nossa próxima reunião. Se você decidir ficar em casa, vou entender.

Ela assente.

— Eu sei.

Quando se despedem, Mária desce pelos caminhos na pista de slalom, os esquiadores descendo e pulando pelas ondulações da ladeira, muitos deles acocorados, os cotovelos e a cabeça encolhidos, tentando extrair a velocidade máxima de uma pista tão curta e rasa.

Ela chega ao caminho à margem do rio e olha para cima. Pável ainda está lá, o rosto pousado em uma das mãos, o olhar fixo no rio, os esquiadores mergulhando na noite silenciosa. Ela para e observa Pável até ele sair do lugar. Um homem que está acostumado com a própria companhia. Um casal para e se beija ao lado dele, perto demais, mas ele não reage, espera que sua linha de pensamento se conclua antes de se afastar.

Ela segue caminhando e passa pela estação Voróbiovi Gori, que fica debaixo de uma grande ponte de vidro que afunila os trens do metrô que vêm do sul em direção ao centro da cidade, suas hastes e vigas fatiando o gelo do rio abaixo numa treliça de sombra.

É sua parte favorita da cidade, esse caminho. Ladeiras apinhadas de árvores descem em curva rio adentro. Aqui não há grandes demonstrações, nenhuma torre monolítica, nenhuma estátua gesticulando. O Central Lenin espalha-se do outro lado do rio, mas os edifícios mantêm certo grau de modéstia, seu desenho aquietado pelo contorno de natureza ao redor.

Aproximando-se do apartamento de Grígori, ela vê a janela no último andar de um prédio escalonado, alinhado aos trechos superiores da ponte Andreiévski. As luzes estão apagadas. São dez horas, cedo demais para que ele esteja dormindo. Uma coisa dessas seria contrária ao senso de ordem. Ele saiu. Mária sabe que não pode deixar o momento escoar sem um tipo de contato: se ela passar sem deixar um bilhete, talvez não tenha coragem de retornar.

Ela se detém na pequena inclinação em frente ao portão, fitando o apartamento vazio, e essa é uma experiência que não lhe é desconhecida: olhar para o próprio lar e se sentir uma estranha nele. As mesmas angústias de sempre tomam conta dela. Ela teme a possibilidade de encontrar alguém. De fininho, esgueira-se nas sombras.

Em frente à porta, ela toca a campainha para confirmar que ele não está lá. Nenhuma resposta. Ela digita a senha e vê que a combinação ainda é a mesma; a porta se abre instantaneamente para ela. É um corredor curto, mas largo e bem iluminado. Ela não vem aqui desde o dia que buscou seus últimos pertences que ainda estavam lá, fechou a porta do apartamento e desceu cambaleando estes degraus. Ainda se lembra de como se deteve no pequeno vestíbulo, entre o espelho grande na parede e o outro, pequeno e oval, acima do cabideiro. Os dois espelhos reverberaram o reflexo de Grígori entre eles, de modo que, antes de fechar a porta pela última vez, Mária se viu deixando para trás não apenas ele, mas uma multidão infinita dele. Parado lá, os ombros encolhidos de tristeza.

A lembrança arrebata Mária, e ela se encosta nas fileiras de caixas de correspondência de latão e encara os ladrilhos quadriculados. Passa a mão pelas plaquinhas de identificação abaixo de cada fenda e, por fim, chega a esta: Grígori Ivánovitch Brovkin. Ela tinha a esperança de talvez encontrar o nome de ambos, mas é claro que o dela havia sido removido. Ela não teria feito a mesma coisa no lugar dele? Por que manter um lembrete diário de sua perda, sua grande decepção, seu grande fracasso?

Porém, o fracasso não era dele, era dela. Ela espera que o tempo tenha permitido a Grígori abandonar toda autorrecriminação, libertando-se do desastre que ela lhe havia infligido.

Mária tira da bolsa um bloquinho de anotações e uma caneta. Apoia o bloquinho na coxa e começa a escrever. Depois das primeiras frases, ela ouve passos na escada, ergue os olhos e vê que o zelador vem caminhando em sua direção.

Ela o cumprimenta com um aceno de cabeça.

— Boa noite, Dimítri Serguêivitch.

Ele hesita, surpreso.

— Mária.

Ele não diz o patronímico dela. Ela supõe que isso implicaria demasiado respeito. Não era a primeira vez que ele passava por ela nesta escada; em algumas ocasiões, caminhando ao lado de um homem que não era seu marido, rumo ao apartamento às escuras. Em todas as vezes, Dimítri Serguêivitch nem tentou esconder sua desaprovação das traições dela. Mária lembra-se de como, ao se deparar com ele nessas situações, quisera se liquefazer, escorrer degraus abaixo, descer ladeira abaixo e desaguar no rio, onde se tornaria indistinguível e irrelevante, informe e livre.

Naqueles dois ou três encontros, ele tinha visto os olhos dela estáticos de pavor e confundiu com culpa. Ele a vira manusear o molho de chaves, tentando enfiar uma delas na fechadura enquanto encarava o julgamento abrasador dele. Ele a tinha visto fazer isso enquanto lutava contra as lágrimas de ódio e medo e as confundira com lágrimas de vergonha.

Ela o odiava antigamente, não pelo rancor dele, mas por sua não reação. Um momento de discrição, algumas palavras para Grígori num canto escuro no topo da escada, isso era tudo que bastaria para que ela fosse libertada de seu tormento. Em vez disso, ele a desprezara mentalmente e mantivera distância do marido dela. Ele assistiu à vida de Mária desmoronar diante de seus olhos e não teve a sagacidade de tomar partido. Não teve a capacidade de ler o que ela estava dizendo para ele com suas mãos trêmulas, com a sombra borrada em seus olhos, com seus passos titubeantes.

Ele para ao pé da escada agora, a barba por fazer, as roupas amarfanhadas, uma figura drasticamente diferente do homem todo arrumado e cheiroso de que ela se lembra. Ela olha para ele com as manchas no cardigã, o cabelo oleoso, e fica surpresa por não sentir ódio algum. O homem estava simplesmente fazendo seu trabalho. Ele não era responsável pelas crueldades da situação dela. E, de sua parte, ela se sente aliviada por não ter mais de sentir na pele a humilhação que um olhar de soslaio dele suscitaria.

Nos últimos anos, Mária reviu suas atitudes incontáveis vezes, sentada à sua estação de trabalho, os braços e as pernas funcionando de maneira independente, com a cabeça no passado, e tranquilizava a si mesma quanto à sua fidelidade, se não do corpo, de todo o restante; tudo que continuava sendo dela, pelo menos, continuava sendo dele.

— Por que você está aqui, Mária?

Há uma suavidade na voz dele.

— Queria deixar um bilhete para Grígori.

Ela ergue o bloquinho.

— Vou terminar de escrever e enfiar na caixinha de correspondência. Você pode dizer a ele que eu passei aqui?

Ele se aproxima dela, e ela aperta o bloquinho no peito, numa instintiva atitude de proteção. Ao que parece, a humilhação e o domínio dele sobre ela ainda não desapareceram por completo. Entretanto, ele não estende o braço para alcançar o bloquinho e, em vez disso, pega a mão dela com delicadeza. Mária está muito surpresa para reagir.

— Por favor, Mária, entre e se sente.

— Acho melhor não. Eu só queria dar uma passada rápida. Não tinha a intenção de ficar muito tempo. Está tarde e preciso ir para casa.

— Por favor, Mária.

Ela se senta, apreensiva.

— Quer uma água?

— Não, obrigada.

Talvez as oportunidades que Dimítri Serguêivitch tem de arranjar companhia tenham se tornado raras. Talvez seu isolamento esteja fazendo com que ele olhe para Mária como uma amiga de longa data.

— Como vai sua esposa, Dimítri Serguêivitch? Peço desculpas, não consigo me lembrar do nome dela.

Ele ignora a pergunta.

— Não é só hoje que Grígori não está em casa, Mária. Já faz meses que ele foi embora.

— Ah, sim.

Ela prende uma mecha de cabelo atrás da orelha.

— Eu não sabia. Mas o nome dele ainda está na caixa de correspondência.

— Sim. Oficialmente ele ainda mora aqui. Mas faz um bom tempo que não aparece em casa.

— Ele não me disse nada. Mas, pensando bem, por que diria?

— Ele foi embora às pressas. Não teve a chance de avisar ninguém. Eu mesmo recebi uma ligação da secretária dele.

— Ela disse para onde ele foi?

Mária tem consciência de que o volume de sua voz está aumentando. Não é do feitio de Grígori agir de maneira espontânea.

— Ela não disse exatamente onde. Só comentou que tinha acontecido um acidente na Ucrânia e que precisavam dos conhecimentos dele.

— Ela não disse *exatamente*. Mas você sabe onde ele está.

Ele respira fundo, brinca com um botão de seu cardigã.

— As notícias sobre Chernobyl começaram a aparecer uns dois dias depois. Prestei bastante atenção. Ele viajou no mesmo dia que ficaram sabendo do acidente.

— Chernobyl fica na Ucrânia?

— Fica.

Um momento de vazio. Ela fita o nome de Grígori na caixa de correspondência.

— Eu teria entrado em contato com você, mas não fazia ideia de onde te encontrar. Nenhum amigo de Grígori Ivánovitch veio aqui perguntar dele. Você é a primeira pessoa que vem visitá-lo.

Mária não tem ideia do que fazer. Ela se vê dizendo isso em voz alta. Para ninguém mais, ninguém menos que Dimítri Serguêivitch.

— Não tenho ideia do que fazer.

— Ligue para o hospital. Estou encaminhando a correspondência dele para lá. Eles vão poder te ajudar.

Mária para de ouvir o que ele está dizendo. Ela sabe que lhe agradeceu, mas só se dá conta de que saiu do prédio quando se vê descendo a ladeira na direção dos degraus da ponte.

Como puderam mandar Grígori para lá? Como ele ainda está lá?

Ela para e olha ao redor. Passou por baixo da ponte e saiu na plataforma de observação que abarca a Prospekt Leninski. A Academia de Ciências está à sua direita, reluzindo, âmbar e cinza. Um edifício intrincado que lembra a logística de um relógio antigo, como se seus painéis externos tivessem sido retirados para revelar as mentes brilhantes dentro dele, lidando com problemas muito além do domínio do cidadão humilde. À sua esquerda, o Parque Górki, apagado, um reservatório de escuridão na vasta extensão da cidade.

Ele já passou por tanta coisa. Ela já o fez passar por tanta coisa. Tudo começou aqui, neste exato local.

Foi aqui que o Sr. Kuznetsóv a abordou pela primeira vez. Mesmo depois de ter se deitado nu na cama de Mária, depois de ter entrado no corpo ela, Mária continuou chamando-o de Sr. Kuznetsóv, por não querer que ele confundisse as relações com algo íntimo. Depois das primeiras vezes, Mária soube que ele acabou considerando um afrodisíaco a maneira formal com que ela se dirigia a ele. Mas era tarde demais para se arrepender.

Naquela noite, a primeira noite, ela recebera uma ligação de um dos editores do jornal. Havia uma notícia de última hora que eles precisavam que ela cobrisse. *Você pode vir à redação?* Pensando bem agora, a relutância dele em resumir o que estava acontecendo deveria ter suscitado suspeitas por parte dela, mas Mária sentiu uma onda de alívio tão grande que falou mais alto que seu senso de cautela. O telefonema significava que ela estava sendo convidada de volta para o grupo, que eles estavam dizendo que perdoariam suas indiscrições. Na tarde do dia anterior, de frente para a mesa de seu editor-chefe, ela o viu impedir a publicação de seu artigo ofensivo, um texto curto, não mais que cem palavras, ela conseguia ler a manchete de onde estava:

200 MIL COMPARECEM A FUNERAL

DE PADRE EM VARSÓVIA

Mária não ficou surpresa. Sabia que a matéria encontraria empecilhos; na verdade, ela tinha feito tudo que podia para que o texto passasse despercebido pelos olhos do editor-chefe, e entregou-o, fingindo negligência, no último minuto, ao subordinado do chefe, desculpando-se por não cumprir o prazo.

Não era um funeral qualquer e não era uma morte qualquer. Cinco dias antes, dois mergulhadores da polícia tinham retirado o corpo do padre Popiełuszko de uma represa perto da cidade de Włocławek, a uma hora de carro de Varsóvia, no sentido oeste. Ele havia sido espancado, seu rosto estava desfigurado e seu corpo, inchado. Apesar disso, quando os mergulhadores o resgataram, o reconheceram na hora. O padre Popiełuszko era mais famoso até que o líder do Solidarity, Lech Wałęsa, porque tinha a autoridade que um colarinho branco clerical e uma batina conferem. Seus sermões dominicais atraíam mais de quarenta mil fiéis, que iam ouvi-lo falar das injustiças impostas aos trabalhadores. Por meio de uma retórica acalorada, ele lembrava que o menino Jesus nasceu numa família de carpinteiros, e não de membros de um partido. As pessoas ouviam e voltavam a pé para casa, a injeção de energia causada pelo discurso do padre tornando seus passos mais largos.

O regime estava de olho no padre Popiełuszko. Era sabido que ele mantinha um fundo e repassava esses recursos para os grupos do Solidarity em Varsóvia. Quando seu corpo foi identificado, a cidade foi tomada por uma onda de furor tão violenta que as autoridades imediatamente identificaram e prenderam os três agentes secretos que haviam sido responsáveis por sua morte. Era um ato sem precedentes uma autoridade no poder entregar seus agentes, mas isso foi suficiente para acalmar a situação de modo que o funeral transcorresse em paz.

Mária teve o cuidado de não escrever sobre o cenário no geral. Ela detalhou a cerimônia e incluiu algumas citações pontuais do elogio fúnebre. Ela informou, com palavras escolhidas a dedo, que o padre não morrera de causas naturais, mas, de resto, ateve-se ao ritual propriamente dito e deixou que os leitores tirassem suas conclusões.

O editor-chefe barrou o artigo. Acusou Mária de expressar sentimento antissoviético, de fomentar a dissidência. Ela já tinha as réplicas na ponta da língua. Como isso podia ser uma matéria antissoviética se as próprias autoridades haviam declarado publicamente que os assassinos eram da polícia do regime? Ela estava noticiando um funeral; não tinha nada a ver com política. Mária estava se sentindo muito confiante. Sentia-se capaz de defender todas as frases de seu texto.

Seu editor ouviu e assentiu e depois tirou da gaveta uma profusão de páginas de papel-carbono rosa, cobertas com a inconfundível caligrafia de Mária. Páginas que ela escrevera para um *samizdat* e que haviam sido datilografadas e copiadas e datilografadas e copiadas até que, por fim, as palavras foram manuseadas por diversas centenas de mãos.

Ele lhe mostrou as páginas e leu as manchetes:

ACORDOS DE GDANSK DÃO AOS TRABALHADORES
O DIREITO DE ELEGER REPRESENTANTES SINDICAIS

TROPAS SOVIÉTICAS ABATEM ACIDENTALMENTE
AVIÃO COMERCIAL COREANO

CONSELHEIRO DO KREMLIN ALEGA QUE A PRODUÇÃO
DE ARMAS FOI EXCEDENTE

Mária não conseguia acreditar. O *samizdat* não poupava esforços e fazia coisas inacreditáveis para impedir que os autores fossem rastreados.

— Nunca vi essas matérias na minha vida.

— Tudo bem. Nesse caso, posso entregá-las à KGB para que realizem uma análise grafológica.

Ela cobriu o rosto com as mãos.

— Escrever matérias incendiárias para um jornaleco clandestino é uma coisa, agora tentar acabar com a nossa reputação, jogar a gente no descrédito... Sou obrigado por lei a denunciar você.

Não havia nada a fazer a não ser esperar o desenrolar dos fatos.

Mária passou o dia seguinte andando de um lado para o outro no apartamento, aguardando a batida na porta, pensando na sala de interrogatório dentro da qual ela logo se veria, sem dormir, sem comer, em dias de indagações infinitamente repetitivas.

Ele sequer teve forças para contar a Grígori o que estava acontecendo, convencida de que não havia sentido em sobrecarregá-lo com o mesmo pavor. Por isso, quando recebeu a ligação naquela noite, sentiu-se tomada de alívio. Pegou seu casaco e rumou para a estação do metrô, refazendo a mesma rota que acabara de percorrer. Quando chegou à plataforma de observação, o Sr. Kuznetsóv estava lá, olhando para o tráfego abaixo.

O Sr. Kuznetsóv, seu editor. Um homem velho, a pele seca, os olhos impassíveis, inertes.

Ela parou, reconhecendo-o de imediato; estava claro que a presença dele ali, interceptando sua jornada, não era coincidência. No mesmo instante, tudo que aconteceria dali por diante despontou com nitidez na mente de Mária. Estava tudo armado de modo a correr às mil maravilhas para o Sr. Kuznetsóv. O editor-chefe faria questão de lembrá-la de que, graças à sua discrição, ela ainda tinha um emprego. E que a KGB estaria muito interessada nas ideias dissidentes dela. Mária previu inclusive que ele usaria a palavra "implicações" para prometer a destruição da carreira do marido.

— E há outras implicações — disse ele.

Aquelas palavras ressoam nos ouvidos dela até hoje, com uma clareza incrível. Sua vida implodindo com aquela única frase.

Se ela tivesse tido mais tempo, se a conversa tivesse ocorrido na sala dele, talvez ela tivesse fugido, encontrado Grígori, contado tudo ao marido. Ele, é claro, teria confrontado Kuznetsóv, sem dar a mínima para quantas pessoas influentes o homem conhecia. Isso significaria a destruição de uma bela carreira, mais um médico talentoso jogado no ostracismo. Grígori teria sido privado do que mais o definia como pessoa.

Mas, é claro, Kuznetsóv também sabia disso. O fato de estar ali, tão perto do apartamento, significava que ela não poderia adiar a decisão. E, uma vez tomada essa decisão, ela não teria como voltar atrás. Mais tarde, naquela noite, quando ela se deitou para dormir com Grígori, depois do ocorrido, sua traição se alastrou e invadiu os milímetros que separavam o corpo dos dois. Deitada lá nos lençóis recém-trocados, o calor do corpo de outro homem ainda contido no meio do colchão.

A única coisa que a consolava era a reação negativa de seu corpo. Quando Kuznetsóv abriu suas pernas à força, seu corpo se mostrou resistente ao toque dele. Seus lábios vaginais estavam rígidos e secos como papelão, e o atrito causou em ambos uma sensação de queimadura enquanto ele impelia o corpo até achar um ritmo.

Ela desvia o olhar do local onde Kuznetsóv outrora esteve plantado à sua espera, a presença dele ainda palpável, e fita o coração gelado da cidade. A Prospekt Leninski está com outdoors de neon, todos eles proclamando as superstições de seus líderes. Suas fraquezas, as tensões, os conflitos, os segredos que dão ao Partido uma razão de existir, os medos que fazem seus corações se agitarem no silêncio na noite:

O PARTIDO COMUNISTA É A GLÓRIA DA PÁTRIA

AS IDEIAS DE LENIN VIVEM E VENCEM

A UNIÃO SOVIÉTICA É A FONTE DA PAZ

Frases embebidas em vaidade. Essa retórica que surge a partir das instituições e transborda para dentro da mente e das ações dos indivíduos. E que penetrou Kuznetsóv quando ele penetrou Mária: criando, então, seu filho indesejado, sua vida indesejada.

E, quando ela se livrou da criança, sua culpa só aumentou. Tudo que ela quis foi sumir do mapa, se afastar de Grígori. Não ter revelado toda a verdade para ele na época — agora que ela consegue refletir sobre aquele período — foi um ato deliberado de autodestruição. Quando a história com Kuznetsóv terminou e ele a denunciou mesmo assim, ela ficou contente. Recebeu de braços abertos a punição, disse a si mesma que merecia labutar num emprego que detestasse. Perder-se em servis tarefas braçais, fechar a mente, isolar sua personalidade.

Ela faz um pacto consigo mesma ao caminhar pela larga avenida, os veículos passando rapidamente enquanto ela desaparece na calçada sob o monumento de aço de Gagarin e desce a estreita escada rolante: ela não será mais só mais uma sombra nesta cidade erguida sobre sussurros.

18

ESTÁ NEVANDO FORTE NESSAS DUAS últimas semanas, a neve cai do céu com todas as forças. Flocos grossos e emplumados amontoam-se nos cílios de Artiom, montículos acumulam-se na parte de trás do gorro do menino. Ao seu redor, o campo de reassentamento está silencioso, não há outro movimento exceto pelos caminhões que vão e vêm.

A neve pousa de maneira tão uniforme nos telhados planos das cabanas pré-fabricadas e no chão que dá a impressão de que elas brotaram da terra. As paredes amarelas são a única cor por quilômetros, uma cor cuja intenção era supostamente evocar alegria, mas, em vez disso, serve apenas para enfatizar a natureza barata e inóspita das construções. Teriam uma aparência caricata não fosse pelo estado deteriorado. Em muitas delas, as janelas já caíram dos caixilhos e os moradores tamparam o vão com papelão e fita adesiva ou pregando as portas arrancadas dos armários da cozinha, tudo para impedir a entrada do vento.

Em todas as cabanas há um fogão a lenha. Boa parte do dia é gasta atiçando e cutucando o fogo. Eles recebem o estoque de lenha do depósito de suprimentos: um carrinho de mão cheio de madeira para as casas, entregue por um jovem soldado de traços grosseiros e avermelhados e um nariz que está sempre escorrendo por causa do frio.

Batir está melhorando. Depois de três semanas, Artiom consegue ver que sua pelagem está recuperando bem o brilho. Artiom visita o cachorro na hora das refeições e começou a levá-lo para passear recentemente. Construiu um carrinho para o cão, grande o bastante para que ele descansasse as ancas, mas suficientemente pequeno para que conseguisse colocar as patas dianteiras no chão. Há uma alça na parte de trás do carrinho que Artiom usa para empurrar Batir, e o menino tem consciência de que a cena deve parecer estranha, mas há muitas coisas estranhas aqui.

Ele dá a Batir a comida que encontra revirando os sacos de lixo empilhados atrás do depósito. Sempre há soldados fazendo a guarda do edifício, mas Artiom fez questão de apresentar seu amigo de duas patas a eles. Os soldados se ajoelharam e acariciaram Batir atrás das orelhas, afagaram o cão, percorreram as mãos em suas ancas, e, quando fizeram isso, Artiom viu um brilho nos olhos dos homens, o animal tirando-os da rotina, e nesse momento ele os viu como irmãos e filhos, rindo à mesa do jantar, alimentando o próprio cão com as sobras, que olhava para eles com uma cara de pidão, com a cabeça apoiada em seus joelhos, implorando. Agora eles deixam Artiom fuçar o lixo, contanto que prometa que depois vai fechar os sacos, pois não querem atrair os ratos.

No começo, ele alimentava Batir com as sobras da clínica — graças a um arranjo do médico —, mas depois de cerca de uma semana o pessoal da cozinha mandou o menino procurar em outro lugar. Ele podia ter procurado o médico de novo, mas o homem está ocupado, já tem muita coisa na cabeça e ainda teria de encontrar restos de comida para um cachorro.

Por estar doente, Sófia tem o próprio quarto. Artiom dorme na mesma cama que a mãe. A mãe troca de roupa nesse quarto, então ele vê a parte de trás de seu corpo nua. Nenhum dos dois se importa. O que importava antes não importa mais aqui. Eles dormem juntos, e sua mãe se levanta três ou quatro vezes para ver como Sófia está.

Há certas manhãs em que ele acorda e vê que sua mãe o abraçou enquanto dormia. Para Artiom, é algo natural. Ele entende que o corpo precisa de consolo; ele não resiste porque também precisa.

A cabana deles não tem vazamentos como muitas outras. Os adultos não falam sobre outra coisa, uma constante troca de ideias e comparações do estado físico de suas respectivas moradas. Artiom atribui isso ao fato de que talvez pensem que podem fazer algo a respeito, alguns reparos; as cabanas têm conserto, a doença não. Artiom é muito grato pelo fato de a casa de sua família não ter vazamentos, pelo menos não ainda. Se Sófia tivesse de dormir no frio, seria pior.

Toda cabana tem uma cozinha e uma sala no mesmo cômodo e dois quartos. Não há banheiro nem água corrente. As famílias contam com um fogareiro elétrico, além do fogão e de um aquecedor elétrico nos quartos. Algumas pessoas têm televisão e rádio que seus parentes deixaram para elas na cabana da recepção, indicando apenas os nomes. Nenhum bilhete. Ninguém vai além da cabana da recepção. Artiom entende por quê.

Artiom é um dos meninos mais velhos no assentamento. Já viu um ou dois da sua idade, mas eram mais fracos que ele e sabe-se lá em que situação estão agora. Ele se sente forte. Sua mãe vive perguntando se ele está descansando o suficiente, mas ele gosta do ar puro, precisa sair e estar lá fora. Isso lhe dá um propósito.

Ele caminha até o bosque quase todo dia recolhendo lenha, que distribui entre seus novos vizinhos. Nunca espera ganhar nada em troca — afinal de contas, não lhe custa nada —, e, de tempos em tempos, sua mãe recebe uma gentileza em sinal de reconhecimento pela ajuda. Na semana passada, uma mulher do setor 3A deu a ela as botinas que eram de seu filho para os passeios de Artiom. O menino dela havia morrido alguns meses atrás. E agora Artiom se vê caminhando entre as árvores com as botinas pesadas de um garoto morto. Mas ele não esquenta nem um pouco a cabeça com isso.

— Tenho sorte de ter um filho como você, Artiom.
— A senhora não tem sorte, mãe.
— Tem pessoas por aí pior que a gente.
— Talvez seja verdade, mas não muito. Nós não temos sorte.
— Não. Você tem razão. Não temos.

GRÍGORI SE SENTA LÁ FORA e apoia-se em uma mesa de metal, enfiando o dedo em uma das poças de condensação que acumulou nas bordas. Embaixo da mesa há uma aranha pendurada em sua teia, enroscando-se sem a menor pressa. Daqui a pouco ele dará início ao pré-operatório, passará o restante do dia dentro de uma sala. Por isso absorve o ar gelado enquanto pode; observando a água percorrer os tentáculos de gelo pendurados no telhado da clínica, a única construção de tijolo de todo o assentamento. Paredes de meio metro de espessura que, misericordiosamente, retêm o calor. Eles especulavam sobre o que era o prédio antes da chegada deles; um quartel antigo, talvez. Um odor insistente e sugestivo de mofo na sala de cirurgia, além do reboco, da pintura e da limpeza diária.

As pessoas aqui estão esperando, solenemente esperando. Ele as observa dando voltas na área de recreação no meio do assentamento. Caminhando e esperando.

Um senhor está sentado em um banco próximo, as mãos enfiadas sob as axilas. Grígori não sente a menor vontade de falar com ele nem com os próprios colegas, quando gira a maçaneta, apoia o ombro na porta larga e entra na sala de descanso. Até nos intervalos, ele está desacompanhado, pouco disposto a aceitar qualquer invasão de seu espaço protegido. Há quatro mesas no recinto, e ainda assim ele consegue demarcar um território privativo. Ele diz a si mesmo, e deu indiretas aos outros, que sua mente precisa se recuperar das tantas horas passadas em total concentração — e isso é verdade; às vezes está além de suas forças tomar as decisões simples exigidas dele no pequeno refeitório. Quando lhe perguntam "chá ou café?", "arroz ou batata?", ele se remexe, desatento, incapaz de articular as palavras corretas.

Ele também consegue reconhecer, quando se dispõe a tanto, que essas são as estratégias de um filho único: criar um mundo inacessível aos outros, suas emoções trancafiadas, hermeticamente fechadas como os tubos de oxigênio que o anestesista carrega edifício adentro. Essa é a sua paz.

Até que ponto seria diferente, ele se pergunta enquanto, exausto, se obriga a levantar da cadeira, se Vassíli estivesse aqui?

Nos gramados lá fora, a neve está tão funda que Artiom custa a andar. Ele mantém a pelve abaixada, mais próxima do chão, e inclina o corpo a cada passo. Isso exige tanto esforço que ele para de sentir frio. Chega às primeiras árvores da floresta e, arrastando-se, adentra. Essas árvores marcam uma fronteira; o tempo desacelera à medida que atravessa a linha de troncos sem galhos. A luz que bate ali tem ar dentro dela, como se tivesse passado por um coador de chá, e os raios se dividem em fios pontilhados conforme descem até o chão da floresta, aterrissando em silêncio como dançarinos, dando giros antes de tocar o chão.

O som da própria respiração. O gotejar de riachos escondidos. Um galho cedendo sob seu peso. O ar, de alguma forma, também destilado. Ar enfumaçado. Ar robusto.

Troncos altos sem galhos. Um furão sobe, deslizando, num deles, a vinte metros de distância, um borrão ascendendo.

Artiom caminha e se senta e caminha de novo, procurando galhos caídos. Quando sente sede, leva uma porção de neve à boca com as mãos em concha e ergue os olhos para o dossel muito acima dele.

Foi uma floresta, lá atrás, que tomou a vida de seu pai, e no silêncio Artiom pode sentir uma ligação em meio a essas árvores altas, como se elas o estivessem atraindo para cá. Elas se agitam nervosamente, confessando seu remorso, rangendo como uma porta arrombada ao vento.

Lá em Minsk, eles já estavam fazia um mês no abrigo de emergência quando encontraram o pai dele. Novas pessoas continuaram chegando. No fim da primeira semana, a área de que dispunham no chão havia sido reduzida pela metade, por isso não tinham mais espaço para se deitar à vontade. Foram obrigados a revezar, dormindo em turnos, tamanha a quantidade de gente amontoada sob o mesmo teto. O lugar fedia a suor. As pessoas viviam reclamando do mau cheiro. Por causa da falta de higiene, os bebês estavam apresentando erupções na pele. Por fim, a milícia instalou um conjunto de mangueiras nos fundos para lidar com o problema. Todo mundo recebeu uma sacola plástica e foi instruído a fazer uma fila na porta dos fundos; assim que saía, a pessoa tinha de se despir e colocar as roupas na sacola e amarrá-la com um nó; depois, ainda segurando a sacola com as roupas, ficava de frente para um muro, ao lado de um ralo, e tomava um banho à base de jatos das mangueiras manejadas pela milícia. Então, a pessoa usava as próprias roupas para se enxugar, vestia-se e voltava para seus aposentos, com o espaço entre os dedos dos pés molhados, e a camisa e as roupas íntimas grudadas no corpo. Nos primeiros dias, os homens da milícia ficaram dando nota para as mulheres. Elas ficavam numa fila, nuas, segurando as sacolas na frente dos órgãos genitais, e os guardas anunciavam, aos berros, notas de um a dez. Se alguma mulher reclamasse, sua sacola virava alvo dos jatos de água até rasgar, e as roupas ficavam ensopadas, de modo que a mulher era obrigada a voltar para dentro nua ou encharcada, com o tecido colado na pele, sob os olhos atentos de mil pessoas.

Sófia sempre voltava chorando. Sua mãe sempre voltava quieta e permanecia em silêncio durante boa parte do dia.

Havia um lugar para dar banho nos bebês. Bicos de gás foram instalados no chão para aquecer baldes de metal cheios de água. Ao lado de cada um havia um balde com água fria, para que as mães pudessem balancear a temperatura da água e, com a mão em concha, despejá-la aos poucos nos recém-nascidos. Artiom viu quando, acidentalmente, uma mãe encostou o pé do filho na borda de metal de um dos baldes quentes, queimando a pele dele. O bebê chorou, urrando tão desesperado que uma multidão saiu para ver o que tinha acontecido.

Não havia informação alguma sobre o pai dele. Nem na primeira semana. Nem nas seguintes.

No começo, as pessoas falavam como tinham chegado ali, o que estavam fazendo antes da ordem de evacuação. Descreviam em detalhes sua rotina: quem disse o quê, quem fez o quê. As pessoas especulavam. Muita gente achava que os capitalistas haviam sabotado a usina, que, de alguma maneira, eles tinham alguém infiltrado lá por um longo período e essa pessoa causou o caos. Os capitalistas estavam intimidados pelo sucesso da energia soviética, estavam ficando desesperados em suas maquinações. Contudo, ninguém falava de outra coisa, de onde eram, que rumos sua vida havia tomado, e — como Artiom acabou percebendo —, após a primeira semana, praticamente pararam de conversar.

Ninguém sabia nada sobre o que tinha acontecido com seus entes queridos. O local virou um antro de ansiedade e saudade. Havia guardas posicionados por toda a grade que cercava o perímetro, e ninguém podia passar sem subornar um deles. Já nos primeiros dias algumas pessoas entregaram tudo que tinham e caminharam até os hospitais e outros abrigos, mas lá também não conseguiram obter informações e foram obrigadas a voltar para a comida e o abrigo a elas oferecidos, mais pobres que antes, sem chance de ir embora até que alguém dissesse que podiam sair — se é que algum dia alguém lhes diria que podiam ir embora.

Surgiram algumas discussões por causa de disputa pelo espaço no chão. Cada centímetro era um bem precioso. Algumas pessoas tentavam reposicionar as paredes improvisadas que demarcavam o lugar que lhes cabia, e quem tinha sido enganado voltava e berrava e brigava, e Artiom viu quão mesquinhas as pessoas podem se tornar quando estão desesperadas.

Já fazia quase um mês que estavam lá quando a mãe de Artiom acordou o menino no meio da noite.

— Artiom — sussurrou ela.

Ele acordou na hora. Não conseguia ter um sono pesado naquele lugar, seu corpo tão confinado, o ruído constante de pés se arrastando, resmungos sonolentos, crianças pequenas revezando-se para demonstrar suas queixas por meio do choro.

— Oi.

— Preciso que você faça uma coisa.

Das dobras de suas roupas ela tirou um pacotinho, um pedaço de pano, amarrado bem apertado com um elástico. Desenrolou o elástico e mostrou três pepitas de ouro. Como a luz era muito fraca, Artiom não conseguiu enxergar muito bem; somente quando tocou foi que percebeu que eram dentes.

Ele afastou a mão, espantado.

— Onde você arranjou isso?

— Não importa.

— Importa, sim. Onde arranjou?

— Eu não roubei.

— Bem, seus, eles não são. Você não tem dentes de ouro.

Ela ficou em silêncio; deixou que ele deduzisse sozinho.

— São da minha vó.

— Sim. Eu sinto muito. Muita gente faz isso. Antes de morrer, sua avó fez a gente prometer que não a enterraríamos com eles.

Artiom ficou em silêncio por alguns instantes.

— Você está com raiva? — perguntou ela.

— Não. É que eu não sabia.

— Sinto muito, Artiom.

Ela só voltou a falar depois que percebeu que ele estava pronto para continuar.

— Preciso que você encontre o seu pai. As coisas estão ficando desesperadoras. Não podemos continuar aqui para sempre.

— Tudo bem.

— Estas são as únicas coisas de valor que nós temos. Você vai precisar de um para subornar o guarda. Depois disso, pode usar os outros, se for necessário. Quero que você encontre Máksim Vissárionovitch, o homem que trouxe a gente para cá. Ele vai ser bom com a gente. Veja se ele conhece alguém, uma enfermeira, um dirigente do Partido, quem quer que seja.

— Como eu encontro esse homem?

— Procure latas de lixo na rua. Pergunte a todos os lixeiros que você encontrar no caminho. Se mesmo assim não conseguir encontrá-lo, volte para o prédio da Lília e espere por ele lá.

— Ok. A gente sabe o sobrenome dele?

— Não. Não perguntei.

Ela balançou a cabeça ao dizer isso, lamentando a burrice. Ela estava bem perto dele; Artiom podia sentir o hálito azedo da mãe. Ela segurou o rosto dele com as duas mãos.

— Você sabe que não deve usar o ouro a menos que precise.

— Sim.

Ela deu um beijo na testa dele.

— Obrigada, Artiúchka, e lembre-se de voltar. Se você sumir também, não vou aguentar.

— É melhor eu ir agora, né? Máksim vai começar a trabalhar logo.

— Sim, é melhor você ir.

Artiom sabia que a mãe o tinha ficado observando andar com o maior cuidado até a porta, passando por cima dos braços e das pernas que apareciam no caminho.

No portão, depois de dar uma das peças de ouro a um dos guardas, pediu a ele que apontasse para onde era o centro da cidade, mas os homens apenas deram de ombros; eles não eram de lá.

Então, Artiom perambulou pelo páramo industrial, sua primeira vez sozinho na cidade. Viu um bando de corvos em volta de uma sacola de lixo extraviada e enxotou as aves com os pés, anunciando sua presença nas ruas, e elas saíram voando, o grupo se separando à medida que ganhava altura. Ele avistou a claridade dos postes de luz e foi até lá, passando por uma fábrica têxtil e um ferro-velho. Quando chegou à estrada principal, seguiu o fluxo do tráfego, raciocinando que, àquela hora da manhã, deviam estar a caminho da cidade. Andou por uma hora, o asfalto se estreitando, as árvores ficando mais proeminentes, partes gramadas no meio da pista. Olhou para todos os lados, fascinado por tudo que estava vendo. Havia casas antigas de pedra, cujas varandas tinham tetos de pedra. Construções sólidas, feitas para durar.

Artiom se pegou tocando em tudo. Agora que podia ver como as coisas eram à luz do dia, teve tempo para contemplar a paisagem, a cidade era diferente em todos os aspectos sensoriais. Até em termos espaciais, era completamente diferente dos espaços a que ele estava acostumado, com os retângulos de céu entre os prédios. As ruas amplas. Estátuas e lintéis cinzelados. Colunas de portão. As linhas na rua, a grande e verde pista onde transitavam os carros oficiais. As pedras do meio-fio. Os parapeitos. Tudo isso não lhe era estranho, mas singular, diferente de tudo a que estava acostumado.

O pai dele estava são e salvo. Tinha de estar. Estava em algum lugar da cidade, confinado em outra área. À procura da família, assim como eles estavam procurando por ele.

Por fim, ele parou em uma encruzilhada e avistou uma rua onde latas de lixo abarrotadas ocupavam metade da calçada, de frente para as casas. Artiom interceptou uma pessoa que passava por ali, um homem com um casaco longo e cinza, cujo botão superior estava pendurado por um fio. O menino perguntou se o lixo seria coletado naquela manhã, e o homem arregalou os olhos, ergueu os braços, se virou, mostrando as latas de lixo à guisa de resposta, e continuou caminhando.

Artiom sentou-se num ponto de ônibus e esperou. A cada dez minutos, mais ou menos, um ônibus parava e o motorista abria a porta para ele, depois balançava a cabeça, irritado, quando Artiom o dispensava com um aceno de cabeça. Havia tantos carros na rua: Moskviches, Volgas, Russo-balts, Vazes, Zaporozhets. Artiom estava maravilhado com suas linhas e cores, ouvindo o ronco dos motores. Era como se tivessem saído das páginas dos manuais e ganhado vida, ali, na vida real, acelerando pelas ruas na frente dele. O menino chegou perto de alguns dos carros estacionados e passou as mãos pelas formas deles, mas uma mulher na fileira de casas do outro lado da rua gritou com ele, mandando-o cuidar da própria vida.

Se Iossif estivesse ali, provavelmente daria um jeito de abrir o capô de alguns carros e fuçar os motores. Iossif era muito mais ousado que ele. Artiom acha que se lembra de ouvir Iossif dizer que tinha uma tia na cidade, por isso é provável que agora esteja sendo muito bem cuidado. Provavelmente está vendo televisão e comendo pêssegos em calda direto da lata. Mas talvez não. As coisas nem sempre saem como a gente espera.

Afinal, Artiom também tinha uma tia na cidade, por isso podia ser que Iossif estivesse dizendo a mesma coisa sobre ele.

Ele estava com fome. No abrigo, a esta hora deviam estar servindo o café da manhã. A esta altura havia tanta gente lá que já não se organizavam mais filas; no horário de cada refeição, a milícia aparecia e distribuía sacos com pacotes de comida e, depois que todos comiam, passava de novo recolhendo os sacos. Artiom esperava que sua mãe guardasse alguma coisa para ele. É claro que ela faria isso, ela era a mãe dele.

Artiom aguardou mais um pouco, aproximou-se de uma das latas de lixo e revirou. Nada. Vasculhou mais algumas. Quase no fim da rua encontrou uma carcaça de frango, com algumas folhas de chá grudadas nela, uns pedaços de jornal, mas nada que ele não pudesse tirar. Correu os dedos nos espaços entre as pernas e o corpo, arrancou lascas de carne branca de entre as costelas. Carne de verdade. Agora que tinha sentido o gosto, quis enfiar tudo na boca, quis mastigar ruidosamente os ossos até não sobrar mais nada. Ergueu a carcaça e a lambeu, engolindo algumas folhas de chá, mas saboreando, sobretudo, a gordura na língua.

— Ei, sai daí!

Os lixeiros haviam virado a esquina. Pendurados no caminhão, envergando seus coletes alaranjados berrantes, encarando-o. Um deles desceu.

— O que você está fazendo? Cai fora, seu rato.

Artiom limpou a boca na manga da camisa.

— Desculpe. Eu estava esperando vocês. Estou procurando Máksim Vissárionovitch. Ele é lixeiro.

— Acho que você está procurando é uma disenteria, isso, sim.

Artiom não sabia o que era disenteria.

— Preciso falar com Máksim Vissárionovitch. Vocês o conhecem?

— Não e não estou nem aí. Vá fuçar outro lixo. Faça isso em outra área da cidade.

O homem estava bem perto do rosto do menino, todo agressivo. Artiom saiu do caminho dele, e os homens esvaziaram as latas na traseira do caminhão, depois as jogaram de qualquer jeito na calçada, fazendo um barulhão. Artiom estava fascinado. Nunca tinha visto um veículo como aquele, com um braço interno que esmagava o lixo e o empurrava para dentro. O menino ficou parado, observando a passagem dos lixeiros. Mas eles não foram muito longe. O caminhão morreu, e, quando tentaram fazê-lo pegar de novo, o motor limitou-se a produzir um ruído monótono. Abriram o capô e mexeram lá durante uns cinco minutos, sem obter um resultado diferente. Artiom conhecia aquele som. Ele se aproximou do caminhão, foi até o motor e pegou na bobina de ignição com tanta confiança que os homens o deixaram continuar. Ele desaparafusou a bobina, limpou as entradas com a camisa, depois colocou-a de volta no lugar e aparafusou. Fez sinal de positivo para o motorista, que girou a chave no contato, e eles ouviram o motor gemer e rosnar até voltar à vida.

O homem que tinha falado com Artiom abriu um sorrisinho, mais calmo agora.

— Qual é o nome do cara mesmo?

— Máksim Vissárionovitch. Não sei o sobrenome dele. Ele mora perto da rodoviária.

— Alguém conhece o sujeito? — pergunta o homem aos seus colegas. Balanços de cabeça.

— Tudo bem. Vamos achar alguém que conheça.

Ele instruiu Artiom a se sentar na boleia, e os demais voltaram para suas plataformas e agarraram suas respectivas alças. O caminhão percorreu as ruas, galhos baixos raspando o para-brisa. Havia uma saliência arredondada no volante que o motorista usava para dirigir a coisa com uma mão só, e fazia curvas tão fechadas nas esquinas, passando tão rente aos postes, que Artiom podia jurar que iam bater, até que ele dava uma pancadinha de leve no volante para colocá-lo na direção certa e o caminhão milagrosamente girava sobre o próprio eixo.

Saíram da cidade e, depois de alguns minutos, pegaram uma ruela margeada de árvores. Pararam numa cancela, onde o motorista exibiu um cartão para o homem na guarita, e o caminhão desceu lentamente uma ladeira até chegar a uma plataforma de concreto.

Gaivotas davam rasantes céu abaixo e deslizavam sobre um vasto território sintético, uma paisagem marítima composta inteiramente por coisas descartadas. Sacolas plásticas redondas, fios elétricos e papelão encharcado estavam congelados, formando uma única massa amorfa. Escavadeiras surfavam as ondas de lama, seguindo, vacilantes, no chão semissólido. A impressão era que poderiam tombar a qualquer momento, mas subiam firmes e fortes, antes de mergulhar mais uma vez vastidão adentro.

O homem na traseira do caminhão foi andando até um galpão de estanho a vinte metros de distância. Artiom ficou sentado em silêncio na cabine; o motorista mal olhava para ele — não por ofensa ou repugnância, Artiom percebeu, mas porque era um homem que não sentia necessidade de estabelecer um vínculo, que estava feliz com os próprios pensamentos. O homem saiu do galpão e chamou Artiom com um aceno, e o menino abriu a porta da boleia e o ar penetrou serpeando em suas narinas, deixando um resíduo membranoso em sua garganta. Ele nunca havia sentido um cheiro parecido. Tapou o nariz com as mãos em concha e respirou somente dentro daquele espaço. À medida que foi pisando no chão, uma gosma cinza e asquerosa cobriu suas botinas. Naquele lugar, até caminhar era uma luta.

— Perguntei ao pessoal. Ele deve voltar daqui a alguns minutos. Você pode esperar aqui.

— Obrigado.

— Eu que agradeço. Obrigado por sua ajuda.

Trocaram um aperto de mãos, e o homem subiu de volta no caminhão. Artiom observou o caminhão contornar um dos montes, dar marcha a ré, ficando de costas para uma parede de concreto baixa, e cuspir o conteúdo triturado. Os homens ficaram em volta, dividindo um cigarro e conversando, e, quando o caminhão foi esvaziado, eles retomaram suas posições e subiram a viela, de volta para a manhã, para o ar puro.

Artiom ficou lá parado, fascinado, a mão na frente do rosto, bafejando pela boca. O cemitério de tudo aquilo que um dia foi útil. Tudo tinha um tom marrom esverdeado, uma visão anônima. Depois de alguns minutos olhando, ficou chocado ao perceber que havia algumas pessoas caminhando em meio ao lixo, cobertas daquela sujeira, praticamente camufladas naquele ambiente. Andavam com sacos pendurados no pescoço e pegavam coisas do chão e as examinavam, virando-as com os dedos. Que vida... Acordar todo dia de manhã para revirar aquele terreno estéril e oco. Era um lugar que ele nunca imaginou que pudesse existir; um lugar que era uma consequência da humanidade. Ele olhou para aquelas pessoas chafurdando na imundície, soltando um balido de satisfação quando conseguiam achar algo que poderiam vender, encontrando pequenos vestígios de encorajamento soterrados em toda aquela desolação, seus camaradas correndo na direção deles para compartilhar a alegria. E Artiom voltaria muitas vezes àquele momento nas próximas semanas, quando assistisse à doença consumir seu pai, quando o sangue vazasse pelos poros da pele do pai, quando ele começasse a se dar conta de que nunca conseguiria compreender ou prever os rumos que a vida de uma pessoa pode tomar; de que a determinação de uma pessoa desesperada era mais forte que qualquer coisa que ele conhecia e de que o destino se desenrola à sua própria e teimosa maneira, para além da influência ou da razão.

Máksim Vissárionovitch chegou e cumprimentou Artiom, todo atencioso, deu de comer ao menino e levou-o de volta ao abrigo. Ele retornou três dias depois com a localização do pai de Artiom em um dos hospitais. Máksim esperou no portão enquanto a família se lavava da melhor maneira que podia e vestia as melhores roupas que haviam levado consigo. Quando entraram no carro, ela olhou para os filhos e disse:

— Como estamos bonitos!

E sorriu.

Fazia um mês que Artiom não via a mãe sorrir. Ele achou a cena tão apaziguadora, tão reconfortante, como uma fogueira numa tarde de inverno.

Na porta do hospital, usaram o último dente de ouro para obter acesso ao prédio.

Não havia mais ninguém lá. O lugar estava embrulhado em silêncio. Os únicos sons eram os ecos dos passos que vinham dos corredores. Era desconcertante ver um prédio público tão vazio. Um silêncio insistente.

O ouvido deles estava em sintonia com o constante tumulto do abrigo. Sófia disse:

— Acho que meus tímpanos vão explodir.

E Artiom entendeu o que ela queria dizer.

Assim que a recepcionista garantiu que levaria a família até o pai de Artiom, Máksim se despediu e lhes desejou boa sorte. Deslizou uma quantia de dinheiro na mão da mãe de Artiom, mas ela se recusou a aceitar. O confronto ficou corpo a corpo por poucos instantes, um agarrando o pulso do outro, enquanto Máksim repetia "por favor", embora fosse ele quem queria dar o dinheiro. Por fim, a mãe de Artiom cedeu. Ele também deu seu número a eles.

— Por favor, vocês não têm ninguém para cuidar de vocês. Se precisarem de ajuda, vou ajudar.

E dirigiu-se à porta. Todo mundo agradeceu, mas ele dispensou o agradecimento com um aceno de mão, e manteve a cabeça abaixada.

No corredor do terceiro andar, a recepcionista os apresentou à enfermeira. Ela puxou a mãe de Artiom em um canto e falou baixinho com ela. À medida que a conversa prosseguia, Artiom viu a mãe afastar-se da mulher, a palma das mãos erguidas, como se tivesse acabado de entrar na jaula de um animal selvagem.

Ele ouviu a mulher dizer:

— O crânio dele está comprometido.

Ele ouviu a mulher dizer:

— O sistema nervoso central está comprometido.

Sófia ouviu isso também.

Artiom perguntou a Sófia:

— Comprometido por causa do quê?

Sófia não respondeu.

"Comprometer." Isso não é uma coisa que a pessoa faz quando promete alguma coisa? Como um crânio pode estar comprometido a algo?

Eles entraram no quarto, e tudo foi muito melhor do que Artiom esperava. O pai estava sentado na cama, jogando cartas com homens que eles conheciam: alguns de seus vizinhos — Iúri Polovinkin, Gennadi Karbálevitch, Eduard Deménev. Foi surreal ver todos sentados ali, como se estivessem em casa, batendo papo após uma refeição, passando o tempo de forma agradável antes de dormir.

O pai de Artiom ergueu os olhos e viu sua família entrar, e Artiom notou que os olhos dele brilharam e suas pupilas dilataram. Achou que o pai ia deixar as cartas caírem de sua mão, pois seus músculos relaxaram com a surpresa.

Ele se virou para os outros homens.

— Estou encrencado agora.

Os homens riram.

Ele abraçou um por um, dando um abraço bem apertado em todos. E, embora a enfermeira tenha desaconselhado, eles não hesitaram em tocá-lo. Como poderiam? E a mãe de Artiom não o repreendeu. Mas, quando se viraram e fitaram os outros homens, havia uma força estranha no ar, uma cautela. Eles não tomaram a iniciativa de dar um passo à frente, apenas assentiram. Os homens, por sua vez, permaneceram em silêncio, acanhados.

O pai de Artiom estava usando um pijama pequeno demais para ele; estava pescando nos braços e nas pernas, e apertado no peito. Parecia um menininho que havia crescido magicamente da noite para o dia.

NA SALA DE ESTERILIZAÇÃO, Grígori está de frente para a pia, com um gorro cirúrgico amarrado com um nó na parte de trás da cabeça, óculos de proteção e um protetor de chumbo de tireoide, esfregando debaixo das unhas com uma escovinha de plástico descartável. Ele tem dedos compridos e hábeis, desproporcionais em relação à palma da mão pequena. Assim que se dá por satisfeito, passa a esfregar as mãos, espuma formando-se em volta do nó de seus dedos. Cinco, seis operações por dia, e ele ainda sente a ausência de sua aliança de casamento, nada para colocar na prateleira de aço à sua frente; em vez disso, ela está abandonada na primeira gaveta de sua mesinha de cabeceira, lá em Moscou. Ele fecha a torneira com os cotovelos e enxágua as mãos, vendo a pele surgir macia e lustrosa sob a espuma, e volta para a sala de cirurgia, mantendo as mãos erguidas, as palmas voltadas para ele, a enfermeira ajudando-o a vestir o avental cirúrgico e as luvas.

Sua equipe já está reunida em volta da cama. Um recém-nascido, uma menina de apenas três semanas de vida, deitada na mesa de cirurgia, encolhida sob um cobertor cirúrgico.

Grígori olha para a menina minúscula, os olhinhos fechados em paz, o pescoço pouca coisa maior que seu punho, uma vida humana em seu estado mais vulnerável: uma recém-nascida de respiração curta repousando no estreito peitoril que são os precipícios da vida e da morte. Dentro dele urge uma vontade de tocar a criança num gesto reconfortante, deixar que ela sinta o calor sob sua luva, mas desvia o olhar do rosto sereno, das pálpebras tremelicantes, e volta a se concentrar no peito palpitante da menina.

A criança tem uma doença cardíaca congênita, *truncus arteriosus* — rara em qualquer lugar menos aqui —, ou seja, sua artéria pulmonar e sua artéria aorta uniram-se em um só tronco arterial. É uma operação complicada; vai levar horas. Eles terão de separar as artérias pulmonares do tronco da aorta e corrigir os defeitos que aparecerem, depois fechar dois defeitos do septo ventricular, buracos nas paredes entre as duas câmaras inferiores do coração. Por fim, terão de colocar uma conexão entre o ventrículo direito e as artérias pulmonares.

Eles têm uma única máquina de circulação extracorpórea na clínica — que fica constantemente em uso devido ao elevadíssimo número de cirurgias que precisam realizar — para a qual desviarão o sangue dela.

Ele pega o bisturi e gira o instrumento com os dedos, preparando-se. Faz a incisão e corta o peito pequeno, sentindo a pele ceder. Afasta as frágeis costelas com um fórceps, depois insere um fino tubo dentro da veia femoral para tirar sangue do corpo, passando-o pela máquina para ser filtrado, esfriado, oxigenado e devolvido novamente via artéria. Com a ajuda das lentes de aumento posicionadas sobre seus óculos, ele consegue ver o coração trêmulo, batendo em seu ritmo diligente. Tão pequeno, metade do tamanho do punho dele.

Eles trabalham em um ritmo rápido agora, outras mãos contribuindo, entrando e saindo do campo de visão de Grígori. Ele não ouve som algum, nem o bipe da máquina de circulação extracorpórea nem os murmúrios de sua equipe, tampouco o ruído de sucção da bomba a vácuo que o médico-residente usa para manter a área limpa. Essa é a etapa em que Grígori trabalha somente por meio da visão e do tato. São esses os momentos pelos quais ele é respeitado, e pelos quais seus silêncios e sua distância são perdoados por seus subordinados. Eles também entendem as exigências do trabalho, muitos deles atuando à base de uma falsa energia, qualquer coisa para dar conta do que têm a fazer. Nas poucas vezes em que entrou no almoxarifado que usam como dispensário de medicamentos, Grígori notou uma recepcionista ou enfermeira saindo às pressas. Está fora de sua alçada fazer perguntas. Os suprimentos médicos são a única coisa que eles têm em quantidade suficiente, e sua sala de cirurgia funciona de maneira impecável. Nada mais lhe interessa.

Quando os profissionais de sua equipe precisam se comunicar com ele, balançam o dedo em sua visão periférica, e, nas poucas ocasiões em que fazem isso, Grígori levanta os olhos e leva alguns instantes para se localizar, o som jorrando de volta aos seus ouvidos, uma sensação que o faz lembrar do momento que emerge da piscina. Ele para apenas para beber água de um canudo que uma enfermeira mantém por perto, atenta aos sinais dele, ou para se comunicar com sua equipe, não mais que algumas frases fragmentadas. Trabalha com constância durante toda a cirurgia, nem confiante demais nem hesitante demais. Tem necessidade de sentir, tomar conhecimento pelo tato, deixar seus pensamentos zanzarem em sua mente. Horas nesse estado de intensidade.

O suor escorre pela proeminência de sua espinha enviesada. Faz seis meses que Grígori não entra numa piscina, e ele está pagando o preço por isso. Sua escoliose assevera o domínio sobre o corpo do cirurgião horas antes de ele dormir, de modo que quase toda noite ele pode ser encontrado caído, todo torto, no chão de seu quarto, contorcendo o corpo em vários ângulos, respirando fundo, aguardando seus músculos terem piedade. Ele sente espasmos rápidos nas costas, mas os ignora. A dor pode vir mais tarde.

Já quase no fim, ele sutura patches de Gore-Tex nas cavidades dos septos, secretando-os dentro do revestimento do coração, onde se expandirão à medida que o órgão crescer — se de fato crescer.

Assim que termina, ele pode pousar seus instrumentos e olhar para a menina de novo. Talvez ela sobreviva, ele pensa. Talvez não haja radiação infiltrando-se furtivamente na grama comprida de seu metabolismo. Esses recém-nascidos, para ele, são chamas bruxuleantes no meio de tanta escuridão, de tanta esperança extinta. Ele quer segurá-los na palma das mãos, protegê-los dos ventos penetrantes.

O médico-residente assume, e Grígori sai, querendo ver a luz do sol da tarde, descartando seu traje cirúrgico no cesto apropriado. Do lado de fora, dobra o corpo, as mãos nos joelhos, e faz longas inspirações de ar puro, agora livre da responsabilidade, ainda que temporariamente.

Sua vida é assim, um dia após o outro.

Com o passar do tempo, ele consegue se sentir cada vez menos distinto, como uma foto deixada ao sol, enrolando nas bordas.

Ele exala o ar mais uma vez.

— O senhor acabou de sair de uma cirurgia.

Uma voz de mulher, uma enfermeira que ele não sabe dizer quem é.

— Sim — responde ele. — Estarei pronto para a próxima daqui a alguns minutos.

Ela pousa a mão cálida no ombro dele. Grígori deseja que o calor se mova para seu cóccix; isso talvez lhe propiciasse certo alívio. Ele abre os olhos, ajeita a postura com dificuldade. Ela não é enfermeira. É uma mulher de rosto magro, maçãs do rosto que direcionam o olhar de relance de Grígori para os olhos dela. Uma desconhecida. Ele gostaria de fazer um esforço, mas se vira para o outro lado, cansado demais para fingir educação.

— Eu gostaria de lhe agradecer.

Ele caminha na direção da porta.

— Não há de quê.

— Ele adora aquele cachorro, ele nasceu de novo com esse animal.

Grígori para.

— Achei que a cirurgia tinha deixado meu filho fraco, mas ele precisava de companhia. Você entendeu isso, e eu, que sou a mãe dele, não entendi.

Ele se vira, sua mente revisitando as semanas anteriores.

— Seu filho... — Ele estala os dedos, tentando ativar sua memória.

— Artiom.

— Isso, claro. Ele está bem?

— Muito bem. Ele está voltando a ser como era antes. O cachorro, não sei o que... Fez a raiva dele sumir.

As pupilas da mulher são grandes e escuras, absorvendo a luz do sol.

— Fico feliz. — Grígori hesita. — Mais que feliz. Mas não entendi nada. O cachorro precisava de ajuda. Artiom é um bom ajudante.

Ela faz que sim com a cabeça, sorrindo para si mesma, depois ergue o olhar. O homem diante dela tem uma espécie de exaustão desvairada, como se estivesse só esperando os dias passarem. Ela consegue ver que a qualquer momento ele perderá as forças e afundará numa situação crítica. Ele passa a mão pelo rosto, e ela percebe que ele também tem consciência disso.

— Todos nós precisamos de um bom ajudante.

Agora chega uma enfermeira, que para no vão da porta, consulta o relógio de pulso sem dizer uma palavra, relutante em arrastá-lo de volta para a sala de cirurgia.

— Você precisa voltar tão rápido assim?

— Sinto muito.

A mulher segura a mão dele. A sensação é tão estranha para Grígori. Logo ele, cujo trabalho é tocar, cutucar, apertar. A pele dela tem uma textura cremosa.

— Você entende o outro mais do que imagina, doutor. Já sabe que a medicina não é magia. A maioria de nós acredita que tudo pode ser curado com um golpe do seu bisturi.

Ele afaga a mão dela com leves batidinhas e se retira.

— Foi bom te conhecer — diz ele.

— Foi.

A enfermeira segura a porta para ele, que entra, passa pela janela de observação da sala de cirurgia, outra vida jovem deitada, a postos.

UM ALCE SAI EM DISPARADA na direção das profundezas da floresta, lançando-se escuridão adentro com uma rajada de músculos. O espanto de Artiom é tão grande que ele fica imóvel e, então, curioso. O menino se vira e segue a passo constante, carregando os gravetos que amarrou às costas com um boldrié. As pegadas do animal estão claras e frescas na neve. Se tiver sorte, Artiom avistará o alce de novo quando o animal parar, acalmar seus temores. Artiom pisa com todo cuidado, distribuindo o peso desde o calcanhar até os dedos dos pés. A neve fica mais rasa à medida que os grupos de árvores vão ficando mais compactos. Ele escuta um grito e congela. Seu primeiro instinto: uma menina em perigo. Artiom solta o boldrié e a lenha no chão. Corre vinte metros à frente e então vê o alce de novo, a cabeça erguida na direção das copas das árvores, sua vasta galhada inclinada para baixo. Um belo animal selvagem, bramindo um guincho agudo, que não combina com sua corpulência. Um grito queixoso, um lamento. Então, o bicho se aquieta, ergue a cabeça e desaparece mais uma vez.

O pai de Artiom levou catorze dias para morrer.

O ROSTO DELE ESTAVA INCHADO, e, uma vez passado o choque de vê-lo, Artiom olhou o pai mais de perto e notou que as glândulas sob suas orelhas estavam salientes, protuberantes como pequenos seixos arredondados. Quando eles voltaram no dia seguinte, estavam do tamanho de um ovo. Um dia depois, o pai estava sozinho. Todos os homens foram colocados em quartos separados. Eles haviam sido proibidos de sair no corredor, de conversar uns com os outros, e comunicavam-se por meio de batidas. Tum-tum. Tum-tum. Lembrando os códigos de seu treinamento militar.

Artiom, Sófia e sua mãe ficaram nos alojamentos das enfermeiras, atrás do hospital. Na primeira noite da família no hospital, as recepcionistas tentaram retirá-los da sala de descanso, onde estavam se acomodando para dormir. Mas viram nos olhos da mãe de Artiom uma determinação férrea. Aquelas pessoas não permitiriam ser expulsas.

O apartamento era um cômodo pequeno com uma cama de casal, um fogareiro a gás para cozinhar, uma geladeira no canto e um banheiro com chuveiro. Nesse prédio, eles também estavam praticamente sozinhos. Agora as enfermeiras viviam no térreo; as demais haviam ido embora.

Alguns dias depois já não havia enfermeira alguma; era a milícia que limpava os urinóis, trocava os lençóis, administrava a medicação. Artiom perguntou a um dos milicianos aonde as enfermeiras tinham ido, e ele disse que elas haviam se recusado a fazer o trabalho. Era perigoso demais.

Que tipo de doença amedrontava uma enfermeira?

Pequenas lesões escuras surgiram na língua do pai de Artiom. Um dia depois, manchas escuras aparecerem por todo seu corpo, cada uma do tamanho de uma moeda de cinco copeques.

Depois disso, Artiom e Sófia foram proibidos de entrar no hospital.

Artiom ligou os pontos e deduziu o que tinha acontecido. Seu pai lhe contou algumas coisas. Iúri também conversou com ele. Às vezes, Sófia respondia às suas perguntas. E, depois que o pai morreu, a mãe abriu um pouco o jogo. Já não havia mais nenhuma razão para protegê-lo.

Em Pripyat, quando todo mundo estava sendo evacuado, algumas autoridades reuniram os homens e disseram que era tarefa deles fazer com que seus lares voltassem a ser lugares seguros. Cabia a eles limpar a sujeira, consertar os estragos. Ninguém fez objeções, todos estavam felizes pela oportunidade de ajudar.

Ao pai de Artiom foi atribuída a tarefa de limpar as florestas. Os outros homens pediram para se juntar a ele. Reforçaram que tinham experiência trabalhando juntos no colcoz e conseguiram obter aprovação oficial.

Moraram em barracas na floresta; Iúri disse que se sentiam como partisans durante a guerra. Em pouco tempo, a floresta ficou vermelha, todas as folhas adquiriram um tom reluzente de carmesim. Iúri lembrou-se do pai de Artiom recolhendo as folhas vermelhas no chão da floresta e dizendo:

— A Mãe Natureza está sangrando.

Havia minúsculos buracos nelas, como se lagartas tivessem ficado descontroladas. Eles receberam dosímetros, mas os jogaram fora.

— Ou a gente faz o trabalho, ou não faz o trabalho, e a gente decidiu fazer o trabalho.

Foi isso que eles disseram.

Os homens cortavam as árvores, colocavam-nas abaixo com motosserras. Talhavam os troncos em pedaços de um metro e meio e os embrulhavam em celofane e enterravam. À noite, bebiam; ouviram dizer que a vodca ajudava a combater a radiação.

— A vodca melhora tudo — diziam, entre gargalhadas.

Os soldados estenderam uma bandeira sobre o reator: eles a colocaram lá dois dias após o acidente como um símbolo de orgulho, de resistência. Cinco dias depois a bandeira estava toda esfarrapada, devorada pelo ar. Um dia depois disso, uma nova bandeira, tremulando na brisa. Uma semana depois, outra bandeira. Todos tentavam evitar olhar para a bandeira. A bandeira era desconcertante.

Seguiram trabalhando.

As motosserras foram pifando uma de cada vez. Ninguém conseguia entender por quê; as máquinas estavam em perfeitas condições, mas seus mecanismos simplesmente se recusavam a responder. Todas foram substituídas. Cada homem recebeu uma motosserra novinha em folha. Elas pifaram também. Por fim, os homens começaram a derrubar as árvores à base de machadadas e, à noite, precisavam beber ainda mais para aliviar a dor dos ombros doloridos.

— O corpo fica todo moído com esse trabalho, cortar as árvores na mão, uma a uma.

Foi o que Iúri disse, e Artiom não duvidou dele.

Atiravam nos animais que encontravam na floresta e os assavam em espetos e comiam. Havia uma generosa quantidade de suprimentos, mas eles enjoaram da comida enlatada depois da primeira semana. Assar um animal num espeto serve para fomentar as rodas de conversa. Após algumas semanas, alguém percebeu que não conseguia sentir o cheiro da carne assando no espeto, e outros homens se deram conta de que também não estavam sentindo. Ninguém dormiu bem naquela noite.

A floresta ficou alaranjada, e eles disseram uns aos outros:

— Será que o sangue da Mãe Natureza está formando uma crosta?

Um dia notaram que a palha das barracas vinha de fardos de feno próximos do reator. Decidiram limpar as barracas, mas, depois de três noites dormindo no chão, trouxeram a palha de volta. Iúri disse que fez uma piada:

— Melhor morrer de radiação do que de pneumonia.

Mas ninguém riu. Após as primeiras semanas, eles pararam de rir, tão logo as motosserras quebraram de novo.

Choveu certa noite, e de manhã a água nas poças estava verde e ama-rela, como mercúrio.

Ao redor deles, soldados e homens como eles estavam enterrando tudo. Gennadi Karbálevitch bolou um aforismo: "Contra o átomo, a pá." Às vezes, eles repetiam essa frase uns para os outros como forma de encorajamento. Diziam com ironia, num tom amargurado, mas também como uma forma de provocação: que a natureza venha para a briga; cada um tinha um machado nas mãos.

O pai de Artiom disse que pensava nele o tempo todo. Havia pardais mortos espalhados pelo chão por toda parte. Era impossível não pisar neles, ele disse. Estavam cobertos por folhas de outono, embora ainda fosse maio. Quando ele os sentia sob os pés, pensava naquela manhã, a da caçada. Orou para que Artiom estivesse em um lugar seguro, um lugar limpo, intocado por aquela perversão da natureza.

Artiom não chegou a ver o pai quando os tumores entraram em metásta-se — não no interior do seu corpo, mas esgueirando-se para a superfície, até que se apoderaram de seu rosto, deixando um rastro ao longo de suas feições como hera venenosa. Ele não chegou a ver o pai quando ele defecava trinta vezes por dia e suas fezes eram compostas basicamente de sangue e muco. Quando sua pele começou a rachar nos braços e nas pernas. Quando toda noite seu lençol ficava coberto de sangue e a mãe de Artiom dava instruções aos soldados sobre como movê-lo e para assegurar que o marido tivesse roupas de cama limpas para passar a noite.

Artiom ficava com Sófia nos alojamentos das enfermeiras e perambulava pela cidade a fim de comprar comida fresca, que ele pagava com os rublos de Máksim e levava para casa, e com a qual faziam sopa, que sua mãe tomava quando voltava para ter algumas horas de sono. Ela voltava para dormir e para mentir para os filhos; para fingir que o pai deles não estava sentindo dor alguma, apenas descansando.

No final ela já não podia mais mentir, não depois que a língua dele caiu. Não quando ela segurava uma comadre ao lado da cama para recolher o sangue que escorria em riachos de nenhum lugar específico do corpo dele. Não quando ele tossia e cuspia pedaços de pulmões e fígado, engasgando-se com os órgãos internos. Ela nunca contou aos filhos que olhava para ele e o via gritando o nome dela, como se estivesse na outra ponta de um longo corredor. Os olhos dele berrando de dor, como uma criança que não consegue expressar sua necessidade, que não consegue se fazer entender. Ela não podia mentir e não conseguia encarar seus filhos, por isso permanecia lá, ao lado do marido, dormia na cadeira ao lado dele, incapaz de tocá-lo porque isso causaria muita dor. As crianças levavam a sopa para a recepcionista, que a deixava na mesa, na entrada da ala. Os irmãos jamais pediram para ver o pai. Ele pertencia à mãe deles agora.

NA CLAREIRA, ARTIOM ESPERA QUE o ar retorne à sua quietude, folhas vibrando com os baques abafados dos cascos. Ao redor dele, os arbustos estão cheios de viburno vermelho, os frutos de Kalina.

Aquelas noites ao lado do rádio, quando a música aquietava e eles viam as sombras da luz das velas dançarem em volta dos pratos e pires, o pai contava-lhe histórias. Em uma delas, a que retornavam com frequência, os vivos e os mortos estavam ligados por pontes feitas de madeira de Kalina. Passavam facilmente de um lado para o outro, e faziam isso com tanta rapidez que, depois de um tempo, já não conseguiam mais distinguir um lugar do outro.

Partículas pairando e descendo no ar. Sob o que ele vê, cheira e ouve, flocos de neve ocultando os formatos de estrela. Animais encolhidos debaixo da terra fitando o inverno, o coração batendo apenas com o mais tênue dos ritmos. O pai dele está aqui: uma sombra dançando, imerso na vida ao redor dele. Habitando as células dessas coisas, assim como a radiação, os átomos deslocados, habitava as próprias células vivas, transformando-o.

Ele ouvia as histórias de seu pai, tomando seu copo de leite, descansando como um bezerro doente no colo do pai.

19

UM LEVE ZUMBIDO TRANSPASSA O ar. Quem olhasse para a Praça Vermelha naquele momento específico veria diversas pessoas virando a cabeça ao mesmo tempo, voltando o rosto na direção do ruído. Um pequeno avião branco abre caminho sob as nuvens de forma determinada, algo fora do comum. Há uma onda de tomada de consciência, as pessoas cutucando umas às outras diante daquela cena, a expectativa crescendo à medida que o som ganha clareza, aproximando-se deles. O avião faz uma curva e segue em direção à Catedral de São Basílio, e dá a impressão de ser um mosquito de asas fixas em contraste com a grandeza dos domos icônicos e bulbiformes. Todo mundo olha para o mesmo lugar. Mãos são erguidas, a multidão dispersa apontando para a aparição, acompanhando sua trajetória, o avião percorrendo a trilha desenhada por dedos, como se as pessoas o estivessem guiando para baixo, a autonomia da pequena aeronave à mercê da coletividade. O avião faz outra curva, dessa vez mais baixa, o zumbido da hélice na ponta do avião dominando tudo até que ele some de vista. Quem está mais perto consegue ouvir o breve chiado de um pouso e o barulho das rodas chocalhando nas pedras arredondadas da Vasilévski Spusk, o avião aos pulos e sacolejos enquanto vai taxiando ao lado dos muros do Kremlin, e surge na vastidão da Praça Vermelha. A multidão aglomera perto da aeronave, esperando que dela saia a sólida silhueta de Gorbachev, o premiê descendo das alturas, tendo aterrissado ao lado de seu gabinete, mas no avião só há um solitário piloto, um jovem alto e magro com cabelos pretos usando um par de óculos de sol e um macacão de aviador vermelho.

Eles o cercam, curiosos. Turistas esticam caderninhos na direção dele, pedindo um autógrafo. Outros colocam pão em suas mãos, e o homem mastiga só em um lado da boca e pega as canetas e assina seu nome na maior tranquilidade. Mathias Rust. Descendo dos céus com um plano de vinte páginas para dar fim à Guerra Fria.

20

O ÔNIBUS PARA NA ARBAT, e Margarita, a esposa de Vassíli, desce, dá dois passos e sente uma mão na altura de sua lombar. Ela se vira rapidamente, pronta para reagir, e para, assustada.

— Venha comigo.

Mária guia Margarita por um beco abarrotado de barracas de vendedores ambulantes oferecendo nozes e frutas secas, e há um aroma de especiarias no ar, misturadas, indistintas, e as duas viram à esquerda e à direita diversas vezes, deslizando em meio à multidão, e terminam no Café Mololodjosh na Górki Ulitsa. É uma tarde de sábado, o que significa que há uma banda de jazz tocando. Elas se sentam uma de frente para a outra lá nos fundos, no escuro.

— Desculpe por tudo isso — diz Mária. — Liguei para o seu telefone fixo hoje de manhã, mas havia um Volga branco estacionado na frente do prédio com uma boa visão da sua janela. Eu não tinha certeza se você estava sabendo disso.

— Relaxa. Estou sabendo. — Margarita repetiu as palavras, dessa vez em tom pesaroso, deixando sua mágoa escorrer pelas sílabas. — Estou sabendo.

Mária esperou que ela continuasse.

— Não sei por que decidiram aparecer na minha porta. Essa é a pior parte. Se tivesse alguma coisa que eu pudesse fazer, seria muito mais fácil. Alguma solução para isso. Mas não tem. Fiquei semanas sem dormir, pensando no que poderia acontecer. Estou morrendo de medo. O que as meninas fariam sem mim?

O garçom traz água e uma taça de conhaque para cada uma.

Mária diz:

— Desculpe. Não quero piorar as coisas. Pensei que eu não tinha outra opção a não ser seguir você. Não recebi nenhuma notícia. Eu só queria saber alguma coisa. O hospital não ajuda. Não há mais ninguém a quem eu possa recorrer.

— Você parece tão cansada quanto eu — diz Margarita. — Faz quanto tempo que não tem notícias dele?

— Nunca tive notícias. Faz pouco mais de uma semana que descobri pelo porteiro do prédio dele. Quando penso em tudo por que ele passou esse tempo todo... Eu nem tive a oportunidade de me despedir, não que um adeus fosse ajudar em alguma coisa.

— Mal tive tempo de me despedir, aconteceu tão rápido. Ele estava aqui, em casa, e depois não estava mais. Nenhum aviso do que estava por vir. Eu não fazia ideia da gravidade.

— E ele fazia?

— Fazia, embora não tenha demonstrado. Mas, quando paro para pensar, o jeito com que ele brincou com as crianças, dava para notar. Levantando as meninas, virando-as de cabeça para baixo, coisas que não fazia desde quando elas eram muito pequenas. Uma necessidade de tocá-las. Eu deveria ter percebido. Mas encontramos maneiras de negar o que está bem na nossa frente, não é mesmo?

Mária assente. Margarita consulta o relógio de pulso.

— Não posso ficar muito tempo. Vim para a cidade respirar um pouco, esquecer tudo por uma hora, mas, agora que estou aqui, sinto que deveria estar lá. Não quero que fiquem se perguntando onde eu possa estar.

— As meninas?

— Não, as meninas sabem onde estou. Estou falando dos vigias. Não sei nem quantos são, acho que ficam uns quatro revezando. Quando penso neles preenchendo os relatórios... Como é que alguém levanta de manhã e vai para um emprego desses?

— Eles gostam.

— Gostam mesmo. Minha Sacha acena para eles no caminho para a escola. Eles acenam de volta, rindo à toa, esses sem-vergonhas. Eu disse a ela que são amigos do Vassíli, que sentem tanta saudade dele quanto ela, e que, se algum dia ela falasse com os homens sobre o pai, eles ficariam tristes, começariam a chorar. Não sei se ela acredita em mim ou se está fingindo. Agora acho difícil discernir essas coisas. Ela nunca pergunta sobre o pai. Acho que sabe que talvez eu não conte nada para ela. Mas também é possível que ela saiba mais que eu. Nem uma pergunta sequer sobre o pai nos últimos dois ou três meses. Como se a gente estivesse levando uma vida totalmente normal.

— Você conversou com ele?

— Se é que se pode chamar aquilo de conversa... Quase não o reconheço mais. Ele fala comigo de um jeito robótico. Sei que faz isso para me mostrar que não está escondendo as coisas de mim de propósito, para me lembrar de que eles estão escutando, mas a sensação é que estou tentando ter uma conversa com uma versão do meu marido que não existe mais. É só no fim da ligação, quando a gente fala sobre meu dia, que ele pergunta como as meninas estão e se despede, só nessa hora que a voz dele fica mais afetuosa. É só nessa hora que tenho um pouco de contato com o meu marido.

— Então você também não sabe de nada?

— Nada além do que vimos na televisão. "Você não precisa ficar preocupada", ele diz. "Estamos progredindo muito aqui", ele diz. "Os homens estão muito empenhados", ele diz. E aí eu fico preocupada.

— É isso que a gente faz.

— É isso que a gente faz. Faz anos que vocês não estão mais juntos, mas é claro que você se preocupa com ele. Como poderia não se preocupar?

— Ele falou alguma coisa de Grígori?

— Não. Eu perguntei, claro. Mas, sempre que eu pergunto, ele diz que tem que ir para uma reunião. É óbvio que diz isso quando não pode falar sobre algo. Eu perguntei por que estavam fazendo reuniões à noite. Será que não podiam se planejar um pouco melhor? Ele nem riu.

Mária passa os dedos pela testa.

Margarita continua:

— Você pode achar que não tem nada de estranho... Ou pode, sei lá. Ele não pode falar sobre qualquer coisa, vai por mim. Ele só pode falar sobre coisas superficiais. Se ele pudesse falar, aí pelo menos eu acharia que estou ajudando. Uma voz com que ele possa desabafar.

— Ele ouve sua voz. Tenho certeza de que você já está ajudando mais do que imagina.

— Pelo menos eles estão passando por isso juntos.

— Não conseguimos nem imaginar.

— Você talvez consiga. Você já viajou por aí, conheceu o país. Já eu, eu me esqueço até de como a Arbat é. — Margarita olha ao redor. — Deve fazer seis meses que não venho aqui. A minha própria cidade.

Um trompetista toca um solo a todo vapor, e elas esperam o músico terminar. Margarita leva os dedos aos ouvidos, atraindo olhares de desprezo. O piano entra em cena e assume temporariamente, e o trompetista tira o bocal do seu instrumento, enfia a ponta da camisa lá dentro, enrosca o pano de um lado e do outro, tira saliva do corpo da coisa, ganhando tempo. Ele espera seu momento chegar mais uma vez, como um aluno com a mão levantada, pronto para mostrar suas habilidades. Quando ele termina, há uma onda de aplausos e Mária se inclina para falar com Margarita.

— Tenho ido ao hospital todos os dias. Eles me passam de um balcão para outro. Nada.

— O hospital, nossa. Vassíli está sem receber o salário dele há meses. Eles estão se recusando a lidar com o problema; aparentemente não é responsabilidade deles. Levei Sacha comigo, fiz com que ela levantasse a blusa e mostrasse as costelas. Achei que conseguiria fazer com que eles se sentissem culpados e resolvessem alguma coisa. Mas não. A mulher nem se mexeu. Agora eles simplesmente me encaminham direto para o ministério. É tanta papelada. Formulários cor-de-rosa e azuis e amarelos. E até agora nada de pagamento. Eu falo isso para Vassíli quando a gente conversa; ele diz que fez umas ligações, pediu a pessoas mais antigas que falasse com o ministério. Ele diz que eles estão atolados com questões administrativas. Ele diz que eles têm muita coisa para resolver.

— Enquanto isso...

— Exatamente. Enquanto isso...

Alguns casais se levantam para dançar, e as duas observam o balanço e o gingado deles.

Margarita fala com um tom suave agora, sem tirar os olhos do chão.

— Outra noite a Vera teve dor de cabeça, e eu a coloquei para dormir mais cedo. Talvez seja dor de preocupação, vai saber... Não quero pensar nisso. Lembra da Vera?

— Claro.

— Enfim, ela dormiu a noite inteira e não teve tempo de fazer o dever de casa de manhã. Aí escrevi um bilhete para ela levar. Ela é uma menina boa, a Vera, ela não quer arrumar problema para a vida dela, já está pensando na faculdade, quer usar um jaleco branco igual ao pai.

Uma mulher de cinza pousa a cabeça no peito do marido, fecha os olhos, acaricia as costas dele enquanto se movem.

— Ela chegou em casa tremendo. Achei que fosse febre, mas a temperatura dela estava normal. Logo depois arranquei a verdade dela: dois homens a pararam quando ela estava voltando da escola e perguntaram sobre o bilhete. Como eles sabiam que tinha um bilhete com ela, eu não sei.

— Talvez ela tenha pegado para ler na rua.

— Foi o que perguntei, mas ela não pegou. Ela tem certeza, e eu acredito nela. Ela é inteligente o bastante para não chamar atenção. Mas eles a pararam para mandar um recado, para mostrar que estão ali, para dizer que, se houver outros bilhetes, eles gostariam de ver.

— Ela não é tão velha.

— E eu tenho que perguntar a mim mesma...

— Isso é assustador para uma criança.

— Tenho que perguntar a mim mesma: se Vassíli está trabalhando para eles, por que estão observando, escutando, negando uma refeição à família dele? Quer dizer, isso é que é ser um cidadão de bem? Quer dizer, estamos longe de ser uma ameaça. Eu simplesmente não entendo por que estão nos vigiando tanto.

Margarita balança a cabeça, consulta de novo o relógio.

Mária diz:

— Tenho um pouco de dinheiro guardado, bem pouco, mas quero que você fique com ele.

— É claro que não posso aceitar, você tem suas batalhas.

— É o que Grígori ia querer que eu fizesse.

— Você não tem responsabilidade alguma pela gente.

— Tenho, sim. Somos responsáveis uns pelos outros agora.

Margarita segura as laterais do assento, fecha os olhos.

— Você aparecendo assim do nada. Você não sabe o que isso significa.

Depois de um instante, Mária se levanta e diz:

— Por favor, não é nada. É por mim. Se eu não posso ajudar Grígori, posso pelo menos ajudar você.

Margarita também se põe de pé, segura a mão dela, beija seu rosto.

— Se cuida.

— Pode deixar. Você também. Vou falando com você.

— Vou tentar mandar um recado, dar um jeito de Grígori saber que você está pensando nele.

Mária não sabe o que fazer com as mãos. Ela as leva ao rosto, à testa, depois as recolhe. Ouvindo-a dizer o nome dele.

— Obrigada. Eu não queria pedir. Você já tem muita coisa na cabeça. É. Obrigada.

— Se cuida. Estou falando sério.

— Sim. Claro.

Elas seguem direções diferentes e, no caminho de volta, ambas passam o tempo todo olhando ao redor, examinando cada rosto.

21

IEVGUIÉNI ESTÁ VOLTANDO DO ENSAIO e, a caminho de casa, passa por jardins. Está tudo abandonado, deteriorado, quebrado ou simplesmente feio.

Carcaças de bancos de carros, uma carriola, alto-falantes velhos com seus diafragmas em formato de cone arrancados, colchões com suas molas expostas sob o tecido rasgado, engradados de plástico, e os únicos automóveis são carrocerias queimadas sem portas nem rodas ou qualquer acessório, apenas o esqueleto preto.

Tudo que é tradição do lugar acontece aqui. Jogos de tiro e jogos de carta, brigas de humanos e de cães.

Ele não anda exatamente no meio daquilo tudo, mas pelas beiradas, margeando o perigo, porque gosta de olhar; há sempre algo para olhar. Os dias aqui não são feitos das coisas habituais. Nada de dever de casa nem de jantar nem de roupa suja nem de engraxar sapatos nem fotos de Lenin. Aqui aplicam-se outras regras. Para começar, aqui você pode cuspir na calçada. Outra coisa: você pode enfiar a mão dentro da calça. Há sempre homens conversando em grupos com os cintos frouxos e uma das mãos lá embaixo, homens com cicatrizes e cabeças raspadas. Aqui a pessoa anda devagar, arrasta os pés, arranha as solas no concreto. Ievguiéni não faz isso. Ele é uma criança. Não tem a experiência necessária para sustentar a pose. Não sabe tanto de certas coisas, mas disso ele sabe.

Se você olhar com muita atenção e der sorte, há a possibilidade de ver pessoas transando. No ato. Certa vez, dois meninos da sala dele viram um casal transando contra a parede, as calças nos tornozelos. Ievguiéni não conseguia entender por que eles simplesmente não tiravam as calças de uma vez, mas esse era outro aspecto do grande segredo sobre o qual todo mundo falava, mas na verdade ninguém compreendia. A veracidade dessas afirmações, porém, não é questionada, porque todo mundo que já passou por aqui — e todo mundo que alega ter passado por aqui — viu preservativos murchos caídos no chão à luz da tarde, bexigas enrugadas e ressecadas, nas quais, se você olhasse com atenção, ou chegasse bem perto, veria uma gosma clara na ponta, e é bom tomar cuidado ao inspecionar a camisinha na companhia de outro garoto, porque o costume é pegá-la do chão e esfregar no rosto do colega, e há histórias também de meninos que voltaram correndo para casa com o cabelo todo lambuzado. A piada é que você nunca ficaria careca. E a ideia de ver o ato sexual ao vivo, ver um homem e uma mulher fazendo a coisa, intriga Ievguiéni. Intriga e perturba na mesma medida, porque este lugar atrai esse tipo de possibilidade, mas ele sabe também que, se de fato testemunhasse algo do tipo, sairia correndo para casa, apavorado.

Ele não veio aqui para ver sexo. Na verdade, ele não veio para ver coisa alguma. Quer apenas ficar sozinho, longe dos vizinhos e dos espiões de sua mãe. Quer ficar em um lugar onde ninguém esteja de olho nele.

O recital está marcado para daqui a um mês. Pediram a ele que tocasse Prokófiev, a "Tarantela", de *Música para crianças*. Uma dança popular. Uma melodia infantil. Que bonitinho.

Explicaram ao menino como seria a programação da noite. Iákov Sidorenko tocará as três primeiras sonatas para piano de Prokófiev. A seguir, Ievguiéni tocará a "Tarantela". A "Tarantela" é para pirralhos mimados cujos pais os exibem quando recebem visita em casa. Vejam como meu Leonid ou meu Iacha toca bem. Ele disse isso a sua tia Mária, mas ela reiterou que ele não tinha escolha. O patrão decidiu, e é isso que ele precisa fazer. Porém, Ievguiéni pôde ver que ela estava mal com essa história. Quando ela se sente culpada, o tom de sua voz fica mais baixo no fim das frases.

Iákov Sidorenko não respeitará Ievguiéni se ele tocar só uma melodia infantil. Iákov Sidorenko entende de música. Ano passado, Ievguiéni foi com a tia Mária vê-lo tocar uma sonata de Liszt no Salão Tchaikóvski. Sidorenko começou devagar, deslizando a ponta dos dedos nas teclas, depois ele inclinou-se um pouco para trás e tocou como se estivesse se segurando no teclado, como se a música fosse um trem que descarrilharia a qualquer momento, até que, por fim, ele tocou um acorde de uma só vez, e a música se encolheu num canto, deu seus últimos suspiros e morreu na frente de todos.

E querem que ele toque uma música de criança na frente desse homem.

Há mesas amontoadas em cima de mesas, grandes pirâmides delas, e carrinhos com as rodas para cima, que giram quando batem as lufadas de vento. Há grama crescendo e rachando o concreto, tufos dela por toda parte, e há uma cesta de basquete pregada num muro, pela qual muitas coisas são jogadas, mas nunca uma bola de basquete; garrafas e jornais, latas e pedras, todo mundo em algum momento precisando se desafiar no círculo.

Ievguiéni caminha e olha e não para e tenta fingir que não está olhando.

Um grupo de rapazes com jaquetas de couro falso assa batatas no fogo improvisado dentro de um barril de petróleo. Sempre há um barril de petróleo com fogo dentro. Alguns dos garotos mais velhos da escola estão lá, os que não assistem às aulas e ficam passeando no pátio ou fumando nos banheiros. Há um cara, Iákov, que toca numa banda de rock, pelo menos é o que dizem, e ele deve ter uns dezesseis ou dezessete anos, e sabe de muitas coisas que Ievguiéni não consegue nem articular ou imaginar.

O barril tem buracos criados pelo fogo na lateral, por onde, a intervalos irregulares, salvas de centelhas são cuspidas, mas isso nunca assusta os rapazes. Até quando uma centelha atinge a jaqueta, eles mantêm a pose indiferente e simplesmente a tiram dali passando a mão no tecido.

Iákov ergue a cabeça e avista Ievguiéni, que estava parado, encarando o grupo. Então, Iákov dá um tapinha no braço do amigo e acena, instruindo Ievguiéni a se aproximar deles, e Ievguiéni abaixa a cabeça e continua andando, embora provavelmente já o tenham visto — é claro que eles o viram —, mas vai que existe uma chance de deixarem para lá. Não era a intenção de Ievguiéni participar de nada. Ele ouve um assobio, agudo e penetrante, que ecoa ao redor dos prédios. Não há como ignorar, um assobio significa que já notaram a presença dele, e ai dele se pensar em correr. Ele sabe assobiar pelo espaço entre seus dentes da frente, um som agudo, mas esse é como um toque de corneta ou de uma sirene da milícia, dois dedos debaixo da língua. Como eles conseguem fazer isso, Ievguiéni não consegue entender. Todas aquelas horas tocando arpejos para lá e para cá, e ele ainda não consegue produzir um único som digno de nota de verdade. Melhor pedir ao Sr. Leibniz que lhe ensine isso.

Ele olha na direção de Iákov, dá uma olhada para trás e aponta para si mesmo, como quem diz: "Vocês estão me chamando?" Um disfarce idiota, e Ievguiéni sabe disso, e Iákov sabe disso, mas ele tem de tentar alguma coisa; não podia admitir que o tinha ignorado descaradamente.

A única maneira de passar por essa situação é humilhando-se e demonstrando respeito.

Iákov o chama de novo com um gesto, e todos se viram para ver, todo mundo lançando um olhar carrancudo, um olhar que rosna, e Ievguiéni corre na direção deles, balançando os braços, cujos movimentos estão restritos pelas alças da mochila, de modo que só consegue mover mesmo os antebraços para cima e para baixo, o que ele sabe que o faz parecer ridículo, mas antes isso que deixá-los esperando.

Iákov passa um braço no pescoço de Ievguiéni, curvando o corpo do menino para que ele possa esfregar o nó dos dedos no topo da cabeça dele.

— Esse é o garoto.

— Que garoto?

Ele tira o braço de Ievguiéni e o ajeita, exibindo-o. A essa altura, o rosto de Ievguiéni está vermelho como fogo, resultado da corrida e do constrangimento e de ser esmagado, tudo isso matizado com elementos de pavor.

— O menino da ginástica.

— Menino da ginástica? Que menino da ginástica? Ele dá cambalhotas em cima de um ônibus em movimento?

— Seu frangote. Grande merda. Ele tem superpoderes por acaso?

— Ei, moleque, planta uma bananeira aqui em cima desse barril.

Todo mundo deu uma risada.

Todos os rapazes são mais velhos que Iákov. Até Ievguiéni consegue ver que Iákov está se esforçando para se enturmar. Eles espetaram batatas nos raios da roda de uma bicicleta e seguram na ponta do quadro para trocar o lado nas chamas, tirando a roda de vez em quando para inspecionar o barril ou soprar as brasas que aparentam ter potencial de queimar mais forte. Ievguiéni sente cheiro de óleo queimado, metal e borracha, ou o que quer que estejam usando para acender o fogo, e um odor sutil de casca de batata crocante dançando por cima do fedor.

— Quantas vezes vou ter que contar essa história para vocês? Ele ficou pendurado na corda na aula de educação física, o pau dele balançando aos quatro ventos, e lá embaixo a veia na testa do Sukhánov estava quase explodindo, de tão puto que ele ficou.

De repente, um clarão. Um deles pegou a roda em chamas e colocou perto dele para que o restante pudesse enxergar Ievguiéni.

— Ah, você é o menino.

Alguns tapas na cabeça, mas sem força, amigáveis.

— Aquele Sukhánov me fazia suar tanto que as minhas bolas esvaziavam.

— O Sukhánov arrancaria sangue da própria mãe.

— Ficou lá em cima por três horas, foi o que ouvi falar — diz Iákov.

Ievguiéni sabe que não pode ter ficado lá em cima por mais de cinco minutos, mas deixa para ver onde a história vai dar, deixa que a exagerem da forma que quiserem; agora a história é deles, não sua. Ele abaixa a cabeça e sorri. Não pode sorrir na frente deles. Seja respeitoso. Saiba qual é o seu lugar. Você só é um herói contanto que não tenha consciência disso.

— Ei, menino, essa aqui ficou pronta. Toma.

Jogam uma batata para Ievguiéni, com um movimento rápido, de modo a fazê-la rodopiar no ar na direção dele. Ievguiéni a segura e alterna a batata entre as mãos, jogando para cima de leve e soprando, quente demais para segurar.

Iákov dá uma piscada para Ievguiéni e acena com a cabeça: o show acabou, hora de ir para casa.

Ievguiéni sai andando, ainda soprando a batata, arrastando a sola no concreto, porque se saiu bem, ficou de bico fechado, enfrentou a autoridade.

— Esse desgraçado desse Sukhánov. Deixa só ele aparecer por aqui, vou mostrar a ele como é que se planta uma porra de uma bananeira.

22

PÁVEL TELEFONA E A CONVIDA para uma festa, e Mária se vê numa padaria antiga cujas janelas tinham um caixilho de ferro que dividia o vidro fosco em quatro quadrados, deixando a noite penetrar o ambiente. Acima dela, sobre prateleiras e beirais, havia dezenas de velas em pratos rachados, chamas tremeluzindo, sombras subindo pelas paredes, esculpindo a escuridão do teto alto de madeira.

Ela é uma das primeiras a chegar e se repreende por parecer ansiosa demais. Pegou um vestido emprestado com Alina — nada deslumbrante, um vestido preto de malha simples com um xale preto de lã —, mas parece que nasceu em outro século comparada à multidão que circula pelo lugar usando jeans rasgados e jaquetas de brim. O som do salto dela no piso ladrilhado sobressai às conversas, e ela fica nervosa ao andar. A sensação, enfim, se esvai quando chegam outras pessoas, e, depois de algumas conversas hesitantes e uma muralha de cumprimentos, Mária relaxa. Esse é o seu jeito, e não estar vestida como todo mundo não é uma novidade para ela.

Um dos velhos fornos de assar pão ainda funciona, e eles o acenderam e deixaram a porta aberta para aquecer o espaço, e todo mundo se amontoa do outro lado do salão para evitar a lufada de ar árido, e todos conversam à vontade em grupo, perdendo aos poucos a timidez, as palavras tornando-se menos esporádicas e mais fluidas, histórias, piadas e muitos rostos pensativos antes de falar.

Todos conversam sobre o piloto. A cidade inteira está falando sobre o piloto.

Os fatos são consistentes. Ele tem dezenove anos. É da Alemanha Ocidental. Estava com um macacão de aviador vermelho. Isso foi o que passou nos noticiários. Essa história tinha de passar nos noticiários — metade da cidade viu o homem pousar. O governo da Alemanha Ocidental já apresentou um pedido de clemência.

Eles estão de pé e conversam. O assunto é que o comando da defesa aérea teve medo de abater o avião no céu: três anos atrás derrubaram um avião comercial coreano que havia entrado fortuitamente no espaço aéreo soviético. Pensaram que era uma aeronave espiã. Um constrangimento internacional de imensa magnitude.

Portanto, os boatos que rolam é que ninguém estava preparado para dar a ordem.

Algumas pessoas no recinto estão dizendo que se trata de um emissário genuíno, enviado pelo Ocidente, um Messias dos dias modernos. Elas já estão sendo ridicularizadas.

A explicação oficial é que o radar estava inoperante devido ao trabalho de manutenção de rotina.

Mária se pergunta onde está Pável. Ela conversa com um sujeito alto e magro usando um suéter preto com buracos nos ombros. Ele é botânico, tem vinte e poucos anos, olhos amendoados, e fala sem esperar respostas, e ela toma sua vodca, apenas mais ou menos interessada, e tenta não olhar para a porta.

— Achamos que era um balão meteorológico.

Algumas pessoas numa rodinha no canto estão imitando os generais, que preparam suas desculpas para Gorbachev.

— Havia nuvens baixas impenetráveis.

Cada desculpa suscita uma rodada de gargalhadas, e Mária esboça um sorrisinho de canto. A entonação deles é perfeita: balbuciam as palavras, falam como neandertais, e dois deles imitam gorilas, mordendo o nó dos dedos, pulsos dobrados, coçando-se, cotovelos em ângulos improváveis.

— O padrão de voo reproduzia gansos num voo baixo.

A risada aumenta a cada encenação.

Há uma caixa no porão do prédio com os pertences do marido de Alina. Cartas, fotos, uma conta de restaurante, canhotos de ingressos de cinema: todo o detrito de seu casamento, que ela não tinha forças para jogar fora. É difícil demais, triste demais, pensar em Grígori onde ele está; ela não tem pontos de referência, nenhuma paisagem para ficar pensando. E ela não contou a Alina o que sabe. A irmã responderia de forma prática, diria que Mária está se sobrecarregando de preocupações desnecessárias, tentaria acalmá-la com toda aquela baboseira veiculada pelos noticiários. Por isso, em vez de ficar se torturando com as possibilidades, ela pensa na caixa e a enche com todas as palavras não ditas que ainda não foram trocadas.

Um homem com um gorro preto chega e é recebido com vivas e aplausos irônicos; carrega consigo uma mala grande. Algumas pessoas do grupo fazem uma roda em torno dele e o ajudam a tirar o conteúdo da mala, e montam pedaços de metal, até que Mária percebe que o homem estava carregando um projetor; ele exibe para todo mundo a latinha contendo o rolo como se fosse uma garrafa cara de vinho, e há um murmúrio abafado de aprovação, e Mária se irrita com o fato de Pável não ter mencionado que a atração principal da noite seria um filme, e onde foi que ele se meteu? Uma hora de atraso é muita coisa, até para ele.

O filme é *Solaris*, de Tarkóvski. Todos se sentam nos lugares disponíveis, alinhados de frente para a projeção; o botânico deu um jeito de sentar-se ao lado de Mária, mas é muito tímido e mantém as mãos longe dela, e Mária não acha que terá problemas. Eles precisam projetar o filme acima dos fornos, e a imagem fica esticada, como se os personagens estivessem dentro de uma sala de espelhos distorcidos. Mária até que gosta desse elemento, a maneira como as bocas e os narizes se esticam em closes, o que a faz pensar na coisa estranha que é o rosto humano, como é estranho em sua regularidade, todos os bilhões de pessoas parecidas umas com as outras.

Param a projeção e há resmungos, mexem no projetor e o homem de gorro preto anuncia que os alto-falantes estão estourados e não haverá som acompanhando o filme; pipocam vaias e assobios na multidão, que está adquirindo o espírito de uma multidão, mas Mária pode ver que, no fundo, ninguém está nem aí, todos provavelmente já devem ter visto o filme e já sabem o enredo, e de certa forma a falta de som faz com que a imagem esticada sobressaia, faz com que tudo fique mais curioso, e o forno ainda está emanando vapores de calor, e o ruído industrial que ele faz é bizarramente apropriado para as imagens. Eles assistem às pessoas falando sem som, e Mária se pega contemplando a ação da língua e os movimentos dos lábios, e não se pode negar que isso confere um toque ligeiramente erótico.

As cenas se sucedem, e ninguém se move, todos tão enfeitiçados quanto Mária pelo espetáculo. Mária olha ao redor, para o grupo sob a luz azul que cintila e se intensifica à medida que a câmera muda seu ponto de vista. Não parece um grupo tão numeroso assim, agora que ela vê todos juntos, uma pequena tripulação de almas à deriva, todos tentando se apossar de algo sólido e valioso, e um pensamento lhe ocorre: se o prédio pegasse fogo agora e todos ficassem presos ali dentro, será que alguém perceberia? Todo mundo que estava ali, na verdade, alegou que estava em outro lugar.

De acordo com a lembrança de Mária, o filme é um intenso drama psicológico ambientado numa estação espacial, mas assistir a ele aqui suscita ondas de gargalhadas na pequena plateia. Os frágeis e estreitos túneis da espaçonave, a claustrofobia e o intenso desejo de privacidade, as reconfortantes fantasias a que os personagens se aferram, o gigantesco e ameaçador planeta do lado de fora, que controla tudo, tudo tão próximo da experiência dos espectadores que eles não têm outra opção a não ser rir da identificação. Tire o som, e a alegoria política torna-se uma sátira.

Mária se deixa levar pelo movimento e ritmo da câmera. Ela nunca ficou tão investida em uma narrativa, mas agora presta atenção ao padrão dos cortes, à duração de uma tomada, e olha para o que está fora do quadro, rejeitando aquilo que o diretor quer que ela olhe, e vendo, em vez disso, um corrimão ou uma luminária borrados. Os itens indistintos e desfocados na periferia que possuem os próprios fascínios silenciosos. Observar isso é como ler um livro infantil ilustrado: nenhuma palavra para prestar atenção, somente a linguagem das imagens.

No fim do primeiro rolo, fazem uma pausa e as pessoas se espalham pelo corredor, fumando e conversando. Forma-se uma fila no banheiro, e Mária vê Pável andando para lá e para cá perto da porta.

— Você está linda.

— Obrigada. Você está atrasado.

— Eu sei. Desculpe.

Pável ergue a garrafa que trouxe consigo, serve uma dose generosa no copo de Mária, encontra um copo para si mesmo e sopra a poeira de dentro dele. Serve-se de outra dose e enrosca de novo a tampa e pousa a garrafa no chão, segurando-a entre os pés, e os dois fazem um brinde tilintando os copos e dão um gole e Pável olha ao redor e Mária encara o próprio copo, girando o líquido que tem dentro.

— Há quanto tempo não fazemos isso? — pergunta ele.

— O quê?

— Bebemos juntos.

Mária hesita, ligeiramente confusa.

— Sei lá. Uns cinco anos?

Ela poderia tê-lo procurado. Quando começou o problema no jornal. Pável teria lhe dado conselhos. Ela podia confiar nele. Por que Mária não acreditava mais nas pessoas? Orgulho, talvez, ela pensa. Não gosta de mostrar suas fraquezas. Pável sempre foi leal a ela, mesmo que ficassem muito tempo sem se ver. Ela não pediu a ele que mexesse os pauzinhos para lhe arranjar aulas; ele sabia da situação dela e um dia simplesmente deu um telefonema. A princípio, ela se perguntou se essa gentileza tinha uma segunda intenção por trás, se ele não estava talvez tentando reacender as coisas, mas não, em suas conversas jamais houve interesse.

Ela o puxa para um canto.

— O que você sabe de Chernobyl?

— Por quê?

— O assunto começou a me interessar. O que você ouviu a respeito?

— Provavelmente o mesmo que você. É claro que não tenho um contato direto com ninguém que tenha estado lá. É tudo boato. Mas, sim, há uma porção de rumores.

— Por exemplo?

— Não sei. Histórias malucas, bizarras. Os animais foram afetados, lobos hidrófobos povoando as florestas, bezerros de duas cabeças nascendo nas fazendas de lá. Histórias da carochinha.

— Então você acha que nada disso é verdade?

— Eu realmente não sei. Um cara da Alemanha Ocidental pousa um avião na Praça Vermelha: quem teria acreditado nisso se não tivesse tanta gente lá para ver?

— Mais alguma coisa?

— Um colega meu, o primo dele trabalha como porteiro no turno da noite em um hospital em Kiev. Estão levando os limpadores para lá. Há partes do hospital em que até os médicos se recusam a entrar.

— E...? Um porteiro tem mais de uma história.

— Bem, ele falou de uma menina na Bielorrússia que estava escovando os cabelos. Onze anos, com longas e lindas tranças, e estava se preparando para dormir, escovando os cabelos com uma escova grande, segurando as mechas com uma das mãos e escovando com a outra, e o cabelo dela simplesmente começou a cair, ela passava a mão e os fios se soltavam. Ela ficou careca em trinta segundos. É o que estão dizendo.

Pável ergue as sobrancelhas para concluir, enche o copo de novo.

— Mas, na minha opinião, porteiro é uma profissão com muito tempo livre e que dá margem a muitas fofocas.

Mária passa o copo para a outra mão.

— Grígori está lá.

Pável arregala os olhos.

— Tem certeza?

— Sim.

— Como é que você sabe?

— Fui até a casa dele depois que eu e você nos vimos nas Lenin Hills. Fazia meses que eu não o via. Ele tinha sumido.

— Você falou com ele?

— Não. Não consigo descobrir onde ele está. Falei com todo mundo que poderia saber. Nada.

Ela diz isso e franze os lábios.

Pável puxa Mária para um abraço, e ela apoia a cabeça no ombro dele. Respirando fundo.

— Sinto muito — diz Pável. — Vou perguntar a uns amigos médicos importantes no Ministério da Saúde. Vou pedir a eles que descubram mais detalhes.

Mária recua. Não tem nada com que enxugar os olhos, então usa as mãos.

— Cuidado. Não quero que desconfiem dele.

— Pode deixar.

A multidão se aglomera de novo, e o segundo rolo começa a ser exibido, mas Mária não consegue mais prestar atenção. Seus olhos desviam do filme, e ela olha para o feixe de luz que sai do projetor, a poeira rodopiando, o passado pairando por toda parte.

Quando o filme termina, as pessoas se levantam e se espreguiçam, esticando as vértebras, cigarros ainda pendurados nos lábios. Os olhos de Mária coçam por causa da fumaça.

Pável segura o cotovelo dela.

— Tem uma pessoa que eu quero que você conheça. Se você quiser.

Ela assente.

Eles entram numa outra sala mais adiante no corredor. Esse cômodo está abarrotado de estantes de aço de cerca de dois metros de altura, supostamente a sala de resfriamento do pão assado.

Um homem de quarenta e poucos anos está inspecionando o quadro de aviso dos funcionários, no qual ainda há recados afixados com alfinetes.

Ele se vira. Suas roupas são impecáveis, seu cabelo está penteado para trás, ele tem uma presença e um aperto de mão firme.

— Danil é um advogado que procura maneiras honestas de colocar a lei em prática. Quando um escritor precisa arranjar um visto extra ou iniciar o processo de reabilitação para limpar seu nome, Danil é a pessoa certa a quem recorrer em busca de orientação.

— Entendi.

Danil tem um olhar confiante e inteligente.

— Presumo que você não tenha vindo aqui para ver o filme, Danil.

— Não, não vim.

Ele tira um folheto do bolso, um pequeno retângulo branco de papel, impresso de qualquer jeito.

Mária lê. É um folheto de convocação de greve para a fábrica onde Mária trabalha, convocando os operários a se reunir perto dos portões de entrada dali a dez dias, pouco antes do início do turno da manhã. Pretendem começar a manifestação dentro da fábrica e, depois, partir para a rua principal, de onde irão até o centro da cidade.

Mária já viu centenas de papéis como esse. Eles vêm sendo deixados nos bondes e trens que entram na fábrica. Os operários se encarregam de distribuí-los quando voltam a pé para casa. Nestor está especialmente muito empolgado. Espera que, no mínimo, a direção da fábrica nomeie um novo grupo de dirigentes sindicais. Afirma que talvez consigam reintegrar Zináida Volkova em seu cargo. Mária parou de argumentar com ele.

— O que você acha? — pergunta Danil.

Mária olha para Pável, se perguntando se pode confiar nesse homem. Pável faz que sim com a cabeça.

— Se eles querem uma greve, então que façam uma — diz ela.

— O apoio é grande entre os trabalhadores?

— Sim. Acho que sim. As pessoas parecem animadas.

— Mas você não está.

— Não.

— Porque acha que é inútil.

Ela responde com relutância:

— Acho.

— Acha que é inútil porque tem conhecimento dos antecedentes. Você estudou os eventos na Polônia. Sabe que as greves lá eram ineficazes até o Solidarity descobrir uma nova tática.

Mária permanece em silêncio.

Isso era verdade. Mária tinha uma fonte na Polônia que a informara sobre uma greve nos estaleiros de Gdansk seis anos antes. Centenas de trabalhadores ocuparam uma fábrica e assumiram o controle do maquinário; o presidente da fábrica não conseguiu contratar novos funcionários para fazer o trabalho. Era um cenário bem diferente para a milícia, que não podia simplesmente reprimir os grevistas na rua. Para arrancá-los de dentro da fábrica, seria necessária uma vigorosa e sangrenta operação militar, e o dono da fábrica não tinha colhões para bancar isso. No movimento, estava embutida a vantagem adicional de se manter elevado o moral dos trabalhadores, lembrando-os de que, juntos, tinham direitos em seu local de trabalho.

A estratégia alastrou-se como fogo na região. No intervalo de um dia, na maior parte das outras fábricas, aconteceu a mesma coisa. As autoridades cortaram as linhas telefônicas para que a notícia não se propagasse, mas é claro que isso não adiantou de nada. Em uns dois dias, metade do país estava sabendo o que estava acontecendo. Mas aqui não. A imprensa russa não cobriu. Mária escreveu algumas matérias no *samizdat*, fez tudo que podia para tentar divulgar a notícia, mas, pensando melhor agora, provavelmente as condições para que as pessoas dessem ouvidos não eram as ideais. Brejnev ainda estava no poder e detinha uma enorme autoridade. As pessoas viviam com muito medo para considerar esse tipo de ação.

Mária continua em silêncio.

— Estou sabendo do recital no fim do mês. Impedir um integrante do alto escalão do ministério de sair do prédio deixaria nossas intenções muito na cara. Sem contar Iákov Sidorenko. Manter como refém um pianista de renome mundial atrairia imenso interesse internacional. Tem tudo para ser um evento muito importante.

Mária não responde, permanece bastante calma. Por fim, diz:

— Não sei do que você está falando.

Danil assente outra vez.

— Eu entendo. Vá embora e fale com quem você precisar falar, confira minhas credenciais. Assim que concluir que pode confiar em mim, pense no assunto. Essa é uma oportunidade incrível. Pável me contou sobre suas habilidades de liderança. Mas não colocarei o menino nessa situação sem a sua permissão. Deixarei essa decisão nas suas mãos. Tudo que peço é que você decida logo.

Mária balança a cabeça e sai. Pável se levanta para segui-la, mas ela o detém. Quer ficar sozinha.

~~ 23

ALINA ESTÁ AO LADO DA tábua de passar, tirando camisas do cesto, sacudindo-as, usando um velho frasco de limpa-vidros para borrifar água nas partes mais amarrotadas.

Ela está ouvindo o rádio. É um documentário sobre a flora e a fauna de Arkhangelsk. É a única programação que está passando além de música e política, e ela já está farta dessas duas coisas. O sotaque rural é uma mudança agradável, e ela descobre que gosta de ouvir os sons dos pássaros e do vento ao fundo. A relação deles com o espaço, de alguma forma, parece expandir as dimensões de seu lar.

O fim de tarde está lindo, apesar do frio. O sol espalha sua cor sobre a tela da cidade, os muros brancos e cinzentos absorvem seu tom quente, e ela sacode as camisas e as pendura no encosto das cadeiras da cozinha. Lá embaixo, o tráfego está tranquilo, carros e ônibus ziguezagueiam pelas ruas em um ritmo constante, e ela se sente feliz com o que tem. Talvez seja o clima suave da noite caindo, mas ela não pode negar que alguma coisa parece estar chegando ao fim. As forças que a oprimiram por tanto tempo estão começando a abrandar.

O ferro tem um compartimento para água, mas o bico enferrujou e borrifa um resíduo de cor avermelhada nos tecidos, por isso ela se acostumou a usar o frasco de plástico. Ela precisa de um ferro novo, mas não é algo para pensar agora, não quando a deixaram sair cedo do trabalho, disseram-lhe para tirar uma folga, voltar para casa e descansar — não que isso seja uma possibilidade. Eles sabem tão pouco sobre ela.

Ela passa a roupa, escuta o rádio e acompanha o avanço do luar que, sem dificuldade, insinua-se lentamente sala adentro. Isso é como um ensaio do que será sua vida, ela supõe. Logo, o apartamento ficará vazio. Não nos próximos anos, mas um dia. Quando Zhênia crescer, terá uma bolsa de estudos e irá morar na universidade. Mária arranjará um namorado ou conseguirá guardar dinheiro suficiente para subornar alguém que consiga um canto para ela. Mária sempre ficará bem. As pessoas se atraem por ela. Ela tem esse dom.

Alina pensa que, quando isso acontecer, não será um choque tão grande. Precisará apenas se readaptar; não que o lugar seja o lar de uma família em constante alvoroço, com os filhos dos vizinhos entrando de supetão pela porta, crianças correndo uma atrás da outra em volta da mesa. De qualquer forma, Mária nunca está em casa, principalmente nas últimas semanas — muitas vezes sai para dar aula, muitas vezes não diz aonde vai —, e Zhênia, é claro, está ensaiando.

Ela abre a gola na tábua e passa as costas, depois a parte da frente, pressionando o ferro com força nas pontas.

Um recital com Iákov Sidorenko.

Ela teve de se sentar quando Mária lhe deu a notícia. O talento de Zhênia jamais a preocupou — o temperamento dele, sim, mas o talento nunca. O que realmente a afligia era a falta de oportunidade. Tudo bem ser um gênio, mas as pessoas também precisam saber disso. *Pessoas como nós não recebem essas oportunidades*, ela sempre dizia isso a si mesma, e este sempre foi seu maior medo: que não teria dinheiro nem contatos para oferecer ao filho uma boa oportunidade. Que dali a vinte anos ele estaria trabalhando em algum emprego braçal e banal e, em suas pausas para um cigarro, ficaria pensando aonde poderia ter chegado e sentindo raiva da mãe, do que ela não fora capaz de lhe proporcionar.

Então, até antes de surgir esse evento, ela pode considerar que foi, sim, uma boa mãe. Ela levou o filho ao máximo do que ele poderia conquistar. Foi ela quem encontrou um mentor para ele, que pagou suas aulas, que exigiu dedicação. Se o pior acontecesse, se o menino não aguentasse a pressão, ou se sua promessa de talento tivesse sido superestimada, tais desgostos não seriam um peso que ela teria de carregar. Ninguém pode apontar um dedo para ela e dizer que ela não o amou o suficiente, não o incentivou, não proveu.

Camisas bonitas e leves de algodão, bordadas, punhos duplos, colarinhos impecáveis. Pessoas de seu próprio prédio, levando a mesma vida que eles. Qualquer dia ela gostaria de lhes perguntar onde arranjam dinheiro para essas coisas, mas provavelmente as pessoas levariam as camisas para lavar e passar em algum outro lugar, e ela não está podendo abrir mão de trabalho. O dinheiro ainda é, como ela sempre diz, questão de vida ou morte.

O programa no rádio está comparando o hábito alimentar do pintarroxo-vermelho e do tordo-de-cauda-ruiva. Ao fundo, como acompanhamento musical, os passarinhos chilreiam livremente, durante longos e ininterruptos períodos, e não é difícil pensar que poderiam estar sentados bem ali fora, na sacada, piando uns para os outros. Quando Zhênia estiver no Conservatório, ela poderá fazer outras coisas; talvez ela finalmente tenha mais tempo para si mesma. A possibilidade a deixa um pouco eufórica. Ela não tem ideia pelo que realmente se interessa, não tem ideia do que faria além de trabalhar. Talvez peça a Mária que lhe recomende alguns livros, que a exponha a outras vidas. Ela gostaria de ver um pouco mais a natureza selvagem, subir no topo de uma montanha, dormir numa barraca, aproveitar sua vida prestes a se tornar solitária. Quantas vezes ela foi ao parque desde a morte de Kirill? Uma vez por ano? Isso é triste, obviamente, mas parques são para quem tem tempo.

Ela nunca teve dinheiro, nem quando era casada. Kirill nunca teve o intelecto que ela vê em alguns homens que vêm lhe trazer a roupa suja para lavar, a maneira indiferente e despreocupada com que assinam o recibo e dão os rublos a ela, o modo como exalam confiança, como deixam transparecer que levam uma vida livre de preocupações insignificantes.

Kirill era um homem diferente, com um tipo mais temporário de eficiência, uma simplicidade contundente na maneira de lidar com as coisas, com as pessoas, jamais recuava, sempre pronto para lutar contra a fraqueza, e claro que esse lado dele propiciava um abrigo para a versão mais jovem dela. Com ele, ela não era mais a maltratada, a vítima. Um contraste e tanto com o pai dela: seu jeito fechado, seus segredos, o peso que todos carregavam de um lado para o outro com eles — Mária também, preocupada com a forma como as pessoas os viam —, o que, afinal de contas, era o xis da questão. Ela também se atraía — não pode negar — pela ameaça que ele representava para os outros homens, que hesitavam na presença dele, podiam sentir a força da determinação dele. No ônibus, bastava uma encarada de Kirill, e os outros homens se levantavam e ofereciam o assento, saíam do caminho dela aos tropeções, constrangidos, quase hipnotizados, e ela também sentia uma onda de poder, por associação, por osmose. Ali estava um homem capaz de se apoderar do que quisesse, sempre pronto para passar impetuosamente por cima do que lhe aparecesse no caminho.

Mas a versão mais velha dela sabe que, para um casamento, esse tipo de temperamento é a morte. Um homem que só consegue pensar no agora, cujas necessidades são essencialmente as mesmas de um cachorro — a fixação pelo jantar, aquelas perguntas infinitamente repetitivas, sem falar na mania de viver farejando outros rabos de saia. Que burrice da parte dela... Poder não tem nada a ver com dominação. Ela só se deu conta disso quando deu à luz. Segurou nos braços aquela criança indefesa. Força não é algo tão simples e direto como ela pensava. É claro que ele não estava lá para testemunhar, ficar ao lado da cama dela, tinha ido passar o fim de semana caçando, com sua esposa grávida preparando o próprio jantar, quase incapaz de se mover. Ela dando à luz enquanto ele matava coisas. Uma reciprocidade reveladora, agora que ela revê por outro ângulo. E ver o que isso gerou. Sim, Zhênia compartilha com ele a extraordinária teimosia, mas de resto é diferente dele em todos os aspectos. Eles teriam se odiado. Talvez não ainda, mas daqui a cinco anos, sem dúvida.

Entretanto, Mária jamais a julgou, jamais a criticou. E ela é grata por isso. Se tivesse sido ao contrário, ela sabe que não teria sido tão tolerante.

Quando Alina recebeu a notícia de que o marido tinha morrido, não chorou. Sentiu uma vaga tristeza, sim, mas não mais que isso. Àquela altura, ela já não o via havia dezoito meses. Sequer ficou surpresa. É claro que a vaidade de macho dele culminaria em sua morte. É claro que mostrar aos camaradas quanto ele era corajoso era mais importante que voltar para casa, para ver sua esposa e seu filho. É fácil ser corajoso numa guerra. Quero ver trabalhar setenta horas por semana, passar pelo sacrifício que isso exige.

Esticar as mangas e começar pelo lado da costura. Deslizar o ferro para a frente e para trás.

Ela não sente saudade dele, mas muitas vezes sente falta da ideia que inventou dele. Sente falta de alguém para cumprir esse papel. Alguém para conversar com Zhênia do jeito que os homens conversam, o entendimento que eles têm. Ela é um substituto precário, apesar de se esforçar tanto.

Alguém para cumprir esse papel para ela também. Um homem que lhe entregasse um pequeno maço de cédulas e que a deixasse fazer o que bem quisesse com elas. Dinheiro para lazer. Ele costumava fazer isso, de vez em quando, quando sentia vontade de ser generoso.

— Vá se divertir — dizia a ela.

Não era muito dinheiro, mas era tão bom, um dinheiro que se libertava da necessidade, tornando-se uma coisa prazerosa. Ela voltava para casa trazendo um penhoar com um defeitinho sutil, ou um chapéu que precisava apenas de alguns pontos, ou um par de meias-calças sedosas, e se sentia como uma menina de dezesseis anos, e Kirill abria aquele sorrisinho possesivo dele, ao qual ela não conseguia resistir, e dizia:

— Eu devia te dar esse presente mais vezes.

São essas coisas pequenas que ela nunca esquece.

Terminar os punhos das mangas.

Ela pendura as camisas passadas no topo da porta, a ponta dos cabides de metal fincando-se na madeira. Embora já esteja cansada de passar roupa há muito tempo, ela ainda encontra prazer no cheiro, um odor intensamente agradável, tão reconfortante para suas narinas quanto pão assado.

Ela e Mária juntam seus salários, e ela tem o dinheirinho extra que ganha lavando e passando essas roupas, e Mária contribui com o dinheiro das aulas, e ainda assim não é o suficiente. Não que elas gastem com jogatina ou com bebida, ou comprem cremes e perfumes caros. Mal têm o suficiente para se vestir e se alimentar. Elas compram quase metade da comida de forma ilegal porque são obrigadas a fazer isso, senão morreriam de fome. Ela deveria abrir um comércio, oferecer um serviço de que as pessoas realmente precisem, virar açougueira.

O salário de Mária ajuda. Para ser sincera, o salário a surpreende. Alina jamais achou que sua irmã caçula seria capaz de permanecer em um emprego enfadonho. Ela nunca passou muito tempo fazendo a mesma coisa. Tudo sempre foi fácil para ela. Sim, sua beleza sempre ajudou, mas ela tem um jeito, um encanto. Para Mária, as portas se abrem de uma maneira que não acontece com ela. Até hoje. A história das aulas, por exemplo, aparecendo assim do nada. As pessoas matariam por um emprego como esse. É por isso que ela honra tanto o pai. Ela sabe como é não ter escolha. Para Mária, sempre havia outra saída. As pessoas, inclusive o pai delas, não aceitam certas coisas porque querem, elas simplesmente não têm opções. O que ele poderia fazer? Dizer "não" a eles? Dizer à KGB que os considerava moralmente falhos? Ah, faça-me o favor, o homem tinha uma família. Tenha um filho, e aí você vai entender.

Alina passa uma camisa com manchas amareladas sob as axilas. Ela acostumou-se a esse tipo de imagem, já viu coisas bem piores. Melhor nem começar a falar sobre roupas íntimas.

Mas sim, a persistência recente de Mária é impressionante, e ela é incrível com Zhênia, e é irmã dela. Mária ajudou-os a chegar até aqui, a planejar o futuro de Zhênia. E Alina pode sentir a satisfação de saber que sua luta, no fim, valeu a pena. Ela tem um filho e uma irmã, e o casamento pelo menos lhes garantiu um apartamento. Ela considera isso um legado de Kirill; Zhênia, não. O menino é todo dela — acomodando-o em um cesto de roupa suja durante seus dois primeiros anos de vida, dormindo na mesma cama que ele todos aqueles anos quando não tinha dinheiro para comprar outro colchão, uma abundância de motivos para reivindicar seus direitos totais sobre a criança —, mas foi o serviço militar do marido que lhes proporcionou um lar. Sem o apartamento, ela não consegue nem imaginar o que seria da vida deles.

Um barulho de chave na porta.

Ela põe de lado o ferro de passar. Os pelos de seu braço se arrepiam de desconfiança, instinto materno. É Ievguiéni. Ela ouve o menino pendurando o casaco, o ruído áspero do material sintético, e essa é a confirmação: Mária deu para ele um casaco de lã dos bons que Grígori comprou para ela anos atrás. Ela apoia o borrifador de água na tábua de passar roupa e respira fundo. Coloca a mão no ferro. Talvez haja uma explicação racional para isso.

Ele para na porta, não fazia ideia de que ela estaria aqui. Ele dá um passo para o lado, um farfalhar. Há algo diferente nele; ela não sabe dizer exatamente o quê. Ela se afasta da tábua e vai devagar até a porta, e ele passa por ela, entrando no corredor em direção ao quarto. Então, ela percebe: está só de meia nos pés. Veio para casa com um tênis de corrida, caro, do Ocidente.

— Zhênia!

Ele sai correndo para o quarto, ela vai atrás e o alcança, mas o menino já está lá dentro batendo a porta com força. Tudo isso acontece em meio segundo, talvez.

— Zhênia!

Ela gira a maçaneta. Trancada, lógico. Ela vinha pensando em tirar a fechadura, ele está chegando àquela idade.

Ela golpeia a porta com o punho.

— Abra essa porta agora. Por que você não está no ensaio? Tenho o direito de saber.

— Eu não fui.

Se Kirill estivesse aqui, como deveria estar, sendo um pai, ele derrubaria a porta. Outro motivo para não bancar o herói. Ela pensa em fazer o mesmo. É uma porta frágil, não seria difícil. Mas há algo de abominável numa mulher arrombando uma porta com o ombro, mesmo que seja a porta de seu filho, mesmo que ele mereça. Ela sabe que isso diminuiria sua autoridade, de uma maneira que ela não saberia explicar.

Ela volta para o corredor. Vai até a prateleira que fica acima de onde os casacos são pendurados, procura os tênis e os acha. Azul-claro. Macios por dentro. Leves, costura boa, uma logomarca nas laterais. Ela volta para a porta segurando a prova.

— Estou com os tênis nas minhas mãos, Zhênia. Pode me contar agora.

Silêncio.

— A última coisa...

Ela está tão furiosa que mal consegue pronunciar as palavras.

— Vai por mim, a última coisa de que a gente precisa...

Silêncio.

Ela bate na porta de novo.

— Não vou ter essa conversa com uma porta entre a gente.

— Ótimo. Eu não quero falar sobre isso.

— Eu sou sua mãe. Você não está num hotel.

— Eu sei. Se estivesse num hotel, eles me deixariam em paz.

— Ah, ele decidiu ser engraçado. Ele decidiu que já é grandinho o suficiente para bancar o esperto. Seja esperto, vai vendo aonde isso vai te levar. Seu recital é daqui a duas semanas. Você ainda não sabe disso, mas vai por mim quando eu digo, e eu sou sua mãe, vai por mim, não existe nada na vida...

— ... tão trágico quanto um talento desperdiçado.

A voz dele sai abafada atrás da porta, mas ela percebe que ele está falando como se recitasse um poema infantil, em um tom monótono e ligeiramente sarcástico.

A determinação dela está começando a esmorecer.

— Zhênia, por favor. Eu só quero o melhor para você. Abra a porta — diz ela, com a voz trêmula.

Os vizinhos batem na parede. O síndico vai subir de novo. Ela não pode, a essa altura do campeonato, receber uma advertência oficial. Não vai ajudar em nada não ter um teto para morar.

Nada.

— Tudo bem. Uma hora você vai precisar sair, para comer, para fazer xixi. Vou ficar esperando.

Ela apoia as costas na porta, depois desliza até o chão. Isso é só o começo. Tudo desmoronando. Tinha de acontecer. No fundo, ela já esperava. Começa a chorar. Talvez Zhênia escute. Ela joga os tênis na parede do corredor, e eles vão parar lá na cozinha. De alguma forma, aquilo lhe dá um pouco de energia, e ela anuncia em voz alta:

— Eles vão voar pela janela!

E se levanta para pegá-los, e faz questão de abrir a porta da sacada fazendo o máximo de barulho possível em sinal de protesto. Ela ergue os tênis pelos cadarços, estica o braço. Mas é claro que não consegue ir até o fim. Vai saber onde ele arranjou os tênis... Talvez sejam de outra pessoa, e, além disso, não pode desperdiçar bons calçados. Os tênis são de boa qualidade, vão durar. Aquela não é uma família que pode se dar ao luxo de jogar fora roupas boas, mesmo que sejam de origem duvidosa.

Ela olha para os calçados, pendurados em seu punho, balançando lentamente em sincronia, unidos em seu destino, e se lembra de que deixou o ferro de passar ligado.

Corre para tirá-lo da tomada e, então, se apoia na bancada. O vento levanta uma manga, e ela se vira para as camisas recém-passadas enfileiradas em seus cabides, estende o braço e puxa tudo, desabando com elas. Pega um punhado de tecido e morde, morde com força, sufocando um grito, e elas ficam lá, amarrotadas, até Mária chegar em casa.

24

O Sr. Leibniz vive em um apartamento antigo no distrito de Tverskói, nos mesmos cômodos onde passou sua infância. As paredes são revestidas de painéis de madeira, agora manchados e empenados, com sancas no teto com desenhos esculpidos, e janelas enormes que dão para a rua. O prédio tem quatro andares e um tom de turquesa desbotado pelo tempo, com a alvenaria à mostra em pedaços grandes e úmidos ao nível da rua, e o verniz nas janelas descascando.

Mária só estivera ali no verão, para ver Ievguiéni tocar. Ela gosta de vir aqui; o lugar tem o mesmo aspecto arcaico da rua onde eles moram em Togliatti. Chegar sozinha, passando pelas estreitas ruas de paralelepípedos e gramados, lhe permite reviver um pouco de sua infância, fitar alguns homens nas janelas altas usando *ushankas* e olhando para ela com menosprezo. Passar por ali faz com que os problemas do dia a dia fiquem, por um momento, em segundo plano. A escadaria do prédio antigo tem um cheiro de coisa guardada, de mofo. Ela passa pelo primeiro lance de escada, onde o vizinho do Sr. Leibniz espreita por um pequeno vão na porta com sua barba por fazer, notando a chegada dela. Mais dois lances. Em ambos, os degraus estão coloridos pela luz que reflete no mosaico do pequeno vitral acima do patamar; cada janela rachada de um jeito, um entalhe triangular faltando na primeira, a segunda com uma pequena rachadura na diagonal que alguém cobriu com fita adesiva anos atrás, e agora a fita também tem seu quê de antiguidade, ressecada e frágil.

Os degraus têm um ranger prazeroso. Mária imagina que eles foram insistentes com suas queixas ao longo dos anos e nunca deixam de soltar um balido de sofrimento quando alguém pisa neles. Algo com que ela se identifica. Sobe os degraus receosa, o peso de todos os acontecimentos caindo sobre ela. Deu um fardo pesado demais para o menino carregar. Essa não é uma situação para ele se envolver. Ela tentou afastar o pensamento de que está pondo o futuro dele em risco, mas é impossível.

Ela pisa no tapete da porta e chuta o rodapé para tirar a neve das solas, praguejando por não ter feito isso ao entrar no prédio. Um pedaço de neve cai no tapete, sua superfície esculpida com o contorno do solado. Ela bate à porta e ouve o Sr. Leibniz responder, então vira a maçaneta e entra dando um "oi" delicado assim que sua cabeça passa pela porta.

O Sr. Leibniz está de pé atrás da esposa, cortando o cabelo dela, cujo corpo está envolvido por um lençol. Ambos emoldurados pela janela grande, a esposa sentada, à vontade, de perfil, com cabelos molhados grudados nas laterais do rosto, e o Sr. Leibniz atrás dela, prendendo mechas entre os dedos e aparando-as com a tesoura. O Sr. Leibniz dá um "oi" com a mão e sorri, mas não arreda o pé de seu posto.

— Desculpe. Ela estava ficando inquieta, por isso decidi cortar o cabelo dela. Isso a acalma. Por favor, pode entrar.

Mária colhera algumas flores snowdrop dos jardins perto dali e estende o braço oferecendo as flores, hesitante, sentindo-se como uma menininha na escola.

— Obrigado. São lindas. Você se importa de procurar algo na cozinha para colocá-las dentro?

— Claro que não.

Ela volta minutos depois com as flores em um jarro com água até a metade. Caminha até a mesa e coloca as flores ao lado da esposa do Sr. Leibniz, mas fora do alcance das mãos dela, e ela sorri para as flores, um sorriso lindo, depois olha para Mária, que consegue ver nos olhos da outra que está confusa, ela sabe que conhece aquele rosto, mas precisa de uma dica.

— Essa é a tia do Zhênia, Mária Nikoláievna. Lembra do Zhênia?

O sorriso persiste. Mária percebe que ela continua sorrindo para disfarçar que se confundiu. Seu olhar transmite outro sentimento agora, um quê de aflição, em algum nível a consciência de que deveria conhecer esse nome, essa mulher, e há um pânico ali também, o instinto de uma criança quando é flagrada fazendo alguma coisa fora do comum, chupando laranjas na cama ou lambuzando o rosto de creme de barbear, sem saber ao certo como avaliar a gravidade de seu crime.

O Sr. Leibniz se inclina e pega a mão da esposa, acaricia a topografia de suas veias finas com o polegar. Ele a apresenta de novo.

— É a tia do Zhênia, Mária Nikoláievna. Tudo bem se você não a reconhece. Ela esteve aqui poucas vezes.

— Ah, que bom. Mária Nikoláievna. Sente-se aqui. O ônibus vai passar a qualquer momento.

Mária sorri e assente.

— Claro. Vou esperar com a senhora.

Elas ficam sentadas em silêncio por alguns minutos. No começo, Mária acha isso perturbador, mas depois percebe que o Sr. Leibniz quer que sua esposa se acostume com a presença dela, que fique à vontade com uma desconhecida na sala, e, depois que entende isso, Mária também fica à vontade e o observa em ação, penteando e cortando, acompanhando os fios finos de cabelo branco caírem no chão ao redor da cadeira. Ele corta de maneira metódica. Penteia os cabelos, depois prende os fios entre os dedos, em seguida apara. Mária está impressionada com a facilidade com que maneja o pente e a tesoura, o pente esquivando-se da tesoura, encaixando-se automaticamente entre seus dedos. A cada dois minutos, ele dá um passo para trás, se posiciona de modo que seus olhos fiquem na mesma altura dos ombros da esposa e pega uma mecha com cada mão, conferindo se estão simétricas. A esposa continua sentada com o lençol amarrado em volta do pescoço, as mãos para baixo, sem forma, apenas o semblante calmo e radiante, olhando pela janela. Depois de alguns minutos dessa repetição, ele começa a falar:

— Ela sempre teve orgulho do cabelo dela. Várias e várias noites eu voltava para casa e a encontrava com a cabeça abaixada perto da banheira usando uma das minhas camisetas, despejando cerveja ou quebrando um ovo no cabelo. Sempre aquelas poções de cheiro estranho em cima da pia, uns frascos com um formato bizarro. O cabelo dela era muito preto, era lindo e saudável. E ela adorava quando eu fazia carinho em seus cabelos. Ela ficava de bom humor na hora.

O Sr. Leibniz dá um passo para trás, dá uma ajeitada nos fios com as mãos e avalia seu trabalho com um olhar crítico, depois olha para Mária.

— O que você acha?

— Acho que deveria deixar o senhor cortar meu cabelo também.

— Sou um açougueiro. Mas faço o melhor que eu posso. Espere para ver quando secar, aí você vai me querer longe da sua cabeça.

— O senhor está sendo modesto, não está só cortando como quem capina o mato. Posso ver que tem experiência.

— Eu tinha quatro irmãs. Aprendi a cortar cabelo rapidinho. Teve a guerra também. Enquanto me recuperava no hospital militar, assumi a função de cabeleireiro não oficial das enfermeiras. Elas só ligavam para a aparência. Viam todo aquele sangue e queriam um corte de cabelo. Era a válvula de escape delas.

— Tenho certeza de que o senhor soube aproveitar bem essa função tão importante.

Ele aponta a tesoura para elas, sorrindo.

— Eu era implacável.

O Sr. Leibniz tira os fios de cabelo dos ombros da esposa, depois desfaz o nó que prende o tecido em volta do pescoço dela. Vai até a cozinha buscar uma vassoura, Mária olha para a mulher e sente vontade de abanar um dedo na frente do rosto dela, para ver se os olhos acompanharão o movimento, um simples teste para conferir sua capacidade de reação, mas é claro que repreende esse desejo e mantém as mãos dobradas sobre o colo.

Assim que termina de varrer, ele pergunta a Mária se ela quer alguma coisa, uma bebida talvez, e ela diz que não e ele leva a pá e a vassoura de volta para a cozinha. Mária escuta um roçar na lixeira e a água escorrendo na pia enquanto ele lava as mãos. Quando ele volta, pega uma toalha dentro de um armário e seca o cabelo da esposa, bagunçando os fios para lá e para cá, e ela não faz objeção alguma, continua parada, e ele cobre os ombros dela com a toalha para secar possíveis gotas e desliza a escova entre os fios, afagando e alisando os fios com a mão livre. Depois que termina de penteá-la, senta-se no divã ao lado de Mária, e ambos olham para ela sentada lá, reluzindo como uma manhã de primavera, e Mária compartilha com ele a sensação de satisfação, embora ela nada tenha feito para estar se sentindo assim.

— Há quanto tempo ela está assim?

— Na verdade é difícil dizer. Nossa última conversa completamente racional foi há dois ou três anos. A coisa foi avançando aos poucos.

O Sr. Leibniz se cala para ver se ela está fazendo a pergunta apenas por educação, mas ela presta atenção e ele vê que está interessada. Então, continua:

— Kátia sempre foi muito ativa, bordava ou visitava os vizinhos idosos, sempre se interessou pelo que acontecia no mundo. Era ela quem contava as notícias para a gente. Na verdade, eu só me importava mesmo com música, um pouco de literatura, talvez. Ela recortava matérias de jornais, fotos velhas e coisas do tipo, e colava num caderno. A cada dois meses, ela pegava um desses cadernos do ano anterior e folheava. Acho que era o jeito dela de acompanhar o tempo.

Mária assente.

— Enfim, um dia olhei um dos cadernos mais recentes dela e tinha umas matérias nas primeiras páginas perfeitamente recortadas, milimetricamente espaçadas, e, mais para a frente, os textos eram de um ou dois parágrafos, picotados com as bordas tortas, e, quanto mais para a frente, menos coerência tinha. Nas últimas páginas eram só blocos de cor ou texto, pregados um por cima do outro, como uma colagem.

Ele olha pela janela.

— Os esquecimentos e as frases incompletas dela foram o que provavelmente me levaram a olhar os cadernos, mas só quando olhei as páginas foi que liguei os pontos.

— Você perguntou a ela a respeito?

— Perguntei. Ela ficou tão chocada quanto eu. Ela não conseguia se lembrar de ter colocado aqueles recortes no caderno. Isso foi há quase quatro anos.

— Sinto muito.

— Não. Não é tão ruim assim. Ela tem momentos de lucidez, e sou grato por eles, e quase sempre há um prazer curioso quando ela vivencia o passado. Às vezes, ela me olha do mesmo jeito que me olhou quando nos conhecemos, o fascínio do primeiro amor. Tem muitas bênçãos que você não espera.

— Alina disse que ela era professora.

— Sim. Eles preservaram o emprego dela quando fui preso. O pai dela fazia parte da *nomenklatura*. Ela cortou relações com ele, mas ele obviamente não teve forças para deixá-la morrer de fome ou ser presa.

Ele tem um nariz anguloso, que em algum momento foi quebrado, um ombro caído, desproporcional em relação ao outro. Mas ele tem a postura bonita, reta e aprumada, apesar da inclinação natural do corpo. Sua voz tem uma sonoridade incomum, uma rouquidão agradável.

Mária está tentada a fazer mais perguntas, mas está aqui por outro motivo. Ela se remexe e muda de posição.

— Zhênia.

— Sim.

— Qual é o problema?

— Não existe uma resposta fácil para essa pergunta. Eu não presumo que o conheço, apenas ensino piano a ele.

— Ele diz que não está feliz de ter que tocar a "Tarantela". Diz que não quer tocar *Música para crianças*, acha que o estão subestimando.

— Você tem um menino muito orgulhoso, um menino muito teimoso.

— Experimente morar com ele. Ele quer escolher outra composição?

— Ele tem nove anos. Não faz a menor ideia do que ele quer.

Ela ergue as sobrancelhas, sua boca se curva para baixo.

— Um dos meus gerentes está bastante decidido quanto à escolha da música. Não sei se conseguiríamos obter permissão para mudar. Ele gosta da ideia. Creio que ele ache que, mesmo que Zhênia não seja tudo isso que dizemos que é, não manchará tanto assim sua reputação. Prokófiev escreveu a obra para crianças, não precisa ser perfeito, esse é o entendimento dele, ou pelo menos eu acho que é.

— Parece que você também não confia totalmente no menino.

Ela encolhe os ombros, não há necessidade de mentir; o homem é vivido.

— Sinto que o coloquei numa situação difícil contra a vontade dele. E sei que o senhor acha que a gente está colocando pressão nele.

— O que eu acho é que um músico toca porque precisa tocar. Um músico não chora pelos cantos porque a iluminação está ruim, ou porque a sala está fria demais, ou porque não está pronto. Um músico nato ataca as teclas, doma o piano. Está disposto a lutar, independentemente das circunstâncias.

O tom do Sr. Leibniz muda, uma dicção mais formal. Mária se sente como uma aluna.

— E a noção de tempo dele?

— A noção de tempo dele é o de menos. Ele ensaia o quê, quatro dias por semana, poucas horas em cada dia? Isso não vale de nada. Ele ainda acredita que basta pensar na música, e ela sai. Não passa tempo suficiente imerso nas notas, não sabe ler o fluxo de uma obra. Os instintos dele são bons. O menino tem uma musicalidade natural incrível. Mas a música é uma dama exigente. Requer comprometimento total. Primeiro ele precisa entendê-la antes de conseguir seduzi-la ou subjugá-la.

— Ele só tem nove anos. É jovem demais para uma sentença de morte.

— Sabe o que Prokófiev estava fazendo na idade de Zhênia?

— Acho que não quero saber.

— Compondo óperas, é isso que ele estava fazendo. E o menino reclama de tocar uma obra porque não gosta do nome dela.

— O senhor acha ele vai causar uma boa impressão em Sidorenko? Seja sincero.

— Depende de Sidorenko. A maioria dos alunos que se forma no Conservatório sai de lá com uma técnica incrível e bem pouco apreço pela musicalidade natural. O jeito de tocar deles é como o estilo dos nossos jogadores de futebol, cheios de treinamentos, repetições, jogadas ensaiadas e táticas, e pouca habilidade individual. Zhênia é abençoado com uma linguagem musical que é dele, mas neste momento ele está enredado no que é certo e errado em aspectos técnicos. Acontece que isso que o menino tem não pode ser aprendido. Talvez Sidorenko entenda o bastante de música para reconhecer isso. Por outro lado, ele talvez não saiba ouvir.

— E se deixarmos o recital para lá, e se ele apenas fizer a audição?

— Uma audição será mais difícil. Os membros do comitê julgarão o nível de instrução dele, vão querer ver se ele é o tipo certo de candidato, se está à altura da reputação deles.

— E o senhor acha que ele está?

— Você acha? Vou repetir: o menino não tem nem um piano em casa.

Um movimento no canto. A esposa do Sr. Leibniz ergue o braço direito. O Sr. Leibniz se levanta e guia o braço dela de volta para o colo, mas ela o ergue de novo, a cabeça tombada de lado, como uma marionete, ouvindo, sintonizando todos os impulsos silenciosos que a rodeiam.

— Debaixo das carteiras, debaixo das carteiras.

Ela meio que canta as palavras de forma hesitante, sem fôlego, mas Mária reconhece algo nas palavras, a determinação está lá. Essa frase constituía uma rotina que permeava seus tempos de escola também.

Flocos de neve tamborilam sobre a janela, para onde a senhora volta sua atenção, e o Sr. Leibniz fica confuso, há um ponto de interrogação em seu olhar. Mária percebe que a instrução formal dele se deu numa época anterior.

— Era um exercício escolar. Caso um ataque nuclear acontecesse.

— Ah, sim. É lógico que já ouvi falar deles. — Ele se senta ao lado da esposa e segura a mão dela. — Deviam ser apavorantes.

— Na verdade, eu adorava. Eu lembro muito pouco da escola. Mas dos exercícios nucleares eu lembro. Eu lembro que, de vez em quando, nós fazíamos o treinamento em dias de chuva, logo depois daquelas longuíssimas reuniões para fazer algum comunicado, todo mundo com a roupa molhada, e nos agachávamos debaixo das carteiras e eu sentia o cheiro de umidade e vapor e me sentia próxima de todos.

— As pessoas não falavam de outra coisa. Havia uma porção de pronunciamentos longuíssimos sobre nosso poderio absoluto, mas o medo era inevitável, claro. Aqueles mísseis posicionados na Itália e na Turquia, apontados diretamente para nós. Tenho certeza de que o senhor também deve ter sentido isso quando era criança, provavelmente até mais.

— Eu lembro que levantei a cabeça durante um dos exercícios, as ordens expressas eram para ficarmos deitados, imóveis, e olhei ao redor e pensei que era aquilo que aconteceria se uma bomba realmente caísse ali. Todos os meus amigos no chão, só a professora ainda de pé.

Ela ri desse detalhe.

— Nessa idade a gente acha que os professores são indestrutíveis.

O Sr. Leibniz acaricia o punho fechado da esposa.

— Quem dera...

Depois de um instante de silêncio, ele diz:

— Kátia traz o passado para cá, ela guia minhas lembranças, me faz reviver momentos de quando eu era jovem que eu esqueci, ou escolhi ignorar.

— Há anos específicos que ela lembra mais vividamente?

— Sim. Às vezes, ela se senta na cama de madrugada e fica ouvindo atentamente, escutando coisas. Ela tem uma sensibilidade incrível para ruídos à noite. Sei que está pensando nos anos de Stalin, os meses antes de eu ser preso. Passamos tantas noites esperando uma batida na porta.

— Deve ter sido horrível quando ela chegou.

— Não foi tão horrível assim. Na verdade, foi um grande alívio. Eu estava parado aqui nessa sala, de roupão e chinelos, e eles surgiram do corredor, me cercaram e ordenaram que eu me vestisse, e eu me lembro de uma estranha sensação de que tudo fazia sentido naquele momento, de que pelo menos não era coisa da minha cabeça. Esperar algo sentindo medo é uma tensão absurda.

— Quanto tempo o senhor ficou nos gulags?

— Dez anos. Depois fecharam os campos, e eu voltei para casa e fiquei fora do radar. Afinava pianos e caminhava no parque.

Mária se levanta e vai até o piano perto da porta, fitando-o; impressiona-se com o fato de que é muito maior que as proporções da sala pareciam permitir.

— Foi um presente. Pertencia a um engenheiro, um homem solitário, muito respeitado. Quando ele morreu, foi entregue a mim, cumprindo a vontade dele.

— É bonito.

— Você toca?

— Não. Não tenho paciência para isso. Meu marido tocava de vez em quando.

— Não toca mais?

— Não.

O Sr. Leibniz não insiste.

Ela passa a mão pelos desenhos de marchetaria na lateral do piano, sente prazer ao tatear a curva, como um osso ilíaco.

— O senhor teria feito algo diferente, antes de ser preso, se pudesse ter aqueles anos de volta? — pergunta ela.

— O que eu poderia ter feito?

— Não sei. Certamente as pessoas organizaram algum tipo de resistência.

— Não havia resistência. Resistir a quê? Não havia certo ou errado, nem um meio-termo, havia apenas o sistema. Fiz tudo que eu pude, sobrevivi. Vivi o suficiente para cuidar da minha esposa. Essa era minha única ambição.

É hora de ir embora. Alina vai trabalhar até tarde, e Mária terá de cozinhar. Ela segura a mão do Sr. Leibniz. A esposa está com a cabeça em outro lugar.

— Obrigada por conversar comigo. Vou garantir que Zhênia não perca mais nenhuma aula.

Ele percebe algo diferente nela, uma dúvida no aperto de mão. Ele mexe a cabeça, buscando contato visual.

— Falo com você como um homem rodeado por anos esquecidos. A única mudança para a minha esposa e para mim será a morte. A resistência é para os jovens. E você, caso não saiba, ainda é jovem.

Mária sorri e aperta a mão dele, um rubor de respeito nas bochechas dela.

No corredor, ela olha para as poças em volta do tapete, neve sólida transformada em líquido, escorrendo na direção da escada. No andar de baixo, ela ouve o movimento e o gemido do degrau irritadiço. Isso cria uma imagem em sua mente, e ela prolonga o som em sua imaginação, botas pisando com firmeza nos degraus, os passos largos e arrogantes de autoridades escada acima abrindo caminho até este andar, batendo nesta porta, parando onde ela está parada. Soldados lotando o corredor. O Sr. Leibniz com seu roupão, desnorteado ao despertar de seus sonhos. A sensação de impotência, ninguém para defender você, uma sensação tão real que ela poderia esticar o braço e tocá-la.

25

Às 22h30, GRÍGORI TERMINA SEU turno e vai até o refeitório. O lugar estará fechado, mas ele tem uma chave. Se ainda não comeu, terão deixado uma refeição para ele na geladeira. Uma travessa de cavala com beterraba e maionese, ou, às vezes, língua de vaca com beterraba assada. Ele quase nunca sente o gosto, come a comida fria. Quase sempre tem de se concentrar para simplesmente levar o garfo à boca. Raramente usa a faca, o instrumento perdeu a inocência para ele.

Primeiro ele vê a faixa de luz abaixo da porta. Quando se aproxima, sente o cheiro. Reconhece no mesmo instante: *zharkoie*. Um dos outros cirurgiões deve ter parado de trabalhar tão tarde quanto ele; as enfermeiras e as recepcionistas alternam as cirurgias para que possam comer mais cedo. Ele hesita, pensa em voltar para seu quarto; a conversa é inevitável. Mas o aroma de cebola se mostra irresistível, a ideia de uma refeição quente é tão reconfortante.

Ele abre a porta e vê uma mulher de frente para o fogão. A mãe do menino.

Ela se vira, sorri.

— Disseram que você estava quase acabando. Está pronto.

A surpresa faz Grígori reagir de forma desconfiada.

— Como você entrou aqui?

— Uma das enfermeiras.

— Ela deveria ter pedido permissão.

— Para quem? Ninguém vai te negar uma refeição digna. Elas praticamente beijaram meus pés quando eu dei a ideia.

— Não sou sua responsabilidade.

Ele diz isso e depois se arrepende. Pode deixar sua autoridade na sala de cirurgia.

Ela desliza a colher de pau na panela, apoia-se na bancada de frente para ele. Fala devagar, com delicadeza, tem consciência de que ele está exausto. Talvez seja a luz, mas ele parece estar ainda mais pálido que poucos dias atrás.

— Entendo. Não estou aqui para bancar sua mãe. Estou aqui para lhe agradecer. É uma refeição de celebração.

— O que estamos celebrando?

— Minha Sófia está melhorando. Ela estava de cama com febre, diarreia, sem conseguir engolir a comida. É claro que eu estava esperando o pior. Mas fizeram alguns exames, e ela está bem melhor, comendo, as bochechas estão coradas de novo. Descobriram que era só uma infecção intestinal. É como se ela tivesse voltado à vida.

Grígori passa a mão pelos cabelos. Ainda não sabe ao certo se está com vontade de conversar sobre a vida de outra pessoa. Mesmo que sejam boas notícias.

— E estamos celebrando o retorno do meu Artiom. Aquele cachorro o trouxe de volta para mim. Ele está falante de novo, me conta as coisas. Aquele cachorro aleijado me ajudou mais do que você imagina.

Grígori assente, cedendo, e se joga numa cadeira.

Ela serve a comida, e eles comem sem conversar. O vapor da carne bovina e do alho atinge seu rosto, ele inala o aroma e come com vontade. Quando termina, ela põe mais comida no prato dele, abanando o dedo antes que ele recuse.

— Tem muita comida. É uma celebração, lembra?

Ela o observa comer, com um sorriso estampado no rosto.

Agora que pode olhar para ela, fitá-la de forma adequada, ele vê que há linhas de preocupação na testa e ao redor da boca da mulher. Mas o sorriso dela é um clarão de dentes tortos, uma explosão de energia e luz.

Quando ele termina, ela coloca o prato de lado, pega uma garrafa em um dos armários e enche o copo dele.

— Eu não deveria beber.

— Nenhum de nós deveria.

Ela mergulha o dedo no copo, depois o beija e o balança, derramando algumas gotas de vodca no chão. Eles bebem e batem os copos na mesa com força.

Ela apoia um cotovelo na mesa e o queixo na palma da mão.

— Me conte por que está aqui.

Esta mulher consegue mudar o clima num estalar de dedos. Seu jeito de falar é franco e direto ao mesmo tempo. Nenhuma agressividade, mas simplesmente desprovida de trivialidade. Ele põe as mãos na beirada da mesa, enfia os polegares debaixo dela e relaxa, pensando na resposta dele.

— Bem, meu superior no hospital me recomendou para um conselheiro do Ministério de Minas e Energia. Me mandaram para Chernobyl e depois me transferiram para um campo de reassentamento.

— Isso não é *por quê*, isso é *como*, mas não importa, chegaremos lá.

— E você? Veio de Pripyat?

— A gente morava em Gomel. Uma cidadezinha perto da usina. Mas nasci em Moscou, como você.

— Artiom te contou?

— Relaxa, já sabemos quase tudo sobre você. O silêncio não é um mecanismo de defesa por aqui.

Ele não põe à prova a declaração dela, não quer saber. Grígori pega a garrafa e serve mais uma dose para os dois.

— Como você foi parar em Gomel?

— Eu me apaixonei.

Ela sorri.

— Ele... Seu marido... — gagueja ele.

Sem seu jaleco branco, ele fica meio perdido. Não faz ideia de como conversar sobre essas coisas fora do reino da expertise profissional.

— Sim, ele morreu antes de nos transferirem para cá. Foi um liquidador da usina. Eles o colocaram para derrubar as florestas dos arredores.

— Sinto muito.

Uma pausa.

— Obrigada.

Pelo silêncio da mulher, ele sabe que ela não quer ser a próxima a falar. Ele cogita mudar de assunto, mas não há outro assunto aqui.

— Como você o conheceu?

Ela pensa em como responder. Gostaria de descrever tudo para alguém. Por que não para esse médico? Ela nunca teve a chance de recordar por meio de uma história.

O dia que Andrêi entrou na alfaiataria perto do Parque Izmailóvski e foi apresentado à assistente do alfaiate, que manejava um giz marcando tecidos para o corte de ternos. Alfinetes presos entre os dentes, a mandíbula cerrada de tanta concentração. Ela olhou para ele para mostrar que havia notado sua presença, e, de repente, os olhos azuis daquele homem eram a única cor do recinto, olhos tão ressoantes quanto uma prolongada nota de piano. Ela parou o que estava fazendo para fitá-lo, e ele retribuiu o olhar. Ela reparou no modo como ele se portava, os pés plantados no chão, o peito um pouco estufado, um homem que conhecia o mundo, que se equiparava ao vigor do mundo. Ela deixou os alfinetes escorregarem de sua boca e teve de pedir desculpas e sair, confusa. Naquela tarde, ela caminhou horas a fio, tentando identificar o que estava sentindo, mas não conseguiu entender os próprios sentimentos — eram novos para ela —, e foi só mais tarde que se deu conta da indescritível sensação de amor que havia se insinuado, furtiva e inesperadamente, para dentro dela, uma sensação para a qual ela não tinha referência. E, quando o pensamento começou a ganhar a forma de compreensão, ela se sentiu propensa a rejeitá-lo: isso é coisa de adolescente, não de alguém da idade dela. Ela disse a si mesma que era alguém que conhecia a dureza do mundo, que entendia que era preciso cultivar o prático para sobreviver, manter-se firme e sossegada e escolher as coisas com base em seu valor.

Uma semana depois, ele voltou lá, como era de esperar, cheio de modéstia e confiança em seu rosto honesto, de volta para a segunda prova. Quando o alfaiate saiu para buscar mais alfinetes, Andrêi ficou lá parado, vestido com o material esfiapado, incapaz de se mover, um manequim vivo; ela se aproximou e colocou a mão na cintura dele, dobrando os pedaços de tecido para um caimento melhor, e ajustou o ângulo das lapelas, e, enquanto fazia isso, seu hálito encostava no peito dele. Então, ele pôs as mãos no pescoço dela e eles se beijaram brevemente, no calor do momento. O alfaiate retornou e puxou e dobrou o tecido, enquanto os dois trocavam olhares de relance, a deslumbrante dor do desejo.

Mais tarde, quando os postes de luz da rua se acenderam, e depois que o alfaiate voltou a pé para casa com seu chapéu e seu casaco, e ela já havia trancado a porta, viu a silhueta de Andrêi na rua e destrancou a porta e ouviu o som dos sapatos dele nos paralelepípedos molhados e o levou para o canto escuro do vestíbulo sob as escadas. Com a mão direita, ele pegou boa parte do cabelo dela e, com a esquerda, ele tocou a barriga macia dela, e deram um beijo que era uma linguagem própria, um beijo que era um país separado, até que ela se desvencilhou e pôs uma mecha de cabelo atrás da orelha, e ele viu o lóbulo achatado dela com dois buracos elípticos e uma pequena cicatriz em formato de meia-lua embaixo, a pele cicatrizada mais branca que o restante do corpo. Ela, por sua vez, virou o rosto dele na direção da luz e traçou com o dedo uma linha ao longo do maxilar. Nenhuma palavra, apenas a observação mútua, um fitando o outro.

Na escada, ambos eram só decoro, fingindo indiferença de uma forma divertida, ambos sabendo que, assim que cruzassem a porta, haveria uma torrente de mãos e línguas e desejo, e ela fez inclusive uma brincadeira com as chaves, como se não conseguisse se lembrar de qual delas abria a porta, brincando com ele, prolongando a tensão, até que ficou evidente que Andrêi seria capaz de arrombar a porta com o ombro e arrancá-la das dobradiças, e então ela fez um charme. Olhou para ele com ar despreocupado e enfiou a chave na fechadura, depois se deteve, retardando a ação, se virou e olhou no fundo de seus olhos, com uma seriedade mortal, depois girou por completo a chave e entrou de supetão, e os cabelos dele já estavam enterrados no decote dela, as mãos dele agarrando os braços dela, antes mesmo de terem fechado a porta.

E foi então que ela compreendeu o significado da palavra "pertencimento". Ela foi aprimorada por dentro e ganhou vida e se fundiu na forma dele, tomando a mesma feição, e houve calor e luxúria e fios e linhas de costura no cabelo dela, e uma almofadinha de alfinetes na orelha direita dela e o manequim caindo em cima deles, com marcações nas laterais, e ela estava lá, mas não estava lá, sentindo na pele tudo de uma vez, consumindo cada detalhe da experiência, mas também fora de si, fragmentos de seu passado inundando sua mente, e ele sorriu de maneira pensativa no meio daquilo tudo, o pensamento deles conectado, e de alguma forma eles irromperam em vertiginosas gargalhadas, quase quebrando o clima, e depois ficaram sérios de novo com uma investida da pelve dele e um aperto dos lábios dela.

TÂNIA GOSTARIA DE EXPLICAR um pouco disso ao cirurgião cansado. Ela gostaria de falar de amor mais uma vez, compartilhar suas experiências, mas as feridas ainda estão em carne viva.

Ela responde à pergunta dele:

— Eu trabalhava como assistente de um alfaiate, e um dia ele entrou na loja para ajustar um terno.

— E você se mudou logo depois.

— Depois de um tempo. Ele estava servindo ao exército. Quando terminou, eu me tornei esposa de um fazendeiro. Uma vida, e me surpreende admitir, que eu amava. Dar de comer às galinhas, ordenhar as vacas. Quem diria que uma moça da cidade grande como eu se adaptaria tão bem?

Tânia se levanta rapidamente, pega os pratos vazios e os coloca num recipiente de plástico. Lavará a louça mais tarde. Quando retorna, Grígori lhe oferece um copo e eles bebem e ele espera que ela continue.

— De vez em quando, na televisão, eles mostram coisas da área. Outra noite mostraram algumas pessoas nadando no rio Pripyat, pessoas se bronzeando nas margens. O reator ao fundo, com fumaça ainda saindo dele. Filmaram uma senhorinha ordenhando uma vaca, ela despeja o leite em um balde, e aí aparece um homem com um dosímetro militar e mede o nível de radiação, e está normal. Depois eles medem alguns peixes num prato. Está normal. Está tudo bem, diz o comentarista, a vida está seguindo normalmente. No abrigo, depois que fomos evacuados, algumas das outras mulheres recebiam cartas dos maridos que estavam por lá. Mesma coisa. A vida está voltando à normalidade. Tudo normal.

Há uma caixa de fósforos em cima da mesa ao lado. Grígori estende o braço para pegá-la, tira um palito da caixa, acende e observa a madeira arder até virar um toco em seus dedos. Acende outro. Então, fala:

— Eu tinha um contato em Minsk. Cirurgião também. Nos primeiros dias, procurei o hospital para contar o que estava acontecendo. Havia uma nuvem radioativa pairando sobre a cidade. Fomos proibidos de falar oficialmente sobre isso. Então espalhei a notícia da maneira que pude, falei com pessoas que tinham contato com grupos maiores.

Ela recosta-se na cadeira, cruza os braços. Ouvindo atentamente.

— Conversei com meu colega, e ele já estava a par da situação. Ainda não havia registro de entrada de nenhum paciente com contaminação radioativa. Isso aconteceria somente nas semanas seguintes. Mas houve muita gente, membros proeminentes do Partido, que precisou ser submetida à lavagem estomacal por causa de overdose de comprimidos de iodo. Assim, naturalmente, a equipe médica tirou as próprias conclusões. Mas depois ele disse outra coisa. Disse que tinha um amigo bibliotecário e que, um dia após a explosão, quatro sujeitos da KGB entraram na biblioteca e confiscaram todos os livros relevantes que conseguiram encontrar. Tudo sobre guerra nuclear, radiografia, até livros básicos de ciência, livros que levam as crianças a estudar física. Eles não mediram esforços, e é claro que as pessoas acreditaram na propaganda.

Tânia balança a cabeça.

— Você conheceu algum liquidador?

Ele não sabe ao certo se ela quer uma resposta. Ergue os olhos para ver de que forma deve responder, e ela o fita calmamente, esperando uma réplica.

— Muita gente se voluntariou. Milhares de pessoas, não só moradores da região como seu marido. Naquela primeira semana, chegaram ônibus lotados. Estavam jogando as pessoas para encarar o problema, oferecendo-lhes três ou quatro vezes o valor do salário normal. Mas nem todo mundo foi pelo dinheiro. Algumas pessoas simplesmente foram colocadas dentro de um ônibus. Achavam que estavam indo passar só um fim de semana, uma recompensa por sua produtividade. Vi pessoas tirando fotos na frente do reator para provar que estiveram lá, como se fosse um ponto turístico.

Ele brinca com um fósforo entre os dedos. Queria um cigarro.

— No começo, trataram a coisa como uma viagem de férias. Trabalharam, é claro, revolviam o solo com pás, cavavam valas, e à noite enchiam a cara. Tinha muita vodca lá. Mas aí a bebida acabou, e começaram a beber qualquer coisa que encontravam: perfume, removedor de esmalte, limpa-vidros. A essa altura estavam se embebedando para apagar os dias, esquecer o que tinham visto.

— Por que eles não foram substituídos? Por que foram obrigados a ficar lá por tanto tempo?

— A princípio ficariam lá só por duas semanas. As diretrizes iniciais faziam sentido, eu mesmo exigi muitas delas, mas essas normas rapidamente caíram por terra por conta de restrições orçamentárias, ou da teimosia de alguns dirigentes do alto escalão. Todo homem tinha um medidor de radiação pendurado no pescoço. Ninguém devia se expor a mais de 25 microrroentgens, a dosagem máxima que o corpo pode suportar. Demos a cada um deles três conjuntos de trajes de proteção. Mas meu superior revogou a própria decisão de fornecer máquinas de lavar; ele queria poupar todas as fontes de água limpa que ainda restavam. Por isso os homens não tinham como lavar seus trajes. Depois do terceiro dia, estavam vestindo roupas radioativas. Depois daquelas duas semanas iniciais, decidiram não substituir os liquidadores, não sacrificar outras pessoas. Nas reuniões matinais de planejamento, calculavam quantas vidas usariam em cada tarefa específica. Duas vidas para esse trabalho, quatro para aquele. Era como um gabinete de guerra, homens brincando de Deus. O pior de tudo é que não adiantou de nada. Essas pessoas foram substituídas do mesmo jeito, ficaram doentes demais para trabalhar.

— E então você foi embora?

— Não, mesmo assim fiquei mais algumas semanas. Julguei que poderia ser útil como a voz da razão, alguém que defendesse os trabalhadores. Mas então descobri que o Partido tinha organizado fazendas protegidas perto de Mogilev. Estavam plantando os próprios legumes e as próprias verduras, inspecionando o abastecimento de água. Tudo sob a supervisão de especialistas, as mesmas pessoas que deveriam estar nos vilarejos locais, que eram necessárias lá. Eles tinham os próprios rebanhos de gado, cada boi tinha um número e era submetido a testes rotineiros. Havia vacas que, eles tinham certeza, produziam leite não contaminado. Enquanto isso, nas lojas em torno da zona de exclusão, estavam vendendo leite condensado e leite em pó da fábrica Rogachev, os mesmos produtos que estávamos usando nas palestras como exemplos de típicas fontes de radiação. Foi aí que tiveram que se livrar de mim. Voltei para Minsk e conversei com Aleksiêi Filin, o escritor. Contei tudo que eu sabia. Ele falou abertamente numa entrevista na televisão, ao vivo, em algum programa literário. Foi corajoso da parte dele, mas acabou sendo preso por causa disso. Está preso até hoje. Não consegui descobrir para onde o levaram.

— Por que você não foi preso?

— Ameaçaram me prender. Eu estava pronto para ir. Eles iam me colocar num manicômio. Deram a entender que, se eu não me enquadrasse, podia acabar me envolvendo num trágico acidente. Eu falei assim para eles: "Olhem ao redor. Vocês chegaram tarde demais." Mas sarcasmo é uma coisa que a KGB não consegue entender.

Ele olha pela janela, deslizando o dedo pela borda do copo.

— No fim das contas, eles precisam de cirurgiões, e eu sou mais útil trabalhando aqui do que sentado numa cela acolchoada.

Os dois ficam em silêncio por alguns instantes. Cada um com a própria mágoa. Tânia é a primeira a falar:

— Andrêi me contou uma piada antes de morrer, uma que todo mundo estava contando lá na época.

Grígori se dá conta de que ela está esperando sua permissão para contar a piada e assente, e ela continua:

— Os norte-americanos mandam um robô para ajudar na limpeza. O oficial encarregado despacha o robô para o teto do reator, mas depois de cinco minutos a máquina enguiça. Os japoneses também haviam doado um, e o oficial dá ordens para que o robô japonês substitua o norte-americano. Porém, dez minutos depois, começa a circular a notícia de que a máquina também não suporta as condições. A essa altura o oficial está furioso, amaldiçoando a tecnologia estrangeira, capenga e inferior. Ele berra com seu subordinado: "Envie um dos robôs russos de novo lá para cima, são as únicas máquinas dignas de confiança que temos por aqui." O subordinado bate continência e se vira para cumprir a ordem que recebeu. Quando está saindo, o oficial grita: "E diga ao soldado Ivánov que já perdemos muito tempo, ele tem de ficar lá em cima por pelo menos duas horas antes de fazer um intervalo para fumar."

Tânia sorri ao se lembrar de Andrêi contando a piada, seu humor ácido, os lábios sumindo em volta dos dentes, suas palavras uma combinação de provocação e pesar. Ela começa a chorar.

Grígori espera as lágrimas da mulher diminuírem, depois segura a mão dela.

— Acabei de me dar conta de que você nunca me disse o seu nome.

— Tânia.

— Sinto muito, Tânia.

— Obrigada.

Ela enxuga as lágrimas com a base da mão.

— Chega. Isso é uma celebração, e estou obedecendo ordens.

Ele se senta direito na cadeira, os ombros para trás.

— Ordens?

— Claro. As especulações são infinitas. Querem que eu descubra alguma coisa. Você acha que um desastre como esse é o suficiente para impedir a gente de fofocar? Nós abraçamos qualquer distração.

Ele sorri.

— Que tipo de especulação?

— O único tipo que existe.

— Você quer saber se há alguém me esperando quando eu voltar?

— Bem, não há ninguém aqui, olhe só para você, é meio óbvio. Estou perguntando *por quê*. Você veio aqui para ajudar, eu sei disso, estamos muito agradecidos. Mas sempre há outro motivo.

Ele aninha o copo nas mãos, os olhos voltados para o chão.

— Não queria dar uma de enxerida. — Um tom maternal, suave, preocupado. — É só um papo inofensivo.

HOUVE O VASO EXPLODINDO CONTRA a parede. Os restos da cadeira da mesa da cozinha, uma coisa patética e incoerente jazendo destruída ao lado das pernas dele, sentado junto ao fogão. Ao entrar em casa, ela já sabia — claro que sabia; naquela manhã ela havia colocado o bilhete no bolso do paletó dele. Ela não viu coisa alguma — não reparou nos destroços de seu lar —, a não ser o olhar dele, o ódio em seus olhos.

Ele pensa no relacionamento dos dois como algo constituído principalmente de tardes. O trabalho consumia a ambos; ele chegava ao hospital à noitinha, cuidava dos pacientes até meados da manhã seguinte; ela saía do apartamento de manhã bem cedo, escrevia suas matérias antes que a redação se enchesse de conversas e distrações, antes que as reuniões editoriais devorassem seu tempo.

Mas havia as tardes. Cafés da manhã tardios nos dias de folga deles. Acordando ao sol do meio-dia, lençóis contorcidos ao redor. Naquele horário, o cheiro dela pungente. Ele roçava o pescoço e o rosto ao longo do corpo reluzente da mulher, colhendo o glorioso odor de seu suor. Erguia o braço dela, pressionando o pulso na cabeceira da cama, e se deixava ficar no ninho morno do cheiro dela, primeiro deslizando a ponta da língua pela tímida penugem, depois absorvendo a plenitude dela em longos e amplos movimentos rítmicos, repetindo tudo de novo abaixo da cintura.

Tardes em que zanzavam a esmo pelas livrarias, ela fazendo um tour com ele pelos livros. Depois, lendo antes de jantar, ele deitado com a cabeça no meio do corpo dela, ela com a perna dobrada por cima do ombro dele, protegendo-o.

E então, de repente, as tardes mudaram.

Tardes em que o tempo estava frio demais para sair de casa e eles trocavam de cômodos e se evitavam. Ele ia para o quarto do casal, ela ia para a sala, ele fazia a barba na pia e saía quando ela entrava para tomar banho.

Quando ela engravidou, ele pensou que seria um recomeço, que isso afastaria a melancolia que se assentara sobre eles. Em vez disso, ela se fechou ainda mais.

Então, vieram as tardes em que ela se escondia atrás do muro protetor de um livro e ele arrancava o livro das mãos dela e o arremessava na parede e berrava:

— Fale comigo! Olhe para mim! Estou bem aqui na sua frente. Não me trate como se eu fosse uma porra de um fantasma!

E ela se levantava da cadeira e pegava o livro no canto e encontrava de novo a página e se sentava como se tivesse apenas cochilado por um minuto e se perdido na leitura.

Tardes em que eles saíam, aborrecidos, para dar uma volta e esfriar a cabeça em alguma casa de chá, onde a presença de outras pessoas os obrigava a ser sociáveis, e ele contava uma piada ou uma história de sua infância e um sorriso surgia no rosto dela, um raio de sol sobre um mar lúgubre e cinzento, e então passava de novo, servindo apenas para provocá-lo com o que, uma vez, eles foram.

A tarde do estrago irreparável. Um almoço no Yar — ocasião rara, nada de álcool, obviamente, mas um belo filé com Fiódor Iuríevitch, o cirurgião-chefe na época. Camaradas passando por lá para dar um tapinha no ombro dele. Conversa sobre cavalos, conversa sobre futebol, conselhos sobre de que congressos participar, a quais periódicos enviar trabalhos. Perguntas acerca de seu artigo sobre cardiomiopatia. Um bordão de Fiódor sobre a sensação de ser jovem. Trabalho, publicações, tanta coisa por vir, família e toda a bagagem que vem junto. Um novo premiê eleito, um homem forte, cheio de vida. Carismático. Um homem que renovaria a União, impelindo o país para a era moderna. *Tanta coisa por vir, Grígori.* Elogios à sua técnica. Fiódor havia participado de um caso recente, uma vítima de acidente, não fora um procedimento fácil, de forma alguma.

— Mas você se saiu bem, Grígori. Sua equipe cirúrgica não se entreolhou em momento algum. Calma total. Isso é tudo de que você precisa. Mãos de gelo. Nunca se precipitar. Porém, você pode melhorar seu tempo. Qual é o seu melhor tempo numa intubação endotraqueal?

— Nunca tão rápido quanto o senhor.

— É, aposto. Seja mais rápido que eu nisso, e eu te transfiro para Primorie.

Uma piscadela para Grígori, amigável, mas não desprovida de desafio, a ameaça anunciada meio a sério, o que obviamente era o melhor elogio de todos.

Depois que Fiódor foi embora e ninguém mais chegou perto da mesa, Grígori enfiou a mão no bolso do paletó para pagar a conta e tirou um envelope. Papel de primeira qualidade. Nada escrito por fora, nenhum endereço. Uma promoção? Um bônus? Uma declaração de amor de alguma enfermeira nova? Ele desdobrou o papel lá mesmo, ainda à mesa, e reconheceu a letra dela e sentiu uma torrente de esperança: finalmente um pouco de clareza; tudo que ela não podia dizer ao vivo revelado em uma carta. É óbvio que seria assim que ela se comunicaria, tudo exposto num papel chique, esclarecido entre as margens: o ponto de vista dela, os mecanismos de sua mente, seu pedido de desculpas, sua sede de se reinventar mais uma vez, o conforto que ela encontrava nele.

A carta não continha nada disso. A linguagem era formal, metódica, pragmática, como se ela estivesse se desculpando por recusar uma oferta de emprego ou cancelando o contrato de aluguel do aparelho de televisão. Tão clara e breve que ele nem precisou reler. Um delineamento dos fatos. Ela tinha decidido não levar a gravidez adiante. Nenhuma emoção, nenhum pesar, muito menos um pedido de desculpas.

Grígori foi embora sem pagar. O garçom seguiu-o rua afora, chamando-o em voz alta, e Grígori se virou e arrancou do bolso o punhado de cédulas que tinha, enfiou-o nas mãos do garçom e caminhou na direção norte. Caminhou e virou esquinas e caminhou mais, muitas vezes refazendo os próprios passos, e parou e refletiu sobre eles, depois seguiu na direção contrária.

Em casa, lavando o rosto no banheiro, ele olhou para o buraco do ralo, um círculo pequeno e escuro rodeado de porcelana branca. Aquela primeira noite juntos, seu encontro no lago, o planalto branco estendido diante deles em infinita e impecável possibilidade. Agora o relacionamento deles assemelhava-se a esse ambiente: frio e duro; a vida que existia, fosse qual fosse, os observava de longe nas águas escuras abaixo. Ele quebraria a superfície e mergulharia até o fundo com o maior prazer para trazê-la de volta para o calor, mas tudo que ela lhe consentia era um tênue fio de conexão, e ele aguardava, todo esperançoso, em vão, esperando que ela mostrasse uma mera pontada de necessidade dele.

GRÍGORI OUVE UMA PORTA FECHANDO, o que o traz de volta à realidade.

Tânia foi bater na porta ao lado, o alojamento das enfermeiras, e as convenceu a ceder mais uma garrafa. Ela entorna doses, e eles bebem e abrem as planícies de suas vidas um para o outro, cada um falando do próprio passado.

Quando há, enfim, uma pausa na conversa, ela subitamente se endireita na cadeira.

— Quase me esqueci.

Ela caminha até um armário ao lado do fogão e volta segurando algo embrulhado em um pedaço de pano. Coloca o embrulho na mesa entre eles.

— É um presente.

Grígori fica tenso.

— É muito gentil da sua parte, mas por razões profissionais não posso aceitar presentes.

— Você deu um cachorro para o meu filho. Estou apenas retribuindo o gesto.

— Eu fiquei com o cachorro, seu filho apenas toma conta dele.

— Tudo bem, então estou dando a você algo para tomar conta. Eu sozinha não dou conta. Não sei como cuidar disso.

Uma risada curta pelo nariz.

— Agora fiquei preocupado. Você não está me dando outro animal de estimação para que eu seja o responsável, está?

— Abra. E é claro que estou constrangida com a embalagem. Pelo visto eles não priorizam papel de presente na hora de encomendar suprimentos.

Ele olha para ela mais uma vez para pedir permissão. Puxa o pacote para perto de si, põe a mão lá dentro e tira uma câmera, uma Zórki, um pouco antiga, mas bem conservada. Desenrosca a lente, remove a tampa e a ergue à luz, conferindo a superfície para ver se há algum arranhão, como um especialista em vinhos sentindo o aroma da primeira taça de uma garrafa nova.

— Artiom me disse que você gosta de fotografia. Mencionei isso para algumas pessoas. Queríamos dar alguma coisa para você, para demonstrar nossa gratidão. Não foi muito difícil. Alguém sempre tem um primo. Acho que não tem muitas poses no filme, então vai ter que dar seus pulos.

Ele segura o presente e olha para suas mãos. Não fez nada além de sua obrigação, sua obrigação profissional. Até os atos do amor mais íntimo dessas pessoas serão maculados, sua prole herdando sua tragédia. Isso é o que mais o aflige. Nada além de desolação pela frente. Como ele pode segurar nas mãos o presente deles? Ele coloca a câmera na mesa à sua frente.

Tânia inclina-se e pousa suas mãos nas dele.

— Você fez coisas tão boas aqui.

— Que coisas boas eu fiz? Olhe essa doença à sua volta.

— Viemos para cá para sobreviver. Você tornou isso possível. Você cuidou da gente. Não sabe quanto isso é importante.

Ela pega a câmera e a coloca nas mãos dele.

— Agora você pode fazer algo por mim. Quero ser fotografada. Quero alguma coisa que eu possa guardar para os meus filhos.

Ele desliza os dedos nos botões, sua fluência natural voltando num instante.

Ele posiciona a câmera no olho e faz o foco nela.

Ela está confiante, encarando fixamente a lente, suas pupilas refletindo a luz suave. Ela resiste ao impulso de posar e continua do jeito que está, espontânea, e, mesmo antes de ela fazer isso, Grígori sabia que esse seria o caso, uma qualidade que poucas pessoas possuem. Ela continua sentada na cadeira e fala com ele, que volta aos poucos da vida passada.

Ele começa a se mover à medida que vai fotografando, abrindo o diafragma e alterando a velocidade do obturador por instinto, em sintonia com a luz da sala. Ele varia os ângulos e o posicionamento, e de vez em quando o obturador para, demorando um segundo inteiro entre sua abertura e o disparo, e nesses momentos ela prende a respiração, a expectativa imobilizando tudo.

Ela volta a falar:

— Olhe para mim.

Ela diz isso enquanto ele está apontando a lente para ela.

— Olhe para mim.

Ele ajeita o foco de modo que os olhos dela encham o quadro.

— Você não está ouvindo. Olhe para mim.

Ele afasta a câmera e olha para ela, que se aproxima e o beija na testa e recua e o encara e toca o rosto dele com as duas mãos.

— Você precisa voltar para ela.

Ele abre a boca para dizer alguma coisa, mas ela balança a cabeça, podando a vontade dele.

— Você não tem que se sacrificar. Eles vão encontrar outro cirurgião. Você fez tudo que podia fazer. Ficar aqui mais tempo vai te destruir. Eu tenho de estar aqui. Você não. Você precisa voltar agora.

Ela o beija nos lábios. Ela o beija com ternura, sem nada mais por trás disso, nenhum desejo implícito. Um beijo assexuado. Havia anos que ele não sentia o toque dos lábios de uma mulher.

26

MÁRIA E ALINA ESTÃO SENTADAS à mesa e mexendo para lá e para cá a carne de porco e o repolho com o garfo. Ficam lá sentadas, encarando o lugar vazio. Um prato no forno. O smoking de Ievguiéni lavado, passado e engomado pendurado na porta. Os sapatos dele engraxados. Elas estão de banho tomado. Uma arrumou o cabelo da outra. Suas roupas também estão prontas, no quarto de Alina, elas só precisam vesti-las. Supostamente é o que vai acontecer após o jantar. Alina vinha aguardando ansiosamente o momento de se arrumar com a irmã. Já faz talvez dez anos desde a última vez que se arrumaram juntas para um evento elegante, compartilharam o batom, trocaram dicas sobre acessórios, aplicaram delineador, realizando o ritual que dá sentido ao fato de ter uma irmã.

Em 45 minutos um carro oficial os buscará em casa. Percorrerão a faixa verde da Rua Chaika, ultrapassando todo o tráfego civil, o que Alina disse várias vezes a todos os seus colegas de trabalho, uma empolgação quase tão intensa quanto a de ver seu filho se apresentar. Buscarão o Sr. Leibniz e de lá seguirão para a fábrica. Alina queria ir no mesmo carro que Iákov Sudorenko. Seria uma oportunidade de falar bem de Ievguiéni. Ela também queria simplesmente estar na presença dele, sentar-se com um homem de tamanha polidez, talvez aprender alguma coisa com ele, até sentir seu cheiro, o refinamento de seu perfume. Entretanto, Mária não permitiria isso, ela disse que seria colocar pressão demais em Ievguiéni. Deixaria o menino apavorado. O Sr. Leibniz concordou. Então, Alina aceitou que iriam em carros separados.

Se é que iriam. Tudo isso era o que estava planejado, mas eles deveriam sair em 45 minutos, e Ievguiéni ainda não está em casa.

Ievguiéni saiu da casa do Sr. Leibniz há duas horas e meia. Deveria ter chegado ao apartamento há noventa minutos, no mais tardar. Elas reviram o repolho para lá e para cá, com os ouvidos atentos tentando escutar a chave entrando na fechadura e uma enxurrada de pedidos de desculpa. Elas desviam o olhar para a janela, mas já está tarde demais para enxergar alguma coisa.

Outros planos estavam sendo postos em ação, planos de que somente Mária e um pequeno grupo de pessoas têm conhecimento.

Pável tinha razão sobre seu amigo Danil. O homem sabe organizar as coisas. As reuniões de Mária com ele ocorriam em escritórios comuns, que não eram chamativos. Somente os dois, a sós. Há outras pessoas envolvidas, mas Danil se encontra com elas individualmente, para não expor seus esquemas e correr riscos. Em todo encontro, ele chegava e explicava em detalhes as instruções e ouvia as eventuais ideias e preocupações de Mária e depois se dedicava a essas questões; ou, se não de imediato, certamente na reunião seguinte. Mária estava preocupada com a alimentação e o abastecimento de água, então Danil tomou as providências para assegurar que houvesse um estoque de comida enlatada e garrafas de água nos depósitos suficiente para prover a fábrica inteira durante um mês. Quando ela perguntou o que aconteceria depois que cortassem o aquecimento, Danil informou que haviam conseguido introduzir clandestinamente na fábrica dois geradores para fornecer eletricidade e uma quantidade de cilindros de gás e aquecedores para que os trabalhadores aguentassem as primeiras semanas. Se precisassem ficar mais tempo, eles poderiam racionar as horas de uso dos aquecedores, e todas as roupas de proteção dentro da fábrica garantirão um aquecimento decente.

Quando Iákov Sidorenko estiver tocando, Zináida Volkova subirá ao palco e anunciará a greve, lendo em voz alta uma lista de exigências. Já há homens incumbidos de bloquear a porta e cuidar de Sidorenko, do séquito ministerial e dos administradores da fábrica. Todos os trabalhadores estarão livres para ir embora, mas serão avisados de que não poderão retornar.

Nesse momento, eles tirarão Alina e Ievguiéni do prédio.

As irmãs telefonaram para os colegas de escola de Ievguiéni e bateram à porta de alguns dos meninos que ele conhece no prédio. Nada. Ninguém sabe onde ele pode estar. O Sr. Leibniz diz que ele não estava preocupado nem aflito, que parecia disposto quando foi embora de lá, normal, convencido. Isso as preocupa ainda mais.

Mária se pergunta se o menino poderia ter sido preso. Alguém mais sabe sobre o plano? Não. Danil é bom demais no que faz. Ela fez o que ele disse e buscou informações. A reputação de Danil não se encaixava na de um espião da KGB; ele tinha obtido muito êxito com a causa e não demonstra ter a curiosidade burra e peculiar que eles têm, sempre fazendo perguntas, sempre interessados no que está acontecendo. Danil sabe não indagar sobre coisas que não lhe interessam nem lhe dizem respeito. E as pessoas certas confiam nele. Na primeira reunião com Mária, ele chegou acompanhado de Zináida Volkova, e Mária soube que, dali por diante, ela estaria preparada para fazer o que fosse necessário. Zináida é uma figura unificadora, que terá o apoio da fábrica inteira, a credibilidade dela é inegável. Os trabalhadores sabem que ela não está lá para encher os próprios bolsos. E ela será eficiente. Será uma líder poderosa e uma adversária vigorosa nas negociações. Danil as deixou a sós, e elas ficaram umas duas horas conversando, Mária ficou impressionada com a clareza dos pensamentos dela, o teor direto de sua linguagem, a simplicidade de seus objetivos. Ela almejava um sindicato independente, eleito pelo voto direto dos trabalhadores, em eleições abertas. Eles teriam liberdade para realizar reuniões e assembleias, liberdade de greve.

— Tudo virá a partir disso — disse Zináida, e Mária não duvida de que essas duas demandas bastem para abrir um leque de possibilidades. Mas duvida que consigam obter esse tipo de concessão: o que eles estão pedindo é uma mudança de ideologia, abrir portas que nunca foram abertas. A despeito de todo o discurso sobre reestruturação e abertura, em breve eles descobrirão qual é o alcance dos programas da glasnost e da perestroika.

E até agora o menino não voltou para casa.

Ela deveria ligar para Danil. Ele deixou um número para que entrasse em contato caso alguma coisa inesperada acontecesse.

O tique-taque do relógio acima da porta da cozinha ressoa. Algumas formigas caminham, resolutas, no chão, deslocando-se em paralelo às bordas inferiores dos armários da cozinha, depois escapulindo por uma fresta no canto. A frente dos armários é revestida com um acrílico alaranjado. Isso dá ao cômodo um ar opressivo, causa a sensação de que é ainda menor. Elas já falaram sobre isso, já debateram todos os aspectos do apartamento, Alina sempre mantendo o otimismo, Mária apenas desejando que os dias passem, um após o outro. Alina se levanta e começa a abrir os armários, determinada, e Mária não pergunta o que ela está procurando, apenas a observa. Ela encontra um cilindro de plástico, branco e comprido, com a imagem de uma formiga preta no rótulo. Ajoelha-se e despeja uma fina linha branca do produto dentro do rejunte entre o piso e a borda inferior do armário.

Alina guarda o cilindro, senta-se novamente à mesa e infla as bochechas.

— Já passei do estágio de irritação. Agora estou preocupada. Ele está se escondendo ou se meteu em alguma confusão? Ele faria a própria mãe passar por isso sem necessidade? É essa a pergunta que estou me fazendo.

— Eu sei.

— Pode ser uma coisa ou outra.

— Eu sei.

Mária se levanta, vai até o corredor para pegar o casaco, o gorro, o cachecol e as luvas.

Ressurge na cozinha, toda encapotada.

— Vou sair para procurá-lo.

— Vou esperar aqui.

— Volto em meia hora. Se ele vier para casa, fiquem prontos. Eu me troco em cinco minutos.

— Tudo bem.

A porta se fecha. Alina se levanta e limpa os pratos, jogando a comida no lixo. Lava os pratos, coloca-os no escorredor e se senta. Essa é uma parte essencial da maternidade. A capacidade de se sentar e esperar. Sua vida inextricavelmente ligada à de seu filho.

Ela se senta e espera. Depois, se levanta, pega um pano de prato e seca a louça.

Ievguiéni chega à casa do barbeiro, e está tudo apagado, o que é de se esperar. Ele bate à porta, uma batida ritmada num compasso 6/8 que Iákov lhe ensinou. Ninguém responde, mas Ievguiéni persevera e, minutos depois, ouve um arrastar de pés, e um homem baixo e velho abre a porta e ergue as sobrancelhas para o menino, e sem ter de abrir a boca pergunta a Ievguiéni o que ele quer.

O nome do homem é Anatóli Ivánovitch Nikolaenko, uma figura eterna do distrito, que sabe de tudo que acontece e conhece todo mundo que faz ou poderia ter feito alguma coisa. Ievguiéni sempre o vê na rua, passeando com o seu pequeno vira-lata, que parece descender de uma linhagem de ratos. Ievguiéni acha que o homem deve ter uns trezentos anos, seu rosto encarquilhado e rugoso como casca de árvore.

Anatóli continua parado no vão da porta com os braços cruzados.

— Tenho uma mensagem para Iákov.

Anatóli assobia para dentro da casa e chama o nome de Iákov. Ele faz isso com uma virada da cabeça e um ligeiro arquear para trás, mas de resto não se move, permanece lá de pé com os braços cruzados, ambos esperando, Ievguiéni querendo romper o silêncio, Anatóli dando a impressão de que tinha nascido naquela posição.

Iákov surge do corredor, e Anatóli desaparece na escuridão.

— Entre — diz Iákov.

Ele fecha a porta.

Ievguiéni tira um envelope do casaco e o entrega a Iákov.

— Você é dos bons, Zhênia. Vai ser um adulto inteligente.

Iákov abraça Ievguiéni, um gesto fraternal, mas Ievguiéni não gosta, parece forçado, um gesto que ele considera estar fora da criação que teve. Além disso, Iákov não tem idade suficiente para ser tão paternalista com ele.

Ievguiéni vem entregando pacotes para Iákov desde seu encontro na rua. Alguma coisa a ver com jogatina. Ievguiéni tem juízo suficiente para saber que é melhor não perguntar. A tarefa é totalmente descomplicada. Ele bate à porta, diz que Iákov o mandou, e a pessoa que estiver do lado de dentro lhe dá um envelope marrom, que ele depois entrega a Iákov. Ele nunca vê o que tem dentro dos envelopes, mas sabe que não há muito dinheiro: Iákov é muito jovem para ter permissão para comandar operações de peso. Há homens mais velhos nas ruas que controlavam esse tipo de atividade. Ievguiéni sabe de tudo isso; sabia antes mesmo de ter estado lá. É o tipo de conhecimento básico não dito, um dos assuntos que fazem com que os adultos mudem o tom de voz. Ainda assim, Iákov é bom para Ievguiéni, recompensa-o bem, diz ao menino que cuide de sua mãe.

Ievguiéni ainda não usou muito o dinheiro. Tudo que ele comprou foram dois shorts de ginástica e, claro, os tênis de corrida. Que burrice. Ele achou que estava sendo cauteloso, permanecendo dentro dos limites do que é aceitável, mas não pode se culpar por ter sido pego em flagrante. Foi puro azar sua mãe estar em casa naquela noite. Ele entrou em pânico, ele sabe disso. Se tivesse agido com mais naturalidade, conversado um pouco, pensado em alguma desculpa decente para ter voltado ao apartamento — não era preciso ser um gênio: ele podia ter dito que a Sra. Leibniz estava doente, por exemplo — e depois ido para seu quarto, não teria havido problemas. Mas entrou em pânico. Compreensível, entretanto: quer dizer, quando é que ela está em casa?

Ele está escondendo o dinheiro. Ainda não é muito, mas será, a quantia está aumentando de forma constante. O abajur na mesa de cabeceira tem uma base oca, por isso ele enrola as cédulas e esconde o rolo lá dentro. Provavelmente, em breve, terá uma poupança maior que a de sua mãe, o que serve apenas para mostrar quão miserável é o salário que ela recebe. Todo aquele suor derramado por causa de roupas amarrotadas. Ele não fará isso. Já se livrou das entregas de roupa, mexeu os pauzinhos para que Egórov fizesse isso por ele. E a doce justiça dessa situação faz com que seu coração acelere um pouquinho toda vez que ele pensa nisso. Ele foi falar com Ivan no pátio da escola, fez-lhe uma oferta. Ivan, é claro, já sabia dos novos contatos de Ievguiéni. Perguntou sobre o dedo de Ievguiéni, balbuciou um pedido de desculpas, o que Ievguiéni fingiu não ouvir, e que Ivan depois teve de repetir, mais alto, mais claro. A frase mais agradável que Ievguiéni já ouviu sair da boca de alguém. É isso que Iákov quer dizer quando fala em influência.

É óbvio que a mãe acabará descobrindo que o filho dela não está entregando as roupas lavadas, mas ele está preparado para quando esse dia chegar, dirá que é um favor: Ivan quer o bem dele, tornaram-se amigos — essa é a explicação que dará à mãe. Não que ela vá acreditar. Mas ficará bem. Ele tocará a obra infantil hoje à noite e, depois disso, ficará livre para fazer o que quiser. Ela terá menos motivos ainda para brigar com ele quando descobrir sobre a existência do dinheiro. Provavelmente, o Conservatório representará um aumento nas despesas.

Assim, ela não falará muito, fará as perguntas que julgar necessárias, e ele não as responderá porque não tem de responder, e ela aceitará o dinheiro, aceitará a ajuda dele. Hoje à noite tudo se acertará. Ele vem ensaiando com afinco. Conhece a obra de cor e salteado, de trás para a frente. Ele nem está nervoso, embora isso possa mudar na frente de toda aquela gente.

— Entre aqui.

— Não posso — diz Ievguiéni. — Tenho um compromisso.

— O quê? Você é tão ocupado que não tem cinco minutos para me dar? Pare com isso, conheça alguns amigos meus. Vai ser bom para você.

— Não posso. É importante.

— Não me venha com essa. "É importante". Isso aqui é importante também. Vai ser bom para você conhecer essas pessoas. Se souberem seu nome, é uma coisa boa, Zhênia. Vai ser uma ajuda e tanto para a sua mãe, eu acho.

Iákov o conduz por um corredor em cujo fim há um vão de porta iluminado. À direita da porta há uma cadeira de barbeiro de duas cores, branco e bege. Um retrato emoldurado de Iuri Gagarin pendurado na parede acima de um dos espelhos; acima do outro, a foto de um jogador de futebol do time Spartak. No canto há algumas plantas artificiais, curvadas por conta do excesso de poeira acumulada em camadas sobre as folhas. À esquerda da porta, uma mesa ao redor da qual há sete homens, alguns parecidos com Anatóli, com as mesmas feições murchas, e, outros, Ievguiéni reconhece como os caras que estavam assando batatas quando Iákov o chamou.

Há uma partida de pôquer em andamento, e os homens ficam agitados quando veem Ievguiéni.

— Ei, o que é isso?

— Não está passando desenho aqui, não, Iákov. Tire essa porra desse moleque daqui!

— Ele é só um menino, está tudo bem.

— Você é um menino, porra. Esse aí mal saiu das fraldas. Não quero ninguém berrando e chorando no meu ouvido. Leve o pirralho de volta para o cercadinho dele.

— Ele é só um menino, é tranquilo.

— Juro que nunca mais quero ver outra criança na minha frente. Porra, ficam berrando às três da madrugada. Quantas e quantas manhãs fui acordado pelo berreiro?

— Muitas.

Os homens fazem que sim com a cabeça, concordando.

— Qual é! — argumenta Iákov. — Ele passou as últimas horas zanzando por aí para mim. Deixem o garoto ficar aqui até aquecer o esqueleto.

Anatóli se levanta, apontando na direção de Iákov.

— Conheço esse garoto desde quando ele tinha quatro anos. Antes de ele ter esse corte de cabelo de menina, que, aliás, ofereci três mil vezes...

— Nada de cortar meu cabelo, Anatóli. É dele que tiro minha força imensurável.

Ele flexiona um projeto de bíceps.

Uma rodada de gargalhadas.

Anatóli pega Iákov pelos ombros, encaixa-o numa cadeira e faz um gesto com a cabeça na direção de Ievguiéni.

— A criança pode ficar, mas se eu escutar uma porra de um pio...

— Ele não vai abrir o bico.

— Um pio que seja, e o bicho vai pegar.

Anatóli olha para Ievguiéni, pisca e aponta na direção da cadeira do barbeiro. Ievguiéni se senta para assistir.

O silêncio varre a sala, e eles retomam a seriedade da partida de pôquer. Um dos homens distribui bruscamente as cartas na mesa, mas nenhum dos jogadores as segura voltadas para si, para vê-las, como Ievguiéni sempre fez nas poucas vezes em que jogaram na casa dele. Em vez disso, eles as mantêm viradas para baixo, dando uma breve espiada nas pontas. Eles não usam rublos para apostar, e sim uma série de ferragens, uma combinação de pregos e porcas e parafusos; há um monte maior dessas peças no meio da mesa, e punhados de vários tamanhos na frente dos homens. Ievguiéni sabe que deve ir embora. Sua mãe, sua tia e o Sr. Leibniz o estão esperando. Mais vinte minutos. Ele tem mais vinte minutos antes de dar a hora em que realmente precisa ir embora.

Pode recompensar o tempo perdido se for correndo. Ele assiste calado ao jogo, que evolui em sequências, variando do tenso e impessoal — em que cada jogador se concentra em todos os demais, lançando demorados olhares de soslaio, um deles massageando pequenos parafusos nas mãos como se enrolasse um cigarro — até um modo mais expansivo, em que bebem e riem e falam de coisas sérias, mulheres e ex-empregos. Vez ou outra, há uma comoção, quando alguém completa uma mão de repente, agita as cartas no ar, espaçadas como hélices de um ventilador, punhos para cima, e segue-se uma comoção da parte dos demais, resmungos altos, as mãos arremessadas na direção do teto, resultado da frustração por conta dos caprichos do jogo. A verdade é que Ievguiéni nunca viu homens adultos jogando tão de perto assim. Parece estranho que, mesmo na idade deles, se deixem levar pelos mesmos dilemas que Ievguiéni vê no pátio da escola, as leis da sorte e da habilidade.

Ievguiéni não sabe dizer quem está ganhando. Cada pilha de fichas parece ter aproximadamente o mesmo tamanho e formato, com exceção do monte de Anatóli, cujos recursos estão quase se esgotando, o que o obriga a jogar de forma mais errática, até que finalmente Anatóli e outro homem recebem uma mão. Anatóli não tem mais pregos tampouco parafusos à sua frente, tudo foi empurrado para o centro da mesa. Iákov tamborila ligeiramente sobre a mesa para aumentar a tensão, e Anatóli olha para ele como se fosse capaz de dar um salto e arrancar os dedos de Iákov, e então ele para, um pouco encabulado.

Anatóli exibe as cartas na mesa. Ievguiéni percebe que é uma mão impressionante pela expressão no rosto dos homens, as bocas abertas e os queixos caídos e ligeiros meneios de cabeça. O homem sentado de frente para ele demora um instante para mostrar suas cartas, saboreando o momento da batida, e fita Anatóli com olhos predatórios. Por esse olhar Ievguiéni entende, mesmo antes de o homem mostrar as cartas, que Anatóli tinha perdido. Anatóli também sabe disso, um véu de pesar encobrindo sua cara, o ligeiro brilho de esperança e expectativa extinto, e seu rosto fica ainda mais murcho e caído, dando a impressão de que a qualquer momento poderia ser engolido por seus ombros.

Ele troca um relutante aperto de mãos com o outro homem e se afasta da mesa, desgostoso, sentando-se no braço da cadeira de barbeiro, sofrendo a pior indignidade de um jogador de cartas, impossibilitado de participar de uma partida em sua própria casa.

Ele se senta ao lado de Ievguiéni, que cruza os braços, ação que parece envelhecer o menino em cinquenta anos, arrastando-o para dentro da amarga circunferência do apostador azarado. Eles olham um par de mãos, e então Anatóli inclina-se e pergunta ao menino:

— Está com fome? Quer comer alguma coisa?

— Não. Estou bem. Obrigado.

— Eu estou com fome. Tenho um pouco de *blinchiki* de presunto na geladeira. Quer?

— Tudo bem, então. Obrigado.

Anatóli coloca a mão na cabeça de Ievguiéni para pontuar o final do diálogo. Ele sai da sala, e poucos minutos depois as luzes se apagam. Os homens à mesa praguejam, alguém acende um isqueiro e eles se veem em diminuta intimidade, a chama fazendo dançar sombras pela sala. Pedem a Anatóli que traga algumas velas, e ele responde aos brados que já está à procura, e minutos depois reaparece segurando um prato de *blinchikis* quentes numa das mãos e uma vela na outra. Oferece o prato a Ievguiéni, que pega um dos *blinchikis*, põe o prato na mesa e mexe nos bolsos, tirando algumas velas extras, e os homens murmuram sua gratidão e continuam a partida como se nada tivesse acontecido. Ainda segurando a própria vela, Anatóli inclina a cabeça para Ievguiéni, apontando para o corredor.

— Venha comigo.

Ievguiéni o segue, tateando as paredes para se orientar, até que Anatóli abre a porta que dá para a rua, e a cidade está amortalhada de preto, escondendo-se de si mesma, sem nada a revelar. Há uma escuridão densa, de consistência viscosa, feito xarope. Um carro dobra uma esquina, e seus faróis revelam cantos de prédios, hastes de postes de iluminação, como se a rua estivesse sendo redescoberta, alguém topando por acaso com ela depois de muitos anos, soprando para longe a poeira, cheirando o ar desagradável. A escuridão converte todos os sons em um sussurro. E então um silvo e um estalo. Por um fugaz segundo Ievguiéni pensa que a cidade está rachando, se despedaçando, mas há cor agora, um lampejo de azul vindo da sua esquerda, e ele se vira para ver fogos de artifício iluminando o escuro ar aveludado. É claro que ele já viu fogos de artifício antes, mas não sem a luz circundante. Não quando eles são a única cor visível na cidade inteira. Há uma fileira de pessoas encostadas nas paredes do outro lado, e a luz azul lhes sombreia as feições, uma alegria perpassando cada rosto. Quando os olhos de Ievguiéni se acostumam com a escuridão, ele consegue ver outras pessoas caminhando, voltando lá de cima, a cabeça sacudindo de leve na descida da ladeira, avançando lentamente ao longo do asfalto, o senso de direção comprometido. Outras silhuetas no vão das portas começam a se definir, senhores segurando bengalas e mulheres com cachecóis e botas afiveladas assistem à noite. Fitam a rua de cima a baixo e, às vezes, inclinam-se para enxergá-la de outros ângulos. Um pássaro enorme passa voando em cima deles, e Ievguiéni ergue os olhos para ver a ave deslizando no ar, sua envergadura quase conectando os telhados.

Ele sente um empurrão por trás. Os homens da partida de pôquer aparecem na rua, cheios de propósito e apressados. Iákov segura o pescoço de Ievguiéni e o conduz na direção deles.

— Vamos.

— Para onde a gente está indo?

— Temos que fazer umas coisas.

— Preciso ir para casa. Eu disse que voltaria rápido. Minha mãe vai ficar preocupada.

Iákov para, olha para Ievguiéni. Dá um tapinha nas costas dele.

— Claro. A gente te dá uma carona. Além disso, está perigoso para ir a pé.

Uma onda de luz azul os impulsiona para a frente.

MÁRIA DESCE CORRENDO A ESCADA, saltando os degraus de dois em dois, segurando o corrimão com a mão direita. Ela encontrará um orelhão, talvez perto da estação do metrô. Não quer telefonar de muito perto do prédio, para evitar que rastreiem a ligação. A esta altura ela pode confiar em Danil, mas não sabe quão visado ele é, quanto estão na cola dele.

Ela presta muita atenção onde pisa. Não pode levar um tombo agora. Toma cuidado com agulhas, estilhaços de vidro. Há chumaços de papel higiênico aqui e ali, e ela não quer nem pensar no que se trata.

O Sr. Leibniz estava certo, elas estragaram o menino de tanto que o mimaram. Tirando tudo isso, este é o momento dele. Onde está a ambição dele? Ele quer ser igual aos outros meninos? Será que ele vê a vida das pessoas ao seu redor e acha que quer ser uma delas, quer sabotar sua imaginação, passar todas as noites assistindo à televisão, ou bebendo e conversando sobre futilidades sem fim? Nas últimas semanas, ela ficou achando que ele não gostava da pressão, mas talvez ele estivesse apavorado com a possibilidade de sucesso, de se destacar no mundo. De ser outra coisa, além da média. Ela sabe que, se o encontrar na rua, vai agarrá-lo pelos ombros e lhe dar uns chacoalhões. Dirá a ele que na vida não aparecem muitas oportunidades, que dirá para gente que vem de onde ele vem.

Ela se lança pelo último lance de escada e para ao lado dos elevadores. Precisa ir mais rápido, mas não pode deixar evidente que está apressada. Não quer que as pessoas perguntem por que ela está correndo até um orelhão. Alina ficará sabendo, ou a notícia chegará aos ouvidos de outra pessoa. Perguntarão por que ela não fez a ligação de seu telefone fixo.

Ela distribui alguns cigarros, pergunta a homens tomando metanfetamina líquida se viram um menino andando por ali. Eles olham para ela e, antes de responder, tentam descobrir o que ela quer ouvir. Ela não espera para ouvir as respostas: devia saber que era melhor não fazer perguntas.

O rosto dos soldados mortos olham de esguelha para ela, o papel das fotos quase transparente com as luzes por trás, tornando-os fantasmagóricos.

Ela se pega examinando carros, tentando descobrir se há vultos nos bancos da frente esperando que ela passe e sussurrando em rádios enquanto se aquecem com o aquecedor. Ela caminha na direção do orelhão perto da escola e para no semáforo, enquanto filas de carros avançam devagar, passando por cima da lama preta que se espalha sob os pneus.

Eles devem estar saindo a esta hora, Anna e Nestor e o restante de seus colegas, sem dúvida aborrecidos com ela, tendo de abrir mão de sua noite para ouvir um pirralho mimado. As luzes do semáforo ficam vermelhas, mas ela não atravessa. Ela se pergunta o que acontecerá se o plano de hoje não for levado adiante. Ela precisaria fugir? Certamente a notícia vai se espalhar. Não é possível elaborar um plano tão grande como o deles e guardar segredo por tanto tempo. Os suprimentos serão o suficiente para entregá-los. Danil pode até ter conseguido entrar com eles na fábrica sem causar alvoroço, mas tentar tirá-los de lá seriam outros quinhentos. O destino de Mária está se desenrolando independentemente dela. Ela não tem o menor controle sobre as próximas horas. Por que ela não foi buscar Zhênia? Excesso de fé, esse é motivo. Tudo isso girando em torno de um menino de nove anos. É claro que estava fadado a dar errado. Ela aproveita a oportunidade seguinte, atravessa a rua e passa pela escola, pichações manchando a parte inferior da fachada, subindo até os parapeitos das janelas e terminando na altura do braço dos transeuntes. As pessoas passam, voltando tarde de seus turnos de trabalho, muitas delas com poeira ou lama nos sapatos e nos casacos, doidas para chegar em casa, com suas barrigas roncando. Ela desvia de vários ombros. Porém, não são apenas trabalhadores braçais sem instrução, burros de carga da produção como ela; passam também homens com ternos amassados como o próprio rosto, olhando para baixo, exaustos demais para encarar o horizonte, seu único desejo é estarem sós.

Ela chega ao orelhão, rezando baixinho para que esteja funcionando. Em vez de segurar o aparelho, agarra o fio, dá um puxão e vê que ele não sai em sua mão. Milagre dos milagres. Ela enfia alguns copeques na abertura, tira do bolso o papel com o número e disca. Até fazendo isso, dando um telefonema, ela está correndo um risco enorme, a possibilidade de um gravador de rolo funcionando numa sala escura, sua voz transferida para uma fita. A conexão se completa, e ela ouve um bipe, uma secretária eletrônica; talvez seja a de Danil, mas talvez a de outrem. Deviam ter combinado um código, pensa ela, alguma frase ambígua combinada de antemão, mas não há nenhuma. Ela pensa rápido e diz o mínimo para dar o recado:

— Ele não voltou. Não podemos seguir em frente.

E desliga o telefone.

Ela coloca o aparelho no gancho e sai andando às pressas. O passo acelerado é desnecessário, eles podem encontrá-la facilmente se de fato a estiverem procurando. Ela deveria voltar para casa e fazer uma mala, pegar um trem, tentar diminuir os riscos para Alina e Zhênia. Em uma ou duas horas ela pode estar fora da cidade.

Tudo fica escuro.

Mária para, aterrorizada. Seu medo de longa data tornou-se realidade. A cegueira tomou conta dela. Ela costumava acordar de madrugada e se perguntar se havia perdido a visão. O medo ainda é tão presente que Mária insiste em manter a luz do corredor acesa, para que, quando acordasse nesse estado, ela pudesse olhar para o feixe de luz debaixo da porta e se tranquilizar. Ela nunca pensou que isso poderia acontecer enquanto estivesse acordada.

Mas não, há contornos, uma lua, carros subindo a ladeira. O pânico de Mária abranda. Acabou a luz na cidade. Ela começa a correr. Alina vai ficar muito nervosa. Se até então tinha conseguido afastar o medo do pior, agora não conseguia mais. O filho dela está lá fora, no breu. Os piores medos de Alina virão à tona.

Mária corre por alguns minutos e para, não faz ideia de que caminho fazer para voltar para casa. Ela atravessa a rua e depois volta. Todas as sombras são idênticas, impossível distinguir um prédio do outro sem ver as fachadas. Ela precisa encontrar a escola, o prédio que mais difere do restante. Conseguirá se localizar melhor lá.

Ela desacelera o passo, passa por dois homens e percebe que seus olhos estão fixados num ponto atrás dela, mãos apontadas para cima testemunhando, e ela se vira, olha para onde eles estão olhando. Fogos de artifício florescem sobre a cidade, guarda-chuvas de fogos azuis estouram, distribuindo alegria, um suspiro de admiração parte das silhuetas invisíveis ao seu redor.

Ela caminha com mais calma agora, seus batimentos cardíacos voltando ao normal, e ela encontra a escola e vira e percorre por instinto o caminho de volta para casa. Anda na direção contrária à de todo mundo, gente saindo dos prédios para ver a rua e cochichar especulações com amigos e desconhecidos, um momento de espanto, que as pessoas vão remoer e saborear e voltar a falar dele nos próximos meses.

O vozerio vindo de várias direções tem um efeito calmante em Mária. Seu medo de infância se foi. As luzes retornarão — ela tem certeza disso —, trazendo Zhênia com elas. Ela fará uma mala e amanhã de manhã sumirá da vida deles. Ela não teme o desconhecido — passou muitos anos envolta na ignorância. Neste momento, do outro lado de seu país, o sol está raiando. Há tanta coisa lá para ela. Ela vê o horizonte como um velho tapete sendo enrolado.

Ela toca as bochechas para aquecê-las e percebe que está suando, apesar do frio. Entra em outra rua. Vultos cinzentos por toda parte. Todo mundo que estava com vontade de sair de casa já saiu, e ela está sozinha aqui, silhuetas se mexendo nas sacadas acima de sua cabeça. Alina é uma delas, sem dúvida.

Ela encontra seu prédio e passa a mão no número na parede da fachada, apenas para ter certeza. Abre a porta com um solavanco e consegue sentir o concreto sob seus pés, bem diferente da neve e do cascalho. A pontinha vermelha de um cigarro rodopia no ar na altura da cintura. Há alguém sentado ali.

— Oi — diz uma voz de homem, vulnerável, insegura.

Ela hesita.

— Oi. Quem está aí?

Ela deveria seguir em frente. Aqui não é lugar para falar com um homem desconhecido, desprotegida. Mas há algo na voz dele. Ela para.

— O que você quer?

Ela pode ouvir um arrastar de pés, a pontinha vermelha sobe, ele está de pé; a chama trêmula de um fósforo, um queixo é revelado por um segundo. A luz se concentra e a chama é trazida mais para perto de um rosto, um nariz, um olho. O olho dele.

— Grígori?

Ele sorri, uma fileira de dentes em sua frente.

— Mária? É você?

Ela responde, arfando:

— Sim. É você?

— Sim.

O cigarro é jogado fora, o fósforo se apaga. Ele acende outro, dessa vez mais próximo de seu rosto, que está mais magro do que ela se lembrava, esculpido pelas sombras, olhos fundos. Um rosto envelhecido. Ele chega mais perto, aproxima o fósforo do rosto dela. Ela pode sentir o calor da chama. Ele estende o braço no breu, encontrando-a, ambos tremendo de frio e do calor do toque recíproco.

FAZ CINCO MINUTOS QUE ELES estão caminhando. Os fogos de artifício ainda iluminam o céu, mas agora há pausas mais longas entre um e outro. Estão ateando fogo a latas de lixo. Ievguiéni vê chamas toda vez que saem de um beco para atravessar uma rua principal. Ele já deixou de acreditar que existe um carro, mas o que pode fazer? Não pode simplesmente sair correndo, andar sozinho pelas ruas. Para começo de conversa, não faz ideia de onde está. Seus dedos dos pés estão gelados, seus tênis são finos demais para protegê-lo da neve. Ele deveria ter comprado botinas em vez de tênis de corrida. Um par de botas, e sua mãe não teria perguntado nada, aceitaria o que ele dissesse, de tão aliviada que ficaria com o novo calçado.

Ele diz a Iákov que seus pés estão gelados, tomando cuidado para manter um tom de voz firme: não quer parecer uma criança choramingando. Iákov continua andando, mas olha para ele, dá um soquinho em seu ombro e lhe passa uma garrafinha que tira do bolso da jaqueta, instruindo-o a beber.

Até agora Ievguiéni jamais ousou experimentar vodca, mas Iákov está olhando para ele dos pés à cabeça, e nessa situação não há escolha: ele está aqui com esses homens, sob a proteção deles. Não pode correr o risco de ser abandonado.

A garrafa não é muito maior que sua mão e tem um corpo curvo que se aconchega na palma, e Ievguiéni respira fundo e dá um gole, e tosse quando o líquido queima sua garganta. Iákov ri, e os três homens da frente olham para trás e riem também.

— Relaxa. Você vai ficar melhor nisso — diz um deles. E riem de novo.

Ievguiéni sente o vômito na garganta, mas consegue segurar. Ele respira fundo mais uma vez e espera a sensação passar. Os homens não o aguardam, e ele tem de correr para alcançá-los — as passadas deles são tão largas, engolindo o chão à sua frente.

Uma silhueta desce o beco na direção contrária, um objeto retangular junto ao peito, e, quando se aproximam, Ievguiéni vê que o retângulo é uma televisão. Os quatro homens do grupo, incluindo Iákov, param na frente dele, bloqueando o caminho do sujeito. Ievguiéni fica alguns passos para trás, precavendo-se.

— Está de mudança?

O homem olha para um lado e para o outro e cogita a ideia de dar meia-volta, mas são quatro contra um e, além disso, ele está carregando uma televisão. Francamente, até onde conseguiria correr?

— Mais ou menos.

— É uma boa ideia. Pouco movimento a essa hora, ninguém para te incomodar.

— A não ser, é claro, pelo fato de você ter encontrado a gente. A gente está te incomodando?

O homem continua admiravelmente indiferente, dadas as circunstâncias.

— Não. Incômodo nenhum.

Ievguiéni repara que as antenas da televisão estão pendendo na altura do pescoço do homem, encostadas em seu peito, as duas pontas de metal projetadas para a frente, dando a impressão de que seu peito foi perfurado por trás por um arqueiro.

O rapaz mais velho, o que estava ganhando no carteado, é quem guia a conversa. Iákov e os outros vão seguindo suas deixas.

— É melhor à noite, sabe, porque, se as pessoas virem você, podem ter uma ideia errada.

O sujeito com a televisão dá um sorrisinho e não fala nada, sem fazer ideia de como reverter a situação a seu favor.

O rapaz mais velho olha para Iákov, que está à sua direita, e volta a olhar para seu prisioneiro temporário.

— Largue a televisão — diz Iákov.

— Quê?

Iákov dá um passo à frente e acerta um murro na cabeça do sujeito, com força, uma pancada breve e violenta, da qual o homem tenta se esquivar. O aparelho desaba no chão, a tela se estilhaçando com o baque.

O cara mais velho pega o fio da antena e o enrola em volta do pescoço do sujeito, e eles dão socos no rosto dele, e sua cabeça balança de um lado para o outro, à mercê das pancadas.

O som do esforço, a respiração pesada, o prazer misturado, deleite, excitação. Os homens estão adorando seu trabalho. Ievguiéni ouve um som abafado vindo da boca do homem e vê sangue e saliva escorrendo, e dá outro gole na vodca para aliviar o choque, e Iákov se aproxima dele e o agarra e o coloca de frente para o homem, que a essa altura está ajoelhado no chão, ao lado da televisão destruída, os braços cobrindo a cabeça.

É isso que homens fazem, pensa Ievguiéni. Mesmo quando ficam mais velhos, é isso que eles fazem. Ele não sabia disso. E como poderia? Que homens ele conhece além do Sr. Leibniz e de alguns professores, o de educação física? Ele não se recorda de ter estado na companhia de homens adultos. Seu pai nunca o levou para lugar algum: nenhum cinema nem piscina, nenhuma partida de futebol no parque. Ninguém nunca lhe mostrou o que é ser adulto, passando tempo em mesas de pôquer e queimando barris, brigando e bebendo. Há coisas que sua mãe e sua tia não podem lhe proporcionar. Talvez o tempo todo ele tenha sido criado como uma menina. Precisa aproveitar esta oportunidade.

Ele fica parado ali, olhando para o homem agachado. Eles dão um empurrãozinho nele. Ele ouve Iákov dizer:

— Chute a cabeça dele.

Ievguiéni tem a impressão de que Iákov está falando a cem metros de distância.

O outro homem dá uma risadinha.

— *Chute.*

É isso que homens fazem. É isso que significa ser um deles. Ievguiéni desfere um pontapé no pescoço do sujeito e segue-se uma ruidosa salva de aplausos e gritos dos outros homens, e ele chuta de novo e de novo, o pescoço mole aos seus pés, e o homem o encara, os olhos ardendo de indignação, e Ievguiéni recua e acerta o queixo do homem, golpe que o deixa de barriga para cima, braços e pernas esparramados. A sensação do contato parece tão dura quanto chutar uma parede, algo denso, e não músculo e gordura, osso duro. Seu pé está latejando com o impacto. Mais um pontapé no corpo do homem. E outro. Ele não é mais o menino indefeso, com dedos delicados. São seus pulsos e seus pés que lhe darão forças para completar a tarefa.

Ele para, arfando, satisfeito.

Os outros saem andando, e Ievguiéni fica parado e olha para o que fez.

O homem geme em um ronco abafado e grave, e assume a mesma forma da televisão: despedaçado, prostrado.

Ievguiéni corre para alcançar os outros.

O caos se avoluma. Agora multidões passam rapidamente pelas ruas, carros estacionados de qualquer jeito, largados no meio das calçadas e do asfalto. Gente correndo em todas as direções. Uma fila de peruas da milícia serpeia e abre caminho na direção delas, o giroflex colorindo o ambiente. Eles atravessam a rua e esperam a milícia passar, e o rapaz mais velho se aproxima de um carro. Ele quebra o vidro da janela com o cotovelo, destrava todas as portas, e eles amontoam-se lá dentro, Ievguiéni se espreme no meio do banco detrás, seus ombros quase colados às orelhas. O homem da frente tira uma chave de fenda do bolso e a enfia na ignição e o carro engasga até pegar, e as rodas traseiras guincham, e eles aceleram rua afora, a traseira movendo-se como um rabo de peixe de um lado para o outro, e Ievguiéni sente o calor dos homens espremidos ao seu lado, Iákov no banco da frente gritando, todo animado, e para onde é que eles estão indo, ocupando o meio da pista, fogos de artifício à frente, ainda azuis.

O carro ganha velocidade, disparando pelas ruas. Ievguiéni tem de se inclinar e segurar o encosto dos bancos à sua frente para não chacoalhar muito. Os homens ao seu lado tombam de um lado para o outro como se tivessem sido pegos de surpresa no meio de uma tempestade marítima. Se eles baterem, Ievguiéni sabe que ele seria arremessado pelo para-brisa. O vento entra chicoteando pela janela quebrada, estilhaços de vidro embaralhando-se no painel.

Eles freiam de repente, e uma mulher se esparrama no capô, mas rola de lado e continua andando. Ievguiéni mal consegue acreditar que o motorista consiga antever alguma coisa, considerando a que velocidade o carro está.

O motorista combina constantemente o freio de mão e o acelerador, de modo que o carro trava e faz uma curva acentuada, e os ombros de Ievguiéni continuam chocando-se nos bancos da frente. Ele tem de se concentrar muito para evitar que sua cabeça bata com força na estrutura dura sob o forro dos bancos.

Eles dirigem por uns dez minutos, o motorista está mais calmo — há menos coisas com que disputar espaço à medida que se afastam do centro da cidade. Ievguiéni está feliz que eles não o estão levando de volta para casa. Ele não está pronto para encarar sua mãe e sua tia, não depois do que acabou de acontecer. E ele não quer nem pensar em tocar aquela porra de melodia infantil.

O carro para de lado cantando pneu. Ievguiéni ouve as portas se abrindo uma após a outra, e os homens saem. Ele continua onde está por um instante, desorientado, enjoado.

Ele ouve Iákov gritando seu nome, se recompõe e sai do carro. Estão no meio do nada, longe de tudo, numa área industrial. A única iluminação do lugar são os faróis de carros. Eles não são os únicos que decidiram vir aqui, onde quer que "aqui" seja. Gigantescos postes de luz, feito troncos de árvore no breu. Pessoas correndo, carregando caixas grandes com as tampas rasgadas, que elas jogam nos carros, e depois voltam às pressas para buscar mais. Algumas pessoas, da idade da mãe dele, mais velhas, estão empurrando e arrastando carrinhos parecidos com os de supermercados, aqueles que se veem saindo de veículos de transportadora, e neles há pilhas e mais pilhas de caixas sobre caixas. Por causa dos solavancos, as caixas tombam, e um pacote de biscoito sai rolando na direção de uma valeta, fugindo da loucura. Uma lata de sardinhas tem sua trajetória interrompida ao encontrar um poste.

Crianças poucos anos mais novas que ele estão munidas de chaves de roda destruindo para-brisas. O barulho do vidro estilhaçando é como ondas quebrando, e os vidros envergam de uma forma que ele nunca poderia imaginar, uma tapeçaria de vidro rachado que se encolhe como um papel queimando. Ao lado da porta de enrolar de aço na entrada do depósito mais próximo, uma moça despeja mel na própria boca, e o líquido escorre pelo seu pescoço e desce, aos poucos, até a camiseta, embora não esteja exatamente escorrendo, Ievguiéni pensa, mas rolando, virando-se por cima de si mesmo.

Do lado de dentro, as pessoas usam lampiões de querosene e velas e lanternas para se orientar e batem um no carrinho do outro e berram e gritam.

Caixas em cima de caixas, largos corredores repletos de espessas prateleiras de aço. As pessoas sobem em alguma superfície e vasculham as prateleiras, rasgando e abrindo as caixas à força, comendo, felizes, o que tem dentro delas, jogando-as para seus parceiros que aguardam no chão. Há gente arremessando frascos e potes no piso de concreto apenas para vê-los quebrar. Ievguiéni fica ao lado das paredes, agachado e longe do campo de visão, recolhido na escuridão. No fim do corredor principal, há quatro meninos arrancando a tampa das caixas de papelão de sabão em pó e chacoalhando-as, e as partículas brancas caem como uma névoa, formando montinhos, aderindo aos finos filamentos de metal das prateleiras, de modo que, à primeira vista, parecem pequenas árvores com os galhos cheios de neve em um jardim de inverno em miniatura, um lugar de quietude em meio ao caos. Ievguiéni se agacha num espaço vazio sob as prateleiras e encolhe as pernas, abraçando-as, e observa as partículas do sabão em pó pairando no ar até se assentar e sente o suave cheiro químico, e pensa em sua tia e sua mãe na sacada de casa, com os vestidos emprestados, os cabelos presos com grampos, fitando os fogos de artifício, perguntando-se onde ele estava, os dedos entrelaçados demonstrando preocupação, maisena debaixo das unhas de sua mãe.

MAS SUA MÃE ESTÁ sozinha, observando, com seu roupão, um lenço envolvendo os cabelos presos com grampos, procurando seu filho, cuja silhueta ela tenta avistar em meio às sombras que se movem. Mária está em casa, à mesa, de mãos dadas com Grígori, dois copos fumegantes de chá na frente deles. Não falam. Agora não é hora. Agora é hora só de se sentar e de não explicar nada. Grígori solta a mão dela e toca seu ombro, braço, pulso, examinando pelo toque cada parte, apalpando com mãos hábeis, nomeando os ossos dela mais uma vez: Manúbrio. Ulna. Rádio. Escápula.

Alina se vira na direção da porta e observa. Não quer interromper o reencontro deles. Não pode se deitar, pensando em seu menino em algum lugar lá fora. Pode só ficar parada ali, na sacada, diligentemente esperando.

27

A LUZ DO SOL OBRIGOU a cidade a voltar ao normal. Ievguiéni sai à luz do dia. É hora de voltar para casa. Ele passa por um canteiro de obras, para e entra, atento aos cães de guarda aqui e ali. Abre a cabine de uma escavadeira e encontra o que esperava: uma jaqueta de operário, pesada e preta com uma faixa luminosa em volta da cintura. Pega a jaqueta, decidido a devolvê-la dali a alguns dias. Alguém chegará para trabalhar e terá de se virar com um casaco fino, e a vida é cheia de injustiças, mas ele pode fazer algo quanto a essa.

Ele perambula pelas ruas silenciosas, passando por vidraças quebradas e rachadas. Pelo asfalto, há uma mamadeira, um pneu de bicicleta, estilhaços de vidro e embalagens de comida, todos cobertos de gelo. Uma perua entregando pão passa por ele, o motorista distraindo-se com os obstáculos em sua rota regular, com uma das mãos para fora da janela segurando um cigarro, desviando aqui e ali das pilhas fumegantes que restaram das fogueiras improvisadas.

A neve absorve feito esponja o facho de luz dos postes, que estão acesos, como se nada tivesse acontecido. Amanhece em Moscou: a cidade tímida e lânguida e dele. Nessas horas ele é o dono da cidade e do dia. Sente-se diferente, sente que conhece o temperamento das coisas de uma maneira que não conhecia ontem à noite.

Ievguiéni caminha durante meia hora, e os prédios tornam-se mais antigos, mais sólidos, e ele chega a uma praça ampla e fita as árvores, seus galhos quebrados, com ramos e grandes lascas balançando, e se dá conta de onde está: a estátua de Púchkin olhando-o lá do alto, o cinema Rossiia à sua direita, a grandiosa fachada de vidro tão destruída que o lugar parece estar em construção. Até os gigantescos cartazes de filmes foram levados. Fica claro agora para ele aonde está indo. Provavelmente ele não foi parar naquele distrito por acidente, suas pernas conhecem muito bem a rota para trazê-lo aqui de forma automática.

Ele caminha por becos, as lixeiras tombadas esparramam lixo no chão. Passa por uma casa com plantas murchas pendendo na varanda e um relógio de sol no gramado lateral que foi readaptado como comedouro de pássaros, com um potinho cheio de nozes pendendo num dos cantos. Outra esquina, outra rua, caminhando até chegar ao edifício turquesa. À luz do dia, o prédio parece que levou uma surra. O telhado está arqueado, côncavo, mas resistindo, uma colcha de retalhos tampando os buracos e estendida em ângulos irregulares por onde o ar consegue entrar.

Ievguiéni abre a porta e sobe os degraus, que acordam com um rangido, e cumprimenta um gato que patrulha o corredor afagando com o dedo debaixo do queixo do bichano. O gato roça na mão do menino e desvia a cabeça do braço dele. Com cuidado, Ievguiéni abre devagar uma porta e entra numa sala cujas paredes são revestidas de painéis de madeira e se senta diante daquela que é a peça dominante e mais importante do ambiente: um piano meia cauda que ocupa cerca de um terço do chão e está posicionado em um ângulo que permite que a porta abra até o fim. Ievguiéni olha para o instrumento iluminado pela luz do sol e se pergunta pela primeira vez — isso jamais lhe ocorreu — como conseguiram fazê-lo entrar ali, com as janelas e a escadaria sendo tão incrivelmente estreitas.

Ele passa as mãos na tampa curva, cujo formato particular encaixa-se nelas como nenhum outro objeto. Então, levanta um pouco a tampa, revelando a ponta das teclas brancas, e, então, levanta mais um pouco, e, de alguma forma, a tampa entra no piano. Ele ama o peso, o equilíbrio das teclas, o modo como quando ele aperta uma das brancas e ela sobe de volta, pronta para ser usada novamente, ao passo que as pretas são trabalhosas e desajeitadas, avessas a serem incomodadas em seu descanso, martelando sons sustenidos e bemóis, mal-humorados e pesados.

Há pilhas de partituras em cima do piano e no compartimento secreto sob o assento e espalhadas pelo chão e na frente da lareira e ao lado do sofá e no peitoril e em cima dos aquecedores. O Sr. Leibniz lê música como outras pessoas leem livros. Muitas vezes, quando Ievguiéni chegava para a aula, o Sr. Leibniz estava deitado no sofá, sua esposa na cama, com um calhamaço de Shostakóvitch no peito, e ele erguia o dedo, pedindo a Ievguiéni que não dissesse nada. "Deixe-me terminar esta última seção." O dedo falava por ele, que não via a hora de ver como ia terminar.

Ievguiéni nem precisa procurar a partitura. Ele a localiza instantaneamente. Uma capa verde-limão com a foto de um homem que só poderia ser um compositor, cujo aspecto dá a entender que nasceu compositor, um formidável bigode branco de morsa e uma cabeleira branca penteada para trás, uma gravata-borboleta dominando seu pescoço largo. Ele posiciona a partitura no suporte, ajusta o assento e coloca o pé direito no pedal embaixo e os dedos na posição inicial, e abaixa um pouco a cabeça e pressiona as teclas, deixando as vibrações saírem da caixa de madeira e fluírem pelos seus ouvidos e preencherem seu interior, e ele sabe que está pronto para isso, finalmente, ele e a música agora estão de igual para igual, ele não fará mais as vontades dela.

Ele deixa a noite de ontem percorrer as notas da página, "Noturno em dó maior", de Grieg, as teclas contendo todos os tons que ele deseja pintar, toda a opulência da cidade: os caixilhos de janelas, as placas chamuscadas, o couro falso dos bancos dos carros abandonados, quebrados, nas ruas. Ele toca as gotas que respingam dos canos de descarga rachados. Ele toca as partículas brancas e azuis dos pacotes de sabão em pó esvoaçando pelo ar. Ele toca as cartas da partida de pôquer, a intensidade dos olhos dos saqueadores. Ele toca a bondade e a ameaça de Iákov. Ievguiéni olha para além das notas e marcações de tempo e sugestões tonais e percebe que a notação é uma mera estrutura sobre a qual depositar toda sua compreensão. Tudo se unindo, seu conhecimento de música e seu conhecimento de som, sua experiência de vida, com seu jeito breve, mas pleno, irrompendo dele, cauterizando a energia sob suas unhas. Ele toca seu Grieg enquanto a sala fica mais iluminada, a luz do sol se estirando nas páginas, até que ouve seu nome sendo pronunciado e se vira e vê o Sr. Leibniz, com os olhos meigos e marejados de lágrimas, encostado no batente da porta.

— Você passou a noite inteira fora de casa?

— Passei.

— Sua mãe está procurando você.

— Eu sei.

— É melhor você ir para casa.

— Eu sei. Me desculpe. Eu entrar assim... Eu só... Sei lá, senti falta disso. Me desculpe. Eu não deveria ter acordado o senhor.

Ievguiéni levanta-se para ir embora. Agora a esposa do Sr. Leibniz entra na sala e passa por ele, com sua camisola branca deslizando no ar, as pontas do cabelo acompanhando seu movimento, seu rosto radiante, alerta. Ela senta-se numa cadeira e inclina o corpo na direção do piano, atraída por ele, e aponta para Ievguiéni, para que continue tocando.

O Sr. Leibniz senta-se também, segura a mão dela.

— Quem sabe só mais um pouquinho — diz ele.

E Ievguiéni toca de novo, de um jeito diferente de antes, e depois de novo, cada vez diferente da anterior, tanta coisa a descobrir dentro dos padrões, suas mãos trabalhando juntas e separadas, como as duas pessoas sentadas perto dele, com suas roupas de dormir, à esquerda e à direita, a compatibilidade tranquila delas, a liberdade que isso contém, o tempo das notas que se entrelaçam numa formação intrincadamente complexa, fundindo-se e separando-se, juntas e separadas, infinitas e momentâneas. Ele poderia tocar isso para sempre. Tocará isso para sempre. Ele sabe disso agora. Foi isso que ele nasceu para fazer.

ABRIL DE 2011

28

SILÊNCIO.

Os dedos dele ascendem, ainda vibrando por dentro, moléculas colidindo umas nas outras, o som dissipando-se em algum lugar sobre a orquestra, afunilando-se nos microfones pendurados acima dos músicos.

Mil pessoas suspiram.

Ievguiéni abre os olhos.

As teclas se apaziguam em sua oposição binária, preto e branco, retornando à quietude, libertas da energia dele. Ele se vira para a esquerda, para o primeiro e segundo violinos, as violas, os instrumentos de sopro de madeira no fundo, para a frente, para os violoncelos e contrabaixos, ternos pretos, camisas brancas, vestidos pretos, pele branca, e acena com a cabeça para todos, agradecendo, e eles erguem os instrumentos em sinal de gratidão e admiração, e depois ele se vira para a direita, para a plateia, as luzes fortes, o mar de aplausos, inúmeras pessoas erguendo os celulares para registrar o momento.

Faz muitos anos que Ievguiéni tocou em sua cidade natal, mas ele ainda não está de corpo e alma aqui com eles. Está do outro lado da Tverskáia, de volta ao apartamento de seu ex-mentor; o Sr. Leibniz e sua esposa o ouvindo tocar, paradinhos.

Alguns minutos de reverências, sozinho, depois com o maestro, vinte anos mais velho que ele; há algo no olhar do homem: orgulho, gratidão — um olhar que é familiar a Ievguiéni. O suor emplastrou os cabelos grisalhos do maestro nos lados, uma noite de muita alegria para ele; Ievguiéni exigiu ao homem que explorasse seu talento até a última gota. Ele teve alguns minutos nos bastidores para se recompor enquanto Ievguiéni tocava um solo, mas ainda saboreando a sensação de seu feito.

Ievguiéni sai do palco e percorre um labirinto de corredores de magnólia. Alguém lhe entrega uma toalha de rosto branca e ele enxuga o suor dos dedos, dá batidinhas no rosto, no pescoço. Técnicos e diretores de teatro apertam sua mão quando ele passa, afagam seu cotovelo, seu ombro, enquanto ele se afasta, até que, enfim, abre a porta de seu camarim e a fecha.

Sozinho. Apoiando-se na penteadeira. Olhando-se no espelho. A luz branca na parte de cima zumbindo quando a claridade fica mais forte.

Esta noite foi como uma volta olímpica, um concerto da vitória. Ele passou a tarde no Kremlin recebendo o Prêmio Estatal por seus "serviços prestados ao Estado russo como virtuoso da mais alta ordem". Que bobeira... Há tantas camadas de sua arte que ele ainda não descobriu. Algumas pontas dessa noite já estão exigindo sua atenção, pontas que ele precisa amarrar. Ele sabe que mais tarde, no jantar, analisará os aspectos técnicos, as modulações involuntárias de tom, reproduzirá posições dos dedos sobre uma mesa ou um braço de poltrona. Amanhã ele precisará de uma sala para ensaiar antes do voo de volta a Paris, tempo suficiente para corrigir seus erros. Caso contrário, ficará emburrado pelos próximos dois dias, permitirá que seus lapsos de concentração tinjam por completo sua lembrança da apresentação.

Neste momento, entretanto, ele quer só curtir a sensação. O resíduo de sua infância marulhando pelas pontas dos dedos, o fluxo calmo de uma maré vazante.

O noturno de Grieg é uma adição recente ao seu repertório. Até poucos meses atrás, foram raras as ocasiões em que ele havia tocado a composição desde seus primeiros dias no Conservatório. Ievguiéni a abandonou pouco tempo depois da audição, em virtude de sua fome de aprender obras novas, expandir suas habilidades. Mais tarde, já um rapaz, ficava atento para não deixar a obra se tornar rotineira. Ele queria preservar o frisson que sentia quando, ao praticar, se distraía de suas sequências e acabava tocando alguns compassos — como o olhar de soslaio de uma ex-namorada ao entrar num ônibus ou entregar o ingresso dela ao funcionário do cinema.

Depois que o Sr. Leibniz morreu, tocar a obra ficou difícil demais; ela parecia pesada como chumbo, morosa sob seu toque. E, assim, continuou até que seus alunos de doutorado em Paris o convenceram a comparecer à festa de Natal da turma e ele a ouviu na companhia deles, num apartamento pequeno cheio de livros no VI Arrondissement, escondido atrás da Igreja Saint-Sulpice. Não muito diferente do lugar onde o Sr. Leibniz morava: terceiro andar, uma escada que rangia, as mesmas paredes revestidas de painéis de madeira no lado de dentro. Ele se sentou numa poltrona com um braço quebrado, com uma ridícula coroa de papel na cabeça, uma caneca de vinho quente com especiarias aquecendo sua mão, e ouviu um jovem espanhol fazer com que a música ganhasse vida para ele mais uma vez, prolongando as notas que estavam embaçadas para ele. Os padrões pareciam mais pacíficos do que ele se lembrava, o ritmo de dois compassos da mão direita criando um tempo firme e determinado, os três da esquerda enrolando-se na melodia em vez de atravessá-la. Ele passou o olho no apartamento e viu que todo mundo prestava atenção nas teclas, e o que sua memória evocou não foram os detalhes específicos daquela noite, e sim a atmosfera da casa do Sr. Leibniz, a ternura com que ele conduzia a esposa por aqueles três cômodos, sempre dando o braço para ela segurar, o afeto suave em sua voz quando ela ficava confusa e ele a tranquilizava, dissipando sua aflição.

Ele tira a gravata-borboleta e põe o paletó em uma cadeira. Há uma caixa com uma garrafa de um excelente uísque escocês na frente dos inúmeros buquês. Ievguiéni desenrosca a tampa e abre; tem um peso agradável, uma coisa linda, uma caixa de madeira, os triângulos de rabo de andorinha nas quinas abraçando-se. Ele se serve uma dose do uísque, o âmbar morno acomodando-se no copo. Leva a mão ao bolso interno do paletó e tira um anel de ouro e o enfia no dedo médio da mão direita. A aliança de casamento de seu pai. O presente de formatura que sua mãe lhe deu e que ele tira do dedo só quando se apresenta.

O burburinho coletivo da plateia saindo chega por meio de um alto--falante em algum lugar no canto do camarim. É agradável ouvir a própria língua sendo falada por um grupo numeroso — faz alguns anos que ele não a escuta nesse contexto. As frases alongadas, certa curvatura das palavras, as nuances de significado que crepitam em seu ouvido. Quinze anos na França, e ele ainda não consegue se relacionar dessa maneira com sua segunda língua, nunca se sente totalmente à vontade com aquelas expressões casuais que são reservadas aos que a falam desde que nasceram.

Ele ouve as pessoas cumprimentando-se, perguntando sobre amigos em comum, compartilhando histórias sobre os filhos. É claro que está atento aos elogios que penetram no camarim, é muito mais fofo quando suas qualidades são enaltecidas pelas suas costas. Sua necessidade de aprovação foi diminuindo à medida que ele começou a lotar auditórios maiores, mas Ievguiéni ainda consegue se levantar e diminuir o volume, abafar o falatório. Algum dia ele não ligará para isso também, suas mesquinhas vaidades serão finalmente mortas e enterradas.

MÁRIA CAMINHA NO MEIO DA multidão, desviando, indo contra o fluxo. Ela deixou o cachecol no seu assento e está feliz com o pretexto que tem para tirar alguns minutos para si mesma, longe de Alina e do marido. Eles já estão se posicionando para aproveitar o champanhe grátis. Ela quer adiar o máximo possível os apertos de mão e as conversas fiadas, o fingimento de interesse em quem ela é. Nessas horas, ela sente mais saudade ainda de Grígori. Ninguém para dar o braço, trocar comentários irônicos. Ninguém para salvá-la de uma conversa improdutiva. A vida, pensa com seus botões, de uma viúva solitária.

Ela encontra o cachecol enfiado debaixo do braço da poltrona e o puxa, e esse movimento faz o assento balançar para a frente e para trás, e o som ecoa pelo auditório, enfatizando o tamanho do lugar, ainda preenchido com o evento de quinze minutos atrás, ela ainda está agitada com a beleza do pedido de bis da obra que Ievguiéni tocou.

Ela se senta e observa os músicos arrumando suas coisas em silêncio. Será que ela está detectando também uma timidez neles, uma veneração pelo que acabou de ocorrer, ou é só uma suposição natural que alguém faz quando vê um grupo de pessoas de roupas de gala realizando uma tarefa mundana?

Assistentes de palco entram e embrulham o piano com um cobertor peludo, depois passam uma corda em volta e se dirigem para outro lugar, e as cadeiras e porta-partituras permanecem apontadas na direção do instrumento, de vigília. Ela pensa no sobrinho encolhido em sua cama pequena, os cabelos esparramados no travesseiro quando ela lhe dava um beijo de boa-noite.

Aquela criança tornou-se a principal companhia de sua vida adulta. Ele estava sempre por perto. Mesmo nas épocas mais difíceis, ela o incentivava a continuar tocando. Ela sentia a música dele dentro dela, mesmo em sua ausência, levantando-a.

Ela achava que o legado dela seriam as palavras. Um livro escolhido em um sebo, cinquenta anos após sua morte. Um artigo com que um pesquisador se depararia, passando os olhos nos arquivos microfilmados. Mas a língua sempre a traiu. Ela, assim como todo mundo, conhece os limites da língua, seus aspectos tortuosos. As coisas que ela mais estima estão além de sua capacidade de articulação. Um adotou o outro, tia e sobrinho — Alina está distante demais deles agora para construir uma ponte e acabar com esse abismo —, e se, aos cinquenta e sete anos, ela não tem mais nada para mostrar, há sempre uma coisa: Ievguiéni sentado em cima daquele palco, tocando, deixando-a sem ar, as fluidas mãos dele dançando, como dançavam nas teclas da máquina de escrever da tia quando ele tinha nove anos.

Tudo isso chegou tão perto de não acontecer.

Ele bate com o anel no copo várias vezes, um metrônomo para dar um padrão rítmico aos seus pensamentos.

Ievguiéni nunca perguntou à mãe por que ela guardou a aliança para ele, por que não a enterrou com o corpo do pai. Uma pergunta como essa seria reveladora demais para ambos, desencadearia muitos assuntos. Hábitos antigos que ainda persistem.

Talvez ela tenha se sentido culpada por não propiciar ao filho uma presença masculina. Pode ser que, na formatura do filho, a mãe tenha querido lembrá-lo do lugar de onde ele veio, lembrá-lo de que, embora estivesse prestes a florescer em um mundo novo e sofisticado, seria sempre um menino de seu bairro humilde. O fato de ele usar a joia indica que sente uma obrigação, uma dívida para com o pai, mas Ievguiéni se lembra tão vagamente dele que o homem não passa de uma presença obscura, um fantasma que se esgueira pelas paredes nas longas noites de inverno.

É o único pertence de Ievguiéni que é mais velho que ele. Na verdade, ele usa o anel por fidelidade ao passado. Para lembrá-lo de que, em uma geração antes da sua, um artista com seu talento, com seu perfil, passaria metade da vida morrendo de frio num gulag, cortando lenha, abrindo estradas. Lembrá-lo de que a perspectiva de uma vida como a sua levou musicistas melhores, homens melhores, à loucura.

O uísque escocês lhe aquece o interior. Ele sente prazer no retrogosto tostado, uma recompensa por seu trabalho. Pode se permitir isso. Esses minutos após um recital são o único momento que se sente verdadeiramente em paz, a paz que ele sempre almejou.

O falatório no auditório aquietou-se. A plateia continua suas conversas no saguão, ouve-se somente uma ou outra nota perdida de cordas afrouxadas enquanto a orquestra recolhe seus instrumentos.

Aquele anel tornou-se uma fonte constante de especulações entre mulheres de certa idade. Quase todo dia Ievguiéni ouve perguntas em relação a ele, piadinhas sobre a ideia de transferi-lo para a outra mão, transformando-o de novo em aliança de casamento. Antigamente ele não ligava para esses comentários, mas agora, aos trinta e poucos anos, lhe incomoda um pouco. Ele simplesmente não tem resposta quando lhe perguntam se há uma mulher na sua vida. Houve oportunidades perdidas de que ele só se deu conta depois, relutante demais em abrir mão de seu foco. A última foi uma historiadora que morava em um hotel antigo, que havia passado pela mais superficial das reconstruções. O elevador tinha uma porta de ferro, e do lado de fora, em uma placa de latão, lia-se "Hôtel Jean Jaurès". Ele presumiu que não foi por acaso que uma historiadora escolheu morar num prédio cujo nome homenageava um dos pilares do socialismo francês. Presumiu, mas nunca pensou em confirmar com ela.

Ele a visitava tarde da noite, e ela abria a porta nua, segurando um gato que lhe cobria os seios, hábito que havia desenvolvido depois de ter sido muitas vezes obrigada a vasculhar o prédio à procura do bichano. Depois de fazer amor, Ievguiéni ficava deitado de olhos abertos, fitando o ventilador de teto, ouvindo a infinita repetição das pás cortando o ar. Sentia-se à vontade, em paz, com ela, sentia uma possibilidade de algo dentro dele, mas os dois nunca passaram tempo suficiente juntos durante o dia para confirmar sua intuição. Em momentos como este, ela ainda faz Ievguiéni se questionar, o faz parar para pensar.

— Encontre outra musicista — aconselha Mária. — Uma violoncelista talvez, quem sabe uma dançarina, alguém que entenda.

Mas ele nunca encontrou.

Os riscos que ela correu. Pensando melhor agora, Mária mal consegue compreender o tamanho dos riscos. Colocando em xeque o futuro do menino, comprometendo a segurança dele. A de Alina também. No mínimo, Ievguiéni seria proibido de colocar os pés no

Conservatório. Ela lhe teria negado a possibilidade de fazer aquilo que o definia. E para quê? O Muro caiu menos de três anos depois, a União foi oficialmente dissolvida dois anos depois disso. As pessoas pegaram sua liberdade e a usaram para abrir caminho à base de cotoveladas e passar por cima de todo mundo e abocanhar qualquer fatia do país em que conseguissem pôr as mãos. Um fodendo a vida do outro ao máximo e o mais rápido possível.

Até os colegas de Mária na fábrica não tinham interesse algum em ação coletiva, em autonomia coletiva — essas expressões que na época pareciam tão potentes para ela —, queriam apenas mais do que já tinham.

Apesar das preocupações de Mária, no fim, a presença de Ievguiéni mostrou-se irrelevante. Quando ocorreu o apagão, levaram Sidorenko e o séquito ministerial para uma sala protegida por guardas, enquanto Zináida Volkova subiu ao palco, propôs uma greve e leu, à luz de uma lanterna, a lista de exigências, ovacionada por gritos e vivas e batidas de pés. A euforia durou até chegar a notícia de que um blecaute generalizado havia tomado conta da cidade. Quando os geradores de emergência foram acionados, o desmantelamento da fábrica já estava em andamento. Levaram tudo que podia ser carregado sem ajuda mecânica. Até os estoques de água que Danil havia escondido em outro lugar desapareceram. Os organizadores da greve fugiram, optando pelo anonimato. Quem poderia culpá-los? Sidorenko, o ministro e a gerência foram para casa, e, depois de duas semanas, muitos colegas de Mária estavam de volta à fábrica, para realizar trabalho de manutenção essencial.

Dois meses depois, a produção foi retomada a todo vapor. Os únicos ganhos que os trabalhadores obtiveram foram as pilhas de refugos de metal guardadas em seus banheiros e galpões galvanizados.

Pôr sua família em risco por pessoas que nunca acreditaram em nada.

O que resta daquela noite é a vergonha. O sentimento ainda a oprime de tal maneira que ela nunca teve coragem de contar nem a Ievguiéni nem a Alina do que eles se livraram. Quem ela pensava que era, brincando de Deus com a vida deles?

Ela nunca voltou àquele lugar. Enquanto o trabalho na fábrica estava suspenso, Pável conseguiu abrir um cargo de professora em tempo integral em seu departamento, e lá Mária ficou desde então. A Lomonosov tornou-se seu refúgio em meio aos novos regimes. Depois que a União desmembrou-se, provavelmente foi a única instituição da cidade que não foi afetada pela frenética luta por riqueza material. Os estudantes ainda andavam com livros, apaixonavam-se, entregavam trabalhos atrasados, aglomeravam-se na biblioteca. O papel dela, desde então, era estar a serviço deles, instigando-os, estimulando-os. O lugar tinha sido bom com ela, talvez bom até demais. Ela se sentia à vontade lá, ao passo que o país precisava de bons jornalistas — ainda precisa deles, agora mais do que nunca.

Mas, nos últimos meses, alguma coisa havia mudado na vida dela, um clima de expectativa no ar. Recentemente, ela se flagrava acordando de manhã, pousando os pés no tapete do quarto. Curiosa. Fascinada. Pronta para viver as horas de seu dia. Todas as suas responsabilidades tinham acabado. Ela está pronta, finalmente, para viver para si mesma.

A sensação a surpreendeu, a encantou. O resultado, ela desconfia, de algo que Ievguiéni disse em sua última visita. Ela estava acendendo a lareira, e ele fez um comentário de como Moscou já não parecia mais um lar. E listou suas queixas: a aspereza da cidade, a ostentação da riqueza, as adolescentes tirando fotos umas das outras deitadas nos capôs de carros esportivos, homens musculosos usando camisetas coladas com ridículos aforismos norte-americanos, butiques com letreiros de neon vendendo roupas de couro estilo dominatrix.

— Mas, pensando bem — disse ele —, essa nunca foi a nossa cidade. Sempre pertenceu a outras pessoas.

Ela usou um palito de fósforo para acender o fogo, ajoelhando-se até as achas de madeira começarem a fumegar, depois bateu a poeira da calça jeans, fitando as chamas hesitantes.

Mária parou e olhou, contemplando as chispas e os estalidos do fogo novo.

Era verdade. Ela sempre se sentiu uma estranha aqui. Tanta energia gasta para permanecer no maior anonimato possível.

— Você está certo. Nunca foi. Passei metade da minha vida falando em ir embora daqui.

— Você não deve nada a essa cidade — diz ele. — Venha para Paris. Você sempre fala que adora Paris.

— Pare de bobeira. Estou velha demais para me mudar.

— Você está velha demais para ficar. Não te disseram? Qualquer pessoa com menos de vinte e cinco anos não é bem-vinda. Sempre que venho para cá, me sinto obrigado a fazer um piercing na língua, para sentir que sou daqui.

— Bem, pode ser que eu faça isso então.

Ela riu.

Ela nunca se esqueceu do que ele disse, despertou-a para novas possibilidades, para a mudança.

Ievguiéni toma um banho e pega o terno no cabideiro, veste sua cueca e as calças e tira a camisa de dentro do plástico da lavanderia, inspecionando-a em busca de vincos, ainda o filho de sua mãe.

Ele a vê muito raramente agora. Ela se casou de novo, dez anos atrás, com Arkádi, um engenheiro responsável por uma empresa de materiais de construção em Odessa, primo de uma das mulheres da lavanderia onde ela trabalhava. Quando Ievguiéni a visita, os dois ficam sem assunto antes dos dez primeiros minutos. Não há, na vida de ambos, aspectos em comum, e eles nunca conseguiram falar sobre o passado. Por isso, preenchem o silêncio com trivialidades, conversam sobre política, compartilham qualquer notícia dos ex-vizinhos. Talvez, se estivessem em outro país, as coisas seriam diferentes, mas sua mãe não gosta de viajar, reluta em abandonar suas antigas desconfianças em relação ao Ocidente. Nos quinze anos em que Ievguiéni mora em Paris, ela nunca o visitou.

Ievguiéni estava relutante em aceitar o Prêmio Estatal. Ir ao Kremlin, a sede do poder, apertar a mão do presidente diante da multidão de fotógrafos posicionados, foi, para Ievguiéni, um tácito endosso do regime atual. Mas, depois ele pensou, que diferença isso fazia? Ninguém nunca votava de acordo com as preferências de um pianista.

Ele aceitou o prêmio por causa da mãe. Como uma retribuição, uma maneira de agradecer-lhe por tudo que fizera por ele. Quando a cerimônia terminou, ele entregou-lhe a medalha dentro da caixa e insistiu que ela aceitasse, e ela o fez, seus olhos cheios de gratidão, e ele ficou feliz por ter ido, feliz por não ter sido orgulhoso demais a ponto de impedir a mãe de ter seu dia de glória.

Mária, porém, não compareceu, motivo pelo qual sua mãe a repreenderia, sem dúvida. Mas ele estava mais que orgulhoso da tia. Forte até o fim.

Ele gostaria de mostrar à mãe como é sua vida agora, as coisas que ele vê. A beleza, a admiração da cidade que adotou. Gostaria de, em um domingo, levá-la ao mercado de pássaros na Île de la Cité. Ela adoraria ouvir os homens com o rosto vermelho gritando com seus possíveis fregueses, persuadindo as pessoas por meio de bajulações, como se estivessem tentando se desfazer de carros usados, e não de periquitos e tentilhões. Ali perto, poderiam passear até a Notre-Dame, ela poderia entrar no edifício monumental, ou quem sabe dar uma volta nos museus. Talvez o contato de perto com séculos de arte estupenda mexesse com ela, a fizesse entender melhor o filho. Ela tem orgulho do sucesso de Ievguiéni, mas não sente nada pela música. A música, como ela gostava de dizer, não é para ela. Ele já a viu dormir tantas vezes em recitais que desistiu de lhe oferecer ingressos.

Ievguiéni desliza o pente pelos cabelos úmidos e veste o paletó, ajeitando o colarinho — sem gravata —, fecha as abotoaduras. Ele manda roupas para a mãe, e ela lhe devolve cartõezinhos de agradecimento. Ele sabe que ela ainda aprecia peças bem-talhadas, tecidos macios. É o único e pequeno detalhe que eles ainda têm em comum.

Ele entra no salão dos membros e é recebido por uma chuva de aplausos e taças erguidas, e agradece acenando com a cabeça e leva a mão aberta ao peito, então caminha na direção da mãe, que lhe dá um abraço apertado, depois aperta a mão de Arkádi e troca um olhar com Mária, que está do outro lado do salão. Tão logo deixa sua mãe e Arkádi conversando com um célebre arquiteto e vai falar com a tia.

— Não vai conhecer os ilustres e notáveis?

— Não percebi que estavam aqui. Alina só me apresentou aos ligeiramente envolvidos em barganhas e aos corruptos sem vergonha na cara.

Ele ri e a abraça.

— Geralmente eu sou o único que percebe.

— Hoje foi lindo, Ievguiéni.

— Obrigado.

— Estou falando sério.

— Eu sei que está. Obrigado. É muito bom ter você aqui.

Um tapinha no ombro do diretor-executivo. Ievguiéni assente em resposta.

— Preciso apertar as mãos dos patrocinadores, fazer a minha parte em prol do fundo de bolsas de estudos. Já volto.

— Claro.

A caminho do restaurante, os quatro estão em silêncio no táxi. Começa a chover. Guarda-chuvas se abrem rua acima e rua abaixo, gotas escorrem em filetes nas vidraças.

Durante a refeição, eles tomam vinho de boa qualidade e Alina mostra seus talentos de contadora de histórias, narrando para Arkádi episódios da infância do filho, e eles riem e mais uma vez Mária se sente grata pelas habilidades da irmã. Há certas experiências compartilhadas que são imunes ao tempo.

Depois do café, Alina tira de dentro de uma sacola ao lado de sua cadeira um pacote, embrulhado em papel pardo, retangular. Entrega-o a Ievguiéni, e ele sente a moldura pela embalagem, uma foto, pensa ele, talvez algum diploma de que ele há muito se esqueceu. Mas não é nem uma coisa nem outra, é algo muito melhor que isso, e que o surpreende.

Uma chapa de raio X, emoldurada, com vidro nos dois lados.

Ele sorri, lembrando-se.

Uma fratura no dedo anelar da mão direita. A mão do seu eu da infância.

— Ainda tenho o caroço.

Ele exibe a protuberância e coloca a mão por cima da chapa. Tudo que permanece inalterado são os espaços entre os dedos.

Ele ergue a radiografia contra a luz. O padrão interno da mão tão desconhecido em sua forma negativa. Os ossos arredondados nas juntas, precariamente alinhados, a ponta dos dedos afunilando-se em triângulos.

Mária aponta para diferentes partes, nomeando-as.

— Falange distal, falange proximal, falange metacarpo, juntas interfalangeanas.

— Aprendeu com Grígori? — pergunta Ievguiéni.

— Aprendi.

Ele coloca o presente na mesa, ao lado do café.

— Eu me lembro dele naquela noite. Da bondade dele. Eu estava com medo, principalmente depois da radiografia. Foi uma experiência estranha para um menino de nove anos. Mas ele falou comigo como se eu fosse um adulto, a voz dele era tão tranquilizadora.

— Sim, era.

Ficam em silêncio de novo. Colheres tilintam nas louças.

Alina meneia a cabeça para a irmã. Mária acha que ela não vai dizer. Ievguiéni não vai insistir no assunto, ele nunca insiste — mas ela ouve a própria voz pronunciando as palavras:

— Foi isso que o matou, sabia? A radiação.

Ievguiéni olha para a mãe e depois para a tia.

— Mas isso não é possível. Foi um infarto. Aconteceu tão de repente.

— Você não sabe de nada.

QUANDO GRÍGORI TIROU A PRÓPRIA vida, Mária não sentiu a raiva, a confusão que as pessoas próximas dela previram. Ela havia arrombado a porta do banheiro, encontrado o corpo caído lá, o rosto no piso de ladrilhos brancos, o frasco de comprimidos de pé ao lado da pia. Ela sabia que ele não estava fazendo aquilo para se punir ou para puni-la. Ela já tinha visto aonde a doença o levaria. Tirar a própria vida era uma rejeição desse final, não do amor dos dois. Era algo calculado, racional, mas não frio. Somente ela era capaz de fazer essa distinção. Somente Mária havia se sentado com ele naquelas manhãs após seu retorno, quando então preparava o café da manhã e o observava comer, meticuloso como sempre, e depois se sentava para ouvir seus relatos sobre tudo que ele havia visto e sentido na pele, as vidas que haviam passado por suas mãos. Ele falava durante uma hora ou mais, depois lavava a louça e entregava a ela para que a secasse, liberando a dor aos poucos.

Desde o início, ela sabia que ele estava doente, várias semanas antes de ele mesmo saber. Alguma coisa assombrava seu olhar, uma expressão sombria. Ela percebeu isso naquelas primeiras semanas, uma retirada física do homem que ela havia conhecido.

Ele voltou para casa determinado. Ele tinha material: baseado em observações, extraoficial, mas ainda assim valioso. Mesmo que não conseguisse fazer ninguém pagar por isso e encarar diretamente as consequências, queria que as pessoas soubessem o que havia acontecido.

Na ausência dele, entretanto, Grígori se tornou invisível.

Nenhum de seus antigos colegas queria ser visto com ele. Mal falavam com Grígori além das cortesias básicas. Certa manhã, ele decidiu esperar Vassíli e sentou-se perto da vaga do amigo no estacionamento no hospital. Assim que Vassíli desceu do carro, Grígori se aproximou, mas Vassíli sentou-se de novo no banco do motorista, girou a chave na ignição e saiu de marcha a ré. Embora Grígori tenha corrido ao lado do carro, com o rosto vermelho, esmurrando o vidro da janela, Vassíli permaneceu concentrado na direção, recusando-se a demonstrar que havia notado a presença de Grígori. Mesmo quando seu amigo estava implorando pelo retrovisor, com os braços esticados, Vassíli acelerou.

Mária tentou ajudar de todas as formas. Pável e Danil e seus conhecidos não estavam dispostos a se envolver. Eles não podiam dar-se ao luxo de voltar ao radar, não com tão pouco tempo depois da tentativa de greve. Por fim, ela conseguiu arranjar encontros entre Grígori e alguns contatos do meio jornalístico, mas é claro que eles não publicariam o que ele estava lhes contando, principalmente sem provas concretas.

Grígori conversou com artistas famosos, escritores importantes, pediu a eles que usassem sua posição de prestígio para se manifestar em alto e bom som, mas o que eles podiam dizer? Todos lembravam-se do que tinha acontecido com Aleksiêi Filin, em Minsk. Ir parar na cadeia era um risco que só valia a pena correr quando não podiam trabalhar com liberdade. Agora que havia pouquíssima interferência, ninguém estava disposto a se expor e correr riscos.

Seis semanas após seu retorno, finalmente uma reviravolta: a Agência Internacional de Energia Atômica estava organizando, na Áustria, um congresso de grande porte sobre segurança nuclear. Grígori foi convidado a participar e dar uma palestra. Todas as suas frustrações das semanas anteriores foram descartadas. Quando chegou a hora, Mária viajou com ele. A essa altura, já haviam se passado meses, e, embora Grígori se recusasse a fazer um checkup, ambos sabiam que ele estava doente: respirava com dificuldade, ficava cansado por qualquer coisa. Os meses passaram tão devagar, de maneira tão dolorosa, que, quando finalmente embarcaram no avião e Grígori sentou-se na poltrona, ela viu o alívio tomar conta dele. Por fim, ela se lembra de ter pensado que ele poderia deixar de lado suas responsabilidades, superar o que considerava ser sua obrigação, e depois focar na própria saúde. Ele passou o voo inteiro segurando a mão dela, tão animado, e apontou para os rios e as estradas que serpeavam abaixo deles.

Pegaram um táxi no aeroporto, os prédios altos de vidro de uma cidade ocidental causando tanto estranhamento neles. Na recepção do hotel, descobriram que não havia reservas em seu nome, mas isso não importava, um pequeno mal-entendido que foi explicado e que seria facilmente corrigido. Quando, no dia seguinte, no centro de conferências, aconteceu a mesma coisa, não houve explicações.

O nome de Grígori não constava como um dos participantes do evento. Ele mostrou sua carta-convite, e eles se desculparam, mas disseram que ele não poderia entrar sem o nome na lista. Grígori mostrou o passaporte, eles pediram desculpas; mostrou até seu discurso, e eles pediram desculpas. Mostraram-lhe a lista de participantes e palestrantes: o nome dele não constava nela.

Ele tinha deixado de existir, havia desmanchado no ar.

Grígori disse o nome do diretor da conferência e pediu para falar pessoalmente com ele, mas, em vez dele, quem chegou foi um segurança. Mais uma vez, mil desculpas. Todo mundo lamentava. Quando Grígori ficou furioso, começou a berrar e exigiu falar com um superior, sugeriram que encaminhasse uma reclamação por escrito. Depois que tentou entrar na marra na sala de conferências, Grígori foi escoltado para fora.

Na rua, Mária ficou ao lado dele, segurando a carta-convite enquanto ele abordava os palestrantes que iam chegando, e lhes dizia com seu inglês simples o que tinha acontecido, mostrava seus slides em uma caixa, pedia que os olhassem como prova. Mas ninguém fez isso. Pelo contrário, ao passar por Grígori as pessoas erguiam suas malas como escudos para se proteger dele.

Assim que o último representante entrou, Grígori sentou-se nos degraus de concreto com seu melhor terno, agora dois tamanhos maior, fitando o saguão de vidro, de onde ninguém retribuía o olhar. Um homem derrotado.

No mesmo dia, horas depois, eles gastaram todo o dinheiro que tinham na compra de duas passagens de volta para casa. Mária encontrou-o morto menos de duas semanas depois.

ELES ESTÃO A SÓS AGORA, tia e sobrinho, sentados na sala escura do apartamento dela. Depois do restaurante, Alina e Arkádi despediram-se e voltaram para seu hotel. Segurando a medalha de Ievguiéni na altura do peito, Alina prometeu à irmã que telefonaria, que se esforçaria mais para manter contato. Talvez ela se esforce mesmo.

— E, no fim das contas, você continuou aqui, neste apartamento — diz Ievguiéni. — Com certeza pensa nele toda vez que entra naquele banheiro, né?

Ela demora um instante para responder.

— O passado exige fidelidade — diz ela. — Muitas vezes penso que é a única coisa que realmente nos pertence.

Ela caminha até a janela. Barcos de turistas passam no rio. A monótona palpitação de baixo e bateria preenchendo o silêncio entre eles.

— Foi por isso que você nunca me contou? Por lealdade a ele?

— Contar a você não é ser desleal a Grígori. Se fosse, eu teria levado a história dele comigo para o túmulo. Sua geração foi abençoada com um sentimento infinito de esperança. Acho que eu não quis que você carregasse o fardo da responsabilidade. Queria que você fosse livre para seguir seu talento.

Ela vai até um armário no corredor e volta carregando duas caixas grandes com documentos. Ievguiéni levanta-se para ajudá-la, mas ela pede a ele que permaneça sentado com um gesto e põe as caixas na mesinha de centro.

— Isso é tudo que me restou dele.

— Você não precisa me mostrar.

Ela se inclina e beija Ievguiéni na testa.

— Eu sei — responde ela e vai para seu quarto.

Ele acende a luminária de leitura da tia e abre as caixas, ambas abarrotadas de pastas de papel, dezenas delas.

Ele lê. E continua lendo, sua curiosidade aumentando. Tira as pastas da caixa e as separa em duas pilhas instáveis. Horas e mais horas de material impresso. De vez em quando, ele faz uma pausa, levanta-se e olha pela janela. Coisas que ele sabia pela metade, boatos que um dia ele entreouvira são consolidados. Uma palavra vaga na rua de sua infância, um burburinho, um comentário murmurado, tornam-se aqui, nestas páginas, uma parte inegável da história.

Não há ordem no processo de Ievguiéni. Ele lê alguma coisa, deixa de lado, pega outra coisa. Lê uma descrição detalhada de rotinas de dietas, métodos de limpeza, atividade sexual. Lê depoimentos dos médicos, relatórios das atividades dos liquidadores.

O que mais o impressiona, em meio a tudo isso, é o fato de que todas as infinitas variações de uma única vida provavelmente dariam conta de encher uma biblioteca inteira: cada ação, todas as estatísticas, todos os registros da existência de um ser; certidão de nascimento, certidão de casamento, atestado de óbito, as palavras que a pessoa tinha dito, os corpos que tinha amado, tudo disposto em algum lugar, em caixas ou arquivos ou fichários, esperando para ser selecionado, conferido, anotado.

Ele vê um novo significado na história, nas suposições, nas mentiras, na energia desperdiçada.

Ele vê fotos de bombeiros e técnicos, uma praga de glóbulos pretos espalhados por seus corpos em carne viva. Encara as imagens de crianças com tumores em formato de cogumelos no lugar dos olhos e cujas cabeças tomaram a forma de uma lua crescente. Ele lê para compreender. Olha e lê e não sabe como reagir a isso. Não há reação. Ele fita as imagens num misto de pavor e curiosidade, culpa e ignorância. Tudo isso é o seu passado. Tudo isso é o seu país.

E, quando não aguenta mais olhar, Ievguiéni fecha os olhos. E o mundo entra em cena.

⮺ Agradecimentos

Diversos livros foram importantes para a minha pesquisa, mas nenhum foi mais importante que *The Russian Century*, de Brian Moynahan, *Among the Russians*, de Colin Thubron, *Chernobyl Record*, de R. F. Mould, Vozes de Tchernóbil: a história oral do desastre nuclear, compilado por Svetlana Aleksiévitch e traduzido por Keith Gessen.

As imagens contidas em *Zones of Exclusion*, de Robert Polidori, *The Edge*, de Alexander Grónski, *The Sunken Time*, de Mikháil Dachévski, e *Moscow*, de Robert Lebeck, me ajudaram a soltar minha imaginação.

Os documentários Coração de Chernobyl e *Black Wind, White Land* marcaram o início da minha escrita. O trabalho contínuo e incessante de Adi Roche e da Chernobyl Children International irá me vislumbrar para sempre.

Há muitas pessoas com quem tenho gratidão eterna por me ajudarem ao longo do caminho: Jocelyn Clarke, Orla Flanagan, Jenny Langley, Brad Smith, Isobel Harbison, Conor Greely, Tanya Ronder, Rufus Norris, Thomas Prattki, Diarmuid Smyth, John Browne, Neill Quinton, The Tyrone Guthrie Centre, The Centre Culturel Irlandais, Paris, Anna Webber, Will Hammond, Claire Wachtel, Iris Tupholme, Ignatius McGovern, Natasha Zhurávkina e Emily Irwin.

Por seu apoio e incentivo, agradeço à minha família, especialmente meu pai.

E a Flora, por tudo isso e muito mais.

Este livro foi composto na tipografia
Minion Pro, em corpo 11,5/16, e impresso em
papel off-white no Sistema Digital Instant Duplex
da Divisão Gráfica da Distribuidora Record.